经典古诗文选读

JINGDIAN
GUSHIWEN XUANDU

雷意群　黄珊红　江立员　主编

苏州大学出版社
Soochow University Press

图书在版编目(CIP)数据

经典古诗文选读/雷意群,黄珊红,江立员主编. —苏州:苏州大学出版社,2022.8
 ISBN 978-7-5672-3978-4

Ⅰ.①经… Ⅱ.①雷… ②黄… ③江… Ⅲ.①古典诗歌-鉴赏-中国 Ⅳ.①I206.2

中国版本图书馆 CIP 数据核字(2022)第 100606 号

书　　名:	经典古诗文选读
主　　编:	雷意群　黄珊红　江立员
责任编辑:	杨　柳
装帧设计:	刘　俊
出版发行:	苏州大学出版社(Soochow University Press)
出 版 人:	盛惠良
社　　址:	苏州市十梓街1号　邮编:215006
印　　装:	常州市武进第三印刷有限公司
网　　址:	www.sudapress.com
邮　　箱:	sdcbs@suda.edu.cn
邮购热线:	0512-67480030
开　　本:	787 mm×1 092 mm　1/16　印张:17.5　字数:415千
版　　次:	2022年8月第1版
印　　次:	2022年8月第1次印刷
书　　号:	ISBN 978-7-5672-3978-4
定　　价:	49.00元

凡购本社图书发现印装错误,请与本社联系调换。
服务热线:0512-67481020

前　言

2017年1月，中共中央办公厅、国务院办公厅印发的《关于实施中华优秀传统文化传承发展工程的意见》明确指出："文化是民族的血脉，是人民的精神家园。文化自信是更基本、更深层、更持久的力量。中华文化独一无二的理念、智慧、气度、神韵，增添了中国人民和中华民族内心深处的自信和自豪。""到2025年，中华优秀传统文化传承发展体系基本形成，研究阐发、教育普及、保护传承、创新发展、传播交流等方面协同推进并取得重要成果，具有中国特色、中国风格、中国气派的文化产品更加丰富，文化自觉和文化自信显著增强，国家文化软实力的根基更为坚实，中华文化的国际影响力明显提升。"中华民族有着五千年的悠久文明史。璀璨夺目的古诗文是我们民族文明史的标志和灵魂，是优秀传统文化的重要载体，是民族文化的瑰宝，是涵养社会主义核心价值观的重要资源，也是我们在世界文化激荡中站稳脚跟的坚实根基。

作为高校，理应为大学生开启一扇重拾国学经典的大门，让博大精深的古诗文走进高校，进入课堂。阅读古诗文，有利于大学生认同中华民族共有的精神家园，并有能力参与到这个家园的建设当中；有利于大学生以圣人为师，领悟历经岁月沉淀的人生哲理；有利于大学生将自己生命的根须扎入传统文化丰厚的土壤中，将自我锻造成为"腹有诗书气自华"的文化新人；有利于大学生掌握优美的祖国语言，增添自身使用语言的魅力。基于此，我们编撰的这本《经典古诗文选读》旨在增强大学生的文化认同感和民族自豪感，培养其正确的人生观、价值观和职业道德观，使其不忘初心，厚德增能，创业为民。

本书分上、中、下三编，分别选录古诗词、古文、蒙学。所选文本时代自先秦至清代，基本涵盖了各时段的优秀诗词文。所有文本采用"文本导读+正文"的编写体例，"文本导读"除对经典诗词文进行基本内容的阐释、思想精髓的挖掘外，还增设了诵读指导，以期传唱经典，传承文化。诗文选录时，我们参考了多个版本的选本，有些还参

照了古诗文网等网络平台的资源。此书特别适合师范生诵读，也适合青少年阅读与鉴赏。希望广大读者在诵读时，可以学思结合、见微知著、学有所悟。雷意群、黄珊红、江立员分别负责古诗词、古文、蒙学的编写。因编者学识、眼光有限，该书选文难以尽善尽美，敬请使用该书的广大师生提出建议，以便再版时加以完善。

编者

2022 年 3 月 30 日

目 录

上编 古诗词

关雎	《诗经》	(3)
伐檀	《诗经》	(3)
硕鼠	《诗经》	(4)
葛覃	《诗经》	(4)
汉广	《诗经》	(4)
蒹葭	《诗经》	(5)
静女	《诗经》	(5)
桃夭	《诗经》	(6)
绿衣	《诗经》	(6)
击鼓	《诗经》	(7)
木瓜	《诗经》	(7)
子衿	《诗经》	(8)
女曰鸡鸣	《诗经》	(8)
无衣	《诗经》	(9)
何草不黄	《诗经》	(9)
采葛	《诗经》	(10)
野有蔓草	《诗经》	(10)
风雨	《诗经》	(10)
采薇	《诗经》	(11)
黍离	《诗经》	(11)
山鬼	屈 原	(12)
国殇	屈 原	(13)
招隐士	淮南小山	(13)
古歌（其二）	汉乐府	(14)

上邪	汉乐府	(15)
长歌行	汉乐府	(15)
十五从军征	汉乐府	(16)
有所思	汉乐府	(16)
饮马长城窟行	汉乐府	(17)
江南	汉乐府	(18)
羽林郎	辛延年	(18)
咏史	班 固	(19)
临终诗	孔 融	(19)
明月皎夜光	《古诗十九首》	(20)
行行重行行	《古诗十九首》	(20)
涉江采芙蓉	《古诗十九首》	(21)
短歌行	曹 操	(21)
蒿里行	曹 操	(22)
燕歌行	曹 丕	(23)
白马篇	曹 植	(23)
送应氏（其一）	曹 植	(24)
野田黄雀行	曹 植	(25)
七哀诗三首（其一）	王 粲	(25)
咏史	左 思	(26)
归园田居（其一）	陶渊明	(26)
庚戌岁九月中于西田获早稻	陶渊明	(27)
饮酒（其五）	陶渊明	(28)
咏荆轲	陶渊明	(28)
西洲曲	南朝乐府民歌	(29)
登池上楼	谢灵运	(30)
拟行路难（其四）	鲍 照	(30)
别范安成	沈 约	(31)
晚登三山还望京邑	谢 朓	(31)
拟咏怀（其七）	庾 信	(32)
晚出新亭	阴 铿	(32)
渡河北	王 褒	(33)
山中杂诗	吴 均	(33)
玉树后庭花	陈叔宝	(33)
别宋常侍	尹 式	(34)

昔昔盐	薛道衡（34）
赠薛播州（其十）	杨　素（35）
挽舟者歌	隋朝民歌（35）
杂诗三首（其三）	沈佺期（36）
独不见	沈佺期（36）
野望	王　绩（37）
吾有十亩田	王梵志（37）
送杜少府之任蜀州	王　勃（38）
滕王阁诗	王　勃（38）
从军行	杨　炯（39）
长安古意	卢照邻（39）
在狱咏蝉	骆宾王（40）
春江花月夜	张若虚（41）
代悲白头翁	刘希夷（42）
正月十五夜	苏味道（42）
遣悲怀三首（其三）	元　稹（43）
望月有感	白居易（43）
钱塘湖春行	白居易（44）
长恨歌	白居易（44）
卖炭翁	白居易（46）
琵琶行	白居易（47）
长相思（汴水流）	白居易（48）
从军行	王昌龄（49）
古从军行	李　颀（50）
望洞庭湖赠张丞相	孟浩然（50）
过故人庄	孟浩然（51）
蜀道难	李　白（51）
行路难（其一）	李　白（52）
将进酒	李　白（52）
宣州谢朓楼饯别校书叔云	李　白（53）
送友人	李　白（53）
关山月	李　白（54）
登金陵凤凰台	李　白（55）
听蜀僧濬弹琴	李　白（55）
夜泊牛渚怀古	李　白（56）

菩萨蛮（平林漠漠烟如织）	李　白 (56)
忆秦娥（箫声咽）	李　白 (57)
燕歌行	高　适 (57)
封丘作	高　适 (58)
寄左省杜拾遗	岑　参 (58)
走马川行奉送封大夫出师西征	岑　参 (59)
白雪歌送武判官归京	岑　参 (59)
奉和中书舍人贾至早朝大明宫	岑　参 (60)
牧童词	储光羲 (60)
野老歌	张　籍 (61)
山居秋暝	王　维 (61)
使至塞上	王　维 (62)
送梓州李使君	王　维 (62)
汉江临眺	王　维 (63)
终南山	王　维 (63)
归嵩山作	王　维 (64)
积雨辋川庄作	王　维 (64)
酬郭给事	王　维 (65)
渭川田家	王　维 (65)
春望	杜　甫 (66)
登岳阳楼	杜　甫 (66)
登高	杜　甫 (67)
羌村三首	杜　甫 (67)
秋兴八首（其一）	杜　甫 (68)
闻官军收河南河北	杜　甫 (69)
蜀相	杜　甫 (69)
茅屋为秋风所破歌	杜　甫 (70)
兵车行	杜　甫 (70)
燕子来舟中作	杜　甫 (71)
左迁至蓝关示侄孙湘	韩　愈 (72)
登柳州城楼寄漳汀封连四州	柳宗元 (72)
酬乐天扬州初逢席上见赠	刘禹锡 (73)
雁门太守行	李　贺 (73)
李凭箜篌引	李　贺 (74)
题李凝幽居	贾　岛 (74)

蝉	李商隐	(75)
风雨	李商隐	(75)
安定城楼	李商隐	(76)
北青萝	李商隐	(76)
锦瑟	李商隐	(77)
隋宫（紫泉宫殿锁烟霞）	李商隐	(77)
无题	李商隐	(78)
题宣州开元寺水阁，阁下宛溪，夹溪居人	杜 牧	(78)
早雁	杜 牧	(79)
菩萨蛮（人人尽说江南好）	韦 庄	(79)
灞上秋居	马 戴	(80)
次北固山下	王 湾	(80)
贫女	秦韬玉	(81)
商山早行	温庭筠	(81)
菩萨蛮（小山重叠金明灭）	温庭筠	(82)
更漏子（玉炉香）	温庭筠	(82)
鹊踏枝（谁道闲情抛掷久）	冯延巳	(83)
谒金门（风乍起）	冯延巳	(83)
破阵子（四十年来家国）	李 煜	(83)
乌夜啼（林花谢了春红）	李 煜	(84)
浪淘沙（往事只堪哀）	李 煜	(84)
浪淘沙令（帘外雨潺潺）	李 煜	(85)
虞美人（春花秋月何时了）	李 煜	(85)
雨霖铃（寒蝉凄切）	柳 永	(86)
八声甘州（对潇潇暮雨洒江天）	柳 永	(86)
望海潮（东南形胜）	柳 永	(87)
蝶恋花（伫倚危楼风细细）	柳 永	(87)
渔家傲·秋思	范仲淹	(88)
浣溪沙（一曲新词酒一杯）	晏 殊	(88)
破阵子·春景	晏 殊	(89)
玉楼春·春景	宋 祁	(89)
山园小梅（其一）	林 逋	(89)
戏答元珍	欧阳修	(90)
踏莎行（候馆梅残）	欧阳修	(90)
蝶恋花（庭院深深深几许）	欧阳修	(91)

明妃曲二首（其一）	王安石（91）
桂枝香·金陵怀古	王安石（92）
定风波（莫听穿林打叶声）	苏　轼（92）
水调歌头（明月几时有）	苏　轼（93）
临江仙·夜归临皋	苏　轼（93）
江城子·乙卯正月二十日夜记梦	苏　轼（94）
蝶恋花·春景	苏　轼（94）
念奴娇·赤壁怀古	苏　轼（95）
江城子·密州出猎	苏　轼（95）
水龙吟·次韵章质夫杨花词	苏　轼（96）
临江仙（梦后楼台高锁）	晏幾道（96）
鹧鸪天（彩袖殷勤捧玉钟）	晏幾道（97）
登快阁	黄庭坚（97）
寄黄几复	黄庭坚（98）
踏莎行·郴州旅舍	秦　观（98）
鹊桥仙（纤云弄巧）	秦　观（99）
青玉案（凌波不过横塘路）	贺　铸（99）
鹧鸪天（重过阊门万事非）	贺　铸（100）
兰陵王·柳	周邦彦（100）
如梦令（昨夜雨疏风骤）	李清照（101）
永遇乐（落日熔金）	李清照（101）
声声慢（寻寻觅觅）	李清照（102）
醉花阴（薄雾浓云愁永昼）	李清照（102）
一剪梅（红藕香残玉簟秋）	李清照（103）
渔家傲（天接云涛连晓雾）	李清照（103）
满江红（怒发冲冠）	岳　飞（104）
关山月	陆　游（104）
书愤	陆　游（105）
游山西村	陆　游（105）
临安春雨初霁	陆　游（106）
卜算子·咏梅	陆　游（106）
钗头凤（红酥手）	陆　游（107）
诉衷情（当年万里觅封侯）	陆　游（107）
插秧歌	杨万里（108）
念奴娇·过洞庭	张孝祥（108）

摸鱼儿（更能消几番风雨）	辛弃疾（109）
菩萨蛮·书江西造口壁	辛弃疾（109）
清平乐·村居	辛弃疾（110）
水龙吟·登建康赏心亭	辛弃疾（110）
青玉案·元夕	辛弃疾（111）
丑奴儿·书博山道中壁	辛弃疾（111）
永遇乐·京口北固亭怀古	辛弃疾（112）
西江月·夜行黄沙道中	辛弃疾（112）
南乡子·登京口北固亭有怀	辛弃疾（113）
长亭怨慢（渐吹尽）	姜　夔（113）
暗香（旧时月色）	姜　夔（114）
扬州慢（淮左名都）	姜　夔（114）
双双燕·咏燕	史达祖（115）
虞美人·听雨	蒋　捷（116）
摸鱼儿·雁丘词	元好问（116）
南吕·一枝花·不伏老	关汉卿（117）
金陵驿二首（其一）	文天祥（118）
过零丁洋	文天祥（118）
正气歌	文天祥（119）
双调·夜行船·秋思	马致远（120）
西厢记·长亭送别（节选）	王实甫（121）
岳鄂王墓	赵孟頫（122）
中吕·卖花声·怀古	张可久（122）
山坡羊·潼关怀古	张养浩（123）
醉太平·讥贪小利者	元朝民歌（123）
登金陵雨花台望大江	高　启（124）
咏煤炭	于　谦（125）
满江红（拂拭残碑）	文徵明（125）
临江仙（滚滚长江东逝水）	杨　慎（126）
中吕·山坡羊·十不足	朱载堉（126）
凤阳花鼓	明朝民歌（127）
圆圆曲	吴伟业（127）
甲辰八月辞故里	张煌言（129）
别云间	夏完淳（129）
蝶恋花（辛苦最怜天上月）	纳兰性德（130）

长相思（山一程）	纳兰性德	(130)
蝶恋花（又到绿杨曾折处）	纳兰性德	(131)
独秀峰	袁　枚	(131)
咏史	龚自珍	(132)

中编　古文

子路、曾皙、冉有、公西华侍坐	《论语》	(135)
长沮桀溺耦而耕	《论语》	(136)
鱼我所欲也	《孟子》	(136)
得道多助，失道寡助	《孟子》	(137)
劝学	《荀子》	(137)
非攻（上）	《墨子》	(138)
养生主（节选）	《庄子》	(139)
秋水（节选）	《庄子》	(140)
天下皆知美之为美	《老子》	(140)
讳疾忌医	《韩非子》	(141)
买椟还珠	《韩非子》	(142)
大学（节选）	《礼记》	(142)
烛之武退秦师	《左传》	(143)
曹刿论战	《左传》	(144)
邵公谏厉王弭谤	《国语》	(144)
邹忌讽齐王纳谏	《战国策》	(145)
触龙说赵太后	《战国策》	(146)
谏逐客书	李　斯	(147)
过秦论（上）	贾　谊	(148)
吊屈原赋	贾　谊	(149)
戒子歆书	刘　向	(150)
报任安书（节选）	司马迁	(150)
李将军列传（节选）	司马迁	(151)
苏武传（节选）	班　固	(152)
归田赋	张　衡	(153)
论盛孝章书	孔　融	(154)
登楼赋	王　粲	(154)
与吴质书	曹　丕	(155)

洛神赋	曹　植（156）
与杨德祖书	曹　植（157）
出师表	诸葛亮（158）
诫子书	诸葛亮（159）
陈情表	李　密（159）
兰亭集序	王羲之（160）
归去来兮辞	陶渊明（161）
五柳先生传	陶渊明（162）
桃花源记	陶渊明（162）
答谢中书书	陶弘景（163）
与陈伯之书	丘　迟（163）
与朱元思书	吴　均（164）
三峡（节选）	郦道元（165）
哀江南赋序	庾　信（165）
登大雷岸与妹书	鲍　照（166）
别赋	江　淹（167）
恨赋	江　淹（168）
乐羊子妻	范　晔（169）
谏太宗十思疏	魏　徵（170）
滕王阁序	王　勃（170）
山中与裴秀才迪书	王　维（172）
陋室铭	刘禹锡（172）
右溪记	元　结（173）
与元微之书	白居易（173）
师说	韩　愈（174）
祭十二郎文	韩　愈（175）
马说	韩　愈（176）
小石潭记	柳宗元（177）
黔之驴	柳宗元（177）
宋清传	柳宗元（178）
阿房宫赋	杜　牧（179）
黄冈竹楼记	王禹偁（180）
醉翁亭记	欧阳修（180）
五代史·伶官传序	欧阳修（181）
秋声赋	欧阳修（182）

篇名	作者	页码
岳阳楼记	范仲淹	(183)
游褒禅山记	王安石	(183)
读孟尝君传	王安石	(184)
伤仲永	王安石	(185)
爱莲说	周敦颐	(185)
墨池记	曾巩	(186)
六国论	苏洵	(186)
赤壁赋	苏轼	(187)
石钟山记	苏轼	(188)
答谢民师推官书	苏轼	(189)
黄州快哉亭记	苏辙	(189)
金石录后序（节选）	李清照	(190)
入蜀记（一则）	陆游	(191)
指南录后序	文天祥	(192)
大龙湫记	李孝光	(193)
录鬼簿序	钟嗣成	(194)
送东阳马生序	宋濂	(195)
卖柑者言	刘基	(196)
项脊轩志	归有光	(196)
核舟记	魏学洢	(197)
柳敬亭说书	张岱	(198)
西湖七月半	张岱	(199)
虎丘记	袁宏道	(200)
报刘一丈书	宗臣	(200)
浣花溪记	钟惺	(201)
五人墓碑记	张溥	(202)
狱中上母书	夏完淳	(203)
大铁椎传	魏禧	(204)
登泰山记	姚鼐	(205)
哀盐船文	汪中	(206)
左忠毅公逸事	方苞	(207)
为学	彭端淑	(207)
黄生借书说	袁枚	(208)
祭妹文	袁枚	(209)
病梅馆记	龚自珍	(210)

与妻书 ·· 林觉民（211）
少年中国说（节选）·· 梁启超（212）

下编　蒙学

三字经 ·· 王应麟（215）
百家姓 ·· 佚　名（218）
千字文 ·· 周兴嗣（219）
弟子规 ·· 李毓秀（221）
童蒙须知 ··· 朱　熹（224）
朱子家训 ··· 朱用纯（227）
增广贤文 ··· 佚　名（228）
声律启蒙 ··· 车万育（239）
幼学琼林 ··· 程登吉（248）

上编 古诗词

"不学诗,无以言。"一位著名主持人在中央电视台主办的《中国诗词大会》上说:"为什么要学诗,因为诗词就在那里,生生不息千年。"在诗词的历史长河中,不断地有人进来,有人离去。我们不知道他们是谁,但借助于那一首首诗词,我们能与之进行一场跨越时空的心灵对话。而每一次这样心意相通的对话,都能陶冶情操、涵养气质、纯洁心灵、积淀语言,使我们成为一个高尚的人、纯粹的人、灵秀的人、明智的人。

关　雎

《诗经》

【文本导读】选自《诗经·周南》。《关雎》声、情、文、义俱佳，堪称《风》之始、三百篇之冠。"《关雎》，乐而不淫，哀而不伤。"（《论语·八佾》）"《易》基乾坤，《诗》始关雎。"（《史记·外戚世家》）"孔子论诗，以《关雎》为始。"（《汉书·匡衡传》）其比兴手法对后世诗歌的创作产生了深远的影响。全诗朗朗上口，韵律和谐悦耳。诵读时，要处理好双声词和叠韵词的节奏，整体基调为轻快喜悦。

  关关雎鸠，在河之洲。窈窕淑女，君子好逑。
  参差荇菜，左右流之。窈窕淑女，寤寐求之。
  求之不得，寤寐思服。悠哉悠哉，辗转反侧。
  参差荇菜，左右采之。窈窕淑女，琴瑟友之。
  参差荇菜，左右芼之。窈窕淑女，钟鼓乐之。

伐　檀

《诗经》

【文本导读】选自《诗经·魏风》。这是作者看到一群农奴在河边砍伐木材，联系自己的切身感受，唱出的不平之歌。诗歌反映出古代劳动者对社会不公平的认识有了进一步的发展，表达出明显的讽刺意味。全诗以重章叠句的形式，反复咏唱苦乐悬殊、分配不均的不合理现象，质问贵族——"君子"为何可以不劳而获、无功受禄、坐享其成？借此讽刺他们尸位素餐。诵读时，要饱含激愤之情。

  坎坎伐檀兮，置之河之干兮，河水清且涟猗。不稼不穑，胡取禾三百廛兮？不狩不猎，胡瞻尔庭有县貆兮？彼君子兮，不素餐兮。
  坎坎伐辐兮，置之河之侧兮，河水清且直猗。不稼不穑，胡取禾三百亿兮？不狩不猎，胡瞻尔庭有县特兮？彼君子兮，不素食兮。
  坎坎伐轮兮，置之河之漘兮，河水清且沦猗。不稼不穑，胡取禾三百囷兮？不狩不猎，胡瞻尔庭有县鹑兮？彼君子兮，不素飧兮。

硕 鼠

《诗经》

【文本导读】选自《诗经·魏风》。诗歌直接将统治者比拟成大老鼠，讽刺他们贪得无厌，搜刮无度。人民不堪重负，想到了唯一可行的反抗方式——逃跑，去寻找一个可以安身立命的"乐土"。至此，被剥削、被压迫者的情绪，不止于怨愤，而是发展到了蔑视和仇恨。这是一篇较早的抨击统治者的诗篇。诵读时，要有明显的讽刺意味。

硕鼠硕鼠，无食我黍！三岁贯女，莫我肯顾。逝将去女，适彼乐土。乐土乐土，爰得我所。
硕鼠硕鼠，无食我麦！三岁贯女，莫我肯德。逝将去女，适彼乐国。乐国乐国，爰得我直。
硕鼠硕鼠，无食我苗！三岁贯女，莫我肯劳。逝将去女，适彼乐郊。乐郊乐郊，谁之永号？

葛 覃

《诗经》

【文本导读】选自《诗经·周南》。《毛诗序》定此诗为赞美"后妃之本"，清代方玉润的《诗经原始》认为"此赋归宁耳"。前两章似断似续，描绘了山谷中葛藤茂盛、黄雀翻飞的美好春景和刈濩、织作的繁忙劳动情形，不仅传达着女子期盼中的快慰，而且表现了一种熟习女红、勤劳能干的自夸自赞；第三章透露出女子渴望探望爹娘的待归之情。叠词的使用，增强了诗歌的节奏感和韵律感。诵读基调为喜悦而急切。

葛之覃兮，施于中谷，维叶萋萋。黄鸟于飞，集于灌木，其鸣喈喈。
葛之覃兮，施于中谷，维叶莫莫。是刈是濩，为絺为绤，服之无斁。
言告师氏，言告言归。薄污我私。薄浣我衣。害浣害否？归宁父母。

汉 广

《诗经》

【文本导读】选自《诗经·周南》。《汉广》是一首男子追求女子而不能得的"可见而不可求"（清·陈启源《毛诗稽古编》）的恋情悲歌。前一章独立，后二章叠咏，三章

层层相联,展现了抒情主人公由希望到失望、由幻想到幻灭的曲折复杂的情感历程。"南有乔木,不可休思"的起兴,连同"汉之广矣,不可泳思""江之永矣,不可方思"的博喻,气势如潮;瞻望难及的"企慕情境",无以解脱。全诗愁苦,诵读基调为惆怅悲凄。

南有乔木,不可休思。汉有游女,不可求思。汉之广矣,不可泳思。江之永矣,不可方思。
翘翘错薪,言刈其楚。之子于归,言秣其马。汉之广矣,不可泳思。江之永矣,不可方思。
翘翘错薪,言刈其蒌。之子于归,言秣其驹。汉之广矣,不可泳思。江之永矣,不可方思。

蒹 葭

《诗经》

【**文本导读**】选自《诗经·秦风》。"古之写相思,未有过之《蒹葭》者。"抒情主人公对美好爱情的执着追求和追求不得、怅然若失而又热烈企慕的心境,借助对眼前秋景空寂悲凉的反复渲染得到充分体现。诗的每章开头都采用了赋中见兴的笔法,"托象以明义",营造出扑朔迷离、空灵缥缈的意境,把暮秋的"景语"幻化成主人公似花非花、空灵蕴藉的"情语"。对文字略加改动的重章叠唱形成了各章内部韵律协和而各章之间韵律参差的效果,助推了语义的往复推进和悬念迭起。全诗重章整齐,读来节奏明快、动听悦耳。

蒹葭苍苍,白露为霜。所谓伊人,在水一方。溯洄从之,道阻且长。溯游从之,宛在水中央。
蒹葭萋萋,白露未晞。所谓伊人,在水之湄。溯洄从之,道阻且跻。溯游从之,宛在水中坻。
蒹葭采采,白露未已。所谓伊人,在水之涘。溯洄从之,道阻且右。溯游从之,宛在水中沚。

静 女

《诗经》

【**文本导读**】选自《诗经·邶风》。《静女》写的是男女青年的幽期密约。诗歌塑造了恋慕至深、如痴如醉的有情男子形象,用男子的第一人称口吻赞美了恋人的外貌,宣扬了女子对待自己的情义之深。第二章的前两句有重章叠句的趋向,有一定的匀称感,但后两句语言结构与意义均无相近之处,且第一章还有五字句,这样的结构代表了《诗

经》中一种介于整齐的重章叠句体与互无重复的分章体之间的特殊类型,展现了合乐歌词由简单到复杂的过渡。全诗首尾呼应,欢快雀跃,诵读基调为真率纯朴。

    静女其姝,俟我于城隅。爱而不见,搔首踟蹰。
    静女其娈,贻我彤管。彤管有炜,说怿女美。
    自牧归荑,洵美且异。匪女之为美,美人之贻。

桃 夭

《诗经》

【**文本导读**】选自《诗经·周南》。清代学者姚际恒在《诗经通论》中评论此诗:"桃花色最艳,故以取喻女子,开千古词赋咏美人之祖。"此诗重章叠句,反复赞咏,兴中有比,比兴兼用,贺人新婚,祝福新人。全篇语言极为优美,又极为精练,喜气洋洋,与新婚时的气氛相融合,与新婚夫妇美满的生活相映衬,既体现了歌谣的风格,又体现了农村的物候特征。诗歌不仅巧妙地将"室家"变化为倒文和同义词,而且反复用一"宜"字,带来和谐欢乐的气氛。全诗喜庆祥和,诵读基调为欢乐明快、充满希冀。

    桃之夭夭,灼灼其华。之子于归,宜其室家。
    桃之夭夭,有蕡其实。之子于归,宜其家室。
    桃之夭夭,其叶蓁蓁。之子于归,宜其家人。

绿 衣

《诗经》

【**文本导读**】选自《诗经·邶风》。《绿衣》是一首怀念亡故妻子的诗。诗人睹亡妻遗物,倍生伤感,故寄情于旧物。全诗重章叠句,首章忧伤,次章"绿衣黄裳"与首章"绿衣黄里"相对为文,构思巧妙,由外入里,层层生发,情感丰富,令人浮想联翩。作为睹物思人的悼亡诗,《绿衣》在表现手法上实为后代悼亡诗开先河。晋潘岳的"寝兴目存形,遗音犹在耳"[《悼亡诗三首》(其二)]和元稹的"衣裳已施行看尽,针线犹存未忍开"(《遣悲怀》)均由此生发。诗歌情感若断若续,含蓄蕴藉,诵读基调为委婉缠绵。

    绿兮衣兮,绿衣黄里。心之忧矣,曷维其已?

绿兮衣兮,绿衣黄裳。心之忧矣,曷维其亡?
绿兮丝兮,女所治兮。我思古人,俾无訧兮。
絺兮绤兮,凄其以风。我思古人,实获我心。

击 鼓

《诗经》

【文本导读】选自《诗经·邶风》。"诗凡五章,前三章征人自叙出征情景,承接绵密,已经如怨如慕,如泣如诉。后两章转到夫妻别时信誓,谁料到归期难望,信誓无凭,上下紧扣,词情激烈,更是哭声干霄了。写士卒长期征战之悲,无以复加。"(郭晋稀等《先秦诗鉴赏辞典》)诗歌以叙事始,以哀告终,散发着征夫因长期不得归乡而强烈思乡的离愁别绪与厌战悲苦。"怨"是本诗的总体格调与思想倾向。《击鼓》这一类题材的战争诗,在很大程度上影响了后世战争诗、边塞诗的创作。全诗哀伤愁苦,诵读基调为伤感哀怨。

击鼓其镗,踊跃用兵。土国城漕,我独南行。
从孙子仲,平陈与宋。不我以归,忧心有忡。
爰居爰处?爰丧其马?于以求之?于林之下。
死生契阔,与子成说。执子之手,与子偕老。
于嗟阔兮,不我活兮。于嗟洵兮,不我信兮。

木 瓜

《诗经》

【文本导读】选自《诗经·卫风》。《木瓜》没有《诗经》中最典型的句式——四字句,诗人有意无意地用五字句、三字句造成一种跌宕有致的韵味,意在歌唱时取得声情并茂的效果;同时,语句重叠复沓程度极高,不仅每章的后两句一模一样,而且前两句也仅一字之差,并采用"语虽略异义实全同"的方式,使三章基本重复,一唱三叹,余音袅袅,简洁易懂。全诗表现了男女的两心相许、两情相悦,诵读基调为深情坚定。

投我以木瓜,报之以琼琚。匪报也,永以为好也!
投我以木桃,报之以琼瑶。匪报也,永以为好也!
投我以木李,报之以琼玖。匪报也,永以为好也!

子 衿

《诗经》

【文本导读】 选自《诗经·郑风》。全诗三章,每章四句,采用倒叙手法描绘了女子的单相思。前两章,以"纵我"与"子宁"对举,急盼又矜持,埋怨;末章"一日不见,如三月兮",夸张以矫饰,独白。近人吴闿生在《诗义会通》中云,"旧评:前二章回环入妙,缠绵婉曲。末章变调"。全诗意境优美,成为中国文学史上描写相思之情的经典之作,其中"一日不见,如三月兮"更成为千古名句。所以,钱锺书指出,"《子衿》云:'纵我不往,子宁不嗣音?''子宁不来?'薄责己而厚望于人也。已开后世小说言情心理描绘矣"(《管锥编》)。诵读时,要注意把握、体现女子的心理变化。

青青子衿,悠悠我心。纵我不往,子宁不嗣音?
青青子佩,悠悠我思。纵我不往,子宁不来?
挑兮达兮,在城阙兮。一日不见,如三月兮!

女曰鸡鸣

《诗经》

【文本导读】 选自《诗经·郑风》。清代方玉润在《诗经原始》中说:"此诗人述贤夫妇相警戒之辞。"诗歌通过鸡鸣晨催、女子祈愿、男子赠佩三幕情意融融的生活小剧,赞美了年轻夫妇和睦的生活、诚笃的感情和美好的人生心愿。末章六句构成三组叠句,一唱之不足而三叹之,易词申意而长言之,将猎手对妻子粗犷热烈的感情表现得淋漓酣畅。全诗采用极富情趣的对话体,对话由短而长,节奏由慢而快,情感由平静而热烈。诵读时,要注意体会节奏的变化。

女曰鸡鸣,士曰昧旦。子兴视夜,明星有烂。将翱将翔,弋凫与雁。
弋言加之,与子宜之。宜言饮酒,与子偕老。琴瑟在御,莫不静好。
知子之来之,杂佩以赠之。知子之顺之,杂佩以问之。知子之好之,杂佩以报之。

无 衣

《诗经》

【文本导读】选自《诗经·秦风》。这是一首意气风发、豪情满怀的英雄战歌。南宋朱熹在《诗集传》中说:"秦人之俗,大抵尚气概,先勇力,忘生轻死,故其见于诗如此。"诗歌每章开头都采用了问答式句法,重章复沓,字数、句数相同,不断递进;富有强烈的动作性的语言,展现了战士磨刀擦枪、舞戈挥戟的热烈场面。这与舞蹈的节奏起落、回环往复结合,战斗的激情、团结友爱的协作、崇高无私的气概,令人心驰神往。这样的诗歌,可以歌,可以舞,堪称激动人心的"活剧"。正所谓"长言之不足,故嗟叹之。嗟叹之不足,故不知手之舞之,足之蹈之也"(《礼记·乐记》)。诵读基调为慷慨激昂。

　　岂曰无衣?与子同袍。王于兴师,修我戈矛,与子同仇。
　　岂曰无衣?与子同泽。王于兴师,修我矛戟,与子偕作。
　　岂曰无衣?与子同裳。王于兴师,修我甲兵,与子偕行。

何草不黄

《诗经》

【文本导读】选自《诗经·小雅》。南宋朱熹在《诗集传》中说:"周室将亡,征役不息,行者苦之,故作此诗。"诗歌共四章,每章四句,全用反问语调,诉说征夫所过非人的生活,感情强烈,接连五个"何"字句的责问,既是在强烈抗议,也是在愤怒揭露。全诗有凄惨无奈的苦楚,也有久压心底的怨怼,诵读基调为愤懑绝望。

　　何草不黄?何日不行?何人不将?经营四方。
　　何草不玄?何人不矜?哀我征夫,独为匪民。
　　匪兕匪虎,率彼旷野。哀我征夫,朝夕不暇。
　　有芃者狐,率彼幽草。有栈之车,行彼周道。

采 葛

《诗经》

【文本导读】选自《诗经·王风》。这是一首思念情人的小诗。三章抓住"一日"与"三月""三秋""三岁"这一物理时间与心理时间的区别所在,反复吟诵,重叠中只换了几个字,直白地表露自己愈来愈强烈的思念情人之情。且秋日草木摇落,秋风萧瑟,易生离别情绪,引发感慨之情。蒋立甫在《风诗含蓄美论析》中剖析说:"妙在语言悖理。""一日三秋"真实地映照出情人间如胶似漆、难分难舍的爱恋。诵读基调为思慕热烈。

彼采葛兮,一日不见,如三月兮!
彼采萧兮,一日不见,如三秋兮!
彼采艾兮,一日不见,如三岁兮!

野有蔓草

《诗经》

【文本导读】选自《诗经·郑风》。诗歌描写了浪漫而自由的爱情,字字珠玉,如歌如画。诗分两章,重复叠咏。每章六句,两句一层,分写景、写人、抒情三个层次,典型环境、典型人物与典型感情齐备,可谓出之无心而天然和谐。次章前五句重叠复唱,殷殷倾诉,两情相悦。全诗洋溢着幸福满足,诵读基调为率真喜悦。

野有蔓草,零露漙兮。有美一人,清扬婉兮。邂逅相遇,适我愿兮。
野有蔓草,零露瀼瀼。有美一人,婉如清扬。邂逅相遇,与子偕臧。

风 雨

《诗经》

【文本导读】选自《诗经·郑风》。《毛诗序》曰:"《风雨》,思君子也。"诗歌以重章渲染"既见"之时这一蕴涵性的顷刻,突出喜出望外之情。诗歌三章叠咏,易词

写景；每章首二句都以"风雨""鸡鸣"起兴，用兼有赋景意味的兴句，重笔描绘出一幅寒冷阴暗、鸡声四起的场景，并借助情景反衬之法，"以乐景写哀，以哀景写乐，一倍增其哀乐"（明末清初·王夫之《薑斋诗话》）。方玉润赞曰："此诗人善于言情，又善于即景以抒怀，故为千秋绝调。"（《诗经原始》）诵读时，要注意叠词的节奏和反诘句式情感的变化。

风雨凄凄，鸡鸣喈喈。既见君子，云胡不夷？
风雨潇潇，鸡鸣胶胶。既见君子，云胡不瘳？
风雨如晦，鸡鸣不已。既见君子，云胡不喜？

采 薇

《诗经》

【文本导读】选自《诗经·小雅》。这是一首戍卒返乡诗，唱出了从军将士的艰辛生活和思归情怀，其类归《小雅》，却颇似《国风》。前三章倒叙，每章前四句以重章之叠词申意并循序渐进的方式，借"采薇"起兴，兴中兼赋怀乡情结，恋家思亲的个人情和为国赴难的责任感两种互相矛盾又同样真实的思想感情交织；四、五章四句一意，自问自答，流露出高亢激昂的战斗情和匹夫有责的自豪感；末章写景记时，伤情抒怀，表达出缠绵、深邃而飘忽的情思，含蓄深永，味之无尽，同时难掩孤独无助的悲叹。诵读时，要注意把握久戍之卒由追忆到现实的情感变化。

采薇采薇，薇亦作止。曰归曰归，岁亦莫止。靡室靡家，猃狁之故。不遑启居，猃狁之故。
采薇采薇，薇亦柔止。曰归曰归，心亦忧止。忧心烈烈，载饥载渴。我戍未定，靡使归聘。
采薇采薇，薇亦刚止。曰归曰归，岁亦阳止。王事靡盬，不遑启处。忧心孔疚，我行不来！
彼尔维何？维常之华。彼路斯何？君子之车。戎车既驾，四牡业业。岂敢定居？一月三捷。
驾彼四牡，四牡骙骙。君子所依，小人所腓。四牡翼翼，象弭鱼服。岂不日戒？猃狁孔棘！
昔我往矣，杨柳依依。今我来思，雨雪霏霏。行道迟迟，载渴载饥。我心伤悲，莫知我哀！

黍 离

《诗经》

【文本导读】选自《诗经·王风》。这首诗采用的是递进式的写景抒情笔法，出现的景物依次是"彼稷之苗""彼稷之穗""彼稷之实"，农作物的部位暗合农作物的生长过程：先有苗，再有穗，最后有了颗粒。诗歌在抒发沉痛之情时，依次是"中心摇摇""中心如醉""中心如噎"，情感越来越强烈，也更加痛苦。诗歌忧国忧民，伤时悯乱，最后质问苍天：这种历史悲剧是谁造成的？由谁来承担西周灭亡的历史责任？艺术效果强烈，同时给读者留下思考的空间。诵读基调为沉痛哀怜。

  彼黍离离，彼稷之苗。行迈靡靡，中心摇摇。知我者谓我心忧，不知我者谓我何求！悠悠苍天，此何人哉？
  彼黍离离，彼稷之穗。行迈靡靡，中心如醉。知我者谓我心忧，不知我者谓我何求！悠悠苍天，此何人哉？
  彼黍离离，彼稷之实。行迈靡靡，中心如噎。知我者谓我心忧，不知我者谓我何求！悠悠苍天！此何人哉？

山 鬼

[战国] 屈 原

【文本导读】《山鬼》为祭祀山神的颂歌。诗歌以装扮成山鬼模样的女巫入山接迎神灵而不遇的情状，表现出世人虔诚迎神以求福佑的思恋之情。开笔对巫者装束的精妙描摹有缥缈神奇之感，色彩浓烈地渲染了"山鬼"的轻灵爽朗，诵读基调为欢快热烈；自"余处幽篁兮终不见天"以下，情节出现了曲折，对"山鬼"不临既哀怨又疑惑，读来懊恼、哀愁、惆怅，同时又怀着一线希冀；结尾一节，神灵的不临已成定局，诵读时，要有哀婉啸叹的变徵之音，凄凉又哀切，表明古人"以哀音为美"的审美趋向。

  若有人兮山之阿，被薜荔兮带女萝。
  既含睇兮又宜笑，子慕予兮善窈窕。
  乘赤豹兮从文狸，辛夷车兮结桂旗。
  被石兰兮带杜衡，折芳馨兮遗所思。
  余处幽篁兮终不见天，路险难兮独后来。
  表独立兮山之上，云容容兮而在下。
  杳冥冥兮羌昼晦，东风飘兮神灵雨。
  留灵修兮憺忘归，岁既晏兮孰华予？
  采三秀兮于山间，石磊磊兮葛蔓蔓。
  怨公子兮怅忘归，君思我兮不得闲。
  山中人兮芳杜若，饮石泉兮荫松柏，君思我兮然疑作。
  雷填填兮雨冥冥，猿啾啾兮狖夜鸣。
  风飒飒兮木萧萧，思公子兮徒离忧。

国 殇

[战国] 屈 原

【文本导读】 选自战国诗人屈原的《楚辞·九歌》,是追悼楚国阵亡士卒的挽诗。此诗歌颂了楚国将士的英雄气概和爱国精神,对雪洗国耻寄予热切盼望,抒发了诗人热爱祖国的高尚感情。全诗"通篇直赋其事"(清·戴震《屈原赋注》),挟深挚炽烈的情感,以促迫的节奏、开张扬厉的抒写,传达出与所反映的人事相一致的凛然亢直之美、阳刚之美。诵读时,应慨当以慷、气壮神旺。

操吴戈兮被犀甲,车错毂兮短兵接。
旌蔽日兮敌若云,矢交坠兮士争先。
凌余阵兮躐余行,左骖殪兮右刃伤。
霾两轮兮絷四马,援玉枹兮击鸣鼓。
天时坠兮威灵怒,严杀尽兮弃原野。
出不入兮往不反,平原忽兮路超远。
带长剑兮挟秦弓,首身离兮心不惩。
诚既勇兮又以武,终刚强兮不可凌。
身既死兮神以灵,子魂魄兮为鬼雄!

招隐士

[汉] 淮南小山

【文本导读】 此篇始见于东汉王逸的《楚辞章句》,题为淮南小山所作。诗歌采用夸张、渲染的手法,极写深山荒谷的幽险和虎啸猿悲的凄厉,营造了森然可怖、魂悸魄动的氛围,表达了渴望隐者早日归还的急切心情。全诗感情浓郁,意味深长,音节和谐,情辞悱恻动人,弥漫着郁结、悲怆而又缠绵的情思。"萋萋""啾啾""峨峨""凄凄""濈濈"等叠字的使用,对"攀援桂枝兮聊淹留"的复叠及"虎豹嗥""虎豹穴""虎豹斗"的整中有散,形成了回环复沓之美,三字、四字、五字、六字、七字、八字句式交错运用,"音节局度,浏亮昂激"(明末清初·王夫之《楚辞通释》)。诵读时,要注意把控诗歌节奏的变化。

桂树丛生兮山之幽,偃蹇连蜷兮枝相缭。
山气巃嵸兮石嵯峨,溪谷崭岩兮水曾波。

猿狖群啸兮虎豹嗥，攀援桂枝兮聊淹留。
王孙游兮不归，春草生兮萋萋。
岁暮兮不自聊，蟪蛄鸣兮啾啾。
坱兮轧，山曲岪，心淹留兮恫慌忽。
罔兮沕，憭兮栗，虎豹穴。
丛薄深林兮人上栗。
嶔岑碕礒兮硱磳磈硊；
树轮相纠兮林木茷骫。
青莎杂树兮薠草靃靡；
白鹿麏麚兮或腾或倚。
状貌崟崟兮峨峨，凄凄兮漇漇。
猕猴兮熊罴，慕类兮以悲；
攀援桂枝兮聊淹留。
虎豹斗兮熊罴咆，禽兽骇兮亡其曹。
王孙兮归来，山中兮不可以久留！

古歌（其二）

汉乐府

【文本导读】 此为汉乐府诗歌，一说是客居胡地的游子思乡之歌，一说是胡地戍卒的思乡怀归之作。诗歌用质朴的语言抒写了浓重的思乡愁绪，气氛惨烈。全诗以景写情，情怀激动，一泻而下，扣人心弦。尤其是最后两句以"车轮"比喻回环于心的悲哀，形象而深刻，令人仿佛能感受到那往复辗转的无限痛楚。诵读基调为抑郁愁苦。

秋风萧萧愁杀人，出亦愁，入亦愁。
座中何人，谁不怀忧？令我白头。
胡地多飚风，树木何修修。
离家日趋远，衣带日趋缓。
心思不能言，肠中车轮转。

上 邪

汉乐府

【文本导读】这首诗属于汉乐府民歌中的《鼓吹曲辞》。全诗写情不加点缀铺排，女主人公以誓言的形式剖白内心，以不可能实现的自然现象反证自己对爱情的忠贞，诗短情长，撼人心魄。其语言句式短长错杂，随情而布；音节短促缓急，字句跌宕起伏。"首三，正说，意言已尽，后五，反面竭力申说。如此，然后敢绝，是终不可绝也。叠用五事，两就地维说，两就天时说，直说到天地混合，一气赶落，不见堆垛，局奇笔横。"（清·张玉谷《古诗赏析》卷五）。诵读基调为雄放坚定。

上邪！我欲与君相知，长命无绝衰。山无陵，江水为竭，冬雷震震，夏雨雪，天地合，乃敢与君绝。

长 歌 行

汉乐府

【文本导读】这是一首咏叹人生的诗歌。诗歌借园中葵"托物起兴"而唱人生，"兴而比"人生最宝贵的东西——青春，借物言理，鼓励青年人要珍惜时光，出言警策，催人奋起。诵读基调为昂扬激越。

青青园中葵，朝露待日晞。
阳春布德泽，万物生光辉。
常恐秋节至，焜黄华叶衰。
百川东到海，何时复西归？
少壮不努力，老大徒伤悲！

十五从军征

汉乐府

【文本导读】此为乐府叙事诗，晋代已入乐，是为控诉残酷繁复的兵役制度而作的。诗歌围绕老兵的返乡经历及其情感变化谋篇结构，巧妙自然；用白描手法绘景写人，层次分明，语言质朴，既含蕴简洁又深沉凝重，很好地收到了"意在言外"、主旨尽在言与不言中、意境深远、韵味绵长的艺术效果。全诗以哀景写哀情，情真意切，颇能体现汉乐府即景抒情的艺术特点。诵读基调为哀婉凄惨。

十五从军征，八十始得归。
道逢乡里人："家中有阿谁？"
"遥看是君家，松柏冢累累。"
兔从狗窦入，雉从梁上飞。
中庭生旅谷，井上生旅葵。
舂谷持作饭，采葵持作羹。
羹饭一时熟，不知饴阿谁。
出门东向看，泪落沾我衣。

有 所 思

汉乐府

【文本导读】此为汉代《铙歌十八曲》之一。铙歌本为"建威扬德，劝士讽敌"的军乐，清人庄述祖云："短箫铙歌之为军乐，特其声耳；其辞不必皆序战阵之事。"（《汉铙歌句解》）诗歌以"双珠玳瑁簪"这一爱情信物为线索，通过"赠"与"毁"及"毁后"三个阶段，用第一人称来表现主人公的爱与恨，决绝与不忍的感情波折，由大起大落到余波不竭。典型的行动细节描写、景物的比兴烘托刻画出人物的细微心思，奏响了热恋、失恋、眷恋心理三部曲，层次清晰而又错综，感情跌宕而有韵致。诵读时，要注意把握女子在遭到爱情波折前后的复杂情绪。

有所思，乃在大海南。
何用问遗君？双珠玳瑁簪。
用玉绍缭之。
闻君有他心，拉杂摧烧之。

摧烧之,当风扬其灰。
从今以往,勿复相思,相思与君绝!
鸡鸣狗吠,兄嫂当知之。
妃呼狶!
秋风肃肃晨风飔,东方须臾高知之!

饮马长城窟行

汉乐府

【文本导读】《饮马长城窟行》又称《饮马行》。诗歌体现了女主人公从痛苦绝望到惊喜激动再到失望平静的心情,表达了与丈夫别离的女主人公在家中"独守"的悲苦和对丈夫的思念之情。全诗化虚为实,尤其以梦境为中心内容的前八句,形式结构相当有特色:每句协韵,两句一转,前一韵的末句与后一韵的首句词语重叠,环环相扣,逐层推进。这种联绵顶真的用法,在后世发展成为独特的"辘轳体"。诗歌语言朴实,没有华丽的辞藻,雅俗共赏,而且非常容易记诵。诗中所述故事情节较为曲折,上节叙梦,下节读信,转折自然流畅,没有丝毫的人工斧凿之痕迹。诵读时,要准确把握女主人公的心境变化。

青青河畔草,绵绵思远道。
远道不可思,宿昔梦见之。
梦见在我傍,忽觉在他乡。
他乡各异县,展转不相见。
枯桑知天风,海水知天寒。
入门各自媚,谁肯相为言!
客从远方来,遗我双鲤鱼。
呼儿烹鲤鱼,中有尺素书。
长跪读素书,书中竟何如?
上言加餐食,下言长相忆。

江 南

汉乐府

【文本导读】此为采莲歌,反映了采莲时的光景和采莲人欢乐的心情。诗歌以简洁明快的语言、回旋反复的音调、优美隽永的意境、清新明朗的格调,勾勒了一幅明丽美妙的图画,在汉乐府民歌中具有独特的风味。全诗无一字写人,但似如闻其声、如见其人、如临其境,感受到一股生机勃勃的青春与活力。诵读基调为轻松欢愉。

江南可采莲,莲叶何田田。鱼戏莲叶间。鱼戏莲叶东,鱼戏莲叶西,鱼戏莲叶南,鱼戏莲叶北。

羽 林 郎

［汉］辛延年

【文本导读】诗歌描写的是一位卖酒的女子,义正词严而又委婉得体地拒绝了权贵家豪奴的调戏,谱写了一曲反抗强暴凌辱的赞歌。"胡姬"以下十句,铺陈夸张,欲张先弛,曲折有致,自然而又连贯,运用了白描、夸张、骈俪、借代等多种手法写"胡姬"的艳丽美貌;末八句态度坚决而辞气和婉,语含嘲讽而不失礼貌,辞婉意严,绵里藏针,以柔克刚。"骈丽之词,归宿却极贞正,风之变而不失其正者也。'一鬟五百万'二句,须知不是论鬟。"(清·沈德潜《古诗源》)诵读时,要态度和婉、语气坚定。

昔有霍家奴,姓冯名子都。
依倚将军势,调笑酒家胡。
胡姬年十五,春日独当垆。
长裾连理带,广袖合欢襦。
头上蓝田玉,耳后大秦珠。
两鬟何窈窕,一世良所无。
一鬟五百万,两鬟千万余。
不意金吾子,娉婷过我庐。
银鞍何煜爚,翠盖空踟蹰。
就我求清酒,丝绳提玉壶。
就我求珍肴,金盘脍鲤鱼。
贻我青铜镜,结我红罗裾。

不惜红罗裂，何论轻贱躯！
男儿爱后妇，女子重前夫。
人生有新故，贵贱不相逾。
多谢金吾子，私爱徒区区。

咏 史

〔汉〕 班 固

【文本导读】 诗歌借用西汉文帝时缇萦上书的事迹，表达了由于诸子不肖而使自己受到牵累的哀伤与无奈，同时也流露出能够因圣主明君发动恻隐之心而获得宽宥的微茫期许。全诗叙事简洁，语言质朴，亦不乏"忧心摧折裂，晨风扬激声"的声情和"百男何愦愦，不如一缇萦"的寄慨，唱叹之至。全诗遣字用韵融入声韵理论，偶句押韵，一韵到底，全押平声；二、四两字，平仄互异，表现诗歌语言形式美，以提示语义间层次的明晰性。诵读时，要注意叙事、唱叹的转换。

三王德弥薄，惟后用肉刑。
太苍令有罪，就递长安城。
自恨身无子，困急独茕茕。
小女痛父言，死者不可生。
上书诣阙下，思古歌鸡鸣。
忧心摧折裂，晨风扬激声。
圣汉孝文帝，恻然感至情。
百男何愦愦，不如一缇萦。

临 终 诗

〔汉〕 孔 融

【文本导读】 诗歌开宗明义，沉痛地惋惜"事败"；"河溃"二句，巧喻双关，含深自悔尤，引咎切责；"人有"句哀叹孤立无援、独木难支；最终以极其沉痛的语调，作无可奈何的结笔。全诗叙喻错综，或单叙，或先叙后喻，或连续用喻，笔法参差多变；引事运典灵活，或隐括，或变用；而以双关、假托、暗示等艺术手法，揭示曹操篡汉野心。诵读时，要注意体会哀婉凄切又暗含凛然生气的情感。

言多令事败，器漏苦不密。
河溃蚁孔端，山坏由猿穴。
涓涓江汉流，天窗通冥室。
谗邪害公正，浮云翳白日。
靡辞无忠诚，华繁竟不实。
人有两三心，安能合为一。
三人成市虎，浸渍解胶漆。
生存多所虑，长寝万事毕。

明月皎夜光

《古诗十九首》

【文本导读】此诗前八句以悲秋起兴，铺排秋夜明月繁星及时节物候变化，渲染秋夜清寂炎凉气氛；"不念携手好，弃我如遗迹"这一妙喻，宕开一笔，表露了诗人不谙世态炎凉的无比惊讶、悲愤和不平。全诗融情于景，构思新颖，前后照应，开合得体，表现出流离客中的无限惆怅和凄怆。诵读基调为失意怅然、伤痛悲哀。

明月皎夜光，促织鸣东壁。
玉衡指孟冬，众星何历历。
白露沾野草，时节忽复易。
秋蝉鸣树间，玄鸟逝安适。
昔我同门友，高举振六翮。
不念携手好，弃我如遗迹。
南箕北有斗，牵牛不负轭。
良无盘石固，虚名复何益？

行行重行行

《古诗十九首》

【文本导读】此诗为汉代五言诗，收入梁代昭明太子萧统编的《昭明文选》，是汉末动荡岁月中的相思乱离之歌，"情真、景真、事真、意真"（元·陈绎曾《诗谱》）。诗歌首叙初别之情，次叙路远会难，再叙相思之苦，末以宽慰期待作结，离合奇正、不迫不露、句意平远,现转换变化之妙。同一相思别离用或显或寓、或直或曲、或托物比兴的方法层层深入;叠词的运用,形成内在节奏上的重叠反复,给人以复沓的音律美和沉重的压抑感。诵读时,要注意把握主人公悲感无端、反复低回的心理特点。

行行重行行,与君生别离。
相去万余里,各在天一涯。
道路阻且长,会面安可知?
胡马依北风,越鸟巢南枝。
相去日已远,衣带日已缓。
浮云蔽白日,游子不顾反。
思君令人老,岁月忽已晚。
弃捐勿复道,努力加餐饭。

涉江采芙蓉

《古诗十九首》

【文本导读】这是产生于汉代的文人五言诗。此诗借助他乡游子和家乡思妇采集芙蓉来表达相互之间的思念之情这一现象,深刻地反映了游子思妇的现实生活与精神生活的痛苦。全诗运用借景抒情及白描手法抒写漂泊异地失意者的离别相思之情;从游子和思妇两个角度交错叙写,表现游子思妇的强烈情感;同时运用"悬想"手法,在虚实结合中强化游子思妇的相思之苦。"采之"句以乐景表哀情,"还顾"句"悬想"归家渺茫。诵读时,要体现痛苦无奈的情绪。

涉江采芙蓉,兰泽多芳草。
采之欲遗谁?所思在远道。
还顾望旧乡,长路漫浩浩。
同心而离居,忧伤以终老。

短 歌 行

[三国] 曹 操

【文本导读】"短歌行"本为乐府旧题,属于《相和歌辞·平调曲》。这是曹操求贤若渴、希望人才都来投靠自己的"求贤歌"。诗歌四句一节,首节忧叹人生苦短;次节

用了典故来作比,"婉而多讽";第三节再次抒写为求贤而愁,又表示要待贤以礼;末节画龙点睛。全诗抑扬低昂,反复咏叹,抒情浓烈;比兴兼用,寓理于情,以情感人。诵读时,要诚挚恳切,饱含深情。

对酒当歌,人生几何!
譬如朝露,去日苦多。
慨当以慷,忧思难忘。
何以解忧?唯有杜康。
青青子衿,悠悠我心。
但为君故,沉吟至今。
呦呦鹿鸣,食野之苹。
我有嘉宾,鼓瑟吹笙。
明明如月,何时可掇?
忧从中来,不可断绝。
越陌度阡,枉用相存。
契阔谈䜩,心念旧恩。
月明星稀,乌鹊南飞。
绕树三匝,何枝可依?
山不厌高,海不厌深。
周公吐哺,天下归心。

蒿里行

[三国] 曹 操

【文本导读】曹操的这首《蒿里行》是用乐府旧题写时事,反映出东汉末军阀混战及战乱中人民遭受的种种灾难。"汉末实录,真诗史也。"(明·钟惺《古诗归》)"'军合'四句,足尽诸人心事。'白骨'四句悲哀。笔下整严,老气无敌。"(清·陈祚明《采菽堂古诗选》)诗人运用民歌的形式,不假比兴,纯用白描,寥寥几笔就将悲惨凄凉、让人触目惊心的广阔社会画面展现在读者面前。全诗集典故、事例、描述于一身,既形象具体,又内蕴深刻,对当时的社会现实进行了批判。诵读基调为质朴刚健、沉郁悲壮。

关东有义士,兴兵讨群凶。
初期会盟津,乃心在咸阳。
军合力不齐,踌躇而雁行。
势利使人争,嗣还自相戕。

淮南弟称号，刻玺于北方。
铠甲生虮虱，万姓以死亡。
白骨露于野，千里无鸡鸣。
生民百遗一，念之断人肠。

燕 歌 行

[三国] 曹 丕

【文本导读】曹丕的这首诗是今存最早的一首完整的七言诗。诗歌把摹景抒情、写人叙事巧妙交融，叙述了一位女子对丈夫的思念，笔致委婉，语言清丽，感情缠绵，构成了一种千回百转、凄凉哀怨的风格。"倾情，倾度，倾色，倾声，古今无两。"（明末清初·王夫之《薑斋诗话》）"风调极其苍凉，百十二字，首尾一笔不断，中间却具千曲百折，真杰构也。"（清·吴淇《六朝选诗定论》）全诗娓娓叙来，几经掩抑往复，写出了女子内心不绝如缕的柔情，实为叠韵歌行之祖。诵读基调为寂寞忧伤。

秋风萧瑟天气凉，草木摇落露为霜。
群燕辞归鹄南翔，念君客游思断肠。
慊慊思归恋故乡，君何淹留寄他方？
贱妾茕茕守空房，忧来思君不敢忘，不觉泪下沾衣裳。
援琴鸣弦发清商，短歌微吟不能长。
明月皎皎照我床，星汉西流夜未央。
牵牛织女遥相望，尔独何辜限河梁？

白 马 篇

[三国] 曹 植

【文本导读】《白马篇》是乐府歌辞，又称《游侠篇》，是一位英雄少年的"理想之歌"。诗歌用铺陈手法反复咏叹，塑造了一位武艺精绝、忠心报国的白马英雄的形象，歌颂了他为国献身、视死如归的高尚精神，寄托了诗人为国建功立业的雄心壮志。清人方东树评论曹植的这首诗说，"此篇奇警"，又说此篇"实出自屈子《九歌·国殇》"（《昭昧詹言》）。全诗不仅节奏张弛有致，篇章波澜起伏，而且洋溢着为国家建功立业的渴望和憧憬之情。诵读基调为慷慨激昂、意气风发。

白马饰金羁,连翩西北驰。
借问谁家子,幽并游侠儿。
少小去乡邑,扬声沙漠垂。
宿昔秉良弓,楛矢何参差。
控弦破左的,右发摧月支。
仰手接飞猱,俯身散马蹄。
狡捷过猴猿,勇剽若豹螭。
边城多警急,虏骑数迁移。
羽檄从北来,厉马登高堤。
长驱蹈匈奴,左顾凌鲜卑。
弃身锋刃端,性命安可怀?
父母且不顾,何言子与妻!
名编壮士籍,不得中顾私。
捐躯赴国难,视死忽如归。

送应氏(其一)

[三国] 曹 植

【文本导读】曹植的《送应氏》共两首,这是第一首。这首诗是建安诗歌中反映战乱和战乱给人民带来极大苦难的代表作品之一。诗的前十句写眼前洛阳的残破,重点只在一个"望"字,通过"望",写出洛阳的残破,也写出了百姓的苦难。后六句设想应氏兄弟还归汝南途中的荒凉。诗歌的重点在于描写遥望洛阳所目睹的荒凉景象,只是由最后的几句带出"游子",收回到"送客远行"的主题上来,具有很强的现实性。全诗语言质朴,无过分的铺采文藻,然真实的情感溢于言表。整首诗自然流走,看似不甚经意,却显得古朴高妙。诵读时,语气应感伤沉痛。

步登北邙阪,遥望洛阳山。
洛阳何寂寞,宫室尽烧焚。
垣墙皆顿擗,荆棘上参天。
不见旧耆老,但睹新少年。
侧足无行径,荒畴不复田。
游子久不归,不识陌与阡。
中野何萧条,千里无人烟。
念我平常居,气结不能言。

野田黄雀行

[三国] 曹 植

【文本导读】曹丕称帝后，凡与曹植亲近的人，一一受到曹丕的迫害。曹植无力相救，悲从中来，写了这首悼友诗。诗中以"见鹞自投罗"的黄雀为喻，说明友人的危险处境，也表现出对友人遭遇无法救援的悲哀；同时塑造了一个"拔剑捎罗网"、慷慨救难的侠义少年形象，寄托了诗人的思想与反抗精神。"黄雀得飞飞""飞飞摩苍天"二句中的叠字及顶真修辞手法都是乐府民歌中常见的。全诗采用比兴手法，抒写情感，意象高古，语言警策。后半部分又运用幻想把深悲极痛之情，以乐事乐语来加以表现，增强了诗歌凄楚的艺术感染力。诵读基调为悲愤壮烈。

高树多悲风，海水扬其波。
利剑不在掌，结友何须多！
不见篱间雀，见鹞自投罗。
罗家得雀喜，少年见雀悲。
拔剑捎罗网，黄雀得飞飞。
飞飞摩苍天，来下谢少年。

七哀诗三首（其一）

[三国] 王 粲

【文本导读】此诗为乐府歌辞。首章交代离开长安的原因在于战乱，"复"现出感慨与悲哀，"亲戚对我悲，朋友相追攀"用互文写离别的表情和动作，营造出生离死别的悲惨气氛；妇人弃子画面鲜明而生动地表现了战乱给人民带来的沉重灾难，催人泪下；结句表明思念贤明君王的急切心情，进而从内心发出深深的哀叹。"'南登霸陵岸'二句思治。以下转换振起，沉痛悲凉，寄哀终古。"（清·方东树《昭昧詹言》）诵读时，语气要哀伤、悲凉、沉痛。

西京乱无象，豺虎方遘患。
复弃中国去，委身适荆蛮。
亲戚对我悲，朋友相追攀。
出门无所见，白骨蔽平原。
路有饥妇人，抱子弃草间。

顾闻号泣声，挥涕独不还。
"未知身死处，何能两相完？"
驱马弃之去，不忍听此言。
南登霸陵岸，回首望长安。
悟彼下泉人，喟然伤心肝。

咏　史

[晋]　左　思

【文本导读】左思的这首《咏史》描写了在门阀制度下，出身寒微的有才之人受到压制，而无能世家大族子弟却占据要位的社会现实，抨击了"上品无寒门，下品无势族"（《晋书·刘毅传》）的不平现象。诗歌以自然景象比兴，包含了特定的社会内容。全诗皆用对比，形象鲜明；由隐而显，抨击时弊，借历史以抒发自己的怀才抱负，对不合理的社会现象进行无情的揭露和抨击，一层比一层深入，具有良好的艺术效果。诵读基调为沉郁愤激。

郁郁涧底松，离离山上苗。
以彼径寸茎，荫此百尺条。
世胄蹑高位，英俊沉下僚。
地势使之然，由来非一朝。
金张藉旧业，七叶珥汉貂。
冯公岂不伟，白首不见招。

归园田居（其一）

[晋]　陶渊明

【文本导读】陶渊明的这首诗为其辞官归来后所作的《归园田居》组诗中的第一首，描绘了田园风光的美好与农村生活的淳朴自然，抒发了归隐后愉悦的心情。诗歌主要以追悔开始，以庆幸结束，追悔自己"误落尘网""久在樊笼"的压抑与痛苦，庆幸自己终"归园田"、复"返自然"的惬意与欢欣，真切表达了对污浊官场的厌恶，对山林隐居生活的无限向往与怡然陶醉。全诗运用白描手法描写园田风光的远近景，有声有色；多处运用对偶、对比，语言明白清新，几如白话，质朴无华。诵读基调为欢欣喜悦、毫无羁绊。

少无适俗韵，性本爱丘山。
误落尘网中，一去三十年。
羁鸟恋旧林，池鱼思故渊。
开荒南野际，守拙归园田。
方宅十余亩，草屋八九间。
榆柳荫后檐，桃李罗堂前。
暧暧远人村，依依墟里烟。
狗吠深巷中，鸡鸣桑树颠。
户庭无尘杂，虚室有余闲。
久在樊笼里，复得返自然。

庚戌岁九月中于西田获早稻

〔晋〕陶渊明

【文本导读】 陶渊明的这首五言古诗，描写了"躬耕自资"的田园劳动。诗歌夹叙夹议，透过收稻之叙说，抒发躬耕之情怀，表达了怡然自得的感情和淡泊名利、超然出世的无为思想。诗中所耀动的思想光彩、对人生意义的坚实体认，正是此诗极为宝贵的价值之所在。诵读基调为怡然、洒脱。

人生归有道，衣食固其端。
孰是都不营，而以求自安？
开春理常业，岁功聊可观。
晨出肆微勤，日入负耒还。
山中饶霜露，风气亦先寒。
田家岂不苦？弗获辞此难。
四体诚乃疲，庶无异患干。
盥濯息檐下，斗酒散襟颜。
遥遥沮溺心，千载乃相关。
但愿长如此，躬耕非所叹。

饮酒（其五）

[晋] 陶渊明

【文本导读】陶渊明的《饮酒（其五）》是一首备受赞誉的田园诗。此诗主要描摹了诗人弃官归隐田园后的悠然自得心态，体现出诗人决心摒弃浑浊的世俗功名后返璞归真，陶醉在自然界中，乃至步入得"真意"而"忘言"境界的人生态度和生命体验。此诗意境从虚静"忘世"，到物化忘我，再到得意"忘言"，层层推进，是陶渊明归隐后适意自然人生哲学和返璞归真诗歌风格最深邃、最充分的体现。诵读时，要怡然自得、自我陶醉。

结庐在人境，而无车马喧。
问君何能尔，心远地自偏。
采菊东篱下，悠然见南山。
山气日夕佳，飞鸟相与还。
此中有真意，欲辨已忘言。

咏荆轲

[晋] 陶渊明

【文本导读】全诗大部分篇幅都用来写荆轲之行，借助出京、饮饯、登程、搏击几个场面的极力渲染，尤其着力于人物动作的刻画，塑造了一个大义凛然的除暴英雄的形象，突出了荆轲不畏强暴、义无反顾的豪壮之举，热情歌咏了荆轲刺秦王的大无畏精神。刺秦王过程写得极简，表现了诗人无限的惋惜之情。"悲筑""高声""哀风""寒波"的易水送别场景，强烈地表达出"壮士一去兮不复还"的英雄主题，成为千古绝唱。南宋朱熹在《朱子语类》中说："渊明诗，人皆说平淡，余看他自豪放，但豪放得来不觉耳。其露出本相者，是《咏荆轲》一篇。"诵读时，要豪放悲壮、酣畅淋漓，有"怒目金刚"之气势。

燕丹善养士，志在报强嬴。
招集百夫良，岁暮得荆卿。
君子死知己，提剑出燕京。
素骥鸣广陌，慷慨送我行。
雄发指危冠，猛气冲长缨。

饮饯易水上，四座列群英。
渐离击悲筑，宋意唱高声。
萧萧哀风逝，淡淡寒波生。
商音更流涕，羽奏壮士惊。
公知去不归，且有后世名。
登车何时顾，飞盖入秦庭。
凌厉越万里，逶迤过千城。
图穷事自至，豪主正怔营。
惜哉剑术疏，奇功遂不成！
其人虽已没，千载有余情。

西洲曲

南朝乐府民歌

【文本导读】诗歌凡五言三十二句，四句一解，是南朝乐府民歌中最长的抒情诗篇。诗歌描写了一位少女从初春到深秋，从现实到梦境，对钟爱之人的苦苦思念，洋溢着浓烈的生活气息和鲜明的感情色彩，"充满了曼丽宛曲的情调，清辞俊语，连翩不绝，令人'情灵摇荡'"（郑振铎《中国俗文学史》）。"门""莲"等字的叠用，表现了女子心情的多变，时而焦虑，时而温情，时而甜蜜，时而惆怅；顶真的修辞则使句子灵活生动，朗朗上口，声情摇曳，情味无穷。诵读基调为缠绵流转。

忆梅下西洲，折梅寄江北。
单衫杏子红，双鬓鸦雏色。
西洲在何处？两桨桥头渡。
日暮伯劳飞，风吹乌臼树。
树下即门前，门中露翠钿。
开门郎不至，出门采红莲。
采莲南塘秋，莲花过人头。
低头弄莲子，莲子清如水。
置莲怀袖中，莲心彻底红。
忆郎郎不至，仰首望飞鸿。
鸿飞满西洲，望郎上青楼。
楼高望不见，尽日栏杆头。
栏杆十二曲，垂手明如玉。
卷帘天自高，海水摇空绿。
海水梦悠悠，君愁我亦愁。

南风知我意，吹梦到西洲。

登池上楼

［南北朝］谢灵运

【文本导读】 谢灵运是我国第一个写大量山水诗的著名诗人。他的这首诗歌以登池上楼为中心，抒发了复杂的情绪：孤芳自赏的情调、政治失意的牢骚、进退不得的苦闷、对政敌含而不露的怨愤、归隐的志趣等。"池塘生春草，园柳变鸣禽"，即景成章，自然天成，有声有色，远近交错，充满蓬勃生气，反衬失意之情。末二句从进退维谷的困境中解脱出来，以高亢的声调收结全篇。全诗或比兴用典，暗喻内心的郁闷和进退失据；或直抒胸臆，诉说独居异乡的孤苦；或以景写情，用生趣盎然的江南春景反衬内心苦闷。诵读时，要注意诗人情感的变化和对仗句式的节奏。

潜虬媚幽姿，飞鸿响远音。
薄霄愧云浮，栖川怍渊沉。
进德智所拙，退耕力不任。
徇禄反穷海，卧疴对空林。
衾枕昧节候，褰开暂窥临。
倾耳聆波澜，举目眺岖嵚。
初景革绪风，新阳改故阴。
池塘生春草，园柳变鸣禽。
祁祁伤豳歌，萋萋感楚吟。
索居易永久，离群难处心。
持操岂独古，无闷征在今。

拟行路难（其四）

［南北朝］鲍 照

【文本导读】 这首诗是鲍照《拟行路难》中的第四首。诗歌托物寓意，比兴遥深而又明白晓畅，抒写了诗人在门阀制度重压下，深感世路艰难从而激发起的愤慨不平之情。明末清初王夫之评论此诗说："先破除，后申理，一俯一仰，神情无限。"（《薑斋诗话》）清代沈德潜评价说："妙在不曾说破。"（《古诗源》）全诗构思迂曲婉转，蕴藉深厚，伴随感情曲折婉转的流露，五言、七言诗句错落有致地相互搭配，韵脚由"流""愁"到"难"

"言"的灵活变换，自然形成了跌宕起伏的气势格调。诵读基调为愁苦悲愤，情感跌宕。

泻水置平地，各自东西南北流。
人生亦有命，安能行叹复坐愁？
酌酒以自宽，举杯断绝歌路难。
心非木石岂无感？吞声踯躅不敢言。

别范安成

[南北朝] 沈　约

【文本导读】这是沈约写给好友范安成老年时离别伤情的送别诗。起句平平叙来，暗含一别之后难得再见的痛苦和沉重；"勿言"二句寄托了依依难舍之情，以及极为珍惜的知己的无限情意，语调低沉，伤感不已；末句把深厚的友情和不忍离别之情推向高潮，是感情的升华，是痛苦的倾诉，含蓄蕴藉，画龙点睛。全诗不但句句言别，句句言友情、别情，气脉贯注，波澜起伏，而且通篇率尔直言，语言通畅流利。诵读时，要把老年人分别时的心理状态和依依不舍的深情厚谊及凄怆酸楚的痛苦心情体现出来。

生平少年日，分手易前期。
及尔同衰暮，非复别离时。
勿言一樽酒，明日难重持。
梦中不识路，何以慰相思？

晚登三山还望京邑

[南北朝] 谢　朓

【文本导读】这首五言古诗是谢朓的代表作，抒写了诗人登山临江所见到的晚春美景及遥望京师而引起的故乡之思。"折合处速甚，所谓羚羊挂角者。如此，虽有踪如无踪也。佳句率成，故足动供奉知赏。"（明末清初·王夫之《古诗评选》）诗歌前两句交代离京的原因和路程，领起望乡之意；中六句写景，描绘登山所望之景；后六句写情，抒发人生感慨。"去矣""怀哉"用虚词对仗，造成散文式的感叹语气，增强了声情摇曳的节奏感。全诗首尾呼应，写景色调绚烂纷繁、满目彩绘，写情单纯柔和、轻清温婉，又平仄协调、对偶工整。诵读时，要注意体味五言古诗的节奏感。

灞涘望长安，河阳视京县。
白日丽飞甍，参差皆可见。
余霞散成绮，澄江静如练。
喧鸟覆春洲，杂英满芳甸。
去矣方滞淫，怀哉罢欢宴。
佳期怅何许，泪下如流霰。
有情知望乡，谁能鬒不变？

拟咏怀（其七）

［南北朝］庾　信

【文本导读】《拟咏怀》二十七首是庾信的代表作，抒发了他被留西魏时怀念故国的感情和身世之悲。本诗为其中第七首。诗歌以纤腰消瘦、眼睛损坏、容颜迅速衰老且满怀离恨的闺中思妇自况，借用精卫、河神典故，突出自己羁留北朝、无法南归之痛，悲伤落泪，恨心不歇，怀着思归而不得的期望。全诗用对偶句组成，两两属对工整；隔句用韵，音节和谐。诵读基调为悲痛哀婉。

榆关断音信，汉使绝经过。
胡笳落泪曲，羌笛断肠歌。
纤腰减束素，别泪损横波。
恨心终不歇，红颜无复多。
枯木期填海，青山望断河。

晚出新亭

［南北朝］阴　铿

【文本导读】诗歌首句写新亭晚景，次句点明"离悲"无奈，后将落潮、昏云、戍鼓、寒松等景物组合成一幅孤舟远行图。全诗语言洗练，感情真挚，形象鲜明，意境幽远；讲求格律，已近乎唐人五律。诵读基调为悲愁凄凉。

大江一浩荡，离悲足几重。
潮落犹如盖，云昏不作峰。
远戍唯闻鼓，寒山但见松。

九十方称半,归途讵有踪?

渡河北

[南北朝] 王　褒

【文本导读】此诗为王褒的记行之章,并于景光风物间寄寓慨叹。诗歌借眼前秋景流露思乡之情,由空间场景导出时间推移,抒写"心悲""肠断"的内在感受,并以薄暮失道来描写迷茫怅惘、恍惚痛苦的情形。全诗层层深入,写情真切,颇具苍劲、雄健的风格。诵读基调为慷慨悲凉。

秋风吹木叶,还似洞庭波。
常山临代郡,亭障绕黄河。
心悲异方乐,肠断陇头歌。
薄暮临征马,失道北山阿。

山中杂诗

[南北朝] 吴　均

【文本导读】吴均的这首描写日落景象的小诗,以白描手法,展现出了一片山村的景象,俨然是一幅绝妙的写生画。诗歌文字简练,条理分明,角度多样,写景状物生动逼真,寓情于景,动静结合,多种感官的调动令人如临其境、悠然神往;一句一画面,素笔淡墨,幽谧飘逸,闲淡自得,清新优美。清代沈德潜赞为"四句写景,自成一格"(《古诗源》)。全诗对偶工整,节奏疏宕,语意灵活。诵读基调为恬淡超然。

山际见来烟,竹中窥落日。
鸟向檐上飞,云从窗里出。

玉树后庭花

[南北朝] 陈叔宝

【文本导读】这首诗被称为"亡国之音"。诗歌着意于对美丽嫔妃的资质、情态的形容，从侧面动态去写，力求略去美人的"形"而写出美人的"神"。全诗结构紧凑，回环照应，景与人相互映衬，意象美不胜收，代表了宫体诗的最高成就。全诗哀怨靡丽而悲凉。诵读时，要注意由乐而哀的情感变化。

丽宇芳林对高阁，新装艳质本倾城。
映户凝娇乍不进，出帷含态笑相迎。
妖姬脸似花含露，玉树流光照后庭。
花开花落不长久，落红满地归寂中。

别宋常侍

[隋] 尹 式

【文本导读】尹式的这首早期律诗，是诗人离开长安前往汉中时写给前来送行的宋常侍的作品。诗歌先说送行之事，转而以比喻抒写同病相怜之意与羁旅漂泊之情，五、六句写衰老之态与迟暮之感，末两句写别后相思之意，寓情于景，以景结情，别有韵致。全篇都是律句和律联，但对偶宽泛，三、四句只是两句一意的十字句而并不构成流水对。诵读基调为愁苦抑郁。

游人杜陵北，送客汉川东。
无论去与住，俱是一飘蓬。
秋鬓含霜白，衰颜倚酒红。
别有相思处，啼鸟杂夜风。

昔 昔 盐

[隋] 薛道衡

【文本导读】这是一首闺怨诗。开头四句"状溢目前"而"情在词外"；中间四句从暗喻转为明写，用旧事喻思妇守空闺；续八句用景物衬托思妇的悲苦情状；末四句寂寞幽怨。全诗对偶工整，意象由暗而明、由外而内、由近而远，铺排中有起伏，工稳中有流动，轻靡中有超逸，绮丽中有清俊，颇有南朝遗风。诵读时，要注意体味其词句的典雅及凄凉悲苦的情感。

垂柳覆金堤，蘼芜叶复齐。

水溢芙蓉沼，花飞桃李蹊。
采桑秦氏女，织锦窦家妻。
关山别荡子，风月守空闺。
恒敛千金笑，长垂双玉啼。
盘龙随镜隐，彩凤逐帷低。
飞魂同夜鹊，倦寝忆晨鸡。
暗牖悬蛛网，空梁落燕泥。
前年过代北，今岁往辽西。
一去无消息，那能惜马蹄。

赠薛播州（其十）

[隋] 杨 素

【文本导读】此诗当作于杨素病重之时。诗歌前四句写景，勾画出一幅苍凉大笔横抹的秋景图；后六句点题，抒写了自我悲凉处境。全诗属五言古风，用仄韵去声，以利于营造苍凉深沉的气氛，其中也不讳四声八病之忌，遣词命句十分自然；虽也有对句，但不事雕琢，继承了五言古风苍莽朴拙的风格。诵读基调为孤寂宏拔。

北风吹故林，秋声不可听。
雁飞穷海寒，鹤唳霜皋净。
含毫心未传，闻音路犹夐。
惟有孤城月，徘徊独临映。
吊影余自怜，安知我疲病！

挽舟者歌

隋朝民歌

【文本导读】这是一首直接表达人民悲痛和愤恨的民歌，当是隋炀帝三下江都时，挽舟民夫们感于处境所作。诗歌以第一人称的口吻，由实而虚，控诉了隋炀帝给人民造成的灾难，高度概括地反映了当时的社会状况。全诗语言质朴凝重，情感真切动人。诵读基调为悲苦愤懑。

我兄征辽东，饿死青山下。

今我挽龙舟，又阻隋堤道。
方今天下饥，路粮无些小。
前去三千程，此身安可保？
寒骨枕荒沙，幽魂泣烟草。
悲损门内妻，望断吾家老。
安得义男儿，焚此无主尸。
引其孤魂回，负其白骨归。

杂诗三首（其三）

[唐] 沈佺期

【文本导读】 沈佺期类似"无题"的《杂诗》共有三首，都写闺中怨情，流露出明显的反战情绪。这一首诗除了怨恨"频年不解兵"外，还希望有良将早日结束战事，思想上较为积极。全诗构思新颖精巧，中间四句所抒之情与所传之意彼此关联，由情生意，由意足情，势若转圜，极为自然。从文气上看，前四句是两个十字句，自然浑成，一气贯通，语势较和缓；五、六句是对偶工巧的两个短句，有如急管繁弦，显得气势促迫；最后两句采用散行的句子，文气重新变得缓和起来。全诗以问句作结，越发显得言短意长，含蕴无尽。诵读时，注意把握诗歌情感、节奏的变化。

闻道黄龙戍，频年不解兵。
可怜闺里月，长在汉家营。
少妇今春意，良人昨夜情。
谁能将旗鼓，一为取龙城。

独不见

[唐] 沈佺期

【文本导读】 "独不见"本是乐府《杂曲歌辞》的旧题，而此诗则是完整的七律。诗歌描写了闺妇思念征夫的苦闷心情，表达了人们对战争的厌恶、对和平团聚生活的渴望和向往。全诗运用客观景物衬托主观之情，极力抒写思妇之愁苦情状。诵读基调为孤苦哀怨。

卢家少妇郁金堂，海燕双栖玳瑁梁。

九月寒砧催木叶,十年征戍忆辽阳。
白狼河北音书断,丹凤城南秋夜长。
谁为含愁独不见,更教明月照流黄?

野 望

[唐] 王 绩

【文本导读】诗歌写的是山野秋景,闲逸的情调中带有几分彷徨和苦闷。诗歌首尾两联抒情言事,中间两联写景,经过情—景—情这一反复,于萧瑟怡静的景色描写中流露出孤独抑郁的心情。"此诗格调最清,宜取以压卷。视此,则律中起承转合了然矣。"(清·王尧衢《古唐诗合解》)全诗取境开阔,风格清新,属对工整,格律和谐,是唐初最早的五言律诗之一。诵读时,要注意体味静谧恬淡中的孤独无依。

东皋薄暮望,徙倚欲何依。
树树皆秋色,山山唯落晖。
牧人驱犊返,猎马带禽归。
相顾无相识,长歌怀采薇。

吾有十亩田

[唐] 王梵志

【文本导读】这首诗是由六朝的所谓新体诗到唐代律诗的过渡,古而有律句,似律而实古。诗章法分明,前四句写事物、摹景色,后四句叙行动、抒抱负。全诗意境浑然一体,一气呵成,有脱口而出、水到渠成之势,颇有自然美。诵读基调为睥睨立世、潇洒傲然。

吾有十亩田,种在南山坡。
青松四五树,绿豆两三窠。
热即池中浴,凉便岸上歌。
遨游自取足,谁能奈我何!

送杜少府之任蜀州

[唐] 王 勃

【文本导读】 这首诗一洗送别诗的悲凉凄怆,毫无离别的伤感愁绪,表现出高远的志趣和旷达的胸怀,体现了人间真挚深厚的友情。颔联应对仗,但却以散调相承,对偶不求工整,极抒情感;颈联饱含"友情深厚,江山难阻"的深情。全诗开合顿挫,气脉流通,音节铿锵,境界宏大,胸襟开朗,清新豪放。诵读基调为开合有致、乐观豁达。

城阙辅三秦,风烟望五津。
与君离别意,同是宦游人。
海内存知己,天涯若比邻。
无为在歧路,儿女共沾巾。

滕王阁诗

[唐] 王 勃

【文本导读】 此为王勃七言古诗,附于《滕王阁序》后,概括了序的内容。诗歌在阁、江、栋、帘、云、雨、山、浦、潭影等空间和日悠悠、物换、星移、几度秋、今何在等时间的双重维度展开吟咏,苍劲有力,用词含蓄。最后用对偶句,一开一合结束全篇,自然不突兀。全诗笔意纵横,语言凝练,感慨遥深,气度高远,境界宏大。诵读时,要由高亢激越转为消沉苍凉。

滕王高阁临江渚,佩玉鸣鸾罢歌舞。
画栋朝飞南浦云,珠帘暮卷西山雨。
闲云潭影日悠悠,物换星移几度秋。
阁中帝子今何在?槛外长江空自流。

从军行

[唐] 杨 炯

【文本导读】 杨炯借用乐府旧题"从军行",描写了书生投笔从戎、出塞参战的全过程。诗歌采用跳跃式的结构,具有明快的节奏,如山崖上飞流惊湍,给人一气直下、一往无前的气势,有力地凸显出书生强烈的爱国激情和唐军将士气壮山河的精神面貌。全诗笔力极其雄劲。诵读基调为慷慨激越。

烽火照西京,心中自不平。
牙璋辞凤阙,铁骑绕龙城。
雪暗凋旗画,风多杂鼓声。
宁为百夫长,胜作一书生。

长安古意

[唐] 卢照邻

【文本导读】 这首诗名为"古意",实抒今情。诗歌写法近似汉赋,对描写对象极力铺陈渲染,并且略带"劝百讽一"之意。"端丽不乏风华,当在骆宾王《帝京篇》上。"(明·陆时雍《唐诗镜》)闻一多先生将《长安古意》称为"宫体诗的自赎"。全诗回环照应,详略得宜,而结尾又颇具兴义,耐人涵泳。诗歌一般以四句一换景或一转意,诗韵更迭转换,形成生龙活虎般腾踔的节奏。同时,在转意换景处多用连珠格,或前分后总的复沓层递句式,使意换辞联,形成一气到底而又缠绵往复的旋律。诵读时,要注意对盛衰相代、愤慨寂寥之感的把握。

长安大道连狭斜,青牛白马七香车。
玉辇纵横过主第,金鞭络绎向侯家。
龙衔宝盖承朝日,凤吐流苏带晚霞。
百尺游丝争绕树,一群娇鸟共啼花。
游蜂戏蝶千门侧,碧树银台万种色。
复道交窗作合欢,双阙连甍垂凤翼。
梁家画阁中天起,汉帝金茎云外直。
楼前相望不相知,陌上相逢讵相识。
借问吹箫向紫烟,曾经学舞度芳年。

得成比目何辞死，愿作鸳鸯不羡仙。
比目鸳鸯真可羡，双去双来君不见。
生憎帐额绣孤鸾，好取门帘帖双燕。
双燕双飞绕画梁，罗帷翠被郁金香。
片片行云着蝉鬓，纤纤初月上鸦黄。
鸦黄粉白车中出，含娇含态情非一。
妖童宝马铁连钱，娼妇盘龙金屈膝。
御史府中乌夜啼，廷尉门前雀欲栖。
隐隐朱城临玉道，遥遥翠幰没金堤。
挟弹飞鹰杜陵北，探丸借客渭桥西。
俱邀侠客芙蓉剑，共宿娼家桃李蹊。
娼家日暮紫罗裙，清歌一啭口氛氲。
北堂夜夜人如月，南陌朝朝骑似云。
南陌北堂连北里，五剧三条控三市。
弱柳青槐拂地垂，佳气红尘暗天起。
汉代金吾千骑来，翡翠屠苏鹦鹉杯。
罗襦宝带为君解，燕歌赵舞为君开。
别有豪华称将相，转日回天不相让。
意气由来排灌夫，专权判不容萧相。
专权意气本豪雄，青虬紫燕坐春风。
自言歌舞长千载，自谓骄奢凌五公。
节物风光不相待，桑田碧海须臾改。
昔时金阶白玉堂，即今惟见青松在。
寂寂寥寥扬子居，年年岁岁一床书。
独有南山桂花发，飞来飞去袭人裾。

在狱咏蝉

[唐] 骆宾王

【文本导读】 这首诗是骆宾王的代表诗作。诗歌通过比兴咏物抒情，借歌咏蝉的高洁品行，以蝉寓己，寓情于物，寄托遥深，蝉、人浑然一体，抒写了品行高洁却"遭时徽缧"的哀怨悲伤之情，表达了辨明无辜、昭雪沉冤的愿望。全诗情感充沛，取譬明切，用典自然，语意双关，达到了物我一体的境界。诵读基调为沉郁深婉、哀伤蕴藉。

西陆蝉声唱,南冠客思深。
不堪玄鬓影,来对白头吟。
露重飞难进,风多响易沉。
无人信高洁,谁为表予心?

春江花月夜

[唐] 张若虚

【文本导读】 诗歌沿用陈隋乐府旧题,运用富有生活气息的清丽之笔,以月为主体,以江为场景,融诗情、画意、哲理为一体,汇成一种情、景、理水乳交融的深沉、寥廓、宁静的意境,是"诗中的诗,顶峰上的顶峰"(闻一多《宫体诗的自赎》)。全诗每四句一换韵,共换九韵,交互杂沓,高低音相间,平仄交错,一唱三叹,前呼后应,既回环反复,又层出不穷,音乐节奏感强烈而优美,声情与文情丝丝入扣,婉转谐美。诵读时,注意空灵迷茫、淡雅清幽与悲慨激荡、含蓄隽永的转换。

春江潮水连海平,海上明月共潮生。
滟滟随波千万里,何处春江无月明!
江流宛转绕芳甸,月照花林皆似霰。
空里流霜不觉飞,汀上白沙看不见。
江天一色无纤尘,皎皎空中孤月轮。
江畔何人初见月?江月何年初照人?
人生代代无穷已,江月年年望相似。
不知江月待何人,但见长江送流水。
白云一片去悠悠,青枫浦上不胜愁。
谁家今夜扁舟子?何处相思明月楼?
可怜楼上月徘徊,应照离人妆镜台。
玉户帘中卷不去,捣衣砧上拂还来。
此时相望不相闻,愿逐月华流照君。
鸿雁长飞光不度,鱼龙潜跃水成文。
昨夜闲潭梦落花,可怜春半不还家。
江水流春去欲尽,江潭落月复西斜。
斜月沉沉藏海雾,碣石潇湘无限路。
不知乘月几人归,落月摇情满江树。

代悲白头翁

[唐] 刘希夷

【文本导读】 又作《代白头吟》。诗歌从女子写到老翁,咏叹青春易逝、富贵无常,构思独特,抒情婉转,语言优美,音韵和谐,融汇了汉魏歌行、南朝近体及梁陈宫体的艺术经验。全诗汲取了乐府诗的叙事间发议论、古诗的以叙事方式抒情的手法,又能巧妙交织对比和发挥对偶、用典的优势,艺术性较高。诵读时,要带有浓厚的感伤意味,间有清丽婉转之气。

洛阳城东桃李花,飞来飞去落谁家?
洛阳女儿惜颜色,坐见落花长叹息。
今年花落颜色改,明年花开复谁在?
已见松柏摧为薪,更闻桑田变成海。
古人无复洛城东,今人还对落花风。
年年岁岁花相似,岁岁年年人不同。
寄言全盛红颜子,应怜半死白头翁。
此翁白头真可怜,伊昔红颜美少年。
公子王孙芳树下,清歌妙舞落花前。
光禄池台文锦绣,将军楼阁画神仙。
一朝卧病无相识,三春行乐在谁边?
宛转蛾眉能几时?须臾鹤发乱如丝。
但看古来歌舞地,唯有黄昏鸟雀悲。

正月十五夜

[唐] 苏味道

【文本导读】 这是一首咏神都洛阳城元宵夜"端门灯火"盛况的古诗。诗歌色彩明艳,用词准确,音调和谐,韵致流溢,有如一幅古代节日的风情画。全诗八句皆对,对仗工整,前后照应,结构紧密,可称得上初唐五律的典范。清代屈复评论说:"此诗人传诵已久,他作莫及者。元夜情景,包括已尽,笔致流动。天下游人,今古同情,结句遂成绝调。"(《唐诗成法》)诵读基调为热烈昂扬。

火树银花合，星桥铁锁开。
暗尘随马去，明月逐人来。
游伎皆秾李，行歌尽落梅。
金吾不禁夜，玉漏莫相催。

遣悲怀三首（其三）

[唐] 元 稹

【文本导读】《遣悲怀三首》是唐代诗人元稹的组诗作品，此为其三。全诗直抒胸臆，朴素自然，痴情欲绝，以浅近通俗的语言和娓娓动人的描绘，抒写了缠绵哀痛的真情。陈寅恪在《元白诗笺证稿》中评说："夫微之悼亡诗中其最为世所传诵者，莫若《三遣悲怀》之七律三首。……悼亡诸诗，所以特为佳作者，直以韦氏之不好虚荣，微之之尚未富贵。贫贱夫妻，关系纯洁，因能措意遣词，悉为真实之故。夫唯真实，遂造诣独绝欤？"诵读时，注意把握由绝望到希望再到无奈的情感变化历程。

闲坐悲君亦自悲，百年都是几多时。
邓攸无子寻知命，潘岳悼亡犹费词。
同穴窅冥何所望，他生缘会更难期。
惟将终夜长开眼，报答平生未展眉。

望月有感

[唐] 白居易

【文本导读】全诗意在写经乱之后，怀念诸位兄弟姊妹之情，读来如听诗人倾诉自己身受的离乱之苦。"时难年荒"，手足离散；"雁""蓬"无根，流离飘转；结尾以"明月"寄托绵邈真挚的诗思，构出了一幅五地望月共生乡愁的图景，收结全诗，创造出浑朴真淳、引人共鸣的艺术境界。清代刘熙载在《艺概》中说："常语易，奇语难，此诗之初关也；奇语易，常语难，此诗之重关也。香山常得奇，此境良非易到。"全诗不用典故，不事藻绘，采用平易的家常话语，抒写人们所共有而又不是人人俱能道出的真实情感，意蕴精深，情韵动人，"用常得奇"。诵读基调为离乱忧伤、愁思不断。

自河南经乱，关内阻饥，兄弟离散，各在一处。因望月有感，聊书所怀，寄上浮梁大兄、於潜七兄、乌江十五兄，兼示符离及下邽弟妹。

时难年荒世业空,弟兄羁旅各西东。
田园寥落干戈后,骨肉流离道路中。
吊影分为千里雁,辞根散作九秋蓬。
共看明月应垂泪,一夜乡心五处同。

钱塘湖春行

[唐] 白居易

【文本导读】 这是一首唱给春日良辰和西湖美景的赞歌。诗歌景中寄情,像一篇短小精悍的游记,从孤山、贾亭始,到湖东、白堤止,写早春的西湖极有特色:一路上,湖青山绿,美如天堂,莺歌燕舞,鸟语花香,沙堤柳荫,一步三回头,恋恋不舍,耳畔还回响着由世间万物共同演奏的春天的赞歌。它既写出了浓郁的春意,又写出了自然之美给人的强烈感受。全诗把感情寄托在景色中,景中有人,人在景中,字里行间流露着喜悦轻松的情绪和对西湖春色细腻新鲜的感受。诵读基调为清丽愉悦。

孤山寺北贾亭西,水面初平云脚低。
几处早莺争暖树,谁家新燕啄春泥。
乱花渐欲迷人眼,浅草才能没马蹄。
最爱湖东行不足,绿杨阴里白沙堤。

长恨歌

[唐] 白居易

【文本导读】 这是一首具有浪漫的传奇色彩和浓郁的抒情气氛的长篇叙事诗。诗歌叙述的是一出美化了的宫廷爱情悲剧。诗歌所表露的情感多样:对李早先的耽乐误国,不无讽刺;对李、杨后来的生死相隔,颇怀怜悯;对李、杨不顾天人阻隔,依然苦苦相思的爱恋,深表同情。全诗叙事有致,张弛自如;抒情深挚,缠绵细腻;章法上下贯通,前后构连;语言优美明丽,自然流畅;运用对偶、排比、顶真等修辞手法娴熟圆美。此诗被后人奉为古代长篇歌行中的绝唱。全诗尽管包含讽刺,但诵读基调仍为同情和欣赏。

汉皇重色思倾国,御宇多年求不得。
杨家有女初长成,养在深闺人未识。

天生丽质难自弃，一朝选在君王侧。
回眸一笑百媚生，六宫粉黛无颜色。
春寒赐浴华清池，温泉水滑洗凝脂。
侍儿扶起娇无力，始是新承恩泽时。
云鬓花颜金步摇，芙蓉帐暖度春宵。
春宵苦短日高起，从此君王不早朝。
承欢侍宴无闲暇，春从春游夜专夜。
后宫佳丽三千人，三千宠爱在一身。
金屋妆成娇侍夜，玉楼宴罢醉和春。
姊妹弟兄皆列土，可怜光彩生门户。
遂令天下父母心，不重生男重生女。
骊宫高处入青云，仙乐风飘处处闻。
缓歌慢舞凝丝竹，尽日君王看不足。
渔阳鼙鼓动地来，惊破霓裳羽衣曲。
九重城阙烟尘生，千乘万骑西南行。
翠华摇摇行复止，西出都门百余里。
六军不发无奈何，宛转蛾眉马前死。
花钿委地无人收，翠翘金雀玉搔头。
君王掩面救不得，回看血泪相和流。
黄埃散漫风萧索，云栈萦纡登剑阁。
峨嵋山下少人行，旌旗无光日色薄。
蜀江水碧蜀山青，圣主朝朝暮暮情。
行宫见月伤心色，夜雨闻铃断肠声。
天旋地转回龙驭，到此踌躇不能去。
马嵬坡下泥土中，不见玉颜空死处。
君臣相顾尽沾衣，东望都门信马归。
归来池苑皆依旧，太液芙蓉未央柳。
芙蓉如面柳如眉，对此如何不泪垂。
春风桃李花开日，秋雨梧桐叶落时。
西宫南内多秋草，落叶满阶红不扫。
梨园弟子白发新，椒房阿监青娥老。
夕殿萤飞思悄然，孤灯挑尽未成眠。
迟迟钟鼓初长夜，耿耿星河欲曙天。
鸳鸯瓦冷霜华重，翡翠衾寒谁与共。
悠悠生死别经年，魂魄不曾来入梦。
临邛道士鸿都客，能以精诚致魂魄。
为感君王辗转思，遂教方士殷勤觅。
排空驭气奔如电，升天入地求之遍。

上穷碧落下黄泉，两处茫茫皆不见。
忽闻海上有仙山，山在虚无缥缈间。
楼阁玲珑五云起，其中绰约多仙子。
中有一人字太真，雪肤花貌参差是。
金阙西厢叩玉扃，转教小玉报双成。
闻道汉家天子使，九华帐里梦魂惊。
揽衣推枕起徘徊，珠箔银屏迤逦开。
云鬓半偏新睡觉，花冠不整下堂来。
风吹仙袂飘飘举，犹似霓裳羽衣舞。
玉容寂寞泪阑干，梨花一枝春带雨。
含情凝睇谢君王，一别音容两渺茫。
昭阳殿里恩爱绝，蓬莱宫中日月长。
回头下望人寰处，不见长安见尘雾。
惟将旧物表深情，钿合金钗寄将去。
钗留一股合一扇，钗擘黄金盒分钿。
但教心似金钿坚，天上人间会相见。
临别殷勤重寄词，词中有誓两心知。
七月七日长生殿，夜半无人私语时。
在天愿作比翼鸟，在地愿为连理枝。
天长地久有时尽，此恨绵绵无绝期。

卖炭翁

[唐] 白居易

【文本导读】 诗歌以个别事例来表现普遍状况，描写了一位烧木炭的老人谋生的困苦，通过卖炭翁的遭遇，深刻地揭露了"宫市"的腐败本质，对统治者掠夺人民的罪行给予了有力的鞭挞与抨击，讽刺了当时腐败的社会现实，表达了诗人对下层劳动人民的深切同情，有很强的社会典型意义。全诗描写具体生动，历历如绘，结尾戛然而止，含蓄有力，在事物细节的选择上和人物心理的刻画上有独到之处。诵读基调为愤激郁结。

卖炭翁，伐薪烧炭南山中。满面尘灰烟火色，两鬓苍苍十指黑。卖炭得钱何所营？身上衣裳口中食。可怜身上衣正单，心忧炭贱愿天寒。夜来城外一尺雪，晓驾炭车辗冰辙。牛困人饥日已高，市南门外泥中歇。翩翩两骑来是谁？黄衣使者白衫儿。手把文书口称敕，回车叱牛牵向北。一车炭，千余斤，宫使驱将惜不得！半匹红绡一丈绫，系向牛头充炭直。

琵琶行

[唐] 白居易

【文本导读】《琵琶行》作于白居易贬官到江州的第二年。诗歌借叙述琵琶女的高超技艺和她的凄凉身世，抒发了诗人个人政治上受打击、遭贬斥的抑郁悲凄之情。在这里，诗人把一个琵琶女视为自己的风尘知己，与她同病相怜，写人写己，哭己哭人，宦海的浮沉、生命的悲哀，全部融合为一体，因而作品具有不同寻常的感染力。精妙独到的音乐描写是这首诗成功的至关重要的因素，作品也因此成为古代诗歌史上音乐描写的不朽典范。诵读基调为悲伤忧愁，尤其要注意把控音乐描写的节奏情感变化。

浔阳江头夜送客，枫叶荻花秋瑟瑟。
主人下马客在船，举酒欲饮无管弦。
醉不成欢惨将别，别时茫茫江浸月。
忽闻水上琵琶声，主人忘归客不发。
寻声暗问弹者谁，琵琶声停欲语迟。
移船相近邀相见，添酒回灯重开宴。
千呼万唤始出来，犹抱琵琶半遮面。
转轴拨弦三两声，未成曲调先有情。
弦弦掩抑声声思，似诉平生不得志。
低眉信手续续弹，说尽心中无限事。
轻拢慢捻抹复挑，初为《霓裳》后《六幺》。
大弦嘈嘈如急雨，小弦切切如私语。
嘈嘈切切错杂弹，大珠小珠落玉盘。
间关莺语花底滑，幽咽泉流冰下难。
冰泉冷涩弦凝绝，凝绝不通声暂歇。
别有幽愁暗恨生，此时无声胜有声。
银瓶乍破水浆迸，铁骑突出刀枪鸣。
曲终收拨当心画，四弦一声如裂帛。
东船西舫悄无言，唯见江心秋月白。
沉吟放拨插弦中，整顿衣裳起敛容。
自言本是京城女，家在虾蟆陵下住。
十三学得琵琶成，名属教坊第一部。
曲罢曾教善才服，妆成每被秋娘妒。
五陵年少争缠头，一曲红绡不知数。
钿头银篦击节碎，血色罗裙翻酒污。

今年欢笑复明年，秋月春风等闲度。
弟走从军阿姨死，暮去朝来颜色故。
门前冷落鞍马稀，老大嫁作商人妇。
商人重利轻别离，前月浮梁买茶去。
去来江口守空船，绕船月明江水寒。
夜深忽梦少年事，梦啼妆泪红阑干。
我闻琵琶已叹息，又闻此语重唧唧。
同是天涯沦落人，相逢何必曾相识！
我从去年辞帝京，谪居卧病浔阳城。
浔阳地僻无音乐，终岁不闻丝竹声。
住近湓江地低湿，黄芦苦竹绕宅生。
其间旦暮闻何物？杜鹃啼血猿哀鸣。
春江花朝秋月夜，往往取酒还独倾。
岂无山歌与村笛，呕哑嘲哳难为听。
今夜闻君琵琶语，如听仙乐耳暂明。
莫辞更坐弹一曲，为君翻作《琵琶行》。
感我此言良久立，却坐促弦弦转急。
凄凄不似向前声，满座重闻皆掩泣。
座中泣下谁最多？江州司马青衫湿。

长 相 思

[唐] 白居易

【文本导读】白居易的词风与诗风相近，都以浅显平易、流畅自然见长。这首《长相思》写一位女子倚楼怀人：上片写景，暗寓恋情；下片抒情，写女子久盼丈夫不归的怨恨。三个"流"字，突出了水的蜿蜒曲折，酝酿了低回缠绵的情韵；两个"悠悠"，更增添了愁思的悠远绵长。全词参差其句，以"恨"写"爱"，清丽其语，壮景抒情，于浅易流畅的语言、和谐的音律中表现相思之痛、离别之苦；尤其是用月光烘托哀怨忧伤之情，既有民间词的清淳，又有文人词的典雅，言简意富、词浅味深，是早期词坛上难得的珍品。诵读基调为愁苦忧伤。

汴水流，泗水流，流到瓜洲古渡头，吴山点点愁。
思悠悠，恨悠悠，恨到归时方始休，月明人倚楼。

从军行

[唐] 王昌龄

【文本导读】 王昌龄是一位著名的边塞诗人。他的边塞诗多沿用乐府旧题，采取七绝形式，一方面慷慨激昂地抒发以身许国的壮志豪情，一方面又委婉细腻地诉说难以排遣的乡思边愁，比较全面、真实地反映了戍边将士的内心世界。其代表作《从军行》组诗就完美地诠释了这两方面的思想内容。诵读时，要做到或哀怨，或相思，或踌躇满志，或壮怀激越。

其一
烽火城西百尺楼，黄昏独坐海风秋。
更吹羌笛关山月，无那金闺万里愁。

其二
琵琶起舞换新声，总是关山旧别情。
撩乱边愁听不尽，高高秋月照长城。

其三
关城榆叶早疏黄，日暮云沙古战场。
表请回军掩尘骨，莫教兵士哭龙荒。

其四
青海长云暗雪山，孤城遥望玉门关。
黄沙百战穿金甲，不破楼兰终不还。

其五
大漠风尘日色昏，红旗半卷出辕门。
前军夜战洮河北，已报生擒吐谷浑。

其六
胡瓶落膊紫薄汗，碎叶城西秋月团。
明敕星驰封宝剑，辞君一夜取楼兰。

其七
玉门山嶂几千重，山北山南总是烽。
人依远戍须看火，马踏深山不见踪。

古从军行

[唐] 李 颀

【文本导读】 此诗借汉皇开边，讽玄宗用兵，充满了非战思想。诗人借古题写今事，用"从军行"这一乐府古题实写当代之事，因为怕触犯忌讳，所以在题目上加了一个"古"字。诗歌对当代帝王的好大喜功、穷兵黩武、视人民生命如草芥的行径加以讽刺，悲多于壮。全篇一句紧接一句，句句蓄意，步步逼紧，直到最后一句，才画龙点睛，着落主题，显出此诗巨大的讽喻力。艺术上先后用"纷纷""夜夜""双双""年年"等叠字，不但强调了语意，而且叠字叠韵，在音节上形成回环往复之美。诵读基调为悲愤郁结。

　　白日登山望烽火，黄昏饮马傍交河。
　　行人刁斗风沙暗，公主琵琶幽怨多。
　　野云万里无城郭，雨雪纷纷连大漠。
　　胡雁哀鸣夜夜飞，胡儿眼泪双双落。
　　闻道玉门犹被遮，应将性命逐轻车。
　　年年战骨埋荒外，空见蒲桃入汉家。

望洞庭湖赠张丞相

[唐] 孟浩然

【文本导读】 这是一首干谒诗，也是一首杰出的山水佳作。诗人漫游洞庭，思及个人前途，因而写此诗给当时还在相位的张九龄，希望得到引荐录用。前四句写洞庭湖壮丽的景象和磅礴的气势，后四句借此抒发自己的政治热情和希望。整首诗情景相生，宏伟的景象弥漫着强烈的主体精神，尤其是"气蒸云梦泽，波撼岳阳城"一联，用宽广的平面衬托湖的浩阔，是非同凡响的盛唐之音。清代王士禛在《然镫记闻》中评论说："为诗须有章法、句法、字法……如'气蒸云梦泽，波撼岳阳城'，'蒸'字、'撼'字，何等响，何等确，何等警拔也！"诵读基调为宏远开阔。

　　八月湖水平，涵虚混太清。
　　气蒸云梦泽，波撼岳阳城。
　　欲济无舟楫，端居耻圣明。
　　坐观垂钓者，徒有羡鱼情。

过故人庄

[唐] 孟浩然

【文本导读】诗歌描写了诗人应邀到一位农村老朋友家做客的经过。在淳朴自然的田园风光之中，举杯饮酒，闲谈家常，充满了乐趣，抒发了诗人和朋友之间真挚的友情。全诗初看似平淡如水，细细品味就像是一幅画着田园风光的中国画，将景、事、情完美地结合在一起，具有强烈的艺术感染力。诵读基调为轻松惬意、怡然质朴。

故人具鸡黍，邀我至田家。
绿树村边合，青山郭外斜。
开轩面场圃，把酒话桑麻。
待到重阳日，还来就菊花。

蜀 道 难

[唐] 李 白

【文本导读】这是一篇最富奇情壮采的山水杰作。诗中，夸张、比喻、想象和历史传说、神话故事的综合运用极其巧妙，令人叹绝。此诗"奇之又奇，自骚人以还，鲜有此体调"（唐·殷璠《河岳英灵集》）。"笔阵纵横，如虬飞蠖动，起雷霆于指顾之间。"（清·沈德潜《唐诗别裁》）诵读时，要注意领略诗人驰骋天地、纵横古今的非凡想象力与笔走龙蛇的纯熟技巧。

噫吁嚱，危乎高哉！蜀道之难，难于上青天。蚕丛及鱼凫，开国何茫然。尔来四万八千岁，不与秦塞通人烟。西当太白有鸟道，可以横绝峨眉巅。地崩山摧壮士死，然后天梯石栈相钩连。上有六龙回日之高标，下有冲波逆折之回川。黄鹤之飞尚不得过，猿猱欲度愁攀援。青泥何盘盘，百步九折萦岩峦。扪参历井仰胁息，以手抚膺坐长叹。

问君西游何时还？畏途巉岩不可攀。但见悲鸟号古木，雄飞雌从绕林间。又闻子规啼夜月，愁空山。蜀道之难，难于上青天，使人听此凋朱颜。连峰去天不盈尺，枯松倒挂倚绝壁。飞湍瀑流争喧豗，砯崖转石万壑雷。其险也如此，嗟尔远道之人胡为乎来哉！

剑阁峥嵘而崔嵬，一夫当关，万夫莫开。所守或匪亲，化为狼与豺。朝避猛虎，夕避长蛇，磨牙吮血，杀人如麻。锦城虽云乐，不如早还家。蜀道之难，难于上青天，侧身西望长咨嗟！

行路难（其一）

[唐] 李 白

【文本导读】李白的《行路难》共三首，比较集中地表现了李白的悲愤与苦闷，表现了他的追求与幻灭，代表了其诗歌浪漫主义的特点。本诗紧紧围绕理想和现实的激烈矛盾展开，通过一系列丰富多彩的形象和瞬息变幻的场景，生动而有层次地展示了诗人时而苦闷，时而愤慨，时而茫然无着，时而乐观旷达的内心冲突和感情变化。将如此丰富复杂的感情描写得痛快淋漓、波澜起伏，又灵活洒脱、入情入理，在古代诗人中实不多见。诵读时，要准确把握诗人强烈苦闷、愤郁、不平和倔强、自信、执着的情感变化与发展脉络。

金樽清酒斗十千，玉盘珍羞直万钱。
停杯投箸不能食，拔剑四顾心茫然。
欲渡黄河冰塞川，将登太行雪满天。
闲来垂钓碧溪上，忽复乘舟梦日边。
行路难，行路难，多歧路，今安在？
长风破浪会有时，直挂云帆济沧海。

将 进 酒

[唐] 李 白

【文本导读】诗歌虽然表达的是人生失意的烦忧之情，却并无萎缩之状、消沉之态。恰恰相反，长歌当哭，浩叹开怀，一篇读罢即令人深感痛快淋漓，回肠荡气，获得一种特殊的情感满足和审美享受，颇有盛唐开阔气势。以巨额数词进行夸张描写，辅以充满主观色彩的修饰，既让诗人豪迈洒脱的情怀得到展现，又使诗作本身用笔酣畅，抒情有力，起伏跌宕，开阔有度。"太白此歌，最为豪放，才气千古无双。"（明·徐增《而庵说唐诗》）之所以如此，不仅在于抒情主体豪放豁达的个性，而且在于诗人表情达意所特有的这种"自有天马行空，不可羁勒之势"（清·赵翼《瓯北诗话》）。诵读基调为豪迈豁达。

君不见黄河之水天上来，奔流到海不复回。君不见高堂明镜悲白发，朝如青丝暮成雪。人生得意须尽欢，莫使金樽空对月。天生我材必有用，千金散尽还复来。烹羊宰牛且为乐，会须一饮三百杯。

岑夫子,丹丘生,将进酒,杯莫停。与君歌一曲,请君为我倾耳听。钟鼓馔玉不足贵,但愿长醉不复醒。古来圣贤皆寂寞,惟有饮者留其名。陈王昔时宴平乐,斗酒十千恣欢谑。主人何为言少钱,径须沽取对君酌。五花马、千金裘,呼儿将出换美酒,与尔同销万古愁。

宣州谢朓楼饯别校书叔云

[唐] 李 白

【文本导读】这首诗是李白在宣城(今属安徽)与其叔李云相遇并同登谢朓楼时创作的送别诗。此诗名为"饯别",却重在咏怀;虽极写烦忧苦闷,却并不阴郁低沉。整首诗的情感活动大起大落,变化剧烈,波澜迭起,起止无端,断续无迹,生动体现出李白抒情诗大开大阖的艺术个性。诗歌体裁属七古,语言奔放自然,音调激越高昂,似脱口而出,全无拘束。开头两个长句多用虚字,且句读近似散文,却仍给人以一气流走的感觉;"长风"二句,境界壮阔,气概豪放,语言则高华明朗,实开韩愈"以文为诗"的先河。明人评此诗"如天马行空,神龙出海"。清代沈德潜也说:"此种格调,太白从心中化出(首二句下)。"(《唐诗别裁》)诵读时,要注意体味诗人感情的曲折变化、峰回路转。

弃我去者,昨日之日不可留;
乱我心者,今日之日多烦忧。
长风万里送秋雁,对此可以酣高楼。
蓬莱文章建安骨,中间小谢又清发。
俱怀逸兴壮思飞,欲上青天揽明月。
抽刀断水水更流,举杯销愁愁更愁。
人生在世不称意,明朝散发弄扁舟。

送 友 人

[唐] 李 白

【文本导读】这是一首情意深长的送别诗。诗歌充满诗情画意,通过送别环境的刻画、气氛的渲染,表达出依依惜别之意。诗中青翠的山岭、清澈的流水、火红的落日、洁白的浮云,相互映衬,色彩璀璨,寓情于景;班马长鸣,形象新鲜活泼;自然美和人情美交织在一起，写得声色兼备、气韵生动。"'青山''白水'，先写送别之地，如此佳景为'孤蓬万里'对照。'此地'紧接上二句，'一别'，送者、去者合写。五、六又分写。'自兹'二字，人、地总结。八止写'马鸣'，黯然销魂，见于言外。"（清·屈复《唐诗成法》）全诗节奏明快，感情真挚热忱而又豁达乐观，毫无缠绵悱恻的哀伤情调，故而名为"送别"，却写得新颖别致，新鲜活泼，"起句整齐。结得洒脱，悠然不尽"（明·施重光《唐诗近体集韵》）。诵读基调为开朗明爽、温馨昂扬。

> 青山横北郭，白水绕东城。
> 此地一为别，孤蓬万里征。
> 浮云游子意，落日故人情。
> 挥手自兹去，萧萧班马鸣。

关 山 月

[唐] 李 白

【文本导读】"关山月"本为乐府旧题，主要写征人远戍及离别相思之苦。李白继承了汉魏乐府感于哀乐、缘事而发的优良传统，借古题写当代战事，将征人思妇的相思之情置于深远壮阔的时空背景之下，将关山明月、沙场哀怨、戍客思归三部分组成了一幅边塞图长卷。全诗境界阔大雄浑，富于雄阔磅礴的气势，"汉下白登道，胡窥青海湾。由来征战地，不见有人还"四句更是将高悬的明月与雄伟磅礴的天山、浩渺苍茫的云海融为一体，在高远中寓飞动之势，境界苍莽雄壮，显示出他人难以企及的笔力和气魄。"青莲'明月出天山，苍茫云海间。长风几万里，吹度玉门关'，浑雄之中，多少闲雅！"（明·胡应麟《诗薮》）诵读基调为哀婉、凄凉、痛苦而又雄浑、豪迈、悲壮。

> 明月出天山，苍茫云海间。
> 长风几万里，吹度玉门关。
> 汉下白登道，胡窥青海湾。
> 由来征战地，不见有人还。
> 戍客望边邑，思归多苦颜。
> 高楼当此夜，叹息未应闲。

登金陵凤凰台

[唐] 李 白

【文本导读】公元747年，李白因遭奸佞谗毁而被迫离开长安，漫游到金陵名胜凤凰台，后写下了这首著名的七律。在凤凰台上，诗人登高望远，为大自然的永恒存在和社会人事的迅速变迁而深深触动，历史兴衰之感油然而生，并从自己的遭遇引出对国家安危的忧虑。诗歌以登临凤凰台时的所见所感而起兴唱叹，把天荒地老的历史变迁与悠远飘忽的传说故事结合起来撼志言情，用以表达深沉的历史感喟与清醒的现实思索。全诗将社会与自然、历史与现实、写景与抒情融为一体，诗味浓郁隽永，境界壮大阔远，具有强烈的艺术感染力。"金陵凤凰台，在城之东南，四顾江山，下窥井邑，古今题咏，惟谪仙为绝唱。"（宋·张表臣《珊瑚钩诗话》）诵读时，要注意领会诗景、诗情与诗理的完美融合。

凤凰台上凤凰游，凤去台空江自流。
吴宫花草埋幽径，晋代衣冠成古丘。
三山半落青天外，一水中分白鹭洲。
总为浮云能蔽日，长安不见使人愁。

听蜀僧濬弹琴

[唐] 李 白

【文本导读】此诗写蜀地一位僧人弹琴技艺之高妙。首联写僧人来自诗人的故乡四川，表达倾慕之情；颔联写弹琴，以大自然的万壑松涛声比喻琴声之清越宏远；颈联写琴声荡涤胸怀，使人心旷神怡、回味无穷；尾联写聚精会神听琴而不知日色向晚，反衬琴声之高妙诱人。全诗既赞美琴声的美妙，也寓有知音的感慨和眷恋故乡的感情，行文如流水，一气呵成，清新明快，洗练畅达，风韵健爽，浑然天成，不着痕迹，其立意、构思、起结、承转，或是对仗、用典，都经过一番巧妙的安排，真正做到了"清水出芙蓉，天然去雕饰"，自然蕴藉，言有尽而意不止，回味无穷。诵读基调为清丽绵远。

蜀僧抱绿绮，西下峨眉峰。
为我一挥手，如听万壑松。
客心洗流水，余响入霜钟。
不觉碧山暮，秋云暗几重。

夜泊牛渚怀古

[唐] 李　白

【文本导读】 此诗叙写诗人望月怀古，抒发不遇知音之伤感；写景疏朗有致，不主刻画，迹近写意；抒情含蓄不露，不道破说尽；用语自然清新，虚涵概括，力避雕琢。全诗富于情韵，行云流水，纯任天然，寓情于景，以景结情，造成一种悠然不尽的神韵，构成一种萧散自然、风流自赏的意趣，适合表现抒情主人公那种飘逸不群的性格。"或问'不著一字、尽得风流'之说，答曰：太白诗'牛渚西江夜……'，诗至此，色相俱空，正如羚羊挂角，无迹可求，画家所谓逸品是也。"（清·王士禛《带经堂诗话》）诵读基调为明丽流转、豪爽豁达。

牛渚西江夜，青天无片云。
登舟望秋月，空忆谢将军。
余亦能高咏，斯人不可闻。
明朝挂帆席，枫叶落纷纷。

菩 萨 蛮

[唐] 李　白

【文本导读】 此词写的是深秋暮色之景，浸染在一种愁情离绪之中。词作上片偏于对客观景物的渲染，下片着重对主观心理的描绘，撷取了密集的景物：平林、烟霭、寒山、暝色、高楼、宿鸟、长亭、短亭，借此移情、寓情、传情，反映了词人在客观现实中找不到人生归宿的无限落拓惆怅的愁绪。全词结构呈网状，情景交织，句与句之间紧密相扣，各句间含义也相互交织，营造了一个浑然天成的意境。宋代黄昇《唐宋诸贤绝妙词选》卷一评说此词和《忆秦娥》"二词为百代词曲之祖"。诵读基调为愁怀郁结不得舒、伤感哀苦。

平林漠漠烟如织，寒山一带伤心碧。暝色入高楼，有人楼上愁。
玉阶空伫立，宿鸟归飞急。何处是归程？长亭连短亭。

忆秦娥

[唐] 李 白

【文本导读】此词双片四十六字,伤今怀古,托兴深远。上片以月下箫声凄咽引起,已见当年繁华梦断,不堪回首。次三句,更自月色外添出柳色,添出别情,将情景融为一片,想见惨淡迷离之概。下片揭响云汉,摹写当年极盛之时与地。而"咸阳古道"骤落千丈,凄动心目;再续"音尘绝",悲感愈深;"西风"二句八字,只写境界,兴衰之感都寓其中。其气魄之雄伟,实冠今古。古人对此词评价很高,也誉之为"百代词曲之祖"。诵读基调为伤感、悲愁、绵远。

箫声咽,秦娥梦断秦楼月。秦楼月,年年柳色,灞陵伤别。
乐游原上清秋节,咸阳古道音尘绝。音尘绝,西风残照,汉家陵阙。

燕歌行

[唐] 高 适

【文本导读】这首《燕歌行》是盛唐边塞诗的压卷之作。诗人高适善于描摹边塞的自然环境和渲染战地生活的气氛,真实地再现了士卒们丰富的内心感情。诗歌思绪起伏转折,笔底波澜翻滚,有概括的叙述、具体的描写、义愤填膺的抒情和感慨万千的议论。笔调时而雄迈高亢,时而苍凉深沉。诗的音韵、节奏也随之纡徐变化,内容、声情和谐统一。其中,"战士军前半死生,美人帐下犹歌舞"与杜甫的"朱门酒肉臭,路有冻死骨"有异曲同工之妙。诵读基调为高亢苍凉。

汉家烟尘在东北,汉将辞家破残贼。
男儿本自重横行,天子非常赐颜色。
摐金伐鼓下榆关,旌旆逶迤碣石间。
校尉羽书飞瀚海,单于猎火照狼山。
山川萧条极边土,胡骑凭陵杂风雨。
战士军前半死生,美人帐下犹歌舞!
大漠穷秋塞草腓,孤城落日斗兵稀。
身当恩遇恒轻敌,力尽关山未解围。
铁衣远戍辛勤久,玉箸应啼别离后。
少妇城南欲断肠,征人蓟北空回首。

边庭飘飖那可度,绝域苍茫更何有!
杀气三时作阵云,寒声一夜传刁斗。
相看白刃血纷纷,死节从来岂顾勋?
君不见沙场征战苦,至今犹忆李将军!

封丘作

[唐] 高　适

【文本导读】《封丘县》写于高适上任后不久。诗歌集中揭示了诗人理想与现实的矛盾,以及刚出仕又希望归隐的复杂心理,是典型的"有气骨"的"胸臆语"。其中,最为人称道的是"拜迎长官心欲碎,鞭挞黎庶令人悲"两句,从中可以见到诗人爱己爱民的正直人品。全诗语言质朴自然、毫无矫饰,直抒胸臆,紧扣出仕后理想与现实的矛盾,称心而言,一气贯注,肝胆照人。诵读基调为率真自然。

我本渔樵孟诸野,一生自是悠悠者。
乍可狂歌草泽中,宁堪作吏风尘下!
只言小邑无所为,公门百事皆有期。
拜迎长官心欲碎,鞭挞黎庶令人悲。
悲来向家问妻子,举家尽笑今如此。
生事应须南亩田,世情尽付东流水。
梦想旧山安在哉?为衔君命日迟回。
乃知梅福徒为尔,转忆陶潜归去来。

寄左省杜拾遗

[唐] 岑　参

【文本导读】岑参、杜甫二人,既是同僚,又是诗友,这是他们的唱和之作。诗人悲叹自己仕途的坎坷遭遇,运用反语,表达了一代文人身处卑位而又惆怅国运的复杂心态。全诗采用曲折隐晦的笔法,借婉曲的反语来抒发内心忧愤,寓贬于褒,绵里藏针,表面颂扬,骨子里感慨身世遭际和倾诉对朝政的不满。诵读基调为辛酸激愤。

联步趋丹陛,分曹限紫微。
晓随天仗入,暮惹御香归。

白发悲花落,青云羡鸟飞。
圣朝无阙事,自觉谏书稀。

走马川行奉送封大夫出师西征

[唐] 岑 参

【文本导读】 此边塞诗抓住有边地特征的景物来状写环境的艰险,从而衬托士卒们大无畏的英雄气概,表达了战斗必胜的坚强信心。全诗句句用韵,三句一转,平仄韵交替使用,铿锵悦耳,节奏急切有力,激越豪壮,别具一格。"才作起笔,忽然陡插'风吼''石走'三句,最奇。下略平叙舒其气,复用'马毛带雪'三句,跌荡一番。急以促节收住,微见颂扬,神完气固。谋篇之妙,与《白雪歌》同工异曲,三句一转都用韵,是一格。"(清·张文荪《唐贤清雅集》)诵读基调为慷慨豪迈。

君不见走马川行雪海边,平沙莽莽黄入天。
轮台九月风夜吼,一川碎石大如斗,随风满地石乱走。
匈奴草黄马正肥,金山西见烟尘飞,汉家大将西出师。
将军金甲夜不脱,半夜军行戈相拨,风头如刀面如割。
马毛带雪汗气蒸,五花连钱旋作冰,幕中草檄砚水凝。
虏骑闻之应胆慑,料知短兵不敢接,车师西门伫献捷。

白雪歌送武判官归京

[唐] 岑 参

【文本导读】 此诗抒写塞外送别、雪中送客之情,读来不仅不令人伤感,反而充满了奇思异想。岑参借此诗所表现出来的浪漫理想和壮逸情怀使人觉得塞外风雪变成了可玩味欣赏的对象。全诗内涵丰富宽广,色彩瑰丽浪漫,气势浑然磅礴,意境鲜明独特,具有极强的艺术感染力,堪称盛世大唐边塞诗的压卷之作。其中的"忽如一夜春风来,千树万树梨花开"更是千古传诵的名句。清代方东树的《昭昧詹言》评曰:"岑嘉州《白雪歌送武判官归京》奇峭。起飒爽,'忽如'六句,奇气奇情逸发,令人心神一快。须日诵一过,心摹而力追之。'瀚海'句换气,起下'归客'。"诵读基调为激越雄浑。

北风卷地白草折,胡天八月即飞雪。
忽如一夜春风来,千树万树梨花开。

散入珠帘湿罗幕，狐裘不暖锦衾薄。
将军角弓不得控，都护铁衣冷难着。
瀚海阑干百丈冰，愁云惨淡万里凝。
中军置酒饮归客，胡琴琵琶与羌笛。
纷纷暮雪下辕门，风掣红旗冻不翻。
轮台东门送君去，去时雪满天山路。
山回路转不见君，雪上空留马行处。

奉和中书舍人贾至早朝大明宫

［唐］岑 参

【文本导读】 杜甫、王维、岑参三首和《早朝大明宫》，其艺术成就都超过了贾至的原作。在诸和诗之中，杜甫的和诗以其格律严谨而著称，王维的和诗以其气象阔大而驰名，至于岑参的这首和诗，则以其押韵奇险、属对精工与用语之典丽而深获历代论者之盛誉。首联从宏大处开篇，写早朝的所见所闻，充分展示皇宫的富丽之象，同时暗示天下大治的兴旺和繁华；颔联写春已降临，一派升平之景象，反映了诗人渴望唐朝中兴的心境，早朝场面，以景寓情，蕴藉深沉；颈联着力渲染上朝的情景，展现了一幅繁华的上朝盛况，盛唐气象，跃然纸上；尾联点出酬和之题，表示谦卑，恭维对方而又不失礼仪和雅致，有明显的宫廷诗痕迹。这首诗押韵奇险，对仗精工，辞藻富丽堂皇，是一首很好的早朝诗，达到了奇不离正、正中有奇、得心应手的境界。清代杨成栋的《精选五七言律耐吟集》说："如仙乐之竞作，似丹凤之长鸣。"诵读基调为端庄明丽。

鸡鸣紫陌曙光寒，莺啭皇州春色阑。
金阙晓钟开万户，玉阶仙仗拥千官。
花迎剑佩星初落，柳拂旌旗露未干。
独有凤凰池上客，阳春一曲和皆难。

牧 童 词

［唐］储光羲

【文本导读】 诗歌写出了真实的牧童生活，朴实真切，生活气息浓厚，富有闲适情趣。牛的驯顺、牧童的可爱稚态与怡然自得全流露在诗人的笔端，牛与人的和谐、融洽构成了一幅古代儿童劳动的图画。诗歌语言朴直清新,明白如话,表现出一种"由工入微,不犯痕迹"的精湛。诵读基调为率性真挚。

  不言牧田远,不道牧陂深。
  所念牛驯扰,不乱牧童心。
  圆笠覆我首,长蓑披我襟。
  方将忧暑雨,亦以惧寒阴。
  大牛隐层坂,小牛穿近林。
  同类相鼓舞,触物成讴吟。
  取乐须臾间,宁问声与音!

野 老 歌

〔唐〕张 籍

  【文本导读】诗中以老翁一家辛勤耕种不得食的遭遇,充分反映了租税盘剥的极端残酷。结尾两句另起一事,以富贾养犬食肉与老翁家贫无食形成强烈对比,揭露了社会的极端不公。诵读时,要有明显的嘲讽意味。

  老农家贫在山住,耕种山田三四亩。
  苗疏税多不得食,输入官仓化为土。
  岁暮锄犁傍空室,呼儿登山收橡实。
  西江贾客珠百斛,船中养犬长食肉。

山居秋暝

〔唐〕王 维

  【文本导读】这首五言律诗描绘了秋天傍晚雨后山中的迷人景色,流露出诗人厌倦官场、希望归隐山林的意愿。诗歌所展现的都是诗人在静观中所捕捉到的形象,以动态为静态服务,以声息为宁静服务,是本篇处理动静关系的一大特色。全诗句句设景,一句一景,色彩明丽,风格清新,充分体现了王维诗中有画、画中有诗的艺术特色。诵读基调为清丽流转、怡然有趣。

空山新雨后，天气晚来秋。
明月松间照，清泉石上流。
竹喧归浣女，莲动下渔舟。
随意春芳歇，王孙自可留。

使至塞上

[唐] 王 维

【文本导读】 这是王维奉命赴边疆慰问将士途中所作的一首纪行诗。诗歌记述了出使塞上的旅程及所见的塞外风光，既反映了边塞生活，同时也表达了诗人由于被排挤而产生的孤独、寂寞、悲伤之情，以及在大漠的雄浑景色中情感得到熏陶、净化、升华后产生的慷慨悲壮之情，显露出一种豁达情怀。颈联描绘塞外奇特景观如在目前，画面开阔，意境雄浑，堪称"千古壮观"之名句。诵读时，要注意悲伤转而慷慨的情感历程。

单车欲问边，属国过居延。
征蓬出汉塞，归雁入胡天。
大漠孤烟直，长河落日圆。
萧关逢候骑，都护在燕然。

送梓州李使君

[唐] 王 维

【文本导读】 这是一首赠别之作。诗歌开头互文见义，气象阔大，神韵俊迈，寓劝勉于用典之中，寄厚望于送别之时，委婉而得体。全诗不写离愁别恨，不作泛泛客套之语，却有对于国家大事、民生疾苦、友人前途的深切关心，构思新颖奇特，前后融会贯通，结构严谨缜密，充满殷切期望。清代屈复的《唐诗成法》评说："将梓州山水直写四句，声调高亮，令人陡然一惊，全不似送使君，只似闲适诗，妙极。下方写风俗、使君，七、八有余意。"诵读时，要把握诗中所表现的积极开朗情绪和高远振奋的格调。诵读基调为爽快明利。

万壑树参天，千山响杜鹃。
山中一夜雨，树杪百重泉。
汉女输橦布，巴人讼芋田。
文翁翻教授，不敢倚先贤。

汉江临眺

[唐] 王 维

【文本导读】 诗歌展现了一幅色彩素雅、格调清新、意境优美的水墨山水画。全诗气势雄伟,意境开阔,运用想象和夸张的手法把画家的观察、诗人的思考、绘画的技巧和诗歌的手法极自然地结合起来,描绘出汉江的宽、远山的迷蒙,展现了汉江壮丽浩渺的景色;画面布局远近相映,疏密相间,加之以简驭繁,以形写意,轻笔淡墨,又融情于景,情绪乐观。"维诗词秀调雅,意新理惬,在泉为珠,着壁成绘。"(唐·殷璠《河岳英灵集》)诵读基调为清新昂扬。

楚塞三湘接,荆门九派通。
江流天地外,山色有无中。
郡邑浮前浦,波澜动远空。
襄阳好风日,留醉与山翁。

终 南 山

[唐] 王 维

【文本导读】 全诗移步换景,写景、写人、写物,动如脱兔,静若处子,夸张铺叙,有声有色,意境清新,宛若一幅山水画,体现了王维之诗"如画"特点。首联写远景,以艺术的夸张,极言山之高远;颔联写近景,铺叙身在山中之所见,云气变幻,极富含蕴;颈联进一步写山之南北辽阔和千岩万壑的千形万态;末联写为了入山穷胜,想投宿山中人家。品其诗如赏中国画,清新淡雅;读其诗似游神州万里江山,恢宏壮阔。"通首俱写终南山之大。全是白云、青霭,一中峰而分野已变,历众壑而阴晴复殊,游将竟日尚无宿处,其大何如?"(清·顾安《唐律消夏录》)诵读基调为豪迈激越。

太乙近天都,连山到海隅。
白云回望合,青霭入看无。
分野中峰变,阴晴众壑殊。
欲投人处宿,隔水问樵夫。

归嵩山作

[唐] 王 维

【文本导读】 此诗是王维从长安（今陕西省西安市）回嵩山时所作的。诗歌通过辞官归隐嵩山途中所见景色的描写，抒发了诗人恬静淡泊的闲适心情。全诗质朴清新，自然天成，层次分明，情景交融，含蓄隽永，精巧蕴藉，意境悠远。尤其是中间两联，移情于物，寄情于景，意象疏朗，感情浓郁，诗人随意写来，不见斧凿之迹，却得精巧蕴藉之妙。"闲适之趣，澹泊之味，不求工而未尝不工者，此诗是也。"（元·方回《瀛奎律髓》）诵读时，既可领略诗人归山途中的景色移换，也可隐约感触到诗人感情的细微变化：由安详从容，到凄清悲苦，再到恬静淡泊。

清川带长薄，车马去闲闲。
流水如有意，暮禽相与还。
荒城临古渡，落日满秋山。
迢递嵩高下，归来且闭关。

积雨辋川庄作

[唐] 王 维

【文本导读】 此诗以鲜丽生新的色彩，描绘出夏日久雨初停后关中平原上美丽繁忙的景象。前四句写诗人静观所见。首联写田家生活，是诗人山上静观所见：一个"迟"字，不仅把阴雨天的炊烟写得十分真切传神，而且透露了诗人闲散安逸的心境；再写农家早炊、饷田以至田头野餐，展现了一系列人物的活动画面，秩序井然而富有生活气息，使人想见农妇田夫那怡然自乐的心情。颔联写自然景色，雪白的白鹭、金黄的黄鹂，两种景象互相映衬，互相配合，把积雨天气的辋川山野写得画意盎然，"诗中有画"。后四句写诗人的隐居生活：借两个充满老庄色彩的典故，一正用，一反用，两相结合，十分恰切地表现了诗人远离尘嚣、淡泊自然的心境。诗人把自己幽雅清淡的禅寂生活与辋川恬静优美的田园风光结合起来描写，创造了物我相惬、情景交融的意境。全诗写景生动真切，生活气息浓厚，如同一幅淡雅的水墨画，清新明净，形象鲜明，兴味深远，表现了诗人隐居山林、脱离尘俗的闲情逸致，流露出诗人对淳朴田园生活的深深眷爱，是王维田园诗的代表作之一。清代范大士的《历代诗发》评为："诗中写生画手，人境皆活，耳目长新，真是化机在掌握矣。"诵读基调为闲逸超迈。

积雨空林烟火迟,蒸藜炊黍饷东菑。
漠漠水田飞白鹭,阴阴夏木啭黄鹂。
山中习静观朝槿,松下清斋折露葵。
野老与人争席罢,海鸥何事更相疑。

酬郭给事

[唐] 王 维

【文本导读】这首酬和诗是王维晚年酬赠给事中郭某的。首联写郭给事的显达:第一句写皇恩普照;第二句写他桃李满天下,门生显达。颔联写郭给事奉职贤劳,居官清廉闲静,所以吏人稀少,讼事无多,时世清平。颈联直接写郭给事本人,早晨盛装朝拜,傍晚捧诏下达,不辞辛劳。尾联感慨自己老病,无法相从,表达了诗人的出世思想。此诗颂扬了郭给事,也表达了诗人想辞官隐居的思想。写法上一反陈套,别开生面,最突出的是捕捉自然景象,状物以达意,使颂扬之情完全寓于对景物的描绘中,从而达到了避俗从雅的艺术效果。清代屈复在《唐诗成法》中说:"前四夜之寓直寂寞,浑涵不露。五、六昼之公务不闲,逼出七、八欲谢病。和平典雅,具自然之致。"诵读时,要体现出由颂扬到出世的心理变化。

洞门高阁霭余晖,桃李阴阴柳絮飞。
禁里疏钟官舍晚,省中啼鸟吏人稀。
晨摇玉佩趋金殿,夕奉天书拜琐闱。
强欲从君无那老,将因卧病解朝衣。

渭川田家

[唐] 王 维

【文本导读】诗歌描写的是初夏傍晚农村夕阳西下、牛羊回归、老人倚杖、麦苗吐秀、桑叶稀疏、田夫荷锄一系列宁静和谐的景色,表现了农村平静闲适、悠闲可爱的生活。这种充满诗情画意的田家生活图景也是诗人当时心境的反映,表现了诗人对官场生活的厌倦。全诗语言朴素,纯用白描,自然清新,诗意盎然。诵读基调为轻松闲适。

斜阳照墟落,穷巷牛羊归。
野老念牧童,倚杖候荆扉。

雉雊麦苗秀,蚕眠桑叶稀。
田夫荷锄至,相见语依依。
即此羡闲逸,怅然吟式微。

春 望

[唐] 杜 甫

【文本导读】《春望》一诗忧国、伤时、忧民、念家、悲己,诗人的一颗火热的爱国心是紧贴着祖国的命运前途而跳跃起伏的。这充分显示了诗人一贯心系天下、忧国忧民的博大胸怀,也是该诗沉郁悲壮、千古传诵的内在原因。全篇情景交融,感情深沉,而又含蓄凝练,言简意赅;结构紧凑,围绕"望"字展开,观望焦点由远及近,情感表达由弱到强,充分体现了"沉郁顿挫"的艺术风格。诵读时,应满含感时伤世、悲天悯人之情。

国破山河在,城春草木深。
感时花溅泪,恨别鸟惊心。
烽火连三月,家书抵万金。
白头搔更短,浑欲不胜簪。

登岳阳楼

[唐] 杜 甫

【文本导读】这首五言律诗被誉为古今"登楼第一诗",诗歌表现了杜甫得偿多年夙愿(登楼赏美景),同时仍牵挂着国家的百感交集之情,表达了报国无门的哀伤。"吴楚东南坼,乾坤日夜浮",一是极写水面的宽阔,二是极写水的力量,境界宏阔,借助视觉错觉和想象,将洞庭水写得境界广阔、气魄宏大。"气压百代,为五言雄浑之绝。"(南宋·刘辰翁《批点千家注杜诗》)诗歌境界的开合跌宕、情感的博大深沉,使这首诗充分体现出"沉郁顿挫"风格的艺术感染力。诵读时,注意大"开"之景与大"合"之情的融合交汇。

昔闻洞庭水,今上岳阳楼。
吴楚东南坼,乾坤日夜浮。
亲朋无一字,老病有孤舟。
戎马关山北,凭轩涕泗流。

登 高

[唐] 杜 甫

【文本导读】这首诗写诗人重阳节登高时的见闻感受,既概括了其平生坎坷经历,又展现了其丰富复杂的内心世界。诗中"悲秋"二字,是联结写景和抒情的关纽。此"悲"主要是身世之悲,包蕴着羁旅怀乡、垂暮衰病等多重情感,同时也交织着因战乱不息、时局动荡而滋生的家国之恨。尤其是颈联,两句八悲,哀由心发,涕泣难休,"杜陵诗云:'万里悲秋常作客,百年多病独登台。'万里,地之远也;悲秋,时之惨凄也;作客,羁旅也;常作客,久旅也;百年,暮齿也;多病,衰疾也;台,高迥处也;独登台,无亲朋也。十四字之间含有八意,而对偶又极精确"(宋·罗大经《鹤林玉露》)。诵读基调为哀伤抑郁。

风急天高猿啸哀,渚清沙白鸟飞回。
无边落木萧萧下,不尽长江滚滚来。
万里悲秋常作客,百年多病独登台。
艰难苦恨繁霜鬓,潦倒新停浊酒杯。

羌村三首

[唐] 杜 甫

【文本导读】《羌村三首》是组诗,诗人通过回家探亲时的一些见闻感受,深刻地反映出兵荒马乱的非常岁月中人们饥寒交迫、妻离子散、朝不保夕的生存境况,具有"史诗"意味。诗歌语言平易,似脱口而出,但表现力极强,值得后人借鉴。诵读基调为沉郁忧伤。

其一

峥嵘赤云西,日脚下平地。
柴门鸟雀噪,归客千里至。
妻孥怪我在,惊定还拭泪。
世乱遭飘荡,生还偶然遂。
邻人满墙头,感叹亦歔欷。
夜阑更秉烛,相对如梦寐。

其二

晚岁迫偷生，还家少欢趣。
娇儿不离膝，畏我复却去。
忆昔好追凉，故绕池边树。
萧萧北风劲，抚事煎百虑。
赖知禾黍收，已觉糟床注。
如今足斟酌，且用慰迟暮。

其三

群鸡正乱叫，客至鸡斗争。
驱鸡上树木，始闻叩柴荆。
父老四五人，问我久远行。
手中各有携，倾榼浊复清。
苦辞酒味薄，黍地无人耕。
兵革既未息，儿童尽东征。
请为父老歌，艰难愧深情。
歌罢仰天叹，四座泪纵横。

秋兴八首（其一）

[唐] 杜 甫

【文本导读】 这首诗写于杜甫晚年寄居夔州之时。诗人由深秋的衰残景象和阴沉气氛感发情怀，抒写了因战乱而长年流落他乡、不能东归长安的悲哀。全诗绘景抒情联系密切，浑然一体，章法严谨，语言练达，对偶精当工稳而句式又富于变化，艺术上已臻于精美圆熟，是杜甫七律中的代表作。诵读基调为悲伤肃杀、哀婉郁结。

玉露凋伤枫树林，巫山巫峡气萧森。
江间波浪兼天涌，塞上风云接地阴。
丛菊两开他日泪，孤舟一系故园心。
寒衣处处催刀尺，白帝城高急暮砧。

上编 古诗词

闻官军收河南河北

[唐] 杜 甫

【文本导读】这是一首叙事抒情诗，代宗广德元年（763）春作于梓州。延续七年多的安史之乱，终于结束了，诗人喜闻蓟北光复，想到可以挈眷还乡，喜极而泣。这种激动是人所共有的。全诗毫无半点修饰，情真意切。读了这首诗，我们可以想象诗人当时对着妻儿侃侃讲述捷报、手舞足蹈、惊喜欲狂的神态。"此诗句句有喜跃意，一气流注，而曲折尽情，绝无妆点，愈朴愈真，他人决不能道。"（清·仇兆鳌《杜少陵集详注》）浦起龙在《读杜心解》中称赞它是杜甫"生平第一首快诗"。诵读基调为喜悦兴奋。

剑外忽传收蓟北，初闻涕泪满衣裳。
却看妻子愁何在，漫卷诗书喜欲狂。
白日放歌须纵酒，青春作伴好还乡。
即从巴峡穿巫峡，便下襄阳向洛阳。

蜀 相

[唐] 杜 甫

【文本导读】《蜀相》是杜甫定居成都草堂后，翌年游览武侯祠时创作的一首咏史诗。诗歌借古喻今，通过游览古迹，表达了诗人对蜀汉丞相诸葛亮雄才大略、辅佐两朝、忠心报国的称颂，以及对他出师未捷而身死的惋惜之情。全诗由景到人，由纪行写景到议事议人，由洒脱到沉郁突现，顿挫豪迈，几度转折，雄浑悲壮，"前四句疏疏洒洒，后四句忽变沉郁，魄力绝大"（元·方回《瀛奎律髓汇评》），"悲凉慷慨，吊古深情，淋漓于楮墨之间"（清·张世炜《唐七律隽》）。诗中既有尊蜀正统的观念，又有才困时艰的感慨，字里行间寄寓感物思人的情怀。诵读时，注意品味诗人思绪涌动、咏人哀己的感时伤怀。

丞相祠堂何处寻？锦官城外柏森森。
映阶碧草自春色，隔叶黄鹂空好音。
三顾频烦天下计，两朝开济老臣心。
出师未捷身先死，长使英雄泪满襟。

茅屋为秋风所破歌

[唐]杜 甫

【文本导读】 这是杜甫旅居四川成都草堂期间创作的一首歌行体古诗。诗歌叙述了诗人的茅屋被秋风所破以至于全家遭雨淋的痛苦经历，抒发了自己内心的感慨，体现了诗人忧国忧民的崇高思想境界。"安得广厦千万间，大庇天下寒士俱欢颜，风雨不动安如山"的博大胸襟、崇高愿望与范仲淹《岳阳楼记》中"先天下之忧而忧，后天下之乐而乐"抒发的情怀基本一致，体现了儒家民本思想的进一步提升，表明了人民在诗人心目中已经占据着极高的地位。诗歌第一段共五句，句句押韵，"号""茅""郊""梢""坳"五个开口呼的平声韵脚传来阵阵风声；第二段的五句是前一节的发展，也是对前一节的补充；第三段的八句，极写屋破又遭连夜雨的苦况。全诗语言极其质朴而意象峥嵘，略无经营而波澜迭出，盖以流自肺腑，故能扣人心弦。诵读时，要呈现慷慨激昂气。

八月秋高风怒号，卷我屋上三重茅。茅飞渡江洒江郊，高者挂罥长林梢，下者飘转沉塘坳。

南村群童欺我老无力，忍能对面为盗贼。公然抱茅入竹去，唇焦口燥呼不得，归来倚杖自叹息。

俄顷风定云墨色，秋天漠漠向昏黑。布衾多年冷似铁，娇儿恶卧踏里裂。床头屋漏无干处，雨脚如麻未断绝。自经丧乱少睡眠，长夜沾湿何由彻！

安得广厦千万间，大庇天下寒士俱欢颜，风雨不动安如山。呜呼！何时眼前突兀见此屋，吾庐独破受冻死亦足！

兵 车 行

[唐]杜 甫

【文本导读】 这是一首"即事名篇，无复依傍"的新题乐府诗。诗歌是杜甫在天宝年间困顿于长安时所作，旨在讽刺唐玄宗穷兵黩武给人民带来莫大的灾难，充满非战色彩，故而不仅揭露了朝廷强行征兵对农业生产造成的严重破坏，还夹写地方官吏催租逼税，甚而把笔触伸向普通百姓的社会心理——百姓宁可生女而不愿生男，这一心理畸变乃是对朝廷黩武政策的反抗。全诗语言通俗浅显，句式和用韵也极尽声情顿挫之妙；同时寓情于叙事之中，叙述张翕变化有序，前后呼应，严谨缜密；字数杂言互见，韵脚平仄互换，声调抑扬顿挫，情意低昂起伏，既井井有条，又曲折多变，表现出了乐府诗体的神味，可谓"新乐府"诗的典范。明代王嗣奭在《杜臆》中评论说："此诗已经物色，其尤妙在转韵处磊落顿挫，曲折条畅。"诵读时，注意既要有对战争的愤怒控诉，也要包含民歌的铿锵和谐、亲切明快。

  车辚辚，马萧萧，行人弓箭各在腰。
  耶娘妻子走相送，尘埃不见咸阳桥。
  牵衣顿足拦道哭，哭声直上干云霄。
  道旁过者问行人，行人但云点行频。
  或从十五北防河，便至四十西营田。
  去时里正与裹头，归来头白还戍边。
  边庭流血成海水，武皇开边意未已。
  君不闻汉家山东二百州，千村万落生荆杞。
  纵有健妇把锄犁，禾生陇亩无东西。
  况复秦兵耐苦战，被驱不异犬与鸡。
  长者虽有问，役夫敢申恨？
  且如今年冬，未休关西卒。
  县官急索租，租税从何出？
  信知生男恶，反是生女好。
  生女犹得嫁比邻，生男埋没随百草。
  君不见，青海头，古来白骨无人收。
  新鬼烦冤旧鬼哭，天阴雨湿声啾啾！

燕子来舟中作

[唐] 杜 甫

  【文本导读】 全诗八句五十六字，以燕喻人，看似咏燕，实则是慨叹诗人的茫茫身世，极写漂泊动荡的忧思。这是杜甫生命即将走到尽头的一篇诗作，已经淡去了早些年强烈的时代和政治主题，而弥漫出一片萧索、苍凉、悲怆的身世之慨。诵读基调为苦愁无边、悲伤绝望。

  湖南为客动经春，燕子衔泥两度新。
  旧入故园尝识主，如今社日远看人。
  可怜处处巢居室，何异飘飘托此身。
  暂语船樯还起去，穿花贴水益沾巾。

左迁至蓝关示侄孙湘

[唐] 韩 愈

【文本导读】这首诗气势磅礴,如排山倒海,雄浑壮阔,既完美展现了诗人"沉郁顿挫""悲壮慷慨"的心境,又独创性地实现了"诗之律"与"文之法"的巧妙结合,堪称诗文合璧的典范之作,也是韩诗七律中的佳作。诵读时,要注意体会磅礴的诗律和灵动的文法。

　　　　一封朝奏九重天,夕贬潮阳路八千。
　　　　欲为圣明除弊事,肯将衰朽惜残年!
　　　　云横秦岭家何在?雪拥蓝关马不前。
　　　　知汝远来应有意,好收吾骨瘴江边。

登柳州城楼寄漳汀封连四州

[唐] 柳宗元

【文本导读】诗歌抒发了诗人政治上长期受到打击的愤郁不平的感情,表达了对有相同遭际的战友们(韩泰、韩晔、陈谏、刘禹锡)真挚的怀念。"此子厚登城楼怀四人而作。首言登楼远望,海阔连天,愁思与之弥漫,不可纪极也。三、四句唯'惊风',故云'乱飐',唯'细(密)雨',故云'斜侵',有风雨萧条,触物兴怀意。至'岭树重遮''江流曲转',益重相思之感矣。当时'共来百越',意谓易于相见,今反音问疏隔,将何以慰所思哉?"(《唐诗鼓吹注解大全》引廖文炳语)全诗赋中有比,象中含兴,景中有情,情中有景,景与情如水乳交融,凄楚动人。故纪昀评之"如水中之盐,不露痕迹"。诵读基调为愁思难抑、愤激不平。

　　　　城上高楼接大荒,海天愁思正茫茫。
　　　　惊风乱飐芙蓉水,密雨斜侵薜荔墙。
　　　　岭树重遮千里目,江流曲似九回肠。
　　　　共来百越文身地,犹自音书滞一乡。

酬乐天扬州初逢席上见赠

[唐] 刘禹锡

【文本导读】 这首七言律诗作于唐敬宗宝历二年（826）在扬州与白居易相逢时。首联以伤感低沉的情调，回顾了诗人的贬谪生活；颔联借用典故暗示诗人被贬时间之长，表达了世态的变迁及回归以后生疏而怅惘的心情；颈联诗人把自己比作"沉舟"和"病树"，暗示自己虽屡遭贬谪，但新人辈出，却也令人欣慰，表现出豁达的胸襟；尾联顺势点明了酬答的题意，表达了诗人重新投入生活的意愿及坚韧不拔的意志。诵读时，要把握由伤感到欣慰的心理变化历程。

巴山楚水凄凉地，二十三年弃置身。
怀旧空吟闻笛赋，到乡翻似烂柯人。
沉舟侧畔千帆过，病树前头万木春。
今日听君歌一曲，暂凭杯酒长精神。

雁门太守行

[唐] 李 贺

【文本导读】 这是一首描写战争场面的诗歌。诗歌用浓艳斑驳的色彩描绘悲壮惨烈的战斗场面，奇异的画面准确地表现了特定时间、特定地点的边塞风光和瞬息万变的战争风云，成功地表现出鏖战场面的紧张激烈和将士情怀的悲壮慷慨。全诗意境苍凉、格调悲壮，具有强烈的震撼力和艺术魅力。诵读基调为悲壮阔远。

黑云压城城欲摧，甲光向日金鳞开。
角声满天秋色里，塞上燕脂凝夜紫。
半卷红旗临易水，霜重鼓寒声不起。
报君黄金台上意，提携玉龙为君死。

李凭箜篌引

[唐] 李 贺

【文本导读】 诗歌描绘了名噪一时的梨园弟子李凭弹奏箜篌的绝妙声音，想象丰富，设色瑰丽，非常富有艺术感染力。行文时，诗人善用衬托手法，不直接评价李凭高超的弹奏技巧，对乐曲本身仅用两句略加描摹，而是将自己对于箜篌声的抽象感觉，借助人间天上的神奇想象，转化为可以感受的物象，并用大量笔墨来渲染乐曲惊天地、泣鬼神的动人效果，生动形象，产生强烈的艺术感染力。全诗语言俏丽，构思新奇，想象丰富，意象奇特，独辟蹊径。大量的联想、想象和神话传说，使作品充满浪漫主义气息。明末清初黄周星在《唐诗快》中评论说："本咏箜篌耳，忽然说到女娲、神妪，惊天入月，变眩百怪，不可方物，真是鬼神于文。""幽玄神怪，至此而极，妙在写出声音情态。"（明·郭濬《增定评注唐诗正声》）诵读基调为雄奇绚丽。

> 吴丝蜀桐张高秋，空山凝云颓不流。
> 江娥啼竹素女愁，李凭中国弹箜篌。
> 昆山玉碎凤凰叫，芙蓉泣露香兰笑。
> 十二门前融冷光，二十三丝动紫皇。
> 女娲炼石补天处，石破天惊逗秋雨。
> 梦入神山教神妪，老鱼跳波瘦蛟舞。
> 吴质不眠倚桂树，露脚斜飞湿寒兔。

题李凝幽居

[唐] 贾 岛

【文本导读】 诗歌只是叙述了诗人走访友人李凝未遇这样一件寻常小事，却因诗人出神入化的语言，变得别具韵致。诗人以草径、荒园、宿鸟、池树、野色、云根等寻常景物，以及闲居、敲门、过桥、暂去等寻常行事，道出了人所未道之境界。语言质朴简练，而又韵味醇厚，体现了贾岛"清真僻苦"的诗风。其中，"鸟宿池边树，僧敲月下门"两句抓住了一瞬即逝的现象，刻画出环境之幽静，响中寓静，出人意料，"写得幽居出"（清·吴乔《围炉诗话》）。诵读时，可以率真的语气处理。

> 闲居少邻并，草径入荒园。
> 鸟宿池边树，僧敲月下门。

过桥分野色，移石动云根。
暂去还来此，幽期不负言。

蝉

[唐] 李商隐

【文本导读】 这首"体物为妙，功在密附"的咏物诗以"蝉"为喻，先描写蝉的境遇，后直接跳到自身的遭遇上来，直抒胸臆，感情强烈，最后却又自然而然地回到蝉身上，首尾圆融，意脉连贯。全诗以蝉起，以蝉结，章法紧密，对蝉的刻画与诗人情意的婉转表达到了浑然交融与统一的境界，"传神空际，超超玄著"，被朱彝尊誉为"咏物最上乘"。"烦君最相警，我亦举家清"句用拟人手法将"君"与"我"对举，把咏物和抒情密切结合，借蝉栖高饮露的个性来表现自己高洁的品格。诵读时，要略带沉思情态。

本以高难饱，徒劳恨费声。
五更疏欲断，一树碧无情。
薄宦梗犹泛，故园芜已平。
烦君最相警，我亦举家清。

风 雨

[唐] 李商隐

【文本导读】 这是李商隐以"风雨"比喻自己境遇的咏怀诗。诗歌首联借《宝剑篇》的典故发端，反衬自己长年漂泊凄凉的身世；颔联通过对比抒发自己对不平境遇的怨愤；颈联直接写明由于陷入党争，致使新知、旧友都已疏远冷落，更具体表现了自己孤凄寂寞的身世；尾联写自己本欲断酒，但由于忧愁，又不断饮酒消愁。全诗意境悲凉，表现了诗人沉沦孤独的感情和遭遇，真切感人。触物兴感，实中寓虚，将郁积苦闷抒发到了极致。诵读时，要注意末句的问语，似结非结，苦闷无法排遣、心绪茫然无着。

凄凉宝剑篇，羁泊欲穷年。
黄叶仍风雨，青楼自管弦。
新知遭薄俗，旧好隔良缘。
心断新丰酒，销愁斗几千。

安定城楼

[唐] 李商隐

【文本导读】 这是一首政治抒情诗。诗歌主要抒写了诗人建功立业的志趣、怀才不遇的苦闷和无端受谗的愤慨,是晚唐时期年轻士子在朋党争斗中不幸遭遇和痛苦心情的真实写照。全诗以典用事、以抒情言志,但都能贴合其身份、处境与思想感情,而且相互联系、构思缜密,手法也多有变化:贾谊、王粲典是明用,用得准确深沉;范蠡典是隐用,妙在有意无意之间;庄子典是活用,妙在灵巧而流转。全诗通过以典用事含蓄而深刻地抒情言志,故而本诗也成为李商隐七律代表作之一。诵读时,要准确把握用典的妙处及有志难申的抑郁之愤。

迢递高城百尺楼,绿杨枝外尽汀洲。
贾生年少虚垂泪,王粲春来更远游。
永忆江湖归白发,欲回天地入扁舟。
不知腐鼠成滋味,猜意鹓雏竟未休。

北青萝

[唐] 李商隐

【文本导读】 此诗先写出访,次写途中,再写遇僧,最后以思想收获作结。"独敲"描写了僧人居住状态的孤独,"独"字和"一"字均照应了第二句中的"孤"字;"闲"字则写出了佛家对红尘物欲的否定,显出诗人希望从佛教思想中得到解脱,将爱憎抛却,求得内心的宁静。最后诗人访僧忽悟禅理之意,更衬出孤僧高洁的心灵。诗所表达的是一种不畏辛劳艰险、一心追寻禅理、以淡泊之怀面对仕途荣辱的愿望,既赞美了僧人清幽简静的生活,又表现出诗人对禅理的领悟——用淡泊之怀面对现实,以从容之心迎接仕途荣辱。全诗语言凝练,富于蕴藉,层次清晰。诵读时,注意体味这种心路历程及顿悟后的怡然之情。

残阳西入崦,茅屋访孤僧。
落叶人何在,寒云路几层。
独敲初夜磬,闲倚一枝藤。
世界微尘里,吾宁爱与憎。

锦 瑟

［唐］李商隐

【文本导读】 诗歌围绕诗人一生遭遇的回顾，从多个角度抒写了人生道路中的坎坷曲折和由此产生的哀怨感伤，痛惜年华流逝而抱负成空，反映出诗人在当时社会的重重压抑下不能舒展抱负的痛苦和横遭埋没的悲剧命运。全诗抒情委婉含蓄，中间四句则将典故、象征、比喻三法兼用并举，且有属对工稳、造语清丽、词采斐然、声韵谐婉流走等特色，千百年来广为流传。诵读基调为悲愁凄婉、缠绵哀怨。

　　锦瑟无端五十弦，一弦一柱思华年。
　　庄生晓梦迷蝴蝶，望帝春心托杜鹃。
　　沧海月明珠有泪，蓝田日暖玉生烟。
　　此情可待成追忆，只是当时已惘然。

隋 宫

［唐］李商隐

【文本导读】 这是咏史吊古诗。首联点题，写长安宫殿空锁烟霞之中，隋炀帝却一味贪图享受，欲取江都作为帝家。颔联荡开一笔，写假如不是因为皇帝玉玺落到了李渊的手中，隋炀帝是不会以游江都为满足的，龙舟可能游遍天下。颈联写了隋炀帝两个逸游的事实。诗人巧妙地用了"于今无"和"终古有"，暗示萤火虫"当日有"，暮鸦"昔时无"，渲染了亡国后的凄凉景象。尾联活用杨广与陈叔宝梦中相遇的典故，以假设反诘的语气，揭示了荒淫亡国的主题，其用意在讽刺隋炀帝。全诗以深沉凝重的笔调、绮丽精工的语言，表现出了诗人咏史诗婉曲达意的特点。诵读时，要有痛惜之情态。

　　紫泉宫殿锁烟霞，欲取芜城作帝家。
　　玉玺不缘归日角，锦帆应是到天涯。
　　于今腐草无萤火，终古垂杨有暮鸦。
　　地下若逢陈后主，岂宜重问后庭花。

无 题

[唐] 李商隐

【文本导读】 这是李商隐以"无题"为题目的许多诗歌中最有名的一首寄情诗。诗歌熔铸着刻骨铭心的相思之苦和深沉执着的追求之情,情思深挚。三、四句作为爱情盟誓,历来为人们所称引激赏。这两句运用比喻手法,以春蚕吐丝与蜡烛滴泪这两种常见的自然现象或生活现象,象征相思的绵绵不止和对爱情的忠贞不渝,生动贴切,含蓄隽永。五、六句悬想虚拟分手后对方的相思情状,是古诗中常用的"从对面写起"的笔法。这样写,既写出了对方对诗人的灼灼思念,更曲折地表现出诗人对对方的一怀深情;既可收一石二鸟之效,又可见抒情婉曲之妙,正所谓"心已驰神到彼,诗从对面飞来"。诵读时,要略带悲痛情状。

相见时难别亦难,东风无力百花残。
春蚕到死丝方尽,蜡炬成灰泪始干。
晓镜但愁云鬓改,夜吟应觉月光寒。
蓬山此去无多路,青鸟殷勤为探看。

题宣州开元寺水阁,阁下宛溪,夹溪居人

[唐] 杜 牧

【文本导读】 此七律写于杜牧出宣州团练判官任上。整首诗既有对六朝繁华逝去的慨叹,又有对宣城独特风物的流连,还包含着诗人功成身退的理想。"此诗言人事有变易,而清景则古今不变易。'今古同'三字,诗旨点眼,全身提笔。"(清·杨逢春《唐诗绎》)全诗流露出时代的感伤气息,描绘婉曲细腻,节奏和语调轻快爽利,突出了杜牧诗歌豪宕俊爽、空灵深婉的特点。诵读基调为惆怅婉曲又爽利豪宕。

六朝文物草连空,天淡云闲今古同。
鸟去鸟来山色里,人歌人哭水声中。
深秋帘幕千家雨,落日楼台一笛风。
惆怅无因见范蠡,参差烟树五湖东。

早 雁

[唐] 杜 牧

【文本导读】 诗歌将写大雁与写边境人民的遭遇两相关合,自然贴切而又不露形迹。孤雁的惊飞哀鸣与边境人民的哀痛欲绝神合无垠,使全诗在咏物和寄托感慨上达到了完美统一。颈联两句,意义上互为依存而独立,属流水对,自然流畅,出神入化。全诗"此借雁而伤流寓也"(清·杨逢春《唐诗绎》),"前半写雁之来,后半挽雁之去,立格用意,犹有老杜风骨"(明·施重光《唐诗近体集韵》)。诵读时,要稍显含蓄,婉曲细腻。

金河秋半虏弦开,云外惊飞四散哀。
仙掌月明孤影过,长门灯暗数声来。
须知胡骑纷纷在,岂逐春风一一回?
莫厌潇湘少人处,水多菰米岸莓苔。

菩萨蛮

[唐] 韦 庄

【文本导读】 韦庄的《菩萨蛮》共五首,虽非一时一地之作,但前后呼应,可相互参照欣赏。本词为第二首,采用白描手法,抒写了游子春日所见所思,宛如一幅春水图。诗歌既有直抒胸臆之辞,表达对江南山水的依恋、陶醉,又有对江南山水、人物的具体描摹之语,两者互为表里,相交相融,极富感染力。诵读时,要凸显"断肠"意。

人人尽说江南好,游人只合江南老。春水碧于天,画船听雨眠。
垆边人似月,皓腕凝霜雪。未老莫还乡,还乡须断肠。

灞上秋居

[唐] 马 戴

【文本导读】 这首诗是诗人羁留京城、晋升不得之作。全诗好似一幅形象鲜明、艺术精湛的画卷：写景，都是眼前所见，细腻传神，不假浮词雕饰；写情，孤苦凄凉，重在真情实感，不做无病呻吟，情、景两层夹写，烘托映衬，运用自如。因此，尽管题材并不新鲜，却仍有相当强的艺术感染力。诵读基调为凄冷抑郁、哀苦寂寥。

灞原风雨定，晚见雁行频。
落叶他乡树，寒灯独夜人。
空园白露滴，孤壁野僧邻。
寄卧郊扉久，何年致此身。

次北固山下

[唐] 王 湾

【文本导读】 此诗是诗人由楚入吴，在沿江东行途中泊舟于江苏镇江北固山下时有感而作的。诗歌运用了情景交融的表现手法，抒写了诗人泛舟东行，停船北固山下，见潮平岸阔、残夜归雁而引发的怀乡情思，融写景、抒情、说理于一体。全诗结构上前后呼应，每一联对仗工整，用字精练准确，意象生动活泼，节奏和谐优美，妙趣横生。"徐充曰：此篇写景寓怀，风韵洒落，佳作也。'生'字、'入'字淡而化，非浅浅可到。"（明·周珽《唐诗选脉会通评林》）诵读基调为豪迈乐观。

客路青山外，行舟绿水前。
潮平两岸阔，风正一帆悬。
海日生残夜，江春入旧年。
乡书何处达，归雁洛阳边。

贫 女

[唐] 秦韬玉

【文本导读】诗歌通篇用比,句句皆贫女自伤而又句句为贫士写照,始终语意双关,表里兼顾,构思缜密精巧。内容虽感伤贫贱,但不失志气,表露出鄙夷色相、不随流俗、风流自命、孤芳自赏的清高情怀。这不仅使贫女形象平添了几分亮色,也使全诗的格调显得虽伤感却不消沉。诵读时,注意体味贫女抑郁惆怅的心情及字里行间流露出的怀才不遇、寄人篱下的感恨。

蓬门未识绮罗香,拟托良媒益自伤。
谁爱风流高格调?共怜时世俭梳妆。
敢将十指夸针巧,不把双眉斗画长。
苦恨年年压金线,为他人作嫁衣裳。

商山早行

[唐] 温庭筠

【文本导读】诗歌描写了旅途中寒冷凄清的早行景色,抒发了游子在外的孤寂之情和浓浓的思乡之意,字里行间流露出人的失意和无奈。整首诗虽然没有出现一个"早"字,但是通过诸多意象,把初春山村黎明特有的景色,细腻而又精致地描绘了出来。全诗语言明净,结构缜密,情景交融,含蓄有致。"鸡声茅店月,人迹板桥霜"一句十景,纯用名词组成,早行情景宛然在目,"意象具足","则羁旅穷愁,想之在目"(南宋·魏庆之《诗人玉屑》),脍炙人口。诵读基调为清冷静寂。

晨起动征铎,客行悲故乡。
鸡声茅店月,人迹板桥霜。
槲叶落山路,枳花明驿墙。
因思杜陵梦,凫雁满回塘。

菩萨蛮

[唐] 温庭筠

【文本导读】 本词通篇写闺怨，艺术技巧极高。清人刘熙载在《艺概》中评曰："温飞卿词，精纱绝人（伦），然类不出乎绮怨。"全词先写女子起床梳洗时的美丽娇慵姿态，以及妆成后的情态，仿佛描绘了一幅唐代仕女图，却暗示了人物孤独寂寞的心境。反衬手法的运用，委婉含蓄地揭示了人物的内心世界：鹧鸪双双，反衬人物的孤独；容貌服饰的精致，反衬人物内心的寂寞空虚。诵读基调为忧愁苦闷，并注意明扬暗抑的情致。

小山重叠金明灭，鬓云欲度香腮雪。懒起画蛾眉，弄妆梳洗迟。
照花前后镜，花面交相映。新贴绣罗襦，双双金鹧鸪。

更漏子

[唐] 温庭筠

【文本导读】 上片，首三句写境，次三句写人。画堂之内，唯有炉香、蜡泪相对，何等凄寂。迨至夜长衾寒之时，更愁损矣。眉薄鬓残，可见辗转反侧、思极无眠之况。下片，承夜长，单写梧桐夜雨，一气直下，语浅情深。宋人句云："枕前泪共阶前雨，隔个窗儿滴到明。"从此脱胎，然无上文之浓丽相配，故不如此词之深厚。全词从室内到室外，从视觉到听觉，从实到虚，语言流利自然，不假雕饰。诵读基调为悲愁苦闷、抑郁难纾。

玉炉香，红蜡泪，偏照画堂秋思。眉翠薄，鬓云残，夜长衾枕寒。
梧桐树，三更雨，不道离情正苦。一叶叶，一声声，空阶滴到明。

鹊踏枝

[五代] 冯延巳

【文本导读】这是一首伤春感怀之作。诗人以独特的手法写尽了一个"愁"字。上片写年轻人的春愁：愁因春起，赏花有愁，举杯有愁，对镜有愁。下片由景语入而由情语出，仍在写愁，只是将愁转移到了外界，曲折有致。"冯正中词虽不失五代风格，而堂庑特大。"（王国维《人间词话》）"独立小桥风满袖，平林新月人归后"等脍炙人口的传世佳句颇具代表性。冯延巳不仅开启了南唐词风，而且影响到宋代晏殊、欧阳修等诗词大家。诵读基调为感伤悲愁。

谁道闲情抛掷久？每到春来，惆怅还依旧。日日花前常病酒，不辞镜里朱颜瘦。
河畔青芜堤上柳，为问新愁，何事年年有？独立小桥风满袖，平林新月人归后。

谒金门

[五代] 冯延巳

【文本导读】这是一首脍炙人口的怀春小词，形象地表现了贵族少妇在春日思念丈夫的百无聊赖的景况，反映了她的苦闷心情。全词以景托情，因物起兴，蕴藏个人的哀怨，写得清丽、细密、委婉、含蓄，在当时就很为人称道。尤其"风乍起，吹皱一池春水"，"二句破空而来，在有意无意间，如絮浮水，似沾非著"（俞陛云《唐五代两宋词选释》），是传诵古今的名句。诵读基调为悲哀苦痛。

风乍起，吹皱一池春水。闲引鸳鸯香径里，手挼红杏蕊。
斗鸭阑干独倚，碧玉搔头斜坠。终日望君君不至，举头闻鹊喜。

破阵子

[南唐] 李 煜

【文本导读】《破阵子》是南唐后主李煜降宋之际的词作。词作先写繁华，后写亡国，从建国写到亡国，由极盛转而极衰，先极喜而后极悲，中间用"几曾""一旦"二词贯穿转折，转得不露痕迹，却有千钧之力，悔恨之情溢于言表。词作境界阔大，具有很强的感染力。诵读基调为怅惘哀苦。

四十年来家国，三千里地山河。凤阁龙楼连霄汉，玉树琼枝作烟萝。几曾识干戈？一旦归为臣虏，沈腰潘鬓消磨。最是仓皇辞庙日，教坊犹奏别离歌，垂泪对宫娥。

乌夜啼

[南唐] 李 煜

【文本导读】这首词把写景与抒情结合起来，情景浑然一体。词人将人生感慨寄寓在对暮春残景的描绘中，"人生长恨水长东"，"以水必然长东，以喻人之必然长恨，沉痛已极"（唐圭璋《屈原与李后主》），发出的是特别沉重的痛苦感叹。词虽抒写一己亡国的哀情，但因其所写哀伤有一定的普遍性，所以容易得到读者的同情、理解。诵读基调为无奈、怨懑。

林花谢了春红，太匆匆。无奈朝来寒雨晚来风。
胭脂泪，留人醉，几时重。自是人生长恨水长东。

浪淘沙

[南唐] 李 煜

【文本导读】《浪淘沙》作于李煜被囚汴京期间，写出了由天子降为臣虏后难以排遣的失落感，以及对南唐故国故都的深切眷念。全词以往事与今景对写，一虚一实。上片写日，下片写夜；上片实，下片虚；日夜相映，虚实相生，日夜并举，用突出的形象做高度的概括。词中实景少、虚境多，是以心境造景，还以虚景衬情。手法灵妙，笔意别致，如对景长歌，如梦醒浩叹。语言明白而至切，把词人孤苦怅恨的心情刻画得淋漓尽致，是李煜后期的代表作之一。诵读基调为悲哀凄恻。

往事只堪哀，对景难排。秋风庭院藓侵阶。一任珠帘闲不卷，终日谁来。
金锁已沉埋，壮气蒿莱。晚凉天净月华开。想得玉楼瑶殿影，空照秦淮。

浪淘沙令

[南唐] 李 煜

【文本导读】 这首词借惜春伤别抒发对故国的思念及沦为臣虏以后的无限哀痛之情。全词由帘外景色转到帘内人物的内心活动，又从虚幻的梦境转到现实处境，由景及人，从虚到实。词人将极其复杂矛盾的内心世界用寥寥几笔就写尽无遗，充分体现了高超的艺术才能。语言既清雅又朴素，流畅婉转而富有节奏。"《浪淘沙》全首语意惨然。"（清·许昂霄《词综偶评》）诵读时，要把握好惆怅酸楚之情。

帘外雨潺潺，春意阑珊。罗衾不耐五更寒。梦里不知身是客，一晌贪欢。
独自莫凭栏，无限江山。别时容易见时难。流水落花春去也，天上人间！

虞 美 人

[南唐] 李 煜

【文本导读】《虞美人》是李煜的代表作，也是他的绝命词，是一曲生命的哀歌。词作通过对自然永恒与人生无常的尖锐矛盾的交错对比，表现了一个亡国之君的无穷哀怨和亡国后顿感生命落空的悲苦。全词抒写亡国之痛，意境深远，感情真挚，结构精妙，语言明净、凝练、优美、清新，以问起，以答结，由问天、问人而到自问，特别是结句"恰似一江春水向东流"，是以水喻愁的名句，含蓄地显示出愁思的长流不断、无穷无尽。词作"形象往往大于思想"，凄楚中不无激越的音调，形成曲折回旋、流走自如的艺术结构，产生了沁人心脾的美感效应。诵读时，要领会词人沛然莫御的绵绵无尽愁思。

春花秋月何时了，往事知多少。小楼昨夜又东风，故国不堪回首月明中。
雕阑玉砌应犹在，只是朱颜改。问君能有几多愁，恰似一江春水向东流。

雨霖铃

[宋] 柳 永

【文本导读】 这首词以冷落凄凉的秋景作为衬托来表达和情人难以割舍的离情别绪。上片细腻刻画了情人诀别的场景，抒发离情别绪；下片着重摹写想象中别后的凄楚情状。宦途的失意与恋人的离别，两种痛苦交织在一起，使词人更加感到前途的暗淡和渺茫。全词遣词造句不着痕迹，绘景直白自然，场面栩栩如生，起承转合优雅从容，情景交融，蕴藉深沉，将情人惜别时的真情实感表达得缠绵悱恻、凄婉动人，堪称抒写别情的千古名篇，也是柳词婉约词的代表作。上片中的"执手相看泪眼"等语，浅近俚语，近于秦楼楚馆之曲；下片虚实相间，情景相生，前后照应，层层深入。诵读时，语气可略显哽咽。

寒蝉凄切，对长亭晚，骤雨初歇。都门帐饮无绪，留恋处、兰舟催发。执手相看泪眼，竟无语凝噎。念去去、千里烟波，暮霭沉沉楚天阔。

多情自古伤离别，更那堪，冷落清秋节！今宵酒醒何处？杨柳岸、晓风残月。此去经年，应是良辰好景虚设。便纵有、千种风情，更与何人说！

八声甘州

[宋] 柳 永

【文本导读】 前人认为，北宋词人柳永"尤工羁旅行役"，《八声甘州》词可见一斑。本词是柳永抒写羁旅行役之愁的名作。全词紧扣一个"望"字来抒写羁旅中思乡忆人之情，倾吐了萍踪漂泊的经历和感受，表现了因事业无成而产生的内心苦闷，弥漫着消沉落寞、苦闷无奈的情绪。作品从另一个侧面反映了封建时代下层文人共同的生活遭遇。全词大开大合，有首有尾，曲折变化而又细腻真挚，非善于铺叙者不可及此。此词状物传情，皆用白描手法和本色语言，其中又采撷、化用前人诗句的语言和意境，浅显而并不俚俗，是柳永慢词中的佳作。诵读时，尽量体现出苦闷与落寞的心绪。

对潇潇暮雨洒江天，一番洗清秋。渐霜风凄紧，关河冷落，残照当楼。是处红衰翠减，苒苒物华休。惟有长江水，无语东流。

不忍登高临远，望故乡渺邈，归思难收。叹年来踪迹，何事苦淹留？想佳人、妆楼颙望，误几回、天际识归舟。争知我、倚阑干处，正恁凝愁。

上编 古诗词

望海潮

[宋] 柳 永

【文本导读】 这首词一反柳永惯常的婉约风格,以大开大阖、波澜起伏的笔法和浓墨重彩的铺叙展现了杭州优美壮丽、生动活泼的景象,可谓"承平气象,形容曲尽"(宋·陈振孙《直斋书录解题》)。上片写形胜之地和钱江潮的壮观,由概括到具体,逐次展开,步步深化,勾画出钱塘的"形胜"与"繁华",大笔浓墨,高屋建瓴,气象万千;用"怒涛""霜雪""天堑"这类色彩浓烈有气势的语言,词句短小,音调急促,仿佛大潮劈面奔涌而来,有雷霆万钧、不可阻挡之势。下片着眼于西湖"好景"及人们欢乐的游赏与劳动生活;写西湖清幽的美景时,文字优美,词句变长,节奏平和舒缓,出现了"有三秋桂子,十里荷花"这样千秋传诵的佳句,继之又用"羌管弄晴"等句不断地加以点染,令人倍觉心旷神怡。此词在当时即流传广泛,据说金主完颜亮"闻歌,欣然有慕于'三秋桂子,十里荷花',遂起投鞭渡江之志"(宋·罗大经《鹤林玉露》)。诵读时,喜悦自豪之情要溢于言表。

东南形胜,三吴都会,钱塘自古繁华。烟柳画桥,风帘翠幕,参差十万人家。云树绕堤沙,怒涛卷霜雪,天堑无涯。市列珠玑,户盈罗绮,竞豪奢。

重湖叠𪩘清嘉。有三秋桂子,十里荷花。羌管弄晴,菱歌泛夜,嬉嬉钓叟莲娃。千骑拥高牙,乘醉听箫鼓,吟赏烟霞。异日图将好景,归去凤池夸。

蝶恋花

[宋] 柳 永

【文本导读】 这是一首怀人词。词的上片登高望远,离愁油然而生;下片痛饮狂歌,以消离愁。结尾"衣带渐宽"二句蕴柔情于健笔,以刚写柔,自誓甘愿为思念伊人而日渐消瘦与憔悴,表现出主人公的执着态度与坚毅性格,词境也由此宕开。王国维在《人间词话》中谈到"古今之成大事业、大学问者,必经过三种境界",曾借用来形容"第二境"的便是"衣带渐宽终不悔,为伊消得人憔悴"。这大概正是柳永的这两句词概括出了一种锲而不舍的执着所致。诵读时,既要有哀愁离苦之情,又要略显坚定。

伫倚危楼风细细,望极春愁,黯黯生天际。草色烟光残照里,无言谁会凭阑意。
拟把疏狂图一醉,对酒当歌,强乐还无味。衣带渐宽终不悔,为伊消得人憔悴。

渔家傲·秋思

[宋] 范仲淹

【文本导读】这是一首边塞词。词作既表现了将军的大英雄气概及征夫的极艰苦生活，也暗含了对朝廷重内轻外政策的不满。上片写景，景物雄奇辽阔；下片抒情，心情苍凉悲壮。情景交融，浑然一体。全词风格豪迈奔放，开后来苏辛词风先路，实为豪放词的先声。诵读时，注意把握悲情与豪放的和谐。

塞下秋来风景异，衡阳雁去无留意。四面边声连角起，千嶂里，长烟落日孤城闭。
浊酒一杯家万里，燕然未勒归无计。羌管悠悠霜满地，人不寐，将军白发征夫泪。

浣溪沙

[宋] 晏 殊

【文本导读】这首伤春惜时词，抒写了词人因韶光流逝、美景不长而产生的感伤情绪。词作上片以今年、去年构成对比，"去年天气旧亭台"句形成时空对照，突出变与不变的矛盾，发出了与"年年岁岁花相似，岁岁年年人不同"相似的感慨，"夕阳西下几时回"的喟叹油然而生。下片紧承上片，抒写了花谢春去的感伤之情。"无可奈何"二句情景交融、虚实相生，表现了词人对物事流转、时令代序的无奈和对美好时光的珍惜；同时，"无可奈何""似曾相识"虚词对仗，巧妙工整；"花落去""燕归来"也构成了一种语气上的回环起伏之感。无怪乎此二句是历来为人所传诵的名句。诵读时，要萦绕着挥之不去的感伤与怅惘。

一曲新词酒一杯，去年天气旧亭台。夕阳西下几时回？
无可奈何花落去，似曾相识燕归来。小园香径独徘徊。

破阵子·春景

[宋] 晏 殊

【文本导读】这首词作近乎一幅优美的春景图，描绘了一个美丽、清纯、活泼、浪漫的农家少女的生活片段，反映出少女身上的青春活力与勃勃生机，营造出一种轻松欢乐的气氛。作品纯用白描手法，笔调活泼灵动，风格朴实真挚，用词精巧准确，画面生动绚丽，耐人寻味。其精练的叙述笔调在古词中最为难得。诵读基调为轻快俏丽、顽皮跳动。

燕子来时新社，梨花落后清明。池上碧苔三四点，叶底黄鹂一两声。日长飞絮轻。
巧笑东邻女伴，采桑径里逢迎。疑怪昨宵春梦好，元是今朝斗草赢。笑从双脸生。

玉楼春·春景

[宋] 宋 祁

【文本导读】这首词主旨在于歌咏春天，充斥着珍惜青春、热爱生活的情感。上片写景，下片抒情，最精彩之处是第四句的"闹"字。近代学者王国维在《人间词话》中评论说："著一'闹'字而境界全出。"一个字，即传达出春日万物争喧的情景，这正是词人的高明之处。诵读基调为轻松活泼、愉悦跳跃。

东城渐觉风光好，縠皱波纹迎客棹。绿杨烟外晓寒轻，红杏枝头春意闹。
浮生长恨欢娱少，肯爱千金轻一笑？为君持酒劝斜阳，且向花间留晚照。

山园小梅（其一）

[宋] 林 逋

【文本导读】诗歌将梅花写得清新脱俗、明艳俏丽，写照传神，言近旨远，提升了梅的品格，丰实了作品的境界，读来口齿噙香，令人赞叹。而"疏影横斜水清浅，暗香浮动月黄昏"更是成功地描绘出梅花清幽香逸的风姿，被誉为千古咏梅绝唱。诵读时，脑海中要呈现满含春色、令人齿颊留香的小梅画面。

众芳摇落独暄妍，占尽风情向小园。
疏影横斜水清浅，暗香浮动月黄昏。
霜禽欲下先偷眼，粉蝶如知合断魂。
幸有微吟可相狎，不须檀板共金樽。

戏答元珍

［宋］欧阳修

【文本导读】 这首诗是欧阳修遭贬谪后所作，既写出了谪居山乡的寂寞、抱病思乡的伤感，也作自我宽解。全诗有牢骚而不颓唐，有愁苦而显得达观，是诗人身处逆境时复杂心情的写照。诵读时，要把矛盾复杂的心理体现出来。

春风疑不到天涯，二月山城未见花。
残雪压枝犹有橘，冻雷惊笋欲抽芽。
夜闻归雁生乡思，病入新年感物华。
曾是洛阳花下客，野芳虽晚不须嗟。

踏莎行

［宋］欧阳修

【文本导读】 这首《踏莎行》是一首行旅词。词作写游子早春行路的落寞哀愁，托物兴怀，虚实结合，巧于设喻，视角丰富，寓情于景，情景交融，巧妙地表现出延绵不绝的离愁别恨，读来意境清幽，蕴藉深沉。尤其是词人视角的转换，新颖别致，给人以强烈的情感冲击，可算是婉约词抒情小令中情深意远、柔婉优美的佳作。"平芜尽处是春山，行人更在春山外"两句，"不厌百回读"（明·卓人月《古今词统》）。诵读基调为哀怨缠绵。

候馆梅残，溪桥柳细。草薰风暖摇征辔。离愁渐远渐无穷，迢迢不断如春水。
寸寸柔肠，盈盈粉泪。楼高莫近危阑倚。平芜尽处是春山，行人更在春山外。

蝶恋花

[宋] 欧阳修

【文本导读】 这首词属闺怨词，抒发了闺中少妇的伤春之情。上片写少妇深闺寂寞，阻隔重重，想见意中人而不得；下片写美人迟暮，盼意中人回归而不得，幽恨怨愤之情自现。全词写景状物，疏俊委曲，虚实相融，用语自然，辞意深婉，尤其是对少妇的心理刻画写意传神，堪称欧词之典范。尤首句"连用三'深'字，妙甚。偏是楼高不见，试想千古有情人读至结处，无不泪下。绝世至文"（清·陈廷焯《云韶集》）。诵读基调为幽怨愤恨、深稳妙雅。

庭院深深深几许，杨柳堆烟，帘幕无重数。玉勒雕鞍游冶处，楼高不见章台路。
雨横风狂三月暮，门掩黄昏，无计留春住。泪眼问花花不语，乱红飞过秋千去。

明妃曲二首（其一）

[宋] 王安石

【文本导读】 诗歌前半部分只写昭君的美，着重写昭君的风度、情态之美，以及这种美的感染力，并从中宣泄她内心的悲苦之情。从艺术创作来看，诗人不是从形象上写"美"，而是从故事上写：昭君出来，泪湿鬓角，自顾"无颜色"，但汉元帝见了，竟不能自持。原来昭君之美不在容貌，而在精神，即"意态"。而画师又是个画肉不画骨的，所以"意态由来画不成，当时枉杀毛延寿"两句成为千古绝唱。后半部分写昭君在塞外仍关心国家，揭示出她对故国、亲人的挚爱之情及"失意"的悲剧结局。但是，"家人万里传消息，好在毡城莫相忆"，安慰只来自家人，而非宫廷。"君不见咫尺长门闭阿娇，人生失意无南北"，点出了悲剧根源，扩大了悲剧范围，表现出对被侮辱、被损害的广大宫女的同情。诵读基调为怨中含怒。

明妃初出汉宫时，泪湿春风鬓脚垂。
低徊顾影无颜色，尚得君王不自持。
归来却怪丹青手，入眼平生几曾有。
意态由来画不成，当时枉杀毛延寿。
一去心知更不归，可怜着尽汉宫衣。
寄声欲问塞南事，只有年年鸿雁飞。
家人万里传消息，好在毡城莫相忆。
君不见咫尺长门闭阿娇，人生失意无南北！

桂枝香·金陵怀古

[宋] 王安石

【文本导读】 作于词人王安石第二次罢相、出知江宁府时期。词作通过对金陵（今江苏省南京市）景物的赞美和对历史兴亡的感喟，寄托了对当时朝政的担忧和对国家政治大事的关心。词的境界雄浑、阔大，伤今吊古，暗寄讽谏之情，蕴藉深沉。词作手法高妙，借古喻今，堪称怀古词中的上乘佳作。诵读时，要饱含对昔盛今衰、兴亡更迭的感慨。

登临送目，正故国晚秋，天气初肃。千里澄江似练，翠峰如簇。归帆去棹残阳里，背西风、酒旗斜矗。彩舟云淡，星河鹭起，画图难足。

念往昔，繁华竞逐。叹门外楼头，悲恨相续。千古凭高，对此漫嗟荣辱。六朝旧事随流水，但寒烟衰草凝绿。至今商女，时时犹唱，后庭遗曲。

定风波

[宋] 苏 轼

【文本导读】 道中遇雨本属平常，人们总是设法找地方避雨，雨霁复行，即使无处避雨，也须急行，以求得一避雨之所，而词人不然，冒雨前行，竹杖芒鞋，任风吹雨淋，且吟且啸，显得既浪漫潇洒又从容自若。此词上片着眼于雨中，表现出旷达超逸的胸襟，充满清旷豪放之气，寄寓着独到的人生感悟，读来使人耳目一新，心胸舒阔。下片着眼于雨后，"以曲笔写胸臆"（清·郑文焯《大鹤山人词话》）。全词篇幅虽短，但意境深邃，内蕴丰富，诠释着词人的人生信念，展现着词人的精神追求。诵读时，需旷达超然。

三月七日，沙湖道中遇雨，雨具先去，同行皆狼狈，余独不觉。已而遂晴，故作此词。

莫听穿林打叶声，何妨吟啸且徐行。竹杖芒鞋轻胜马，谁怕？一蓑烟雨任平生。

料峭春风吹酒醒，微冷，山头斜照却相迎。回首向来萧瑟处，归去，也无风雨也无晴。

水调歌头

〔宋〕苏 轼

【文本导读】词作以中秋之月贯穿始末。上片写对月饮酒,从问月赞月、向往月宫,写到月下起舞,词人的人生态度由出世之想归于入世之愿;下片写对月怀人,从月影移动、月有圆缺,写到月光普照,用理智排解了离别之情。全词把人世间的悲欢离合之情纳入对宇宙人生的哲理性追寻之中,表达了词人对亲人的思念和美好祝愿,也表达了仕途失意时旷达超脱的胸怀和乐观的心态。这首词明显受到李白咏月诗篇的影响,想象奇逸,意境空灵,极富浪漫色彩。诵读时,既要有寥落之感,又要体现向上的韵致。

丙辰中秋,欢饮达旦,大醉,作此篇,兼怀子由。

明月几时有?把酒问青天。不知天上宫阙,今夕是何年?我欲乘风归去,又恐琼楼玉宇,高处不胜寒。起舞弄清影,何似在人间。

转朱阁,低绮户,照无眠。不应有恨,何事长向别时圆?人有悲欢离合,月有阴晴圆缺,此事古难全。但愿人长久,千里共婵娟。

临江仙·夜归临皋

〔宋〕苏 轼

【文本导读】此词作于神宗元丰五年(1082)苏轼贬居黄州之后。词人在雪堂痛饮,醉归临皋住所后写下了这首词,寥寥数语,充满了词人对贬居生活的愤懑,以及看破名利、得精神之大自由的超脱情怀。本词运笔潇洒率真,自然生动,非东坡而不能为。"小舟从此逝,江海寄余生"更是传诵至今的名句,与李白"人生在世不称意,明朝散发弄扁舟"可谓异曲同工。诵读时,要有愤懑之情,也要含超然态度。

夜饮东坡醒复醉,归来仿佛三更。家童鼻息已雷鸣。敲门都不应,倚杖听江声。
长恨此身非我有,何时忘却营营?夜阑风静縠纹平。小舟从此逝,江海寄余生。

江城子·乙卯正月二十日夜记梦

[宋] 苏 轼

【文本导读】《江城子》堪称苏轼婉约词的代表作，是苏轼为悼念原配妻子王弗而写的一首悼亡词，表现了绵绵不尽的哀伤和思念。上片写词人对亡妻深沉的思念，写实；下片记述梦境，抒写了词人对亡妻执着不舍的深情，写虚。全词虚实结合，衬托出对亡妻的思念，加深了全词的悲伤基调。词作写景、记事、抒情，纯以白描手法取胜，出语如话家常，却字字从肺腑中流出，自然而又深刻，平淡中寄寓着真淳。写容貌，谓"尘满面，鬓如霜"，可见黯淡情怀；写亡妻，谓"小轩窗，正梳妆"，可见温馨情调；写相逢，谓"相顾无言，惟有泪千行"，又是"此时无声胜有声"之妙笔；写景物，谓"明月夜，短松冈"，景物中饱含凄恻情思，无限哀伤。全词情意缠绵，字字血泪，思致委婉，境界层出。诵读时，要体现凄凉哀婉的情绪。

十年生死两茫茫，不思量，自难忘。千里孤坟，无处话凄凉。纵使相逢应不识，尘满面，鬓如霜。

夜来幽梦忽还乡。小轩窗，正梳妆。相顾无言，惟有泪千行。料得年年肠断处，明月夜，短松冈。

蝶恋花·春景

[宋] 苏 轼

【文本导读】这是一首感叹春光流逝、佳人难见的伤春小词，词人的失意情怀和旷达的人生态度于此亦隐隐透出。全词构思新巧，奇情四溢。写景、记事、说理自然，寓庄于谐，语言回环流走，风格清新婉丽。清人王士禛认为："'枝上柳绵'，恐屯田（柳永）缘情绮靡，未必能过。"（《花草蒙拾》）这正是词人韶秀词风的体现。诵读基调为情理兼备、清新秀丽。

花退残红青杏小。燕子飞时，绿水人家绕。枝上柳绵吹又少，天涯何处无芳草！

墙里秋千墙外道。墙外行人，墙里佳人笑。笑渐不闻声渐悄，多情却被无情恼。

念奴娇·赤壁怀古

[宋] 苏 轼

【文本导读】 此为苏轼豪放词的代表作之一。词作通过对月夜江上壮美景色的描绘，借对古代战场的凭吊和对风流人物才略、气度、功业的追念，曲折地表达了词人怀才不遇、功业未就、老大未成的忧愤之情，同时也表现了词人关注历史和人生的旷达之心。全词借古抒怀，雄浑苍凉，大气磅礴，笔力遒劲，境界宏阔，将写景、咏史、抒情融为一体，给人以撼魂荡魄的艺术力量，曾被誉为"古今绝唱"。南宋胡仔在《苕溪渔隐丛话》中评论说："东坡'大江东去'赤壁词，语意高妙，真古今绝唱。"诵读基调为愤激苍凉。

　　大江东去，浪淘尽，千古风流人物。故垒西边，人道是，三国周郎赤壁。乱石穿空，惊涛拍岸，卷起千堆雪。江山如画，一时多少豪杰。
　　遥想公瑾当年，小乔初嫁了，雄姿英发。羽扇纶巾，谈笑间，樯橹灰飞烟灭。故国神游，多情应笑我，早生华发。人生如梦，一樽还酹江月。

江城子·密州出猎

[宋] 苏 轼

【文本导读】 这首词作于苏轼出密州知州任上。词作表达了强国抗敌的政治主张，抒写了渴望报效朝廷、建功立业的豪情壮志。首三句直写出猎题意，次写围猎时的装束和盛况，接着转写感想喟叹：决心亲自射杀猛虎，答谢全城军民的深情厚谊。下片叙述了猎后的开怀畅饮，希望能够承担卫国戍边守疆的重任，结尾直抒胸臆，畅言杀敌报国的气度与豪情。全词融叙事、言志、用典于一体，调动各种艺术手段形成豪放风格，多角度、多层次地从行动和心理上表现了词人宝刀未老、志在千里的英风与豪气，充满阳刚之美。诵读时，要气势恢宏，"狂"态毕露。

　　老夫聊发少年狂，左牵黄，右擎苍，锦帽貂裘，千骑卷平冈。为报倾城随太守，亲射虎，看孙郎。
　　酒酣胸胆尚开张，鬓微霜，又何妨！持节云中，何日遣冯唐？会挽雕弓如满月，西北望，射天狼。

水龙吟·次韵章质夫杨花词

[宋] 苏 轼

【文本导读】 上片主要写杨花（柳絮）飘忽不定的际遇和不即不离的神态；下片呼应上片，写柳絮的归宿，感情色彩更加浓厚。"春色三分，二分尘土，一分流水"，数字的妙用传达出词人的一番惜花伤春之情，想象奇妙而兼以极度夸张。"细看来，不是杨花，点点是离人泪"虚中有实，实中见虚，虚实相间，妙趣横生，情景交融，余音袅袅。全词不仅写出了杨花的形、神，而且采用拟人的艺术手法，把咏物与写人巧妙地结合起来，将物性与人情毫无痕迹地融在一起，真正做到了"借物以寓性情"。诵读时，要做到声韵谐婉，情调幽怨缠绵。

似花还似非花，也无人惜从教坠。抛家傍路，思量却是，无情有思。萦损柔肠，困酣娇眼，欲开还闭。梦随风万里，寻郎去处，又还被，莺呼起。

不恨此花飞尽，恨西园，落红难缀。晓来雨过，遗踪何在？一池萍碎。春色三分，二分尘土，一分流水。细看来，不是杨花，点点是离人泪。

临 江 仙

[宋] 晏幾道

【文本导读】 这首词是北宋词人晏幾道的代表作。词作虽以习见的感旧怀人为题材，却写得真挚细密、深婉沉着，不失为我国古典诗词中的珍品。全词字字情中有景，整篇结构严谨，情景交融。在结构上，词作抚今追昔，上下贯通：上片写今日，今中有昔；下片写昔时，昔中有今。结尾以虚笔，不直接道明情绪，却有无限感慨蕴含其中，达到了"言有尽而意无穷"的效果，耐人寻味。在语言艺术上，上片用语细密含蓄，下片则转向疏宕俊逸。"'落花'二句，正春色恼人，紫燕犹解'双飞'，而愁人翻成'独立'。论风韵如微风过箫，论词采如红蕖照水。"（俞陛云《唐五代两宋词选释》）诵读基调为感伤怨愤。

梦后楼台高锁，酒醒帘幕低垂。去年春恨却来时。落花人独立，微雨燕双飞。
记得小蘋初见，两重心字罗衣。琵琶弦上说相思。当时明月在，曾照彩云归。

鹧鸪天

[宋] 晏几道

【文本导读】 这首词写词人与一个女子久别重逢的情景，以相逢抒别恨。上片利用彩色文字描摹当年欢聚盛况，似实却虚；下片以白描手法抒写久别相思不期而遇的惊喜之情，似梦却真。全词词情婉丽，曲折空灵，浓情厚韵，虚实交错，意象清丽，声韵谐美。这首作品同传统的恋情词大不相同，格调欢快，意境清新，语言活泼，具有极大的创新性。诵读基调为清丽空灵。

彩袖殷勤捧玉钟。当年拚却醉颜红。舞低杨柳楼心月，歌尽桃花扇底风。
从别后，忆相逢。几回魂梦与君同。今宵剩把银釭照，犹恐相逢是梦中。

登快阁

[宋] 黄庭坚

【文本导读】 这是黄庭坚在太和知县任上登快阁时所作的抒情小诗，抒写的是古诗中常见的官场失意之情，构思独具匠心，风格明快。诗歌有杜甫的雄健、李白的浪漫，而造句炼意，则显现出黄庭坚诗歌自家本色。"倚晚晴"三字"意境天开，则实能劈古今未泄之奥妙"（清·张宗泰《鲁岩所学集》）。五、六二句，巧用典故，以"横"凸显瘦硬奇崛。全诗从头至尾洋溢着对精神上愉悦的追求，在自然美景和音乐声中，摆脱了郁闷，得到了畅快的心情。诗歌语言明白如话，因景抒情寄慨，字字紧扣，层层关联，用典贴切，"无一字无来处"，体现了江西诗派用字新奇、笔力雄健的特点。"此诗气势豪放，明白如话，却无曲折之致，正显黄诗平易之风格。"（胡晓明、秦静梅《宋代诗歌评点》）诵读时，语调要由无奈转豪放。

痴儿了却公家事，快阁东西倚晚晴。
落木千山天远大，澄江一道月分明。
朱弦已为佳人绝，青眼聊因美酒横。
万里归船弄长笛，此心吾与白鸥盟。

寄黄几复

[宋] 黄庭坚

【文本导读】 诗歌称赞了黄几复的廉正、干练、好学,惋惜其垂老沉沦的处境,抒发了殷殷思友之情,寄寓了对友人怀才不遇的不平与愤慨。全诗情真意厚,感人至深。"无一字无来处",使用典故贴切自然,且以散文语言入诗,带来苍劲古朴的风味,体现出黄诗好用书卷、以故为新、运古于律、拗折波峭等特色。"桃李春风一杯酒,江湖夜雨十年灯"二句,造语工新奇巧,意从境出,尤为可嘉。诵读时,语调要由激昂转愤懑。

我居北海君南海,寄雁传书谢不能。
桃李春风一杯酒,江湖夜雨十年灯。
持家但有四立壁,治病不蕲三折肱。
想见读书头已白,隔溪猿哭瘴溪藤。

踏莎行·郴州旅舍

[宋] 秦 观

【文本导读】《踏莎行》作于宋哲宗绍圣四年(1097)。词人秦观屡次被贬,身居郴州旅舍,有感而发,写下此词,以抒流离之苦和思乡之情。上片写词人登高望远,以虚带实;下片写贬谪之愁,化实为虚。"可堪"二句,景中见情;"孤馆""春寒""鹃声""斜阳",不言愁而愁自难堪矣。"驿寄"三句,寄梅传书,相思离恨无数;"砌成"二字,精练形象,妙笔生花,将无形愁思用"砌"字赋其以具体可感形象。至此,词人心中的愁与恨,竟然如转世垒砌,难以损抑、消除。结尾两句"郴江""郴山"落于景语,结于问句,言近意远,无理而妙,表达了失意人的凄苦和哀怨的心情,抒写了自己飘忽不定、居无定所的哀伤和对故乡的深情思念。全词境界开阔,形象鲜明,委婉曲折,含蓄蕴藉。诵读基调为哀怨愁苦。

雾失楼台,月迷津渡,桃源望断无寻处。可堪孤馆闭春寒,杜鹃声里斜阳暮。
驿寄梅花,鱼传尺素,砌成此恨无重数。郴江幸自绕郴山,为谁流下潇湘去?

上编 古诗词

鹊桥仙

［宋］秦 观

【文本导读】这是一首咏七夕的节序词。词作借古代牛郎织女的神话故事，讴歌了真挚、细腻、纯洁、坚贞的爱情。词人化故为新，独出机杼，一反相思离别的哀怨感伤，表示出"两情若是久长时，又岂在朝朝暮暮"的新颖见解，这在七夕诗词中是不多见的。词的上片写牛郎织女聚会，下片写他们的离别。全词哀乐交织，熔抒情与议论于一炉，融天上与人间于一体，用情深挚，立意高远，语言优美，议论自由流畅，通俗易懂，却又显得婉约蕴藉，余味无穷，将优美的形象与深沉的感情完美结合起来。诵读基调为高亢坚定。

纤云弄巧，飞星传恨，银汉迢迢暗度。金风玉露一相逢，便胜却人间无数。
柔情似水，佳期如梦，忍顾鹊桥归路。两情若是久长时，又岂在朝朝暮暮。

青玉案

［宋］贺 铸

【文本导读】《青玉案》是北宋词人贺铸的代表作，为其晚年隐居苏州时所作。词作通过对暮春景色的描写，抒发了词人所感到的"闲愁"：明写相思，暗寄愁苦。上片写路遇佳人而不知所往的怅惘，含蓄地流露出沉沦下僚、怀才不遇的感慨；下片写因思慕而引起的无限愁思，表现了幽居寂寞、积郁难抒之情绪。全词以景言情，借虚写相思之情，实抒郁郁不得志的"闲愁"，把愁绪描写得具体、形象，似触手可及，立意新奇，想象丰富。诵读基调为愁苦郁结。

凌波不过横塘路，但目送，芳尘去。锦瑟华年谁与度？月桥花院，琐窗朱户，只有春知处。
飞云冉冉蘅皋暮，彩笔新题断肠句。试问闲愁都几许？一川烟草，满城风絮，梅子黄时雨。

鹧鸪天

[宋] 贺 铸

【文本导读】贺铸从北方回到苏州时悼念亡妻，因作此词。这首情真意切、哀伤动人、语深辞美的悼亡词在艺术构思上颇有特色，即将生者与死者合写，词笔始终牵连自己和妻子双方：说到自己痛悼，即提及妻子对自己的深情；描述亡妻，则痛感自身的孤寂。这是以夫妻间体贴关怀、情感交融和生命协调为基础的。"同来何事不同归"一问，问得十分"无理"，此极"无理"之辞，实则极"有情"之语。全词"出语沉痛，感情深挚，很能感动人"（张燕瑾《唐宋词选析》）。表现手法上，赋、比、兴三者参酌运用，丰富了情感表现的手段，增强了艺术感染力。诵读基调为哀婉凄绝。

重过阊门万事非，同来何事不同归？梧桐半死清霜后，头白鸳鸯失伴飞。
原上草，露初晞，旧栖新垅两依依。空床卧听南窗雨，谁复挑灯夜补衣？

兰陵王·柳

[宋] 周邦彦

【文本导读】这是一首自伤别离的词，作于词人最后一次出京时。词作托柳起兴，写离去之愁，由实入虚，实虚转换自如。上片借隋堤柳烘托了离别的气氛，由堤上柳引出对往昔送别的回忆和久离京师的身世之感，又由回忆和久客淹留之感折回到目前的离席；中片抒写自己的别情，由离席再生发开拓出去，预为行者设想别后愁思，又由预为行者设想归入现实中自己的别后之思；下片写渐远以后，又由现实引发出对昔日相聚时的回忆。未别之时，回忆离别之苦；已别之后，则又回忆相聚时的欢乐。而词人的久客淹留之感、伤离恨别之情，完全在这种回旋往复的描叙中展示出来。全词有生活细节，有人物活动，有抒情主体的心理意绪，具有鲜明的叙事性和戏剧性；结构萦回曲折，似浅实深，景语、情语耐人寻味。伤离别恨之情、身世飘零之感，欲留不得，非去不可，柳化为愁，回环往复，沉郁顿挫。诵读基调为哀婉伤痛。

柳阴直，烟里丝丝弄碧。隋堤上，曾见几番，拂水飘绵送行色。登临望故国，谁识，京华倦客？长亭路，年去岁来，应折柔条过千尺。
闲寻旧踪迹，又酒趁哀弦，灯照离席，梨花榆火催寒食。愁一箭风快，半篙波暖，回头迢递便数驿。望人在天北。
凄恻，恨堆积。渐别浦萦回，津堠岑寂。斜阳冉冉春无极。念月榭携手，露桥闻笛。沉思前事，似梦里，泪暗滴。

如梦令

[宋] 李清照

【文本导读】 此词写暮春时节风雨后，闺中女词人宿酒醒后和侍女询问花事，畅谈对海棠花变化的不同感受，婉转曲折地表现了怜花惜花之情和淡淡的伤春之感，充分体现出了对大自然、对春天的热爱，也流露了内心的隐隐苦闷。全词以对话推动词意发展，跌宕起伏，极尽传神；篇幅虽短，但含蓄蕴藉，意味深长；以景衬情，情景交融，委曲精工，轻灵新巧，对人物心理情绪的刻画细致入微；造语工巧而又平淡天然，尤其是"绿肥红瘦"一句，色彩鲜明、形象生动，极富概括性。诵读时，要注意对淡淡惆怅心绪的把控。

昨夜雨疏风骤，浓睡不消残酒。试问卷帘人，却道海棠依旧。知否？知否？应是绿肥红瘦。

永遇乐

[宋] 李清照

【文本导读】 此词上片写元宵佳节寓居异乡，以客观现实的欢快来对比主观心情的凄凉；下片以南渡前在汴京过元宵佳节的欢乐心情对比当前的凄凉景象。全词以元宵为焦点展开记叙，思路由今而昔再到今，借流落江南孤身度过元宵佳节的切身感受，写北宋京城汴京和南宋京城临安元宵节的情景，抒发了深沉的故国之思，含蓄地表现了对朝廷偷安南方的不满。表现手法上，语言极为平易，化俗为雅，未言哀但哀情溢于言表，委婉含蓄地表达了心中的大悲大痛。词作今昔对比，以乐景写哀情，以他人反衬，益增悲慨，"为之涕下"，"辄不自堪"（南宋·刘辰翁《须溪词》）。诵读基调为哀伤幽怨。

落日熔金，暮云合璧，人在何处？染柳烟浓，吹梅笛怨，春意知几许！元宵佳节，融和天气，次第岂无风雨？来相召，香车宝马，谢他酒朋诗侣。

中州盛日，闺门多暇，记得偏重三五。铺翠冠儿，捻金雪柳，簇带争济楚。如今憔悴，风鬟霜鬓，怕见夜间出去。不如向、帘儿底下，听人笑语。

声声慢

[宋] 李清照

【文本导读】此为李清照晚年词作。词人主要通过对种种暮秋萧瑟景物的描绘来层层渲染心中的愁情;铺叙的残秋所见、所闻、所感,无一不引发因国破家亡、天涯沦落而产生的孤寂落寞、悲凉愁苦心绪,具有浓厚的时代特征。词以铺叙之笔,依次写气候多变、酒力难敌风力、北雁南飞、菊花残损、梧桐细雨,逐层深化愁情;虽是秋日平常景物,却景中蕴情,情景交融,委婉含蓄地传达出愁苦难熬的内心活动。尤其是开头连下的十四个叠字,字字泣血,极写孤独;下文又用"点点滴滴"构成前后呼应,寂寞忧郁的情绪和动荡不安的心境溢于言表。此外,词人构思时打破了上下片的局限,一气呵成,贯注到底,着意渲染愁情,如怨如慕,如泣如诉,一字一泪,感人至深。风格深沉凝重、哀婉凄苦,写眼前景,道心中意,语浅而情深。诵读基调为凄惨哀怨、缠绵悱恻。

寻寻觅觅,冷冷清清,凄凄惨惨戚戚。乍暖还寒时候,最难将息。三杯两盏淡酒,怎敌他,晚来风急!雁过也,正伤心,却是旧时相识。

满地黄花堆积。憔悴损,如今有谁堪摘?守着窗儿,独自怎生得黑!梧桐更兼细雨,到黄昏,点点滴滴。这次第,怎一个愁字了得!

醉花阴

[宋] 李清照

【文本导读】词作通过描述重阳佳节把酒赏菊的情景,烘托了一种凄凉寂寥的氛围,表达了词人思念丈夫的寂寞与孤苦。全词开篇点"愁",结句言"瘦";上片咏节令,写别愁,充满了寂寞、怨恨、愁苦之感;下片写赏菊,话情境,倒叙黄昏时独自饮酒的凄苦。词人在自然景物的描写中,加入自己浓重的感情色彩,使客观环境和人物内心的情绪交织。尤其是"莫道不消魂,帘卷西风,人比黄花瘦"三句,设想奇妙,比喻精彩,直抒胸臆:先以"消魂"点神伤,再以"西风"点凄景,最后落笔结出一个"瘦"字,将思妇与菊花相映衬,情景交融,以萧瑟的秋风摇撼着羸弱的瘦菊和思妇布满愁云的憔悴面容对举,创设出了一种凄苦绝伦的境界——憔悴的面容和愁苦的神情现于眼前,凄清寂寥的深秋怀人境界呼之欲出;含蓄深沉,言有尽而意无穷,余音绕梁,不绝于耳。诵读基调为凄苦郁结。

薄雾浓云愁永昼，瑞脑消金兽。佳节又重阳，玉枕纱橱，半夜凉初透。东篱把酒黄昏后，有暗香盈袖。莫道不消魂，帘卷西风，人比黄花瘦。

一剪梅

[宋] 李清照

【文本导读】 此词是李清照前期的作品，当作于词人与赵明诚婚后不久，堪称一首工致精巧的别情佳作。词作上片写清秋时节与爱人别后，独上兰舟以排遣愁怀，西楼望月，恨雁来无书，用红藕、兰舟、雁字、西楼组合成了一个空间系列环境，从境中隐隐约约地透现出相思之意；下片则侧重于直宣情愫，以两地相思之情如同花飘零、水流东来说明此情无由消除，寄托不忍离别的相思之情。"一种相思，两处闲愁"二句写自己的相思之苦、闲愁之深，句式整齐、词意鲜明；既分列，又合一。"才下眉头，却上心头"，以"眉头"与"心头"相对应，"才下"与"却上"造起伏，结构工整又巧妙，寄寓着一腔纯洁深情。全词不饰雕琢，明白如话，以女性特有的沉挚情感和不落俗套的表现方式，展现出一种婉约之趣，格调清新，意境幽美，语淡而意浓。明代李廷机在《草堂诗余评林》中说："此词颇尽离别之情，语意超逸，令人醒目。"诵读基调为深情而婉约。

红藕香残玉簟秋，轻解罗裳，独上兰舟。云中谁寄锦书来？雁字回时，月满西楼。花自飘零水自流，一种相思，两处闲愁。此情无计可消除，才下眉头，却上心头。

渔家傲

[宋] 李清照

【文本导读】 这首词在黄昇的《花庵词选》中题作"记梦"。词作主要写梦中海天溟蒙的景象及与天帝的问答，隐喻对社会现实的不满与失望及对理想境界的追求和向往。词人把真实的生活感受融入梦境，以梦游的方式、奇妙的设想，倾诉隐衷，寄托情思。全词打破了上片写景下片抒情或情景交错的惯常格局，以故事性情节为主干，以人神对话为内容，使梦幻与生活、历史与现实融为一体，气度恢宏，格调雄奇，用典巧妙，景象壮阔。"九万里风鹏正举。风休住，蓬舟吹取三山去！"由实到虚，境界宏远，一往无前。"浑成大雅，无一毫钗粉气。"（清·黄苏《蓼园词选》）。诵读时，要气势磅礴、音调豪迈。

天接云涛连晓雾,星河欲转千帆舞。仿佛梦魂归帝所。闻天语,殷勤问我归何处?我报路长嗟日暮,学诗谩有惊人句。九万里风鹏正举。风休住,蓬舟吹取三山去!

满江红

[宋] 岳 飞

【文本导读】《满江红》一词英勇而悲壮,深受人们喜爱。它真实、充分地反映了岳飞精忠报国、一腔热血的英雄气概,代表了岳飞精忠报国的英雄之志,表现出一种浩然正气、英雄气概。上片,面对中原沦陷、前功尽弃,悲愤又痛惜,渴望继续努力,争取壮年立功。下片,面对敌人,有深仇大恨;念及国家,有殷切期盼;思虑朝廷,怀赤胆忠心。全词充斥着浩然正气和英雄气概,表现出报国立功的信心和乐观奋发的精神。诵读时,要情调激昂、慷慨壮烈。

怒发冲冠,凭阑处、潇潇雨歇。抬望眼,仰天长啸,壮怀激烈。三十功名尘与土,八千里路云和月。莫等闲、白了少年头,空悲切。

靖康耻,犹未雪。臣子恨,何时灭?驾长车,踏破贺兰山缺。壮志饥餐胡虏肉,笑谈渴饮匈奴血。待从头、收拾旧山河,朝天阙。

关山月

[宋] 陆 游

【文本导读】全诗共十二句,每四句为一个层次,三个层次分别选取同一月夜下三种人物的不同境遇和态度,语言极为简练概括而感情抒发富于跳跃性,内涵十分丰富:一边是豪门贵宅中的文武官员,莺歌燕舞,不思复国;一边是戍边战士,百无聊赖,报国无门;一边是中原遗民,忍辱含垢,泪眼模糊,盼望统一。同一时间段不同阶层人物的生活情景和态度的对比、同一环境里的不同情景的对比、同一类人物的生死对比、同一地域的古今对比等,层层套叠、交相映照,就总环境、大气候和不同类型人物的行为方式、心理感受,作鸟瞰式的素描,综括了"和戎诏下"以来南宋的整个时局,体现了诗人忧国忧民、渴望统一的爱国情怀。全诗笔墨高度概括,是当时社会全景的形象写照,是时代脉搏的真实记录。诵读时,要慷慨有余哀,沉郁且悲壮。

和戎诏下十五年,将军不战空临边。
朱门沉沉按歌舞,厩马肥死弓断弦。

戍楼刁斗催落月,三十从军今白发。
笛里谁知壮士心?沙头空照征人骨。
中原干戈古亦闻,岂有逆胡传子孙!
遗民忍死望恢复,几处今宵垂泪痕。

书 愤

[宋] 陆 游

【文本导读】 这首七言律诗紧扣"愤"字展开,叙述了早年决心收复失地的壮志雄心,感伤于恢复中原大业受阻、时不再来、壮志未遂的苦情,以及重新燃起报国立功的豪情。"楼船夜雪瓜洲渡,铁马秋风大散关",意象相合,开阔壮丽,雄放豪迈;"出师一表真名世,千载谁堪伯仲间",运用了对比手法,将自己的今与昔对比,将诸葛亮与当朝的权臣对比,凸显出爱国热情至老不移及渴望效法诸葛亮施展抱负的强烈愿望,暗含时代的悲剧和个人的沉痛。诵读时,感情要沉郁,气韵要浑厚。

早岁那知世事艰,中原北望气如山。
楼船夜雪瓜洲渡,铁马秋风大散关。
塞上长城空自许,镜中衰鬓已先斑。
出师一表真名世,千载谁堪伯仲间。

游山西村

[宋] 陆 游

【文本导读】 这是一首纪游抒情诗。陆游紧扣诗题"游"字,但又不具体描写游村的过程,而是用极其亲切的语调,剪取游村的见闻,着意描绘了家乡农村一带自然风景的美、农民淳朴风俗与纯洁心灵的美,来体现不尽之游兴,凸显出热爱祖国、热爱农民、热爱生活、热爱自然的高尚情操。全诗以游村贯穿,写了出游到农家,写了村外之景物,写了村中之情事,写了频来夜游,各有侧重,把秀丽的山村自然风光与淳朴的村民习俗和谐地统一在完整的画面中,意境优美,恬淡隽永。"山重水复疑无路,柳暗花明又一村",立意新巧,手法白描,不事辞藻,自然成趣。诵读时,语气要宁静欢悦,语调要圆润流转。

莫笑农家腊酒浑,丰年留客足鸡豚。
山重水复疑无路,柳暗花明又一村。
箫鼓追随春社近,衣冠简朴古风存。
从今若许闲乘月,拄杖无时夜叩门。

临安春雨初霁

[宋] 陆 游

【文本导读】这首《临安春雨初霁》写于诗人晚年,陆游因感慨世态炎凉和政治舞台上的倾轧变幻,在厌倦官场、客居寂寞与无聊的生活中写下了这首千古传颂的名作。诗开篇即以问句的形式表达了世态炎凉的无奈和客籍京华的蹉跎,直抒胸臆,情感喷薄。整首诗的情绪在开篇即达到高潮,后面三联逐渐回落,在情思的气势上由高到低,而又浑然一体。其中,"小楼一夜听春雨,深巷明朝卖杏花",情景交融、寓意深刻,诉说绵绵春雨如愁的思绪;"一夜"两字尤不可轻轻放过,因为它正暗示了诗人一夜未曾入睡,国事家愁,伴着这雨声而涌上了眉间心头;字眼虽明快,用意却郁闷而惆怅,用明媚的春光反衬落寞的情怀,对照鲜明,含蓄蕴藉。诵读时,要注意体味抑郁惆怅下的雄奇悲壮、威武不屈。

世味年来薄似纱,谁令骑马客京华?
小楼一夜听春雨,深巷明朝卖杏花。
矮纸斜行闲作草,晴窗细乳戏分茶。
素衣莫起风尘叹,犹及清明可到家。

卜算子·咏梅

[宋] 陆 游

【文本导读】这是一首典型的咏物词。词人托物言志,以物喻人,以傲然不屈的梅花暗喻自己虽终生坎坷却坚贞不屈的高洁品行,格调清新自然,物我相融为一体,用笔细腻而婉致,意味深厚隽永,是咏梅词中的上乘佳作。词的上片集中写了梅花受世俗冷落的困难处境,立足"寂寞",营造出一种愁苦的境界,为下片申发议论作铺垫;下片从"香如故"落笔,写梅花的灵魂及生死观,重在刻画其志趣高洁、不同凡响,即便"零落成泥碾作尘",遭受重大打击也保持本质,坚守天性,不改初衷,由此梅花就化身为作者高尚的人格了。全词不重雕镂梅花的外形,而着笔于摄取其神韵,借以写照自

我，物我相融，独具风韵。诵读时，要用赞赏的语气语调。

> 驿外断桥边，寂寞开无主。已是黄昏独自愁，更着风和雨。
> 无意苦争春，一任群芳妒。零落成泥碾作尘，只有香如故。

钗头凤

[宋] 陆 游

【文本导读】这首词记叙了词人与唐婉被迫分开后的一次偶遇，述说了眷恋之深，抒写了相思之切，弥漫其中的是词人浓烈的怨恨愁苦和难以言状的凄楚。全词上片由追昔到抚今，"东风恶"三字，一语双关，含蕴丰富；"错，错，错"，一字三叠，血泪倾诉，悲愤无奈，欲怨不能。下片回到现实，直书别后相思之苦，以"春如旧"与上片"满城春色"句相呼应，以"桃花落，闲池阁"与上片"东风恶"句相照应，把同一空间不同时间的情事和场景历历如绘地叠映出来。"莫，莫，莫"言犹未尽，意犹未了，情犹未终，留下沉痛的喟叹。全词多用对比手法，达到了内容和形式的完美统一；节奏急促，声情凄紧，荡气回肠，大有恸不忍言、恸不能言的情致。诵读时，要有凄凉愁怨之感。

红酥手，黄縢酒，满城春色宫墙柳。东风恶，欢情薄，一怀愁绪，几年离索。错，错，错！
春如旧，人空瘦，泪痕红浥鲛绡透。桃花落，闲池阁，山盟虽在，锦书难托。莫，莫，莫！

诉衷情

[宋] 陆 游

【文本导读】这首词是陆游晚年隐居山阴农村时所作。词中回顾了词人一生中最值得怀念的一段岁月，即当年梁州参军，期盼恢复中原、报效祖国建功立业的往事，如今壮志未酬，却已年老体衰，反映了词人晚年悲愤不已、念念不忘国事的愁苦心情，表达了词人壮志未酬、报国无门的悲愤不平之情。词作通过今昔对比，由追忆昔日戎马疆场的意气风发起笔，接写当年宏愿只能在梦中实现的失望，最后抒写敌未灭而英雄迟暮的喟叹。全词情感真挚，用典自然，不着痕迹，不加雕饰，丝毫不见半点虚假造作；语言通俗，明白如话，如叹如诉；悲壮处见沉郁，愤懑却不消沉。诵读时，要有苍凉悲壮的格调。

> 当年万里觅封侯，匹马戍梁州。关河梦断何处？尘暗旧貂裘。
> 胡未灭，鬓先秋，泪空流。此生谁料，心在天山，身老沧洲！

插秧歌

［宋］杨万里

【文本导读】诗歌描绘了一幅农忙时节的风俗图画，画面清新，笔调通俗，情趣盎然。"抛""接""拔""插"四个动词，准确具体，活画出热火朝天的劳动场面。萧瑞峰先生评价："这首《插秧歌》似是率口而出，却又不失耐人寻味的新鲜之意和活泼之趣……较之当时故作艰深、讲究'无一字无来历'的江西派末流，这样的作品自然是别具一格。"全诗语言自然清新，诵读时，要充溢着欢快与幸福的情绪。

田夫抛秧田妇接，小儿拔秧大儿插。
笠是兜鍪蓑是甲，雨从头上湿到胛。
唤渠朝餐歇半霎，低头折腰只不答。
秧根未牢莳未匝，照管鹅儿与雏鸭。

念奴娇·过洞庭

［宋］张孝祥

【文本导读】这首中秋词是词人泛舟洞庭湖时即景抒怀之作。"此词开首从洞庭说至'玉界琼田三万顷'，题已说完，即引入'扁舟一叶'。以下从舟中人心迹与湖光映带写，隐现离合，不可端倪，镜花水月，是二是一。自尔神采高骞，兴会洋溢。"（清·黄苏《蓼园词选》）全词情景交融，天光与水色、物境与心境、昨日与今夕，全都融合在一起；清奇壮美的景色，与词人的主体人格相一致，达到物我浑然不分的境界，充满了浪漫主义色彩。全词多处用典，格调昂奋，意象鲜明，意境深邃，结构严谨，想象瑰丽，一波三折，"飘飘有凌云之气，觉东坡《水调》犹有尘心"（清·王闿运《湘绮楼词选》）。诵读时，当充满浩然正气。

洞庭青草，近中秋、更无一点风色。玉界琼田三万顷，着我扁舟一叶。素月分辉，明河共影，表里俱澄澈。悠然心会，妙处难与君说。

应念岭海经年，孤光自照，肝胆皆冰雪。短发萧骚襟袖冷，稳泛沧浪空阔。尽挹西江，细斟北斗，万象为宾客。扣舷独啸，不知今夕何夕！

摸鱼儿

[宋] 辛弃疾

【文本导读】《摸鱼儿》是忧时感世之作，一改辛词常见的豪放之风。词作上片写春意阑珊，表现出主人公对春光的无限留恋和珍惜之情；下片写美人迟暮，以比喻手法反映身世家国之恨。全词情调婉转凄恻，柔中寓刚。词中多用比喻手法，表层写的是美女伤春、蛾眉遭妒，实际上是抒写壮志难酬的愤慨和对国家命运的关切之情。全词托物起兴，借古伤今，融身世之悲和家国之痛于一体，沉郁顿挫，寄托遥深，笔触曲折婉转，流露出词人沉痛强烈的伤时忧国情怀。词作用典自然圆融，结构严密，章法井然，"休去倚危栏，斜阳正在、烟柳断肠处"二句，以景语作结，言有尽而意无穷，颇有韵致。诵读时，要略显愤慨、伤感情绪。

淳熙己亥，自湖北漕移湖南，同官王正之置酒小山亭，为赋。

更能消、几番风雨？匆匆春又归去。惜春长怕花开早，何况落红无数。春且住，见说道、天涯芳草无归路。怨春不语，算只有殷勤，画檐蛛网，尽日惹飞絮。

长门事，准拟佳期又误，蛾眉曾有人妒。千金纵买相如赋，脉脉此情谁诉？君莫舞，君不见、玉环飞燕皆尘土！闲愁最苦，休去倚危栏，斜阳正在、烟柳断肠处。

菩萨蛮·书江西造口壁

[宋] 辛弃疾

【文本导读】词人用极高明的比兴艺术，写极深沉的爱国情思。从内容上看，词人登郁孤台远望，"借水怨山"，写出了对北方沦陷区的怀念，对惨遭流亡的人民的同情，对中原失地恢复不得的焦虑和忧愁，抒发了国家兴亡的感慨。词的上片由眼前景而忆历史，畅写家国沦亡之创痛和收复无望的悲愤；下片借景生情，抒愁苦怨怼与不满之情。结句"江晚正愁余，山深闻鹧鸪"，"血泪淋漓，古今让其独步。结二语号呼痛哭，音节之悲，至今犹隐隐在耳"（清·陈廷焯《云韶集》）。全词运用比兴手法，以眼前景道心上事，达到比兴手法意内言外之极高境界，使景情相切又潜气内转，神理高绝与沉郁顿挫兼具，"《菩萨蛮》如此大声镗鞳，未曾有也"（梁启超《艺蘅馆词选》）。诵读时，要注意淡淡叙述语中蕴含的深沉爱国情思。

郁孤台下清江水，中间多少行人泪！西北望长安，可怜无数山。
青山遮不住，毕竟东流去。江晚正愁余，山深闻鹧鸪。

清平乐·村居

[宋] 辛弃疾

【文本导读】 这首词给我们呈现了一幅栩栩如生、有声有色的农村风俗画卷。全词紧紧围绕小溪布置画面,描绘了农村一个五口之家的生活环境和生活画面,用白描的手法刻画了农民之家老少五口的人物形象,极富农家勤俭淳朴而又风趣的生活情调,表现了人情之美和生活之趣。这家老小,面貌、情态各异,惟妙惟肖,活灵活现;乡音土语,如话家常,亲切温馨,具有浓厚的生活气息,与尔虞我诈的黑暗官场形成鲜明的对照,表现出词人对农村和平宁静生活的喜爱之情。"作者用轻笔淡墨,描绘了一幅农村的风俗画。辛弃疾的农村词,大部分是以写景为主,只有个别人物点缀其间,而此词则以人物为主体,描绘了和谐、美满,富有情趣的一家人,充满了生活气息。"(杨忠《辛弃疾词选译》)全词呈现出一种清新温馨的风格。诵读时,要欢快愉悦、情绪高昂。

茅檐低小,溪上青青草。醉里吴音相媚好,白发谁家翁媪。
大儿锄豆溪东,中儿正织鸡笼。最喜小儿无赖,溪头卧剥莲蓬。

水龙吟·登建康赏心亭

[宋] 辛弃疾

【文本导读】 这是一首登临抒怀之作。词人就登临所见发挥,由写景进而抒情,情景融合。词作上片借景抒情,由水写到山,由无情之景写到有情之景,层次分明;下片典故迭用,怀古伤今,将内心的感情写得含蓄而又淋漓尽致,表达了词人报国无门、理想成灰的悲愤心情。全词取景阔大,虽有深远绵长"愁恨"回环奔涌,却不改抒情主人公失落而不潦倒的英雄气度;虽出语沉痛悲愤,但整首词的基调依然激昂慷慨,不失辛词独有的豪放而沉郁的风格。诵读时,要有豪放之气。

楚天千里清秋,水随天去秋无际。遥岑远目,献愁供恨,玉簪螺髻。落日楼头,断鸿声里,江南游子,把吴钩看了,栏杆拍遍,无人会、登临意。
休说鲈鱼堪脍,尽西风,季鹰归未?求田问舍,怕应羞见,刘郎才气。可惜流年,忧愁风雨,树犹如此!倩何人、唤取红巾翠袖,揾英雄泪!

青玉案·元夕

［宋］辛弃疾

【文本导读】 这首词极力渲染了元宵节绚丽多彩的热闹场面，反衬出一个孤高淡泊、超群拔俗、不同于金翠脂粉的女性形象，寄托着词人政治失意后不愿与世俗同流合污的孤高品格，充分体现了词人对恢复大业、对国家和民族的前途与命运的深深忧虑。词作上片写景，极写花灯耀眼、乐声盈耳的元夕盛况，渲染了一片热闹的景象；下片专门写在"灯火阑珊处"的"那人"，着意描写了好女如云之中寻觅到的那一位立于灯火零落处的孤高女子，语言精致，构思精妙，含蓄婉转，余味无穷。"古今之成大事业、大学问者，必经过三种之境界：'昨夜西风凋碧树，独上高楼，望尽天涯路'，此第一境也。'衣带渐宽终不悔，为伊消得人憔悴'，此第二境也。'众里寻他千百度，蓦然回首，那人却在，灯火阑珊处'，此第三境也。此等语皆非大词人不能道，然遽以此意解释诸词，恐为晏、欧诸公所不许也。"（王国维《人间词话》）诵读时，要有悲愤，亦有渴盼。

东方夜放花千树。更吹落，星如雨。宝马雕车香满路。凤箫声动，玉壶光转，一夜鱼龙舞。

蛾儿雪柳黄金缕，笑语盈盈暗香去。众里寻他千百度，蓦然回首，那人却在，灯火阑珊处。

丑奴儿·书博山道中壁

［宋］辛弃疾

【文本导读】 这首词是辛弃疾被弹劾去职、闲居带湖时所作。词作通过回顾少年时不知愁苦，衬托"而今"深深领略了愁苦的滋味，却又说不出道不明，写出了两种截然不同的思想感情的变化。全词通篇言愁，上片着重回忆少年时代自己不知愁苦，所以喜欢登上高楼，凭栏远眺，描绘出少年涉世未深却故作深沉的情态；下片表现自己随着年岁的增长，处世阅历渐深，对于这个"愁"字有了真切的体验，写出满腹愁苦却无处倾诉的抑郁。结尾"天凉好个秋"表面形似轻脱，实则十分含蓄，充分表达了词人之"愁"的深沉博大。全词突出地渲染了一个"愁"字，以此作为贯穿全篇的线索，通过"少年"时与"而今"的对比，表达了词人受压抑、遭排挤、报国无门的痛苦之情。全词构思新巧，平易浅近，浓愁淡写，重语轻说，寓激情于婉约之中，感情真率而又委婉，言浅意深，令人回味无穷。诵读时，要含蓄蕴藉，语调舒缓。

少年不识愁滋味，爱上层楼。爱上层楼，为赋新词强说愁。
而今识尽愁滋味，欲说还休。欲说还休，却道天凉好个秋。

永遇乐·京口北固亭怀古

[宋] 辛弃疾

【文本导读】 这是稼轩词中突出的爱国篇章之一。上片借古意以抒今情，赞扬了在京口建立霸业的孙权和率军北伐、气吞胡虏的刘裕，表示要像他们一样金戈铁马，为国立功，稍显"轩豁呈露"；下片化用典故，借讽刺刘义隆表明自己坚决主张抗金但反对冒进误国的立场和态度，尤觉味深而意隐，最后还借廉颇自况，抒发未能实现自己抱负的感慨，突出愿望落空。本词连用典故，紧扣题旨，抒发感慨，间以几句点睛式抒情性议论以见精神，增强了作品的说服力和意境美，颇显辛词好用典的"词论"风格。明代杨慎在《词品》中评论说："稼轩词中第一。发端便欲涕落，后段一气奔注，笔不得遏。廉颇自拟，慷慨壮怀，如闻其声。谓此词用人名多者，当是不解词味。"诵读时，要豪壮悲凉。

千古江山，英雄无觅，孙仲谋处。舞榭歌台，风流总被，雨打风吹去。斜阳草树，寻常巷陌，人道寄奴曾住。想当年，金戈铁马，气吞万里如虎。
元嘉草草，封狼居胥，赢得仓皇北顾。四十三年，望中犹记，烽火扬州路。可堪回首，佛狸祠下，一片神鸦社鼓。凭谁问：廉颇老矣，尚能饭否？

西江月·夜行黄沙道中

[宋] 辛弃疾

【文本导读】 这是一首吟咏田园风光的田园山水名作，也是宋词中以农村生活为题材的佳作。它以自然朴素的语言、清新爽朗的风格，使我们不仅看到一幅鲜明生动的田野风光画，而且有一种身临其境之感。这首词描写的既不是出奇的名山秀水，也不是引人注目的奇观壮景，它只不过是人们常见的月、鸟、蝉、蛙、星、雨、店、桥，尤其是上片，着意描写了黄沙岭的夜景：明月清风、疏星稀雨、鹊惊蝉鸣、稻花飘香、蛙声一片。田野风光如此美轮美奂，我们从中得到了一种美的享受和心的宁静。全词从视觉、听觉和嗅觉三方面描写了夏夜的山村风光，情景交融，优美如画，恬静自然，生动逼真。诵读时，要恬静祥和、亲切温馨。

明月别枝惊鹊，清风半夜鸣蝉。稻花香里说丰年，听取蛙声一片。
七八个星天外，两三点雨山前。旧时茅店社林边，路转溪桥忽见。

南乡子·登京口北固亭有怀

[宋] 辛弃疾

【文本导读】这首词通过对古代英雄人物的歌颂，表达了词人渴望像古代英雄人物那样金戈铁马，收拾旧山河，为国效力的壮烈情怀，饱含着浓浓的爱国思想，但也流露出报国无门的无限感慨。全词写景、抒情、议论密切结合；融古人语言入词，活用典故成语；通篇三问三答，层次分明，互相呼应，感怆雄壮，意境高远；即景抒情，借古讽今；风格明快，气魄阔大。"全首表示对孙权的怀念，结句可能是借古讽今，为对韩侂胄一批人不满而发。'天下英雄'三句原是曹操的话，善于把古人语言融化入自己词中，是辛词的特点之一。"（夏承焘、盛静霞《唐宋词选讲》）诵读时，要语调高昂，情绪乐观奋进。

何处望神州？满眼风光北固楼。千古兴亡多少事？悠悠。不尽长江滚滚流。
年少万兜鍪，坐断东南战未休。天下英雄谁敌手？曹刘。生子当如孙仲谋。

长亭怨慢

[宋] 姜　夔

【文本导读】据夏承焘《白石怀人词考》，南宋词人姜夔流寓合肥期间，曾与勾栏中的姊妹二人有过一段恋情，并为她们写过好几首情致缠绵的词篇，此词即其中的一首。词作上片咏柳，以柳之无情反衬自己惜别的深情，用笔不即不离，写合肥，写离去，写惜别，而表面上都是以柳贯穿，借作衬托；下片写自己与情侣离别后的恋慕之情，"算空有"二句以离愁难剪作结，极写自己惜别之情、情侣属望之意。全词以主客变换和内心独白，表现出行人与送行人的双向感情交流，情笃意挚，曲深动人。男女相悦，伤离怨别，本是唐宋词中常见的内容，但是姜夔所作的情词则与众不同。他摈除秾丽，着笔淡雅，写正面不多，而借梅、柳等物寄兴，具有回环宕折之妙。诵读基调为凄怆缠绵。

余颇喜自制曲。初率意为长短句，然后协以律，故前后阕多不同。桓大司马云："昔年种柳，依依汉南。今看摇落，凄怆江潭。树犹如此，人何以堪？"此语余深爱之。

渐吹尽，枝头香絮，是处人家，绿深门户。远浦萦回，暮帆零乱向何许？阅人多矣，谁得似长亭树？树若有情时，不会得青青如此！

日暮，望高城不见，只见乱山无数。韦郎去也，怎忘得、玉环分付：第一是早早归来，怕红萼无人为主。算空有并刀，难剪离愁千缕。

暗 香

[宋] 姜 夔

【文本导读】在传统文化的长河中，梅花以其冰清玉洁的高洁品格成为一种文化象征，而为文人雅士所津津乐道。宋代文人爱梅成风，创作的咏梅词不少，而姜夔的这首《暗香》最受赞赏，被誉为"前无古人，后无来者，自立新意，真为绝唱"（宋·张炎《词源·杂论》）。《暗香》无句非梅，同时又借梅喻人，以爱梅、赏梅之人为线索，借咏梅题材抒个人身世之悲、岁月之感。词作起句写旧时豪情，以月色、梅花勾连过去和现在，唤起与玉人月下摘梅的回忆；随即以"而今"转到当前，"长记"二字追忆赏梅雅事；末句又回到当下，惋惜片片落梅，暗含故人不知何日重逢之意。全词句琢字炼，构思精巧，不断在过去和现在之间往复摇曳，结构空灵精致，意境清虚骚雅，极尽婉转回环之妙。清代周济在《宋四家词选》中说："前半阕言盛时如此，衰时如此；后半阕想其盛时，想其衰时。"诵读时，要哀婉缠绵、惋惜怅惘。

辛亥之冬，余载雪诣石湖。止既月，授简索句，且征新声，作此两曲，石湖把玩不已，使工伎隶习之，音节谐婉，乃名之曰《暗香》《疏影》。

旧时月色，算几番照我，梅边吹笛？唤起玉人，不管清寒与攀摘。何逊而今渐老，都忘却、春风词笔。但怪得、竹外疏花，香冷入瑶席。

江国，正寂寂。叹寄与路遥，夜雪初积。翠尊易泣，红萼无言耿相忆。长记曾携手处，千树压、西湖寒碧。又片片、吹尽也，几时见得？

扬 州 慢

[宋] 姜 夔

【文本导读】《扬州慢》乃姜夔自作调，此词作于淳熙丙申（1176）冬至日，距金人兵临扬州已有十六年。当年繁华都会，如今满目萧条，引发词人抚今追昔之叹。词分上下两片。上片描述扬州眼前萧条的景况：以"淮左名都"之昔日名满国中的繁华对

比今日无边的"尽荠麦青青"之荒凉,以"废池乔木,犹厌言兵"极写战乱之祸、伤乱之感,"渐黄昏"句则以回荡于整座空城之上的凄凉呜咽的号角声,进一步烘托今日扬州的荒凉落寞。下片化用杜牧系列诗意,侧重对扬州史事的虚拟,抒写自己哀时伤乱、怀昔感今的情怀;词人想象风流俊赏的杜郎今日重游扬州之"难赋深情",并多次化用杜牧歌咏扬州昔日景物的诗句,构成风月繁华与萧条颓废的意象对比;"杜郎"也成为词人的化身。词表面是写古人与咏史,更深一层是写己与叹今。故萧德藻认为,此词"有《黍离》之悲也"。全词铅华洗尽,语言雅洁洗练,画面凄淡空蒙,笔法空灵,寄寓深长,声调低婉,具有清刚峭拔之气势、冷僻幽独之情怀。诵读时,既要了解词人对金朝统治者发动掠夺战争所造成灾难的控诉之情,又要领会词人对南宋王朝偏安政策的谴责之意。

淳熙丙申至日,予过维扬。夜雪初霁,荠麦弥望。入其城则四顾萧条,寒水自碧。暮色渐起,戍角悲吟。予怀怆然,感慨今昔,因自度此曲。千岩老人以为有黍离之悲也。

淮左名都,竹西佳处,解鞍少驻初程。过春风十里,尽荠麦青青。自胡马窥江去后,废池乔木,犹厌言兵。渐黄昏,清角吹寒,都在空城。

杜郎俊赏,算而今,重到须惊。纵豆蔻词工,青楼梦好,难赋深情。二十四桥仍在,波心荡,冷月无声。念桥边红药,年年知为谁生!

双双燕·咏燕

[宋] 史达祖

【文本导读】这是一首咏物词,堪称词人的压卷之作。它成功地刻画了燕子双栖双宿恩爱美人的优美形象,描写动态神情,处处符合燕子的特征,达到了形神兼备。词作上片写燕子飞来,重回旧巢的愉快场景;下片写燕子在春光中嬉戏,夜幕降临时回巢栖息的情景,既刻画了燕子的生动形象,又抒发了闺怨之情,隐含着对人生的感慨。在构思上,词人的视角新颖独特,别出心裁。显然词人专注于对燕子自由、愉快、美满生活的描写,隐含着某种人生的感慨与寄托。首先,它打破了宋词题材结构以写人为主体的常规,而以写燕为主,以写人为宾;刻画细腻,形象优美,委婉多姿,洋溢着生活的情趣。其次,它运用比照手法来抒写人情。词中燕侣与思妇两种情景的比照,寄寓着人情难圆的人生悲剧之叹;写红楼思妇的愁苦,只是为了反衬双燕的美满生活,让人从燕的幸福想到人的悲剧,从而多了一分曲折,却更含蓄深沉。全词在修辞上采用拟人手法,用语上采用白描,结构安排上也匠心独运,用春燕双宿双飞衬出思妇盼归之情,完整而自然。诵读时,要饱含快乐、自由、美满,又不乏人去境清、深闺寂寥之情。

过春社了,度帘幕中间,去年尘冷。差池欲住,试入旧巢相并。还相雕梁藻井,又软语商量不定。飘然快拂花梢,翠尾分开红影。

芳径,芹泥雨润。爱贴地争飞,竞夸轻俊。红楼归晚,看足柳昏花暝。应自栖香正稳,便忘了、天涯芳信。愁损翠黛双蛾,日日画栏独凭。

虞美人·听雨

[宋] 蒋 捷

【文本导读】词人选取了生活中"听雨"这样一个典型的情景,依次推出在三个不同时期三幅人"听雨"的画面,营造出迥乎不同的意境,将一生的悲欢渗透、融汇其中:少年的浪漫生涯、壮年的流离景况及宋亡后晚年悲苦凄凉的境遇与心情,惟妙惟肖,入木三分。"而今听雨僧庐下,鬓已星星也",画中没有景物的渲染,只有一个白发老人独自在僧庐下倾听着夜雨的极其单调的画面,却表现出画中人处境的极端孤寂和心境的极端萧索。最后以"悲欢离合总无情,一任阶前,点滴到天明"这样无可奈何的话,总结了"听雨"的一生。五十六字的小词,选取典型的情景,前后照应,互相对比,抒写了词人的一生,内容包含较广,感情蕴藏较深。诵读基调为愁悲不歇、痛苦不堪。

少年听雨歌楼上,红烛昏罗帐。壮年听雨客舟中,江阔云低,断雁叫西风。

而今听雨僧庐下,鬓已星星也。悲欢离合总无情,一任阶前,点滴到天明。

摸鱼儿·雁丘词

[金] 元好问

【文本导读】此词是词人为大雁殉情而死的事所感动而作的。词人因物感赋,悲雁而及悲人,歌颂坚贞不渝的爱情。上片以拟人手法叙述大雁之间的故事;下片悲叹人世的兴衰,痛悼大雁的殉情。词人运用比喻、拟人等艺术手法,对大雁殉情而死的故事,展开了深入细致的描绘,丰富的想象和充满悲剧气氛的环境描写屡屡烘托,塑造了忠于爱情、生死相许的大雁的艺术形象,谱写了一曲凄婉缠绵、感人至深的爱情悲歌。全词上片叙事,下片写景,以一"问"字统领全篇,层层深入地描绘铺叙,有大雁生前的欢乐,也有死后的凄苦,有对往事的追忆,也有对未来的展望,前后照应,上下勾连,又以雁的生死相依之情寓缠绵之情于蒙宠之中,寄人生哲理于情语之外,看似写物,实是写人。"元遗山极称稼轩词,及观遗山词,深于用事,精于炼句,有风流蕴藉处不减

周、秦，如双莲、雁丘等作，妙在模写情态，立意高远，初无稼轩豪迈之气。岂遗山欲表而出之，故云尔。"（宋·张炎《词源·杂论》）诵读时，要注意沉雄之气韵与柔婉之情肠的融合。

泰和五年乙丑岁，赴试并州，道逢捕雁者，云："今旦获一雁，杀之矣。其脱网者悲鸣不能去，竟自投于地而死。"予因买得之，葬之汾水之上，累石为识，号曰"雁丘"。时同行者多为赋诗，予亦有《雁丘词》。旧所作无宫商，今改定之。

问世间，情为何物，直教生死相许？天南地北双飞客，老翅几回寒暑。欢乐趣，离别苦，就中更有痴儿女。君应有语，渺万里层云，千山暮雪，只影向谁去？

横汾路，寂寞当年箫鼓，荒烟依旧平楚。招魂楚些何嗟及，山鬼暗啼风雨。天也妒，未信与，莺儿燕子俱黄土。千秋万古，为留待骚人，狂歌痛饮，来访雁丘处。

南吕·一枝花·不伏老

[元] 关汉卿

【文本导读】 这是一首带有自述心志性质的套曲。散曲由四支曲子联缀而成，每一支曲子各叙一个中心，意脉贯通，酣畅淋漓，层层深入地展现了"我"的生活经历和思想性格，突出了"不伏老"这个中心，塑造了一个不同流俗、佯狂玩世的抒情主人公形象，表明决不与黑暗现实妥协的决心。艺术上采用第一人称袒露胸怀的方式，抒情写意，酣畅淋漓。曲中大量运用排比句、比喻句，衬字的运用更达到了炉火纯青的极致境界，语势跳跃，跌宕有致，恰到好处地表达出浪漫不羁的内容和"风流浪子"无所顾忌的品行；短促有力的排比句、生动通俗的连环句的娴熟运用，造成了一种气韵铿锵的艺术感染力，具有强烈的节奏感和淋漓尽致的艺术效果。散曲语言本色、生动、诙谐，笔调大胆夸张，表现了顽强、乐观、热爱生活的性格。全曲气韵深沉，语势狂放，具有民间曲词辛辣恣肆和诙谐滑稽的风格。诵读时，要有顽强、乐观的情绪，洋溢着对生活的热爱之情。

攀出墙朵朵花，折临路枝枝柳。花攀红蕊嫩，柳折翠条柔。浪子风流。凭着我折柳攀花手，直煞得花残柳败休。半生来折柳攀花，一世里眠花卧柳。

【梁州】我是个普天下郎君领袖，盖世界浪子班头。愿朱颜不改常依旧。花中消遣，酒内忘忧。分茶攧竹，打马藏阄，通五音六律滑熟，甚闲愁到我心头？伴的是银筝女银台前理银筝笑倚银屏，伴的是玉天仙携玉手并玉肩同登玉楼，伴的是金钗客歌金缕捧金樽满泛金瓯。你道我老也，暂休。占排场风月功名首，更玲珑又剔透。我是个锦阵花营都帅头，曾玩府游州。

【隔尾】子弟每是个茅草冈沙土窝初生的兔羔儿乍向围场上走，我是个经笼罩受索网苍翎毛老野鸡踏踏的阵马儿熟。经了些窝弓冷箭蜡枪头，不曾落人后。恰不道人到中年万事休,我怎肯虚度了春秋。

【尾】我是个蒸不烂煮不熟捶不匾炒不爆响珰珰一粒铜豌豆,恁子弟每谁教你钻入他锄不断、斫不下、解不开、顿不脱慢腾腾千层锦套头?我玩的是梁园月,饮的是东京酒,赏的是洛阳花,攀的是章台柳。我也会围棋、会蹴鞠、会打围、会插科、会歌舞、会吹弹、会咽作、会吟诗、会双陆。你便是落了我牙、歪了我嘴、瘸了我腿、折了我手,天赐与我这几般儿歹症候,尚兀自不肯休!则除是阎王亲自唤,神鬼自来勾。三魂归地府,七魄丧冥幽。天那!那其间才不向烟花路儿上走!

金陵驿二首(其一)

〔元〕 文天祥

【文本导读】这是一首沉郁苍凉、寄托亡国之恨的著名诗篇,现刻于南京市东郊文天祥诗碑亭上。诗歌从景物写起,运用象征和对比的手法,抒写了诗人的亡国之痛和殉国之志,真实记录了浸透着血泪的心声。孤云、芦花、燕子、啼鹃等不同意象,组合成完整协调的画面,在婉转深悲的心灵倾诉中,自有沉雄壮烈的气概。"从今别却江南路,化作啼鹃带血归"与《过零丁洋》里的"人生自古谁无死,留取丹心照汗青"可谓是异曲同工,表现出了视死如归的英雄气概和坚定不渝的民族气节。全诗巧妙化用前人成语旧句,虚实相映,描写婉曲,富于变化,用典贴切,语言精练。诵读时,要注意诗歌刚柔相济、慷慨悲壮的风格。

　　草合离宫转夕晖,孤云飘泊复何依!
　　山河风景元无异,城郭人民半已非。
　　满地芦花和我老,旧家燕子傍谁飞?
　　从今别却江南路,化作啼鹃带血归。

过零丁洋

〔元〕 文天祥

【文本导读】这首诗是文天祥被俘后为誓死明志而作,表现了慷慨激昂的爱国热情和视死如归的高风亮节,以及舍生取义的人生观。一、二句诗人回顾平生,但限于篇幅,在写法上是举出入仕和兵败一首一尾两件事以概其余。中间四句紧承"干戈寥落",明确表达了诗人对当前局势的认识:国家处于风雨飘摇中,亡国的悲剧已不可避

免，个人命运就更难以说起。面对这种巨变，诗人想到的却不是个人的出路和前途，而是深深地遗憾两年前自己未能在军事上取得胜利，同时也为自己的孤立无援感到格外痛心，字里行间流露出难以掩藏的国破家亡的剧痛与自责、自叹相交织的苍凉心绪。"人生自古谁无死，留取丹心照汗青"，则是身陷敌手的诗人对自身命运的一种毫不犹豫的选择，这使得前面的感慨、遗恨平添了一种悲壮激昂的力量和底气，表现出了独特的崇高美；诗歌也由沉郁转为开拓、豪放、洒脱。这是诗格，更是人格，表现出了中华民族独特的精神美。诵读时，要慨然有正气，情调高昂奔放。

　　　　辛苦遭逢起一经，干戈寥落四周星。
　　　　山河破碎风飘絮，身世浮沉雨打萍。
　　　　惶恐滩头说惶恐，零丁洋里叹零丁。
　　　　人生自古谁无死，留取丹心照汗青。

正 气 歌

［元］文天祥

【文本导读】 这首诗作于文天祥被俘押赴燕京囚禁的第二年。诗的前一部分热情洋溢地歌颂了支持他坚持斗争的浩然正气，点出浩然正气存乎天地之间，至时穷之际，必然会显示出来；十二个典故的连用，凛然显示出浩然正气的力量，故而浩然正气贯日月、立天地。后一部分叙述自己尽管身处牢狱，却能够坦然面对自己的命运。全篇感情炽热，慷慨悲壮，大义凛然，直抒胸臆，毫无雕饰，表现了崇高的民族气节和强烈的爱国主义精神。全诗用韵富有变化，与文义互为烘托；旁征博引，具体体现了浩然正气的巨大力量；多排比句式，文气绵密贯穿，节奏整齐明快。尤其是诗作所表现出的经受考验而意志顽强并始终保持昂扬斗志的精神，历来为人们所称道。"斯篇出于至性，慷慨凄恻。朕每于披读之际，不觉泪下数行，其忠君忧国之诚，洵足以弥宇宙而贯金石。"（清·康熙《古文评论》卷四十三）诵读时，感情要深沉，应有气壮山河的气势。

　　　　天地有正气，杂然赋流形。
　　　　下则为河岳，上则为日星。
　　　　于人曰浩然，沛乎塞苍冥。
　　　　皇路当清夷，含和吐明庭。
　　　　时穷节乃见，一一垂丹青。
　　　　在齐太史简，在晋董狐笔。
　　　　在秦张良椎，在汉苏武节。
　　　　为严将军头，为嵇侍中血。
　　　　为张睢阳齿，为颜常山舌。

或为辽东帽，清操厉冰雪。
或为《出师表》，鬼神泣壮烈。
或为渡江楫，慷慨吞胡羯。
或为击贼笏，逆竖头破裂。
是气所旁薄，凛烈万古存。
当其贯日月，生死安足论！
地维赖以立，天柱赖以尊。
三纲实系命，道义为之根。
嗟予遘阳九，隶也实不力。
楚囚缨其冠，传车送穷北。
鼎镬甘如饴，求之不可得。
阴房阗鬼火，春院闷天黑。
牛骥同一皂，鸡栖凤凰食。
一朝濛雾露，分作沟中瘠。
如此再寒暑，百沴自辟易。
哀哉沮洳场，为我安乐国。
岂有他缪巧，阴阳不能贼。
顾此耿耿在，仰视浮云白。
悠悠我心悲，苍天曷有极！
哲人日已远，典刑在夙昔。
风檐展书读，古道照颜色。

双调·夜行船·秋思

[元] 马致远

【文本导读】悲秋是中国古代诗歌的传统题材，名篇甚多。元代戏曲家马致远的《双调·夜行船·秋思》被人称为"万中无一"的作品，《越调·天净沙·秋思》被人称为"秋思之祖"。这首套曲对封建社会的名和利做了彻底的否定，将一个生活在乱世的文人内心的矛盾状态表露无遗。其艺术魅力突出表现在语言、形象与情趣三个方面。语言俗中透雅，既明快率直，又优美富于韵味。别致的设色字、精巧的鼎足对，足见曲作者驾驭语言的功力。曲中意象准确生动而有代表性。在自我写照时，字里行间情趣盎然。"马致远'百岁光阴'，放逸宏丽，而不离本色，押韵尤妙。长句如'红尘不向门前惹，绿树偏宜屋角遮，青山正补墙头缺'，又如'和露摘黄花，带霜烹紫蟹，煮酒烧红叶'，俱入妙境。小语如'上床与鞋履相别'，大是名言。结尤疏俊可咏。元人称为第一，真不虚也。"（明·王世贞《曲藻》）。全篇风格豪放，指点今古，旷逸超脱，俯察人生，行文流畅，曲折有致，笔墨挥洒飘逸，有如天马驰骋。诵读时，语调整体应呈豪放之势。

【夜行船】百岁光阴梦蝶，重回首往事堪嗟。今日春来，明朝花谢。急罚盏夜阑灯灭。

【乔木查】想秦宫汉阙，都做了衰草牛羊野。不恁么渔樵无话说。纵荒坟横断碑，不辨龙蛇。

【庆宣和】投至狐踪与兔穴，多少豪杰。鼎足三分半腰里折，魏耶？晋耶？

【落梅风】天教你富，莫太奢。无多时好天良夜。看钱奴硬将心似铁，空辜负锦堂风月。

【风入松】眼前红日又西斜，疾似下坡车。晓来清镜添白雪，上床与鞋履相别。休笑鸠巢计拙，葫芦提一向装呆。

【拨不断】名利竭，是非绝。红尘不向门前惹，绿树偏宜屋角遮，青山正补墙头缺，更那堪竹篱茅舍。

【离亭宴煞】蛩吟一觉才宁贴，鸡鸣时万事无休歇。争名利何年是彻？看密匝匝蚁排兵，乱纷纷蜂酿蜜，闹攘攘蝇争血。裴公绿野堂，陶令白莲社。爱秋来那些：和露摘黄花，带霜烹紫蟹，煮酒烧红叶。想人生有限杯，浑几个重阳节？人问我顽童记者：便北海探吾来，道东篱醉了也。

西厢记·长亭送别（节选）

［元］王实甫

【文本导读】 王实甫的《西厢记》是元杂剧"文采派"的代表作。其词句华美清丽，几乎每首曲辞都是优美的诗；剧本还采用了大量生动活泼的口语俗谚，它们与典雅秀丽的曲辞和谐统一，达到了出神入化之境。"作词章，风韵美，士林中等辈伏低。新杂剧，旧传奇，《西厢记》天下夺魁。"（明·贾仲明《录鬼簿续编》）而《长亭送别》用元杂剧的形式讲述了崔莺莺十里长亭送张生进京赶考的别离场景，反映了自由爱情与封建礼教的尖锐矛盾。曲作者既能熟练地驾驭民间语言，又善于吸取古典诗词中的精华为己所用，使曲词形成了既典雅又质朴、既有文采又不废本色的独特的艺术风格。全曲采用古典诗词情景交融的艺术手法，既吸收了古典诗词语言的精华，又提炼、融汇生动的民间口语，加重了文章的斑斓色彩，增强了语言的形象性和表现力，弥漫着浓郁的诗情画意，辞藻纷呈，艳丽典雅，形成自身华丽秀美的语言特色。明朝宁献王朱权在《太和正音谱》中评论说："王实甫之词如花间美人。铺叙委婉，深得骚人之趣。极有佳句，若玉环之出浴华清，绿珠之采莲洛浦。"诵读时，尽量使用口语化语气语调。

【正宫·端正好】碧云天，黄花地，西风紧，北雁南飞。晓来谁染霜林醉？总是离人泪。

【滚绣球】恨相见得迟，怨归去得疾。柳丝长玉骢难系，恨不倩疏林挂住斜晖。马儿迍迍的行，车儿快快的随，却告了相思回避，破题儿又早别离。听得道一声"去也"，松了金钏；遥望见十里长亭，减了玉肌。此恨谁知！

【一煞】青山隔送行，疏林不做美，淡烟暮霭相遮蔽。夕阳古道无人语，禾黍秋风听马嘶。我为甚么懒上车儿内，来时甚急，去后何迟！

【收尾】四围山色中，一鞭残照里。遍人间烦恼填胸臆，量这些大小车儿如何载得起？

岳鄂王墓

[元] 赵孟頫

【文本导读】宋亡后，诗人经过杭州西湖，拜谒岳飞墓，写下了此诗。诗歌首联入题，以岳坟的荒凉景象起兴，写景抒情，反映了诗人凄苦苍凉的心绪；颔联一"轻"一"望"，用南北君民做对比，谴责河山易主，直斥朝廷苟安享乐、不思北进，本末倒置，是非混淆；颈联哀叹岳飞被害，南宋颓势难挽；尾联与入题呼应，嘱人嘱己，"莫向西湖歌此曲"，以免"水光山色不胜悲"。全诗即景生情，咏史抒怀，议论感慨，一气呵成，表达了诗人对抗金英雄被害屈死的叹息和哀悼，谴责了南宋君臣的苟安误国，流露出了深沉的故国之思；语言平易，不事雕饰，通俗自然，哀婉深沉，感情强烈，颇具感染力。"岳王墓诗，不下数百篇。其脍炙人口者，莫如赵魏公作。"（元·陶宗仪《南村辍耕录》）诵读基调为哀痛伤惋。

　　　　鄂王坟上草离离，秋日荒凉石兽危。
　　　　南渡君臣轻社稷，中原父老望旌旗。
　　　　英雄已死嗟何及，天下中分遂不支。
　　　　莫向西湖歌此曲，水光山色不胜悲。

中吕·卖花声·怀古

[元] 张可久

【文本导读】这首散曲的句子错落有致，去诗词韵味远甚，在笔法上直写无隐。开篇三句的鼎足对先列举三事，但这三事不仅异时异地，而且不相类属，使内容的安排、

情感的起伏与形式的错落形成了同构的关系,从而使作品句式变化的节奏和情感变化的节奏"共振"起来,在短短的篇幅里产生了丘壑起伏之美。全诗将用典用事的修辞与俚俗的语言结合,形成一种奇特的韵味。结句"读书人一声长叹"更多运用口语,明白如话,本真本色,体现了"曲野"的本色精神。诵读时,语气可略显泼辣。

美人自刎乌江岸,战火曾烧赤壁山,将军空老玉门关。伤心秦汉,生民涂炭,读书人一声长叹!

山坡羊·潼关怀古

[元] 张养浩

【文本导读】《潼关怀古》,名为"怀古",实为"伤今",抚今追昔,由历代王朝的兴衰引到人民百姓的苦难,其批评的锋芒指向了历代封建王朝,一针见血地点出了封建统治与人民的对立,更指向当时的元朝统治者,表现了曲作者对历史的思索和对人民的同情。全曲塑造形象鲜明、语词精当,采用层层深入的方式,由写景而怀古,再引发议论,以拟人手法赋予山河以生命和意志,将苍茫的景色、深沉的情感和精辟的议论三者完美结合,以极有限的字句创作出极丰富的意象,凝练而又生动,字里行间充满了历史的沧桑感和时代感。诵读基调为沉郁。

峰峦如聚,波涛如怒,山河表里潼关路。望西都,意踌躇,伤心秦汉经行处,宫阙万间都做了土。兴,百姓苦;亡,百姓苦!

醉太平·讥贪小利者

元朝民歌

【文本导读】这首民歌以生动的比喻、幽默的夸张,勾勒出统治者对老百姓的残酷压榨,描画出他们穷凶极恶、贪得无厌的可恶嘴脸。"夺""削""刮""剜"等剥削、压榨的手段,形神毕现,刻画了凶相毕露的统治者,令人愤慨;尾句"亏老先生下手",表现出劳动人民面对这些敲骨吸髓的残暴剥削者,不是垂头丧气、俯首帖耳,而是义愤填膺、轻蔑鄙视,给予无情的冷嘲热讽。诵读时,要带有讽刺意味。

夺泥燕口,削铁针头,刮金佛面细搜求,无中觅有。鹌鹑嗉里寻豌豆,鹭鸶腿上劈精肉,蚊子腹内刳脂油,亏老先生下手!

登金陵雨花台望大江

[元] 高 启

【文本导读】元末明初诗人高启有"明诗之冠"的称号,他的这首七言歌行是一支关于祖国统一的赞歌,亦是一首登临怀古之作。诗人登上金陵雨花台眺望长江滚滚东去,不禁触景生情,吊古思今,畅抒对战乱结束、天下一统的喜悦之情,祈愿国家平安、人民安康。前八句描写了登台远眺所见景色,次四句承上叙述怀古幽情,接着八句娓娓述说三国到六朝以这个地方为舞台的多次战乱,末尾"我生幸逢圣人起南国"四句歌颂现实、展望未来,赞颂了朱元璋的新王朝并以祈愿和平作结。诗歌感情激越,起伏跌宕,层层转折。二十四句诗,四句一换韵,音调铿锵流畅;七言为主,间用短句,颇具歌行本色。清代诗论家赵翼说:"高青丘才气超迈,音节响亮,宗派唐人,而自出新意,一涉笔即有博大昌明气象,亦关有明一代文运。论者推为开国诗人第一,信不虚也。""李青莲诗,从未有能学之者,唯青丘与之相上下,不惟形似,而且神似。"(《瓯北诗话》)。全诗笔力雄健,音韵铿锵,舒卷自如,气势纵横。诵读时,既要有豪放伟岸之气,又要有沉郁顿挫之势。

大江来从万山中,山势尽与江流东。
钟山如龙独西上,欲破巨浪乘长风。
江山相雄不相让,形胜争夸天下壮。
秦皇空此瘗黄金,佳气葱葱至今王。
我怀郁塞何由开?酒酣走上城南台。
坐觉苍茫万古意,远自荒烟落日之中来。
石头城下涛声怒,武骑千群谁敢渡?
黄旗入洛竟何祥?铁锁横江未为固。
前三国,后六朝,草生宫阙何萧萧!
英雄乘时务割据,几度战血流寒潮。
我生幸逢圣人起南国,祸乱初平事休息。
从今四海永为家,不用长江限南北。

咏煤炭

[明] 于 谦

【文本导读】 这是一首咏物诗。诗人以煤炭自喻，托物明志，借煤炭的燃烧来表达忧国忧民的思想和为民族、为人民的利益甘愿赴汤蹈火的自我牺牲精神，凸显其为国为民的抱负。首二句概括了煤炭开采的过程，写煤炭所蕴藏的能量，亦即人的才智，气势非凡；中四句写煤炭对人类的贡献，突出煤炭"回""破"的形象，对仗精严，哲理深刻；末二句将煤炭彻底人格化，写了煤炭的志向，并赋予它"鞠躬尽瘁，死而后已"的精神，亦即诗人立身处世的宗旨——情寄社稷、无怨无悔、奉献牺牲。全诗八句，句句比喻，语语双关，运笔自如，情感深沉，意蕴浑然；语言质朴明畅，平平道来，略无藻饰，而意象明晰，寄托深远，是诗人自我人格和理想的真实写照。诵读时，要采用肯定语气。

凿开混沌得乌金，藏蓄阳和意最深。
爇火燃回春浩浩，洪炉照破夜沉沉。
鼎彝元赖生成力，铁石犹存死后心。
但愿苍生俱饱暖，不辞辛苦出山林。

满江红

[明] 文徵明

【文本导读】 寥寥93个字，词人便犀利、一针见血地说破岳飞风波亭冤案的事实真相，特别是结尾"笑区区，一桧亦何能，逢其欲"，更是将矛头直指皇帝，颇有见地。"《春秋》诛意。高宗于徽、钦不两立，亘古一眼。"（明·沈际飞《古香岑批点草堂诗余·新集》）这种尖刻犀利的观点充分表现了以词人为代表的部分文学家的个体意识，在一定程度上体现了明代中期文学在人性意识领域的发展。诵读时，要沉着而慷慨、痛快而淋漓。

拂拭残碑，敕飞字，依稀堪读。慨当初，倚飞何重，后来何酷！岂是功成身合死，可怜事去言难赎。最无辜，堪恨更堪悲，风波狱。

岂不念，疆圻蹙；岂不念，徽钦辱！念徽钦既返，此身何属。千载休谈南渡错，当时自怕中原复。笑区区，一桧亦何能，逢其欲。

临江仙

[明] 杨 慎

【文本导读】词人高度概括了历经沧桑的人生感悟，深刻地渗透着某种人生哲理。词的上片通过历史现象咏叹宇宙永恒、江水不息、青山常在，而一代代英雄人物却无一不是转瞬即逝，感慨时、空、人、事；下片展现了一个白发渔樵的形象，写词人高洁的情操、旷达的胸怀，表现出一种大彻大悟的历史观和人生观。全词反思历史，纵览古今，借叙述历史兴亡抒发人生感慨，豪放中有含蓄，高亢中有深沉，读来只觉慷慨悲壮，荡气回肠，回味无穷，平添万千感慨在心头。它与陈子昂的《登幽州台歌》、张养浩的《山坡羊·潼关怀古》，皆"警绝莫及"，堪称千古绝唱。现代词学家夏承焘在《金元明清词选》中评论说："前人丁绍仪《听秋声馆词话》以'清空'二字评之，诚然。"诵读时，要略带悲壮慷慨情绪。

　　滚滚长江东逝水，浪花淘尽英雄。是非成败转头空，青山依旧在，几度夕阳红。白发渔樵江渚上，惯看秋月春风。一壶浊酒喜相逢，古今多少事，都付笑谈中。

中吕·山坡羊·十不足

[明] 朱载堉

【文本导读】《中吕·山坡羊·十不足》是被西方赞誉为"东方百科艺术全书式的人物"明代戏剧家朱载堉的散曲作品之一。作者在曲中采用步步递进、环环相扣的手法，把一些人无止境地贪求富贵功名的心理和丑态，如剥茧抽丝般层层剥开，使之逐一展露无遗，入木三分，充分表现了作者对他们的讽刺和鄙夷，具有警示启人的现实意义。曲词语言通俗而不失诙谐，描摹情状生动形象而又讽刺味十足，寓意深刻。诵读时，要轻松幽默，饱含戏谑、嘲讽意味。

　　　　逐日奔忙只为饥，才得有食又思衣。
　　　　置下绫罗身上穿，抬头又嫌房屋低。
　　　　盖了高楼并大厦，床前缺少美貌妻。
　　　　娇妻美妾都娶下，又虑出门没马骑。
　　　　将钱买下高头马，马前马后少跟随。
　　　　家人招下十数个，有钱没势被人欺。
　　　　一铨铨到知县位，又说官小势位卑。

一攀攀到阁老位,每日思想要登基。
一朝南面坐天下,又想神仙来下棋。
洞宾陪他把棋下,又问哪是上天梯?
上天梯子未做下,阎王发牌鬼来催。
若非此人大限到,上到天上还嫌低。

凤阳花鼓

明朝民歌

【文本导读】民歌《凤阳花鼓》是一首时政歌,共十一句,分为三个层次:开头三句以说唱艺术的传统手法开篇,充满深情地歌唱家乡,句句不离"凤阳"这个"好地方"。接下去声情陡然一转,以高度概括的手法,粗线条地勾勒出凤阳所蒙受的巨大灾难,唱起了凤阳"三年"的现实,哀痛欲绝,凄惨悲痛。最后四句,紧紧抓住一个"卖"字着力描写,突出了作者自己孤苦无助的巨大哀痛。作品以流畅的语言、哀婉的情调,揭露了朱元璋当了皇帝以后给故乡带来的深重灾难,表现了人民的怨恨,矛头直指最高统治者。曲词凝练概括,以大显微;对比衬托,增加反映生活的力度。全文以赞其往昔之好入篇,抒热烈开朗之情;中间声情一变,突然转折,抒痛苦哀怨之情,直至煞尾。诵读时,要注意欲抑先扬,轻快语调中含哀怨之情。

说凤阳,道凤阳,凤阳本是个好地方。自从出了个朱皇帝,十年倒有九年荒。三年水淹三年旱,三年蝗虫闹灾殃。大户人家卖骡马,小户人家卖儿郎;奴家没有儿郎卖,身背花鼓走四方。

圆 圆 曲

[清] 吴伟业

【文本导读】《圆圆曲》是"梅村体"的代表作。此诗把吴三桂与陈圆圆悲欢离合的故事置于明清之际变幻莫测的时代风云之中,融注了诗人的社稷兴亡之感和世事沧桑之叹,其中不乏对陈圆圆红颜薄命的同情,更有对吴三桂"冲冠一怒为红颜"重色卖国的可耻行径的冷峻讥讽,故有"诗史"之誉。诗歌并未遵循古典叙事诗严格的时空逻辑直线式发展的传统布局规制,而是交互运用倒叙、插叙、顺叙等多变的叙事技巧,通过时序和语气的变化,以及夹叙夹议的手法,让叙述变得摇曳多姿、灵活多样。清代袁枚《语录》云:"用元白叙事之体,拟王骆用事之法,调既流转,语复奇丽,千古高唱矣。"诵读时,要做到婉转缠绵,音调抑扬圆转。

鼎湖当日弃人间,破敌收京下玉关。
恸哭六军俱缟素,冲冠一怒为红颜。
红颜流落非吾恋,逆贼天亡自荒宴。
电扫黄巾定黑山,哭罢君亲再相见。
相见初经田窦家,侯门歌舞出如花。
许将戚里箜篌伎,等取将军油壁车。
家本姑苏浣花里,圆圆小字娇罗绮。
梦向夫差苑里游,宫娥拥入君王起。
前身合是采莲人,门前一片横塘水。
横塘双桨去如飞,何处豪家强载归?
此际岂知非薄命,此时唯有泪沾衣。
熏天意气连宫掖,明眸皓齿无人惜。
夺归永巷闭良家,教就新声倾座客。
座客飞觞红日暮,一曲哀弦向谁诉?
白皙通侯最少年,拣取花枝屡回顾。
早携娇鸟出樊笼,待得银河几时渡?
恨杀军书抵死催,苦留后约将人误。
相约恩深相见难,一朝蚁贼满长安。
可怜思妇楼头柳,认作天边粉絮看。
遍索绿珠围内第,强呼绛树出雕栏。
若非壮士全师胜,争得蛾眉匹马还?
蛾眉马上传呼进,云鬟不整惊魂定。
蜡炬迎来在战场,啼妆满面残红印。
专征箫鼓向秦川,金牛道上车千乘。
斜谷云深起画楼,散关月落开妆镜。
传来消息满江乡,乌桕红经十度霜。
教曲伎师怜尚在,浣纱女伴忆同行。
旧巢共是衔泥燕,飞上枝头变凤凰。
长向尊前悲老大,有人夫婿擅侯王。
当时只受声名累,贵戚名豪竞延致。
一斛珠连万斛愁,关山漂泊腰肢细。
错怨狂风飏落花,无边春色来天地。
尝闻倾国与倾城,翻使周郎受重名。
妻子岂应关大计?英雄无奈是多情。
全家白骨成灰土,一代红妆照汗青。

君不见馆娃初起鸳鸯宿，越女如花看不足。
香径尘生鸟自啼，屧廊人去苔空绿。
换羽移宫万里愁，珠歌翠舞古梁州。
为君别唱吴宫曲，汉水东南日夜流！

甲辰八月辞故里

［清］张煌言

【文本导读】这首诗是张煌言被捕后押送杭州，离开故乡浙江鄞县（今宁波市鄞州区）与亲友诀别时所作的。该诗诗题虽为"辞故里"，但诗人十分明白此去乃辞人世。诗作首联点题，述及辞故里、行杭州，且表明欲效民族英雄于谦、岳飞，魂归西湖。颔联、颈联承此而展开，既表达了对于、岳二人的景仰之情，又为自己能够为国家、为民族利益献身而感到自豪。尾联为全诗情感发展的高潮，慷慨悲壮之气震撼人心。面对死亡的命运，诗人在诗中所抒发的，既不是对生的留念，也不见半点悲戚，充塞全诗的是强烈的国家民族意识，以及身虽死而志不移的豪壮情怀。诵读时，要充满慷慨豪迈之气，饱含视死如归的决绝情绪。

国亡家破欲何之？西子湖头有我师。
日月双悬于氏墓，乾坤半壁岳家祠。
惭将赤手分三席，敢为丹心借一枝！
他日素车东浙路，怒涛岂必属鸱夷？

别 云 间

［清］夏完淳

【文本导读】全诗思路流畅清晰，感情跌宕豪壮。起笔叙事，叙艰苦卓绝的飘零生涯，满含辛酸与无限沉痛；承笔写按捺不住的满腔悲愤，发故土沦丧、山河破碎之悲愤慨叹；转笔"欲别故乡难"，抒眷念故土、怀恋亲人之深情；结笔盟恢复之志，誓恢复之决心。诗作格调慷慨豪壮，读来荡气回肠，令人禁不住对这位富有强烈民族意识的少年英雄充满深深的敬意。这首诀别故乡之作，表达的不是对生命苦短的感慨，而是对山河沦丧的极度悲愤，对家乡亲人的无限依恋和对抗清斗争的坚定信念。诵读时，要注意意脉流注贯通，做到率真豪壮与沉郁顿挫兼具。

三年羁旅客，今日又南冠。
无限山河泪，谁言天地宽？
已知泉路近，欲别故乡难。
毅魄归来日，灵旗空际看。

蝶恋花

［清］纳兰性德

【文本导读】 这是一首悼亡词。上片前三句借月亮为喻，写爱情的欢乐转瞬即逝，恨多乐少，凄美而清灵；后两句是对梦中亡妻所吟断句的直接回答，写假如爱情能像月亮那样皎洁圆满，付出再大的代价都愿意。"一昔如环，昔昔都成玦"包蕴了无限的哀伤与怀念，表达了对亡妻的真挚爱恋。下片睹物思人，写伤逝中的悲痛，用燕子在帘间呢喃，反衬人去楼空、未亡人的孤寂；结语化用"双栖蝶"的典故，表达了他与亡妻的爱情至死不渝，抒发了无穷尽的哀悼，把永恒的爱寄托在化蝶的理想中。全词不做作，无雕饰，通过对明月圆缺的观察、燕子呢喃的对语、蝴蝶双飞的描写，反映出了对亡妻刻骨铭心的哀念。王国维在《人间词话》中认为："此由初入中原，未染汉人习气，故能真切如此，北宋以来，一人而已。"诵读时，要凄清淡雅，缠绵婉约，尤其要注意以喜语来强化悲情的尾句。

辛苦最怜天上月。一昔如环，昔昔都成玦。若似月轮终皎洁，不辞冰雪为卿热。
无那尘缘容易绝。燕子依然，软踏帘钩说。唱罢秋坟愁未歇，春丛认取双栖蝶。

长相思

［清］纳兰性德

【文本导读】 纳兰性德由京城（北京）赴关外盛京（沈阳）途中，出关时冰雪未消，千山万水，对于生于关内、长于京城的纳兰性德而言，一切都是那么荒凉、那么寂寞，于是不由得思念起亲人朋友，写下了这首《长相思》。词作上片描写跋涉行军与途中驻扎，夹杂着颇多无奈情绪；下片叙述夜来风雪交加，搅碎了乡梦，倍觉惆怅。天涯羁旅引起共鸣的是那"山一程，水一程"的身漂异乡、梦回家园的意境，信手拈来不显雕琢。全词描写了将士在外对故乡的思念，寄寓绵长深苦的情思；语言淳朴而意味深长，取景宏阔而对照鲜明。整首词无一句写思乡，却句句渗透着对家乡的思念。白描的手法、朴素自然的语言，使词人羁旅关外、思念故乡的情怀，益显柔婉缠绵、慷慨沉雄；词作格调清淡朴素，自然雅致，直抒胸臆，毫无雕琢痕迹。诵读时，要略显伤感而惆怅。

　　　　山一程，水一程，身向榆关那畔行。夜深千帐灯。
　　　　风一更，雪一更，聒碎乡心梦不成。故园无此声。

蝶恋花

［清］纳兰性德

【文本导读】这首塞上之作，最让人心动，也最让人难忘的特质是那穿越时空的思念。词作上片重在写景，写"衰草连天"的清秋景，景中有词人的离愁别恨；下片重在抒情，抒发"天涯行役"的怨恨情，情中有凄凉的西风寒雨，景中有情，情中有景。诗人着意拓展了词作的时空，遂令天之悠悠、地之茫茫，无时不怀想，无处不相思，写出了这份穿越时空的思念之"地久天长"。"情景兼胜，亦有笔力。一味凄感。"（清·陈廷焯《云韶集》）诵读基调为惆怅、恍惚、迷惘、凄冷。

　　又到绿杨曾折处，不语垂鞭，踏遍清秋路。衰草连天无意绪，雁声远向萧关去。
　　不恨天涯行役苦，只恨西风，吹梦成今古。明日客程还几许，沾衣况是新寒雨。

独秀峰

［清］袁　枚

【文本导读】此诗为重游桂林所作。诗歌极言独秀峰孤兀参天，"插"字显示了独秀峰的动态美，凸显出独秀峰孤峰横插、直冲云霄的不凡气势。前三联描摹独秀峰的孤立状态，蓄足情势，尾联由山峰说到做人，水到渠成，抒发了"青山尚且直如弦，人生孤立何伤焉"的豪迈感慨，寄寓了孤高自守的高尚追求。全诗化静为动，以动写静，增强动感，化无形为有形。诵读时，要饱含积极、乐观、向上的情绪。

　　　　来龙去脉绝无有，突然一峰插南斗。
　　　　桂林山水奇八九，独秀峰尤冠其首。
　　　　三百六级登其巅，一城烟水来眼前。
　　　　青山尚且直如弦，人生孤立何伤焉？

咏 史

[清] 龚自珍

【文本导读】 龚自珍客居昆山，身处东南金粉之地，目睹盘踞要津、把持权柄的都是些无才无德的官僚政客与无志无行的幸臣，而广大士子则在高压专制统治下，畏避文网，明哲保身，成为苟且偷安、无筋无骨的碌碌庸才。对于这种昏暗现实与萎靡士风，诗人感慨良多，愤作此诗。诗歌前两联愤怒地揭穿当时身居高位、凭借权势的人物尽是些盐商、"狎客"、酒色"才人"；颈联反映了士人在"文字狱"高压政策下的处境和苟安态度；尾联紧扣题目，借历史上田横殉难的典故作结，反讽士人无节，锋芒所向是玩弄士人于股掌之间的最高统治阶层。诗篇表达了诗人对当时社会骨鲠忠贞之士日渐消亡的深深悲哀。此诗题为"咏史"，实为讽今，具有醒世与警世的艺术力量。全诗境界开阔，层次清晰，笔锋犀利，用典贴切，叙议结合，对仗工整，寓理精辟，造语凝练厚重。诵读时，要铿锵有力。

金粉东南十五州，万重恩怨属名流。
牢盆狎客操全算，团扇才人踞上游。
避席畏闻文字狱，著书都为稻粱谋。
田横五百人安在，难道归来尽列侯？

中编 古文

梁启超先生说："国人若不懂一定量的国学，不能算一个合格的国人。"而要懂得国学，则不可不诵读古文。古文是国学的重要载体，是开启古代文化宝库的钥匙。在古文的天地间，站立着无数先贤哲人。每诵读一篇古文，我们即是与其进行一次贯通古今的促膝会晤。这样心神相交的会晤，能修养心性、厚重德行、通透人生、优雅谈吐，使我们成为一个睿智的人、知性的人、谦逊的人、自勉的人。

子路、曾皙、冉有、公西华侍坐

《论语》

【文本导读】 选自《论语·先进》。《论语》是儒家学派的经典著作之一，由孔子的弟子及其再传弟子编撰而成。它以语录体和对话文体为主，记录了孔子及其弟子的言行，集中体现了孔子的政治主张、道德观念、伦理思想及教育原则等。本文记录的是孔子与子路、曾皙、冉有、公西华四个弟子"言志"的一段话，生动地再现了孔子与学生一起畅谈理想的情形。子路的轻率坦诚、冉有的谦虚谨慎、公西华的谦恭有礼、曾皙的高雅宁静，给人留下极其深刻的印象。诵读基调为率直真诚。

子路、曾皙、冉有、公西华侍坐。子曰："以吾一日长乎尔，毋吾以也。居则曰：'不吾知也！'如或知尔，则何以哉？"

子路率尔而对曰："千乘之国，摄乎大国之间，加之以师旅，因之以饥馑；由也为之，比及三年，可使有勇，且知方也。"

夫子哂之。

"求！尔何如？"

对曰："方六七十，如五六十，求也为之，比及三年，可使足民。如其礼乐，以俟君子。"

"赤！尔何如？"

对曰："非曰能之，愿学焉。宗庙之事，如会同，端章甫，愿为小相焉。"

"点！尔何如？"

鼓瑟希，铿尔，舍瑟而作，对曰："异乎三子者之撰。"

子曰："何伤乎？亦各言其志也。"

曰："莫春者，春服既成，冠者五六人，童子六七人，浴乎沂，风乎舞雩，咏而归。"

夫子喟然叹曰："吾与点也！"

三子者出，曾皙后。曾皙曰："夫三子者之言何如？"

子曰："亦各言其志也已矣。"

曰："夫子何哂由也？"

曰："为国以礼，其言不让，是故哂之。"

"唯求则非邦也与？"

"安见方六七十，如五六十，而非邦也者？"

"唯赤则非邦也与？"

"宗庙会同，非诸侯而何？赤也为之小，孰能为之大？"

长沮桀溺耦而耕

《论语》

【文本导读】 选自《论语·微子》。孔子从"仁者爱人"的立场出发，想要拯救斯民于水火，这种身处逆境而心忧天下的胸襟抱负是儒家思想的精髓。文章写孔子与弟子子路周游列国途中，遇到长沮和桀溺两位隐士，孔子派子路向对方问路，隐者冷言相待，于是在隐者和子路之间便展开了一段情味隽永的对话。全文以对话形式展开，人物之间的对话简洁而富有韵味，人物口吻毕肖，神情形态也毕现于笔端。诵读时，尽量用对话语调处理。

长沮、桀溺耦而耕。孔子过之，使子路问津焉。长沮曰："夫执舆者为谁？"子路曰："为孔丘。"曰："是鲁孔丘与？"曰："是也。"曰："是知津矣！"问于桀溺。桀溺曰："子为谁？"曰："为仲由。"曰："是鲁孔丘之徒与？"对曰："然。"曰："滔滔者，天下皆是也，而谁以易之？且而与其从辟人之士也，岂若从辟世之士哉？"耰而不辍。子路行以告。夫子怃然曰："鸟兽不可与同群，吾非斯人之徒与而谁与？天下有道，丘不与易也。"

鱼我所欲也

《孟子》

【文本导读】 选自《孟子·告子上》。孟子性善，认为"羞恶之心，人皆有之"，人应该保持善良的本性，加强平时的修养及教育，不做有悖礼仪的事。在本文中，孟子以他的性善论为依据，对人的生死观进行了深入的探讨，强调"正义"比"生命"更重要，主张舍生取义。文章句式整齐，气势充沛，感情强烈，充分体现了孟子大义凛然的个性，表现了孟子雄辩、善辩的才华。诵读时，要铿锵有力，同时处理好节奏快慢的变化。

鱼，我所欲也；熊掌，亦我所欲也。二者不可得兼，舍鱼而取熊掌者也。生，亦我所欲也；义，亦我所欲也。二者不可得兼，舍生而取义者也。生亦我所欲，所欲有甚于生者，故不为苟得也；死亦我所恶，所恶有甚于死者，故患有所不辟也。如使人之所欲莫甚于生，则凡可以得生者何不用也？使人之所恶莫甚于死者，则凡可以辟患者何不为也？由是则生而有不用也，由是则可以辟患而有不为也。是故所欲有甚于生者，所恶有甚于死者。非独贤者有是心也，人皆有之，贤者能勿丧耳。

一箪食，一豆羹，得之则生，弗得则死。呼尔而与之，行道之人弗受；蹴尔而与之，乞人不屑也。万钟则不辩礼义而受之，万钟于我何加焉！为宫室之美、妻妾之奉、所识穷乏者得我与？乡为身死而不受，今为宫室之美为之；乡为身死而不受，今为妻妾之奉为之；乡为身死而不受，今为所识穷乏者得我而为之：是亦不可以已乎？此之谓失其本心。

得道多助，失道寡助

《孟子》

【文本导读】选自《孟子·公孙丑下》。孟子继承孔子"仁"的思想，提倡"以民为本""民为贵，社稷次之，君为轻"的"仁政"思想。天、地、人三者的关系问题古往今来都为人们所关注，三者到底谁最重要也就成了人们议论的话题。孟子在这里主要是从军事方面来分析论述天时、地利、人和之间的关系，而且观点鲜明——"天时不如地利，地利不如人和"。三者之中，"人和"是最重要的，起决定作用，"地利"次之，"天时"又次之。正是从强调"人和"的重要性出发，孟子得出了"得道者多助，失道者寡助"的结论。文章观点鲜明，脉络清晰，结构严谨，气势通畅；且运用大量排比修辞，增强语势，使论证更有说服力。诵读时，注意把握文章议论恢宏、气势奔放的特点。

天时不如地利，地利不如人和。三里之城，七里之郭，环而攻之而不胜。夫环而攻之，必有得天时者矣，然而不胜者，是天时不如地利也。城非不高也，池非不深也，兵革非不坚利也，米粟非不多也；委而去之，是地利不如人和也。故曰：域民不以封疆之界，固国不以山溪之险，威天下不以兵革之利。得道者多助，失道者寡助。寡助之至，亲戚畔之；多助之至，天下顺之。以天下之所顺，攻亲戚之所畔；故君子有不战，战必胜矣。

劝　学

《荀子》

【文本导读】选自《荀子》。荀子的文章素有"诸子大成"的美称，铺陈扬厉，说理透辟；行文简洁，精练有味；警句迭出，耐人咀嚼。本文是一篇论述学习的重要性的散文，劝导人们以正确的目的、态度和方法去学习。文章以朴素的唯物主义为理论基础，旁征博引，娓娓说理，阐述"学不可以已"这一中心观点，可谓内容充实，论说周详，比喻繁富，明白晓畅。诵读时，注意把握文章论说的风采和严谨的逻辑力量。

君子曰：学不可以已。

青，取之于蓝，而青于蓝；冰，水为之，而寒于水。木直中绳，輮以为轮，其曲中规。虽有槁暴，不复挺者，輮使之然也。故木受绳则直，金就砺则利，君子博学而日参省乎己，则知明而行无过矣。

吾尝终日而思矣，不如须臾之所学也；吾尝跂而望矣，不如登高之博见也。登高而招，臂非加长也，而见者远；顺风而呼，声非加疾也，而闻者彰。假舆马者，非利足也，而致千里；假舟楫者，非能水也，而绝江河。君子生非异也，善假于物也。

积土成山，风雨兴焉；积水成渊，蛟龙生焉；积善成德，而神明自得，圣心备焉。故不积跬步，无以至千里；不积小流，无以成江海。骐骥一跃，不能十步；驽马十驾，功在不舍。锲而舍之，朽木不折；锲而不舍，金石可镂。蚓无爪牙之利，筋骨之强，上食埃土，下饮黄泉，用心一也。蟹六跪而二螯，非蛇鳝之穴无可寄托者，用心躁也。

非攻（上）

《墨子》

【文本导读】《非攻》分上、中、下三篇。"非攻"就是反对一切非正义的战争，"非攻"是墨家针对当时诸侯间的兼并战争而提出的反战理论。墨子的"非攻"思想是影响古今的和平主义，是平民主义的战争观。墨子认为，战争是天下的"巨害"，无论对战胜国还是战败国都将造成巨大损害，因之既不合于"圣王之道"，也不合于"国家百姓之利"。本文主要运用类比推理的方法，对于打着"义"的旗号侵略他国的战争行为的非正义性予以强烈的抨击。文章质朴无华，推理严密，逻辑性强，极富说服力。诵读时，须带有鲜明的论说色彩。

今有一人，入人园圃，窃其桃李，众闻则非之，上为政者得则罚之。此何也？以亏人自利也。至攘人犬豕鸡豚者，其不义又甚入人园圃窃桃李。是何故也？以亏人愈多。苟亏人愈多，其不仁兹甚，罪益厚。至入人栏厩，取人马牛者，其不义又甚攘人犬豕鸡豚。此何故也？以其亏人愈多。苟亏人愈多，其不仁兹甚，罪益厚。至杀不辜人也，扡其衣裘，取戈剑者，其不义又甚入人栏厩取人马牛。此何故也？以其亏人愈多。苟亏人愈多，其不仁兹甚矣，罪益厚。当此，天下之君子皆知而非之，谓之不义。今至大为不义攻国，则弗知非，从而誉之，谓之义，此可谓知义与不义之别乎？

杀一人，谓之不义，必有一死罪矣。若以此说往，杀十人，十重不义，必有十死罪矣；杀百人，百重不义，必有百死罪矣。当此，天下之君子皆知而非之，谓之不义。今至大为不义，攻国，则弗知非，从而誉之，谓之义。情不知其不义也，故书其言以遗后世；若知其不义也，夫奚说书其不义以遗后世哉？

今有人于此，少见黑曰黑，多见黑曰白，则必以此人为不知白黑之辩矣。少尝苦曰苦，多尝苦曰甘，则必以此人为不知甘苦之辩矣。今小为非，则知而非之；大为非攻国，则不知非，从而誉之，谓之义：此可谓知义与不义之辩乎？是以知天下之君子也，辩义与不义之乱也。

养生主（节选）

《庄子》

【文本导读】《庄子》亦称《南华经》，是道家学派的经典。它不仅是一部哲学著作，也是一部杰出的文学著作，鲁迅赞其"汪洋辟阖，仪态万方，晚周诸子之作，莫能先也"（《汉文学史纲要》）。它以生动的艺术形象表达抽象的哲理，其寓言在先秦诸子中最富有文学性，对后人的人生观、文艺观都产生了深远的影响。本文是《养生主》的主体部分，文段以庖丁解牛的故事比喻养生之道，由养生之道延伸到处世之道，说明处世、生活都要遵循事物的规律，从而避开是非和矛盾的纠缠。文章描写生动形象，细节刻画精细入微，寓说理于故事之中，意趣横生，富于启发意义。诵读时，注意把握文章寓言说理及节奏明快的特点，可使用讲故事的语调。

吾生也有涯，而知也无涯。以有涯随无涯，殆已！已而为知者，殆而已矣！为善无近名，为恶无近刑。缘督以为经，可以保身，可以全生，可以养亲，可以尽年。

庖丁为文惠君解牛，手之所触，肩之所倚，足之所履，膝之所踦，砉然向然，奏刀騞然，莫不中音，合于《桑林》之舞，乃中《经首》之会。

文惠君曰："嘻，善哉！技盖至此乎？"

庖丁释刀对曰："臣之所好者，道也，进乎技矣。始臣之解牛之时，所见无非全牛者。三年之后，未尝见全牛也。方今之时，臣以神遇而不以目视，官知止而神欲行。依乎天理，批大郤，导大窾，因其固然。技经肯綮之未尝，而况大軱乎！良庖岁更刀，割也；族庖月更刀，折也。今臣之刀十九年矣，所解数千牛矣，而刀刃若新发于硎。彼节者有间，而刀刃者无厚；以无厚入有间，恢恢乎其于游刃必有余地矣，是以十九年而刀刃若新发于硎。虽然，每至于族，吾见其难为，怵然为戒，视为止，行为迟。动刀甚微，謋然已解，如土委地。提刀而立，为之四顾，为之踌躇满志，善刀而藏之。"

文惠君曰："善哉！吾闻庖丁之言，得养生焉。"

秋水（节选）

《庄子》

【文本导读】庄子的想象力极为丰富，语言运用自如，灵活多变，能把一些微妙难言的哲理说得引人入胜。他的作品被人称为"文学的哲学，哲学的文学"。本文通过寓言形式揭示了一个道理：在广袤无垠的宇宙中，个人的认识和作为都要受到种种主客观条件的制约，因而是十分有限的。这启示人们不能囿于个人有限的见闻而自我满足，应该不断学习，不断开阔视野，不断前进。诵读时，语速稍偏慢，神情略显陶醉情状。

秋水时至，百川灌河；泾流之大，两涘渚崖之间不辩牛马。于是焉河伯欣然自喜，以天下之美为尽在己。顺流而东行，至于北海，东面而视，不见水端。于是焉河伯始旋其面目，望洋向若而叹曰："野语有之曰：'闻道百，以为莫己若者。'我之谓也。且夫我尝闻少仲尼之闻，而轻伯夷之义者，始吾弗信，今我睹子之难穷也，吾非至于子之门则殆矣。吾长见笑于大方之家。"

北海若曰："井蛙不可以语于海者，拘于虚也；夏虫不可以语于冰者，笃于时也；曲士不可以语于道者，束于教也。今尔出于崖涘，观于大海，乃知尔丑，尔将可与语大理矣。天下之水，莫大于海。万川归之，不知何时止而不盈；尾闾泄之，不知何时已而不虚；春秋不变，水旱不知。此其过江河之流，不可为量数。而吾未尝以此自多者，自以比形于天地，而受气于阴阳，吾在天地之间，犹小石小木之在大山也。方存乎见少，又奚以自多！计四海之在天地之间也，不似礨空之在大泽乎？计中国之在海内，不似稊米之在大仓乎？号物之数谓之万，人处一焉；人卒九州，谷食之所生，舟车之所通，人处一焉。此其比万物也，不似豪末之在于马体乎？五帝之所连，三王之所争，仁人之所忧，任士之所劳，尽此矣！伯夷辞之以为名，仲尼语之以为博。此其自多也，不似尔向之自多于水乎？"

天下皆知美之为美

《老子》

【文本导读】选自《老子》第二章。老子是世界文化名人，与庄子并称"老庄"。老子思想对中国哲学发展具有深刻影响，其思想核心是朴素的辩证法。本章前半部分为老子的相对辩证观。老子举出了六个相对的现象，即"有无""难易""长短""高下""音声""先后"，说明它们彼此各以对方为其存在的条件，失去一方，另一方也不存

在。本章后半部分为老子的政治观,认为治政应处无为之事,行不言之教,只有无为方能无不为,无教才能无不教。只有做到这点,才能算作"圣人"。文章简约而有韵,用意深远,宛若富有哲理的散文诗。诵读时,要简洁而清晰。

天下皆知美之为美,恶已;皆知善,斯不善矣。有无之相生也,难易之相成也,长短之相刑也,高下之相盈也,音声之相和也,先后之相随,恒也。是以圣人居无为之事,行不言之教,万物作而弗始也,为而弗志也,成功而弗居也。夫唯弗居,是以弗去。

讳疾忌医

《韩非子》

【文本导读】选自《韩非子·喻老》。《韩非子》是法家学派的代表著作,共二十卷。韩非子的文章说理精密,文笔犀利,议论透辟,推证事理能切中要害。韩非子还善于用大量浅显的寓言故事作为论证资料来说明抽象的道理,形象化地体现他的法家思想和他对社会人生的深刻认识。在他文章中出现的很多寓言故事,因其丰富的内涵、生动的故事,成为脍炙人口的成语或典故。本文中蔡桓公如果在扁鹊刚开始指出其有病的时候能加以治疗,就不会造成病情加重的结果,更不至于丧命。其实在现实生活中,不光是治病要趁早,我们自身有了缺点,也一定要接受大家的批评指正,尽早弥补自己的不足,避免铸成大错。诵读时,要处理好人物问与答的语言差异。

扁鹊见蔡桓公,立有间,扁鹊曰:"君有疾在腠理,不治将恐深。"桓侯曰:"寡人无疾。"扁鹊出,桓侯曰:"医之好治不病以为功。"居十日,扁鹊复见曰:"君之病在肌肤,不治将益深。"桓侯不应。扁鹊出,桓侯又不悦。居十日,扁鹊复见曰:"君之病在肠胃,不治将益深。"桓侯又不应。扁鹊出,桓侯又不悦。居十日,扁鹊望桓侯而还走。桓侯故使人问之,扁鹊曰:"疾在腠理,汤熨之所及也;在肌肤,针石之所及也;在肠胃,火齐之所及也;在骨髓,司命之所属,无奈何也。今在骨髓,臣是以无请也。"居五日,桓公体痛,使人索扁鹊,已逃秦矣,桓侯遂死。故良医之治病也,攻之于腠理,此皆争之于小者也。夫事之祸福亦有腠理之地,故曰:"圣人早从事焉。"

买椟还珠

《韩非子》

【文本导读】选自《韩非子·外储说左上》。《韩非子·外储说》包括左、右篇，左、右又各分上、下篇。《外储说左上》是韩非创作的一篇散文，主要讲述了明君治理国家要有办法。全文分为六章，分别从"忠言逆耳""民为利，士为名""以身作则""诚信"等方面论说，具有重要的意义，值得后人借鉴和学习。本选段借用秦伯嫁女、楚人鬻珠的寓言故事，生动形象地说明听言观行应该注重实际功用，而不能强调言辞形式，若取舍不当，只能"以文害用"。诵读时，尽量使用劝诫语气。

楚王谓田鸠曰："墨子者，显学也。其身体则可，其言多而不辩，何也？"曰："昔秦伯嫁其女于晋公子，令晋为之饰装，从衣文之媵七十人。至晋，晋人爱其妾而贱公女。此可谓善嫁妾而未可谓善嫁女也。楚人有卖其珠于郑者，为木兰之椟，薰以桂椒，缀以珠玉，饰以玫瑰，辑以翡翠。郑人买其椟而还其珠。此可谓善卖椟矣，未可谓善鬻珠也。今世之谈也，皆道辩说文辞之言，人主览其文而忘有用。墨子之说，传先王之道，论圣人之言，以宣告人。若辩其辞，则恐人怀其文，忘其直，以文害用也。此与楚人鬻珠、秦伯嫁女同类，故其言多不辩。"

大学（节选）

《礼记》

【文本导读】选自《礼记》，原是《礼记》四十九篇中的第四十二篇。《礼记》原名《小戴礼记》，又名《小戴记》，由汉朝戴圣根据历史上遗留下来的一批佚名儒家的著作合编而成。经北宋程颢、程颐竭力尊崇，南宋朱熹又作《大学章句》，最终和《中庸》《论语》《孟子》并称"四书"。宋、元以后，《大学》成为学校官定的教科书和科举考试的必读书，对中国古代教育产生了极大的影响。《大学》文辞简约，内涵深刻，影响深远，主要概括总结了先秦儒家道德修养理论，以及关于道德修养的基本原则和方法，对儒家政治哲学也有系统的论述，对后人为人、处事、治国等有深刻的启迪。诵读时，注意断字断句，把握文章抑扬顿挫之美。

大学之道，在明明德，在亲民，在止于至善。知止而后有定；定而后能静；静而后能安；安而后能虑；虑而后能得。物有本末，事有终始。知所先后，则近道矣。古之欲明明德于天下者，先治其国；欲治其国者，先齐其家；欲齐其家者，先修其身；欲修其身者，先正其心；欲正其心者，先诚其意；欲诚其意者，先致其知；致知在格物。物格而后知至；知至而后意诚；意诚而后心正；心正而后身修；身修而后家齐；家齐而后国治；国治而后天下平。自天子以至于庶人，壹是皆以修身为本。其本乱而末治者否矣。其所厚者薄，而其所薄者厚，未之有也！

烛之武退秦师

《左传》

【文本导读】 选自《左传·僖公三十年》。《左传》又名《左氏春秋》《左氏春秋传》，相传为左丘明著，是儒家重要经典之一，与《公羊传》《穀梁传》合称"春秋三传"，是我国古代一部叙事完备的编年体史书，更是先秦散文著作的代表。全书从政治、军事、外交等方面，比较系统地记叙了整个春秋时代各诸侯国发生的重要事件，同时也较为具体地记叙了一些人物的生活琐事，真实地反映了当时的社会面貌和政治状况。《左传》长于叙事，善于描写战争和记述行人辞令。此文记述的是秦晋联合攻打郑国之前开展的一场外交斗争，烛之武以一己之力，凭借对时局的洞若观火和过人的辩才，终于使郑国免于灭亡，其临危不惧、解除国难的精神及能言善辩的杰出外交才能，为人赞叹。全文形象鲜明，语言优美，层次分明，组织严密，说理透彻，逻辑有力。诵读时，注意把握故事的波澜起伏及烛之武的辞令之美。

晋侯、秦伯围郑，以其无礼于晋，且贰于楚也。晋军函陵，秦军氾南。

佚之狐言于郑伯曰："国危矣，若使烛之武见秦君，师必退。"公从之。辞曰："臣之壮也，犹不如人；今老矣，无能为也已。"公曰："吾不能早用子，今急而求子，是寡人之过也。然郑亡，子亦有不利焉！"许之。

夜缒而出，见秦伯，曰："秦、晋围郑，郑既知亡矣。若亡郑而有益于君，敢以烦执事？越国以鄙远，君知其难也，焉用亡郑以陪邻？邻之厚，君之薄也。若舍郑以为东道主，行李之往来，共其乏困，君亦无所害。且君尝为晋君赐矣，许君焦、瑕，朝济而夕设版焉，君之所知也。夫晋，何厌之有？既东封郑，又欲肆其西封，若不阙秦，将焉取之？阙秦以利晋，唯君图之。"秦伯说，与郑人盟。使杞子、逢孙、杨孙戍之，乃还。

子犯请击之。公曰："不可。微夫人之力不及此。因人之力而敝之，不仁；失其所与，不知；以乱易整，不武。吾其还也。"亦去之。

曹刿论战

《左传》

【文本导读】选自《左传·庄公十年》。《左传》是研究我国古代社会的很有价值的历史文献。它的文学价值很高，善于用简洁的语言写出纷繁复杂的历史事件，特别善于描写战争，也善于刻画人物的细微动作和心理活动，对后代散文的发展有很大影响。本文讲述了曹刿在长勺之战中活用"一鼓作气，再而衰，三而竭"的原理击退强大的齐军的史实。文章说明了在战争中如何正确运用战略防御原则——只有"取信于民"，实行"敌疲我打"的正确方针，选择反攻和追击的有利时机，才能以小敌大、以弱胜强。全文叙事清楚，详略得当，人物对话准确生动，要言不烦，是《左传》中脍炙人口的名篇。在诵读时，要处理好短句的节奏及人物语言的差异。

十年春，齐师伐我。公将战，曹刿请见。其乡人曰："肉食者谋之，又何间焉？"刿曰："肉食者鄙，未能远谋。"乃入见。问："何以战？"公曰："衣食所安，弗敢专也，必以分人。"对曰："小惠未遍，民弗从也。"公曰："牺牲玉帛，弗敢加也，必以信。"对曰："小信未孚，神弗福也。"公曰："小大之狱，虽不能察，必以情。"对曰："忠之属也。可以一战。战则请从。"

公与之乘，战于长勺。公将鼓之。刿曰："未可。"齐人三鼓。刿曰："可矣。"齐师败绩。公将驰之。刿曰："未可。"下视其辙，登轼而望之，曰："可矣。"遂逐齐师。

既克，公问其故。对曰："夫战，勇气也。一鼓作气，再而衰，三而竭。彼竭我盈，故克之。夫大国，难测也，惧有伏焉。吾视其辙乱，望其旗靡，故逐之。"

邵公谏厉王弭谤

《国语》

【文本导读】选自《国语·周语上》。《国语》是我国最早的一部国别体史书。全书二十一卷，分别记载周、鲁、齐、晋、郑、楚、吴、越八国的重要史实；记事时间，起自西周末年，下迄春秋战国之交，前后约五百年。《国语》是各国史料的汇编，成书约在战国初年。全书以记言为主，重在通过人物言论揭示历史经验教训。本文通过邵穆公劝谏周厉王的说辞，记载了周厉王被逐的过程，它告诉人们一条真理：防民之口，甚于防川。这反映出较为鲜明的民本思想。全篇文字简洁，叙述有条有理，逻辑性强，很有说服力。诵读时，要把握邵穆公说辞的严谨严密以及生动形象的特点。

厉王虐，国人谤王。邵公告曰："民不堪命矣！"王怒，得卫巫，使监谤者。以告，则杀之。国人莫敢言，道路以目。

王喜，告邵公曰："吾能弭谤矣，乃不敢言。"邵公曰："是障之也。防民之口，甚于防川；川壅而溃，伤人必多。民亦如之。是故为川者决之使导，为民者宣之使言。故天子听政，使公卿至于列士献诗，瞽献曲，史献书，师箴，瞍赋，矇诵，百工谏，庶人传语，近臣尽规，亲戚补察，瞽、史教诲，耆、艾修之，而后王斟酌焉。是以事行而不悖。民之有口，犹土之有山川也，财用于是乎出；犹其原隰之有衍沃也，衣食于是乎生。口之宣言也，善败于是乎兴。行善而备败，其所以阜财用衣食者也。夫民虑之于心而宣之于口，成而行之，胡可壅也？若壅其口，其与能几何？"

王弗听，于是国人莫敢出言。三年，乃流王于彘。

邹忌讽齐王纳谏

《战国策》

【文本导读】 选自《战国策·齐策一》。《战国策》是战国时期各种史料的汇编，原作者不详，西汉刘向编订为三十三篇，反映了战国时期各国的政治、军事、外交方面的一些活动情况和社会面貌，着重记录了战国时期一些谋臣策士的言论和谋略。本文讲述了战国时期齐国谋士邹忌劝说君主纳谏，使之广开言路，改良政治的故事。文章塑造了邹忌这样一位有自知之明、善于思考、勇于进谏的贤士形象，也展现了齐威王知错能改、从谏如流的明君形象和革除弊端、改良政治的迫切愿望与巨大决心；借此告诉读者居上者只有广开言路，采纳群言，虚心接受批评意见并积极加以改正才有可能成功。诵读时，特别要注意区分同一内容用不同句式来表述的语言差异。

邹忌修八尺有余，而形貌昳丽。朝服衣冠，窥镜，谓其妻曰："我孰与城北徐公美？"其妻曰："君美甚，徐公何能及君也？"城北徐公，齐国之美丽者也。忌不自信，而复问其妾曰："吾孰与徐公美？"妾曰："徐公何能及君也？"旦日，客从外来，与坐谈，问之客曰："吾与徐公孰美？"客曰："徐公不若君之美也。"明日徐公来，孰视之，自以为不如；窥镜而自视，又弗如远甚。暮寝而思之，曰："吾妻之美我者，私我也；妾之美我者，畏我也；客之美我者，欲有求于我也。"

于是入朝见威王，曰："臣诚知不如徐公美。臣之妻私臣，臣之妾畏臣，臣之客欲有求于臣，皆以美于徐公。今齐地方千里，百二十城，宫妇左右莫不私王，朝廷之臣莫不畏王，四境之内莫不有求于王：由此观之，王之蔽甚矣。"

王曰："善。"乃下令："群臣吏民能面刺寡人之过者，受上赏；上书谏寡人者，受中赏；能谤讥于市朝，闻寡人之耳者，受下赏。"令初下，群臣进谏，门庭若市；数月之后，时时而间进；期年之后，虽欲言，无可进者。燕、赵、韩、魏闻之，皆朝于齐。此所谓战胜于朝廷。

触龙说赵太后

《战国策》

【文本导读】 选自《战国策·赵策四》。公元前265年,赵惠文王去世,其子赵孝成王继位,年幼,由赵太后摄政。当时,秦国趁赵国政权交替之机,大举攻赵,并已占领赵国的三座城市。赵国形势危急,向齐国求援。齐国一定要赵威后的小儿子长安君为人质,才肯出兵。赵威后溺爱长安君,执意不肯,致使国家危机日深。触龙在这种严峻的形势下说服了赵威后,让她的爱子出质齐国,解除了赵国的危机。本文写的就是在强敌压境,赵太后又严厉拒谏的危急形势下,触龙因势利导,以柔克刚,用"爱子则为之计深远"的道理,说服赵太后,让她的爱子出质于齐,换取救兵,解除国家危难的故事。文章歌颂了触龙以国家利益为重的崇高品质和善于做思想工作的才能。诵读时,要结合故事紧张的背景,把握触龙与赵太后的对话特点,突出触龙的因势利导、巧说妙谏之美。

　　赵太后新用事,秦急攻之。赵氏求救于齐,齐曰:"必以长安君为质,兵乃出。"太后不肯,大臣强谏。太后明谓左右:"有复言令长安君为质者,老妇必唾其面。"

　　左师触龙言愿见太后。太后盛气而揖之。入而徐趋,至而自谢,曰:"老臣病足,曾不能疾走,不得见久矣。窃自恕,而恐太后玉体之有所郄也,故愿望见太后。"太后曰:"老妇恃辇而行。"曰:"日食饮得无衰乎?"曰:"恃粥耳。"曰:"老臣今者殊不欲食,乃自强步,日三四里,少益耆食,和于身也。"太后曰:"老妇不能。"太后之色少解。

　　左师公曰:"老臣贱息舒祺,最少,不肖。而臣衰,窃爱怜之。愿令得补黑衣之数,以卫王宫。没死以闻。"太后曰:"敬诺。年几何矣?"对曰:"十五岁矣。虽少,愿及未填沟壑而托之。"太后曰:"丈夫亦爱怜其少子乎?"对曰:"甚于妇人。"太后笑曰:"妇人异甚。"对曰:"老臣窃以为媪之爱燕后贤于长安君。"曰:"君过矣!不若长安君之甚。"左师公曰:"父母之爱子,则为之计深远。媪之送燕后也,持其踵,为之泣,念悲其远也,亦哀之矣。已行,非弗思也,祭祀必祝之,祝曰:'必勿使反。'岂非计久长,有子孙相继为王也哉?"太后曰:"然。"

　　左师公曰:"今三世以前,至于赵之为赵,赵王之子孙侯者,其继有在者乎?"曰:"无有。"曰:"微独赵,诸侯有在者乎?"曰:"老妇不闻也。""此其近者祸及身,远者及其子孙。岂人主之子孙则必不善哉?位尊而无功,奉厚而无劳,而挟重器多也。今媪尊长安君之位,而封之以膏腴之地,多予之重器,而不及今令有功于国,一旦山陵崩,长安君何以自托于赵?老臣以媪为长安君计短也,故以为其爱不若燕后。"太后曰:"诺,恣君之所使之。"于是为长安君约车百乘,质于齐,齐兵乃出。

　　子义闻之曰:"人主之子也,骨肉之亲也,犹不能恃无功之尊、无劳之奉,已守金玉之重也,而况人臣乎?"

谏逐客书

[秦] 李 斯

【文本导读】《谏逐客书》是秦朝大臣、文学家李斯上给秦王嬴政的奏议。据《史记·李斯列传》记载，韩国派水工郑国游说秦王嬴政，倡言凿渠灌田，企图耗费秦国人力而不能攻韩，以实施"疲秦计划"。事被发觉，秦王嬴政听信宗室大臣的进言，认为来秦的客卿大抵都想游间于秦，就下令驱逐客卿。李斯也在被驱逐之列，尽管惶恐不安，但他在临行前主动上书劝说秦王不要逐客，从而写下了流传千古的《谏逐客书》。文章先叙述秦国自秦穆公以来皆以客致强的历史，说明秦国若无客助则未必强大的道理；然后列举各种女乐珠玉虽非秦地所产却被喜爱的事实作比，说明秦王不应重物而轻人。文章立意高深，始终围绕"大一统"的目标，从秦王统一天下的高度立论，正反论证，利害并举，说明用客卿强国的重要性。全文理足词胜，雄辩滔滔，打动了秦王嬴政，使他收回逐客的成命，恢复了李斯的官职。诵读时，注意音节的铿锵流畅及文笔纵横的特点。

臣闻吏议逐客，窃以为过矣。昔缪公求士，西取由余于戎，东得百里奚于宛，迎蹇叔于宋，来丕豹、公孙支于晋。此五子者，不产于秦，而缪公用之，并国二十，遂霸西戎。孝公用商鞅之法，移风易俗，民以殷盛，国以富强，百姓乐用，诸侯亲服，获楚、魏之师，举地千里，至今治强。惠王用张仪之计，拔三川之地，西并巴、蜀，北收上郡，南取汉中，包九夷，制鄢、郢，东据成皋之险，割膏腴之壤，遂散六国之从，使之西面事秦，功施到今。昭王得范雎，废穰侯，逐华阳，强公室，杜私门，蚕食诸侯，使秦成帝业。此四君者，皆以客之功。由此观之，客何负于秦哉？向使四君却客而不内，疏士而不用，是使国无富利之实而秦无强大之名也。

今陛下致昆山之玉，有随、和之宝，垂明月之珠，服太阿之剑，乘纤离之马，建翠凤之旗，树灵鼍之鼓。此数宝者，秦不生一焉，而陛下说之，何也？必秦国之所生然后可，则是夜光之璧不饰朝廷，犀象之器不为玩好，郑、卫之女不充后宫，而骏良駃騠不实外厩，江南金锡不为用，西蜀丹青不为采。所以饰后宫、充下陈、娱心意、说耳目者，必出于秦然后可，则是宛珠之簪、傅玑之珥、阿缟之衣、锦绣之饰不进于前，而随俗雅化、佳冶窈窕赵女不立于侧也。夫击瓮叩缶，弹筝搏髀，而歌呼呜呜快耳目者，真秦之声也；郑卫桑间，韶虞武象者，异国之乐也。今弃击瓮叩缶而就郑卫，退弹筝而取韶虞，若是者何也？快意当前，适观而已矣。今取人则不然，不问可否，不论曲直，非秦者去，为客者逐。然则是所重者在乎色、乐、珠玉，而所轻者在乎人民也。此非所以跨海内、制诸侯之术也。

臣闻地广者粟多，国大者人众，兵强则士勇。是以泰山不让土壤，故能成其大；河海不择细流，故能就其深；王者不却众庶，故能明其德。是以地无四方，民无异国，四时充美，鬼神降福，此五帝三王之所以无敌也。今乃弃黔首以资敌国，却宾客以业诸侯，使天下之士退而不敢西向，裹足不入秦，此所谓"藉寇兵而赍盗粮"者也。

夫物不产于秦，可宝者多；士不产于秦，而愿忠者众。今逐客以资敌国，损民以益仇，内自虚而外树怨于诸侯，求国无危，不可得也。

过秦论（上）

［汉］贾　谊

【文本导读】《过秦论》是贾谊政论文的代表作，分上、中、下三篇。全文从各个方面分析秦朝的过失，故名为《过秦论》。文章旨在总结秦朝迅速灭亡的历史教训，以作为汉王朝巩固统治的借鉴，文章见解深刻而又极富艺术感染力。《过秦论》上篇先分析秦朝自秦孝公至秦始皇逐渐强大的原因：具有地理优势、实行变法图强的主张、正确的战争策略、几世秦王的苦心经营等。行文较多采用排比式的句子和铺陈式的描写方法，富有气势。之后则写陈涉虽然本身力量微小，却能使强大的秦国覆灭，在对比中得出秦亡在于"仁义不施"的结论。鲁迅先生在《汉文学史纲要》中评价其为"西汉鸿文""疏直激切，尽所欲言"。诵读时，注意把握文章气势的充沛及一气呵成的特点。

秦孝公据崤函之固，拥雍州之地，君臣固守以窥周室，有席卷天下，包举宇内、囊括四海之意，并吞八荒之心。当是时也，商君佐之，内立法度，务耕织，修守战之具；外连衡而斗诸侯。于是秦人拱手而取西河之外。

孝公既没，惠文、武、昭襄蒙故业，因遗策，南取汉中，西举巴、蜀，东割膏腴之地，北收要害之郡。诸侯恐惧，会盟而谋弱秦，不爱珍器重宝肥饶之地，以致天下之士，合从缔交，相与为一。当此时，齐有孟尝，赵有平原，楚有春申，魏有信陵。此四君者，皆明知而忠信，宽厚而爱人，尊贤而重士，约从离横，兼韩、魏、燕、楚、齐、赵、宋、卫、中山之众。于是六国之士，有宁越、徐尚、苏秦、杜赫之属为之谋，齐明、周最、陈轸、召滑、楼缓、翟景、苏厉、乐毅之徒通其意，吴起、孙膑、带佗、倪良、王廖、田忌、廉颇、赵奢之伦制其兵。尝以十倍之地，百万之众，叩关而攻秦。秦人开关延敌，九国之师，逡巡而不敢进。秦无亡矢遗镞之费，而天下诸侯已困矣。于是从散约解，争割地而赂秦。秦有余力而制其弊，追亡逐北，伏尸百万，流血漂橹。因利乘便，宰割天下，分裂山河。强国请服，弱国入朝。延及孝文王、庄襄王，享国之日浅，国家无事。

及至始皇，奋六世之余烈，振长策而御宇内，吞二周而亡诸侯，履至尊而制六合，执敲扑以鞭笞天下，威振四海。南取百越之地，以为桂林、象郡；百越之君，俯首系颈，委命下吏。乃使蒙恬北筑长城而守藩篱，却匈奴七百余里。胡人不敢南下而牧马，士不敢弯弓而报怨。于是废先王之道，焚百家之言，以愚黔首；隳名城，杀豪俊，收天下之兵，聚之咸阳，销锋镝，铸以为金人十二，以弱天下之民。然后践华为城，因河为池，据亿丈之城，临不测之渊，以为固。良将劲弩守要害之处，信臣精卒陈利兵而谁何。天下已定，始皇之心，自以为关中之固，金城千里，子孙帝王万世之业也。

始皇既没，余威震于殊俗。然陈涉瓮牖绳枢之子，氓隶之人，而迁徙之徒也；才能不及中人，非有仲尼、墨翟之贤，陶朱、猗顿之富；蹑足行伍之间，而倔起阡陌之中，率疲弊之卒，将数百之众，转而攻秦。斩木为兵，揭竿为旗，天下云集而响应，赢粮而景从。山东豪俊遂并起而亡秦族矣。

且夫天下非小弱也，雍州之地，崤函之固，自若也。陈涉之位，非尊于齐、楚、燕、赵、韩、魏、宋、卫、中山之君也；锄耰棘矜，非铦于钩戟长铩也；谪戍之众，非抗于九国之师也；深谋远虑，行军用兵之道，非及曩时之士也。然而成败异变，功业相反，何也？试使山东之国与陈涉度长絜大，比权量力，则不可同年而语矣。然秦以区区之地，致万乘之势，序八州而朝同列，百有余年矣；然后以六合为家，崤函为宫；一夫作难而七庙隳，身死人手，为天下笑者，何也？仁义不施而攻守之势异也。

吊屈原赋

[汉] 贾 谊

【文本导读】汉文帝四年（前176），贾谊因统治阶级内部矛盾而受毁谤与排挤，被贬为长沙王太傅。此赋是贾谊被贬长沙途经湘水时感怀屈原所作。文章描写了一个善恶颠倒、是非混淆的黑暗世界，表现出对屈原深切的同情，也流露出对自己无辜遭贬的愤慨。但他不赞同屈原的以身殉国，认为屈原最终的不幸在于他未能"自引而远去"。贾谊主张"远浊世而自藏"，以此保全自己，这才合乎"圣人之神德"。此赋是汉人最早的吊屈之作，开汉代辞赋家追怀屈原的先例。全篇文辞清丽，感情沉郁，气势激荡。诵读基调为悲愤哀伤。

谊为长沙王太傅，既以谪去，意不自得；及度湘水，为赋以吊屈原。屈原，楚贤臣也。被谗放逐，作《离骚》赋，其终篇曰："已矣哉！国无人兮，莫我知也。"遂自投汨罗而死。谊追伤之，因自喻，其辞曰：

恭承嘉惠兮，俟罪长沙；侧闻屈原兮，自沉汨罗。造托湘流兮，敬吊先生；遭世罔极兮，乃殒厥身。呜呼哀哉！逢时不祥。鸾凤伏窜兮，鸱枭翱翔。阘茸尊显兮，谗谀得志；贤圣逆曳兮，方正倒植。世谓随、夷为溷兮，谓跖、蹻为廉；莫邪为钝兮，铅刀为铦。吁嗟默默，生之无故兮；斡弃周鼎，宝康瓠兮。腾驾罢牛，骖蹇驴兮；骥垂两耳，服盐车兮。章甫荐履，渐不可久兮；嗟苦先生，独离此咎兮。

讯曰：已矣！国其莫我知兮，独壹郁其谁语？凤漂漂其高逝兮，固自引而远去。袭九渊之神龙兮，沕深潜以自珍；偭蟂獭以隐处兮，夫岂从虾与蛭蟥？所贵圣人之神德兮，远浊世而自藏；使骐骥可得系而羁兮，岂云异夫犬羊？般纷纷其离此尤兮，亦夫子之故也。瞵九州而相君兮，何必怀此都也？凤凰翔于千仞兮，览德辉而下之；见细德之险征兮，遥曾击而去之。彼寻常之污渎兮，岂能容夫吞舟之巨鱼？横江湖之鳣鲸兮，固将制于蝼蚁。

戒子歆书

[汉] 刘 向

【文本导读】《戒子歆书》是刘向写给儿子刘歆的一封家书。刘歆初登仕途，出任黄门郎，刘向担心刘歆少年得志，不识深浅，因而教子要谦虚谨慎。文章引董仲舒名言来说明福因祸生，祸藏于福，并举春秋时齐国事例加以说明，告诫儿子要牢记古训，得志时不骄傲，认真做好本职工作，以求免除祸患。诵读时，要用长辈的语气把谆谆教诲的情味体现出来。

告歆无忽：若未有异德，蒙恩甚厚，将何以报？董生有云："吊者在门，贺者在闾。"言有忧则恐惧敬事，敬事则必有善功，而福至也。又曰："贺者在门，吊者在闾。"言受福则骄奢，骄奢则祸至，故吊随而来。齐顷公之始，借霸者之余威，轻侮诸侯，塞之容，故被鞍之祸，遁服而亡，所谓"贺者在门，吊者在闾"也。兵败师破，人皆吊之，恐惧自新，百姓爱之，诸侯皆归其所夺邑，所谓"吊者在门，贺者在闾"也。今若年少，得黄门侍郎，要显处也。新拜皆谢，贵人叩头，谨战战栗栗，乃可必免。

报任安书（节选）

[汉] 司马迁

【文本导读】《报任安书》是司马迁写给友人任安的一封回信。作者在信中以饱满的感情、激愤的心情，陈述自己的不幸遭遇，抒发了为完成《史记》而不得不苟且偷生的痛苦心情。文章发语酸楚沉痛，笔端饱含感情，是一篇不可多得的奇文，具有极其重要的史料价值。全文结构严谨，层次井然，前后照应；说理和叙事融为一体，清晰透辟；语言丰富而生动，句子或长或短，以排比、对偶句穿插其间，使文章更富于感情色彩。诵读时，要用愤懑的语气把为实现理想而坚韧不屈的战斗精神表现出来。

古者富贵而名摩灭，不可胜记，唯倜傥非常之人称焉。盖文王拘而演《周易》；仲

尼厄而作《春秋》；屈原放逐，乃赋《离骚》；左丘失明，厥有《国语》；孙子膑脚，《兵法》修列；不韦迁蜀，世传《吕览》；韩非囚秦，《说难》《孤愤》；《诗》三百篇，大底圣贤发愤之所为作也。此人皆意有所郁结，不得通其道，故述往事、思来者。乃如左丘无目，孙子断足，终不可用，退而论书策，以舒其愤，思垂空文以自见。

仆窃不逊，近自托于无能之辞，网罗天下放失旧闻，略考其行事，综其终始，稽其成败兴坏之纪，上计轩辕，下至于兹，为十表，本纪十二，书八章，世家三十，列传七十，凡百三十篇。亦欲以究天人之际，通古今之变，成一家之言。草创未就，会遭此祸，惜其不成，是以就极刑而无愠色。仆诚以著此书，藏之名山，传之其人，通邑大都，则仆偿前辱之责，虽万被戮，岂有悔哉？然此可为智者道，难为俗人言也！

李将军列传（节选）

[汉] 司马迁

【文本导读】选自《史记·李将军列传》。文章记述了汉朝名将李广的生平事迹，描写了"飞将军"李广的英勇善战、胆略超人、抚爱士卒、廉洁奉公，以及有功不得封爵，最后被迫自刎的不幸遭遇，塑造了一位悲剧英雄的形象。文章叙事突出重点事件，善用对比手法，注重细节描写，是《史记》中的传记名篇。诵读时，要注意把握作者对李广才略、人品的钦佩，以及对李广悲剧命运的深切同情。

李将军广者，陇西成纪人也。其先曰李信，秦时为将，逐得燕太子丹者也。故槐里，徙成纪。广家世世受射。孝文帝十四年，匈奴大入萧关，而广以良家子从军击胡，用善骑射，杀首虏多，为汉中郎。广从弟李蔡亦为郎，皆为武骑常侍，秩八百石。尝从行，有所冲陷折关及格猛兽，而文帝曰："惜乎，子不遇时！如令子当高帝时，万户侯岂足道哉！"

广出猎，见草中石，以为虎而射之，中石没镞，视之石也。因复更射之，终不能复入石矣。广所居郡闻有虎，尝自射之。及居右北平射虎，虎腾伤广，广亦竟射杀之。

广廉，得赏赐辄分其麾下，饮食与士共之。终广之身，为二千石四十余年，家无余财，终不言家产事。广为人长，猿臂，其善射亦天性也，虽其子孙他人学者，莫能及广。广讷口少言，与人居则画地为军陈，射阔狭以饮。专以射为戏，竟死。广之将兵，乏绝之处，见水，士卒不尽饮，广不近水，士卒不尽食，广不尝食。宽缓不苛，士以此爱乐为用。其射，见敌急，非在数十步之内，度不中不发，发即应弦而倒。用此，其将兵数困辱，其射猛兽亦为所伤云。

太史公曰：传曰"其身正，不令而行；其身不正，虽令不从"。其李将军之谓也！余睹李将军悛悛如鄙人，口不能道辞。及死之日，天下知与不知，皆为尽哀。彼其忠实诚信于士大夫也？谚曰"桃李不言，下自成蹊"。此言虽小，可以谕大也。

苏武传（节选）

[汉] 班 固

【文本导读】《苏武传》是《汉书》中写得最出色的人物传记。它记述了苏武出使匈奴，面对威胁利诱坚守节操，历尽艰辛而不辱使命的感人事迹，表现了苏武"富贵不能淫，威武不能屈，贫贱不能移"的高尚品德，热情讴歌了苏武忠于祖国的人格操守和坚贞不屈的民族气节。全文写得清晰明畅，有声有色。诵读时，语气肯定，要把苏武可歌可泣、大义凛然的英雄形象展示出来。

武，字子卿，少以父任，兄弟并为郎，稍迁至栘中厩监。时汉连伐胡，数通使相窥观。匈奴留汉使郭吉、路充国等前后十余辈，匈奴使来，汉亦留之以相当。天汉元年，且鞮侯单于初立，恐汉袭之，乃曰："汉天子，我丈人行也。"尽归汉使路充国等。武帝嘉其义，乃遣武以中郎将使持节送匈奴使留在汉者，因厚赂单于，答其善意。

武与副中郎将张胜及假吏常惠等募士斥候百余人俱。既至匈奴，置币遗单于；单于益骄，非汉所望也。

方欲发使送武等，会缑王与长水虞常等谋反匈奴中。缑王者，昆邪王姊子也，与昆邪王俱降汉，后随浞野侯没胡中，及卫律所将降者，阴相与谋，劫单于母阏氏归汉。会武等至匈奴。虞常在汉时，素与副张胜相知，私候胜曰："闻汉天子甚怨卫律，常能为汉伏弩射杀之，吾母与弟在汉，幸蒙其赏赐。"张胜许之，以货物与常。

后月余，单于出猎，独阏氏子弟在。虞常等七十余人欲发，其一人夜亡告之。单于子弟发兵与战，缑王等皆死，虞常生得。单于使卫律治其事。张胜闻之，恐前语发，以状语武。武曰："事如此，此必及我，见犯乃死，重负国！"欲自杀，胜、惠共止之。虞常果引张胜。单于怒，召诸贵人议，欲杀汉使者。左伊秩訾曰："即谋单于，何以复加？宜皆降之。"

单于使卫律召武受辞。武谓惠等："屈节辱命，虽生，何面目以归汉？"引佩刀自刺。卫律惊，自抱持武，驰召医。凿地为坎，置煴火，覆武其上，蹈其背，以出血。武气绝，半日复息。惠等哭，舆归营。单于壮其节，朝夕遣人候问武，而收系张胜。

武益愈。单于使使晓武，会论虞常，欲因此时降武。剑斩虞常已，律曰："汉使张胜谋杀单于近臣，当死；单于募降者，赦罪。"举剑欲击之，胜请降。律谓武曰："副有罪，当相坐。"武曰："本无谋，又非亲属，何谓相坐？"复举剑拟之，武不动。律曰："苏君，律前负汉归匈奴，幸蒙大恩，赐号称王，拥众数万，马畜弥山，富贵如此。苏君今日降，明日复然。空以身膏草野，谁复知之？"武不应。律曰："君因我降，与君为兄弟；今不听吾计，后虽欲复见我，尚可得乎？"武骂律曰："汝为人臣子，不顾恩义，畔主背亲，为降虏于蛮夷，何以汝为见？且单于信汝，使决人死生，不平心持正，反欲斗两主，观祸败。南越杀汉使者，屠为九郡；宛王杀汉使者，头县北阙；朝鲜杀汉使者,即时诛灭。独匈奴未耳。若知我不降明,欲令两国相攻,匈奴之祸,从我始矣!"

律知武终不可胁,白单于。单于愈益欲降之。乃幽武置大窖中,绝不饮食。天雨雪。武卧啮雪,与旃毛并咽之,数日不死。匈奴以为神。乃徙武北海上无人处,使牧羝,羝乳乃得归。别其官属常惠等各置他所。武既至海上,廪食不至,掘野鼠去草实而食之。杖汉节牧羊,卧起操持,节旄尽落。积五六年,单于弟於靬王弋射海上。武能网纺缴,檠弓弩,於靬王爱之,给其衣食。三岁余,王病,赐武马畜、服匿、穹庐。王死后,人众徙去。其冬,丁令盗武牛羊,武复穷厄。

归 田 赋

[汉] 张 衡

【文本导读】《归田赋》是一篇抒情小赋。此赋形象地描绘了田园山林和谐欢快、神和气清的景色,表达了作者畅游山林、悠闲自得的心情,又颇含自戒之意,表现了作者的超脱精神。全赋短小明畅,有着独特的艺术风格。它一洗汉代散体大赋铺采缛文、繁重凝滞、虚夸堆砌的特点,转为文句清丽平淡、结构短小灵活的风格,语言自然清新,感情真挚,情景交融,是难得的赋作佳篇。诵读时,注意把握作者恣情山水悠然自得的心境及对污浊官场的厌恶之情。

游都邑以永久,无明略以佐时。徒临川以羡鱼,俟河清乎未期。感蔡子之慷慨,从唐生以决疑。谅天道之微昧,追渔父以同嬉。超埃尘以遐逝,与世事乎长辞。

于是仲春令月,时和气清;原隰郁茂,百草滋荣。王雎鼓翼,鸧鹒哀鸣;交颈颉颃,关关嘤嘤。于焉逍遥,聊以娱情。

尔乃龙吟方泽,虎啸山丘。仰飞纤缴,俯钓长流。触矢而毙,贪饵吞钩。落云间之逸禽,悬渊沉之鲨鳣。

于时曜灵俄景,系以望舒。极般游之至乐,虽日夕而忘劬。感老氏之遗诫,将回驾乎蓬庐。弹五弦之妙指,咏周、孔之图书。挥翰墨以奋藻,陈三皇之轨模。苟纵心于物外,安知荣辱之所如?

论盛孝章书

[汉] 孔 融

【文本导读】《论盛孝章书》是作者写给曹操的一封信。在信中，孔融叙述了好友盛孝章的危难处境，希望曹操能加以救助。文章引经据典，从交友之道和招揽贤才两个方面展开论述，以理服人，以情感人，写得委婉恳切、不卑不亢，极富感染力与说服力。诵读时，注意把握作者对友情的珍视之情及文章词意委婉动人的特点。

岁月不居，时节如流。五十之年，忽焉已至。公为始满，融又过二。海内知识，零落殆尽，惟会稽盛孝章尚存。其人困于孙氏，妻孥湮没，单子独立，孤危愁苦。若使忧能伤人，此子不得复永年矣！

《春秋传》曰："诸侯有相灭亡者，桓公不能救，则桓公耻之。"今孝章，实丈夫之雄也，天下谈士，依以扬声，而身不免于幽絷，命不期于旦夕，是吾祖不当复论损益之友，而朱穆所以绝交也。公诚能驰一介之使，加咫尺之书，则孝章可致，友道可弘矣。

今之少年，喜谤前辈，或能讥评孝章。孝章要为有天下大名，九牧之人，所共称叹。燕君市骏马之骨，非欲以骋道里，乃当以招绝足也。惟公匡复汉室，宗社将绝，又能正之。正之之术，实须得贤。珠玉无胫而自至者，以人好之也，况贤者之有足乎！昭王筑台以尊郭隗，隗虽小才，而逢大遇，竟能发明主之至心，故乐毅自魏往，剧辛自赵往，邹衍自齐往。向使郭隗倒悬而王不解，临溺而王不拯，则士亦将高翔远引，莫有北首燕路者矣。

凡所称引，自公所知，而复有云者，欲公崇笃斯义也。因表不悉。

登 楼 赋

[汉] 王 粲

【文本导读】此赋是作者流寓荆州期间登当阳城楼所作，主要抒写了作者生逢乱世、长期客居他乡、才能不能得以施展而产生的思乡、怀国之情和怀才不遇之忧，表现了作者对动乱时局的忧虑和对国家和平统一的希望，也倾吐了自己渴望施展抱负、建功立业的心情。文章以登楼为契机，以写景为寄托，以抒忧为主体，层次清晰，结构紧凑，风格沉郁悲凉，语言清新流转，是建安时期抒情小赋的代表性作品。诵读时，注意把握文章忧伤的感情基调，体会作者深沉而多重的忧伤之情。

登兹楼以四望兮，聊暇日以销忧。览斯宇之所处兮，实显敞而寡仇。挟清漳之通浦兮，倚曲沮之长洲。背坟衍之广陆兮，临皋隰之沃流。北弥陶牧，西接昭邱。华实蔽野，黍稷盈畴。虽信美而非吾土兮，曾何足以少留！

遭纷浊而迁逝兮，漫逾纪以迄今。情眷眷而怀归兮，孰忧思之可任？凭轩槛以遥望兮，向北风而开襟。平原远而极目，蔽荆山之高岑。路逶迤而修迥兮，川既漾而济深。悲旧乡之壅隔兮，涕横坠而弗禁。昔尼父之在陈兮，有归欤之叹音。钟仪幽而楚奏兮，庄舄显而越吟。人情同于怀土兮，岂穷达而异心！

惟日月之逾迈兮，俟河清其未极。冀王道之一平兮，假高衢而骋力。惧匏瓜之徒悬兮，畏井渫之莫食。步栖迟以徙倚兮，白日忽其将匿。风萧瑟而并兴兮，天惨惨而无色。兽狂顾以求群兮，鸟相鸣而举翼，原野阒其无人兮，征夫行而未息。心凄怆以感发兮，意忉怛而憯恻。循阶除而下降兮，气交愤于胸臆。夜参半而不寐兮，怅盘桓以反侧。

与吴质书

[三国] 曹　丕

【文本导读】《与吴质书》是作者写给友人吴质的一封书信。曹丕与建安七子中的王粲、陈琳、徐干等都是要好的朋友。然建安二十二年（217）瘟疫流行，这些好友相继去世。曹丕在整理朋友文稿的过程中睹文思友，内心十分悲痛，于是给吴质写了这封信。在信中，曹丕回忆与建安诸子饮酒赋诗的欢快情景，并评论他们的文学成就，流露出对友人的怀念之情。文章情真意切，婉约清丽，语言流畅优美，读来朗朗上口。诵读时，语速稍慢，语气要略显悲痛。

二月三日，丕白：岁月易得，别来行复四年。三年不见，《东山》犹叹其远，况乃过之，思何可支！虽书疏往返，未足解其劳结。

昔年疾疫，亲故多离其灾，徐、陈、应、刘，一时俱逝，痛可言邪！昔日游处，行则连舆，止则接席，何曾须臾相失！每至觞酌流行，丝竹并奏，酒酣耳热，仰而赋诗，当此之时，忽然不自知乐也。谓百年已分，可长共相保，何图数年之间，零落略尽，言之伤心。顷撰其遗文，都为一集，观其姓名，已为鬼录。追思昔游，犹在心目，而此诸子，化为粪壤，可复道哉？

观古今文人，类不护细行，鲜能以名节自立。而伟长独怀文抱质，恬淡寡欲，有箕山之志，可谓彬彬君子者矣。著《中论》二十余篇，成一家之言，词义典雅，足传于后，此子为不朽矣。德琏常斐然有述作之意，其才学足以著书，美志不遂，良可痛惜。间者历览诸子之文，对之抆泪，既痛逝者，行自念也。孔璋章表殊健，微为繁富。公干有逸气，但未遒耳；其五言诗之善者，妙绝时人。元瑜书记翩翩，致足乐也。仲宣独自善于辞赋，惜其体弱，不足起其文，至于所善，古人无以远过。昔伯牙绝弦于钟期，仲尼覆醢于子路，痛知音之难遇，伤门人之莫逮。诸子但为未及古人，自一时之儁也，今之存者，已不逮矣。后生可畏，来者难诬，然恐吾与足下不及见也。

年行已长大，所怀万端，时有所虑，至通夜不瞑，志意何时复类昔日？已成老翁，但未白头耳。光武言："年三十余，在兵中十岁，所更非一。"吾德不及之，年与之齐矣。以犬羊之质，服虎豹之文，无众星之明，假日月之光，动见瞻观，何时易乎？恐永不复得为昔日游也。少壮真当努力，年一过往，何可攀援？古人思秉烛夜游，良有以也。

顷何以自娱？颇复有所述造不？东望于邑，裁书叙心。丕白。

洛 神 赋

[三国] 曹 植

【文本导读】《洛神赋》是曹植久负盛名的辞赋。作者以浪漫主义的手法，通过梦幻的境界，虚构了自己与洛神的邂逅和彼此间的思慕爱恋，洛神形象美丽绝伦，人神之恋缥缈迷离，但由于人神道殊而不能结合，最后抒发了无限的悲伤怅惘之情。全赋想象丰富，描写细腻，辞采华美，情思缱绻，寄托遥深。诵读时，前文用轻快语调，后文语气要稍微低沉。

余从京域，言归东藩，背伊阙，越辕辕，经通谷，陵景山。日既西倾，车殆马烦。尔乃税驾乎蘅皋，秣驷乎芝田，容与乎阳林，流眄乎洛川。于是精移神骇，忽焉思散。俯则未察，仰以殊观。睹一丽人，于岩之畔。乃援御者而告之曰："尔有觌于彼者乎？彼何人斯，若此之艳也！"御者对曰："臣闻河洛之神，名曰宓妃。然则君王之所见，无乃是乎？其状若何？臣愿闻之。"

余告之曰：其形也，翩若惊鸿，婉若游龙。荣曜秋菊，华茂春松。仿佛兮若轻云之蔽月，飘飖兮若流风之回雪。远而望之，皎若太阳升朝霞；迫而察之，灼若芙蕖出渌波。秾纤得衷，修短合度。肩若削成，腰如约素。延颈秀项，皓质呈露。芳泽无加，铅华弗御。云髻峨峨，修眉联娟。丹唇外朗，皓齿内鲜。明眸善睐，靥辅承权。瑰姿艳逸，仪静体闲。柔情绰态，媚于语言。奇服旷世，骨像应图。披罗衣之璀璨兮，珥瑶碧之华琚。戴金翠之首饰，缀明珠以耀躯。践远游之文履，曳雾绡之轻裾。微幽兰之芳蔼兮，步踟蹰于山隅。于是忽焉纵体，以遨以嬉。左倚采旄，右荫桂旗。攘皓腕于神浒兮，采湍濑之玄芝。

余情悦其淑美兮，心振荡而不怡。无良媒以接欢兮，托微波而通辞。愿诚素之先达兮，解玉佩以要之。嗟佳人之信修兮，羌习礼而明诗。抗琼珶以和予兮，指潜渊而为期。执眷眷之款实兮，惧斯灵之我欺。感交甫之弃言兮，怅犹豫而狐疑。收和颜而静志兮，申礼防以自持。

于是洛灵感焉，徙倚彷徨。神光离合，乍阴乍阳。竦轻躯以鹤立，若将飞而未翔。践椒途之郁烈，步蘅薄而流芳。超长吟以永慕兮，声哀厉而弥长。尔乃众灵杂沓，命俦啸侣。或戏清流，或翔神渚，或采明珠，或拾翠羽。从南湘之二妃，携汉滨之游女。叹匏瓜之无匹兮，咏牵牛之独处。扬轻袿之猗靡兮，翳修袖以延伫。体迅飞凫，飘忽若神。凌波微步，罗袜生尘。动无常则，若危若安；进止难期，若往若还。转眄流精，光润玉颜。含辞未吐，气若幽兰。华容婀娜，令我忘餐。

于是屏翳收风，川后静波。冯夷鸣鼓，女娲清歌。腾文鱼以警乘，鸣玉鸾以偕逝。六龙俨其齐首，载云车之容裔。鲸鲵踊而夹毂，水禽翔而为卫。于是越北沚，过南冈，纡素领，回清阳。动朱唇以徐言，陈交接之大纲。恨人神之道殊兮，怨盛年之莫当。抗罗袂以掩涕兮，泪流襟之浪浪。悼良会之永绝兮，哀一逝而异乡。无微情以效爱兮，献江南之明珰。虽潜处于太阴，长寄心于君王。忽不悟其所舍，怅神宵而蔽光。

于是背下陵高，足往神留。遗情想像，顾望怀愁。冀灵体之复形，御轻舟而上溯。浮长川而忘反，思绵绵而增慕。夜耿耿而不寐，沾繁霜而至曙。命仆夫而就驾，吾将归乎东路。揽騑辔以抗策，怅盘桓而不能去。

与杨德祖书

[三国] 曹　植

【文本导读】《与杨德祖书》是曹植创作的一篇散文。文章是作者将年少所作的辞赋送给好友杨修时附寄的一封信，意在希望杨修对其作品进行刊定，并由此畅谈自己对文学创作与文学批评的看法。文章辞意恳切，情文并茂。诵读时，要体现促膝谈心的亲切感。

植曰：数日不见，思子为劳，想同之也。

仆少小好为文章，迄至于今，二十有五年矣，然今世作者，可略而言也。昔仲宣独步于汉南，孔璋鹰扬于河朔，伟长擅名于青土，公干振藻于海隅，德琏发迹于大魏，足下高视于上京。当此之时，人人自谓握灵蛇之珠，家家自谓抱荆山之玉，吾王于是设天网以该之，顿八纮以掩之，今尽集兹国矣。然此数子犹复不能飞轩绝迹，一举千里。以孔璋之才，不闲于辞赋，而多自谓能与司马长卿同风，譬画虎不成反为狗也，前有书嘲之，反作论盛道仆赞其文。夫钟期不失听，于今称之，吾亦不能妄叹者，畏后世之嗤余也。

世人之著述，不能无病，仆常好人讥弹其文，有不善者，应时改定。昔丁敬礼常作小文，使仆润饰之，仆自以才不过若人，辞不为也。敬礼谓仆，卿何疑难，文之佳恶，吾自得之，后世谁相知定吾文者邪？吾常叹此达言，以为美谈。昔尼父之文辞，与人流通，至于制《春秋》，游、夏之徒乃不能措一辞。过此而言不病者，吾未之见也。

盖有南威之容，乃可以论于淑媛，有龙渊之利，乃可以议于断割，刘季绪才不能逮于作者，而好诋诃文章，掎摭利病。昔田巴毁五帝，罪三王，訾五霸于稷下，一旦而服千人，鲁连一说，使终身杜口。刘生之辩，未若田氏，今之仲连，求之不难，可无息乎？人各有好尚，兰茝荪蕙之芳，众人所好，而海畔有逐臭之夫；《咸池》《六茎》之发，众人所同乐，而墨翟有非之论，岂可同哉！

今往仆少小所著辞赋一通相与，夫街谈巷说，必有可采，击辕之歌有应风雅，匹夫之思，未易轻弃也。辞赋小道，固未足以揄扬大义，彰示来世也。昔扬子云先朝执戟之臣耳，犹称壮夫不为也。吾虽德薄，位为藩侯，犹庶几戮力上国，流惠下民，建永世之业，流金石之功，岂徒以翰墨为勋绩，辞赋为君子哉！若吾志未果，吾道不行，则将采庶官之实录，辩时俗之得失，定仁义之衷，而一家之言，虽未能藏之于名山，将以传之同好，非要之皓首，岂今日之论乎？其言之不惭，恃惠子之知我也。

明早相迎，书不尽怀，植白。

出师表

[三国] 诸葛亮

【文本导读】《出师表》是作者在决定北上伐魏、克复中原之前给后主刘禅上书的表文。全文以恳切委婉的言辞劝勉后主要广开言路、严明赏罚、亲贤远佞，激励他立志完成先帝未竟的大业；同时也表达了自己忠贞不贰、以身许国的思想。文章以议论为主，融以叙事和抒情。文章析理透辟，真情充溢，感人至深。诵读时，中速，要语重心长，注意把握作者对后主的殷切期望和自己的拳拳忠君爱国之情。

先帝创业未半而中道崩殂，今天下三分，益州疲弊，此诚危急存亡之秋也。然侍卫之臣不懈于内，忠志之士忘身于外者，盖追先帝之殊遇，欲报之于陛下也。诚宜开张圣听，以光先帝遗德，恢弘志士之气，不宜妄自菲薄，引喻失义，以塞忠谏之路也。

宫中府中，俱为一体，陟罚臧否，不宜异同。若有作奸犯科及为忠善者，宜付有司论其刑赏，以昭陛下平明之理，不宜偏私，使内外异法也。

侍中、侍郎郭攸之、费祎、董允等，此皆良实，志虑忠纯，是以先帝简拔以遗陛下。愚以为宫中之事，事无大小，悉以咨之，然后施行，必能裨补阙漏，有所广益。

将军向宠，性行淑均，晓畅军事，试用于昔日，先帝称之曰能，是以众议举宠为督。愚以为营中之事，悉以咨之，必能使行阵和睦，优劣得所。

亲贤臣，远小人，此先汉所以兴隆也；亲小人，远贤臣，此后汉所以倾颓也。先帝在时，每与臣论此事，未尝不叹息痛恨于桓、灵也。侍中、尚书、长史、参军，此悉贞良死节之臣，愿陛下亲之信之，则汉室之隆，可计日而待也。

臣本布衣，躬耕于南阳，苟全性命于乱世，不求闻达于诸侯。先帝不以臣卑鄙，猥自枉屈，三顾臣于草庐之中，咨臣以当世之事，由是感激，遂许先帝以驱驰。后值倾覆，受任于败军之际，奉命于危难之间，尔来二十有一年矣。

先帝知臣谨慎，故临崩寄臣以大事也。受命以来，夙夜忧叹，恐托付不效，以伤先帝之明，故五月渡泸，深入不毛。今南方已定，兵甲已足，当奖率三军，北定中原，庶竭驽钝，攘除奸凶，兴复汉室，还于旧都。此臣所以报先帝而忠陛下之职分也。至于斟酌损益，进尽忠言，则攸之、祎、允之任也。

愿陛下托臣以讨贼兴复之效，不效，则治臣之罪，以告先帝之灵。若无兴德之言，则责攸之、祎、允等之慢，以彰其咎；陛下亦宜自谋，以咨诹善道，察纳雅言。深追先帝遗诏，臣不胜受恩感激。

今当远离，临表涕零，不知所言。

诫子书

[三国] 诸葛亮

【文本导读】《诫子书》是作者临终前写给儿子诸葛瞻的一封家书。文章阐述了修身养性、治学做人的深刻道理。从文中可以看出诸葛亮是一位才学渊博、品格高洁的父亲，他对儿子的殷殷教诲与无限期望尽在此家书中。文章短小精悍，言简意赅，句句经典，堪称家训中的经典之作。诵读时，要以长辈语气，体现谆谆教导之深情。

夫君子之行，静以修身，俭以养德。非淡泊无以明志，非宁静无以致远。夫学须静也，才须学也，非学无以广才，非志无以成学。淫慢则不能励精，险躁则不能治性。年与时驰，意与日去，遂成枯落，多不接世，悲守穷庐，将复何及！

陈情表

[晋] 李 密

【文本导读】《陈情表》是作者写给晋武帝的奏章。李密原是蜀汉后主刘禅的郎官。三国魏元帝景元四年（263），司马昭灭蜀，李密沦为亡国之臣。司马昭之子司马炎废魏元帝，史称"晋武帝"。泰始三年（267），朝廷采取怀柔政策，极力笼络蜀汉旧臣，征召李密为太子洗马。李密时年44岁，以晋朝"以孝治天下"为口实，以祖母供养无主为由，上《陈情表》以明志，要求暂缓赴任。文章记叙了自己幼年的不幸遭遇，阐明自己与祖母相依为命的特殊感情，抒写了祖母抚育自己的大恩，以及自己应该报养祖母的大义。除了感谢朝廷的知遇之恩以外，又倾诉了自己不能从命的苦衷，辞意恳切，真情流露，语言简洁，委婉畅达。此文为我国古代文学史上抒情文的代表作之一，有"读诸葛亮《出师表》不流泪者不忠，读李密《陈情表》不流泪者不孝"的说法。诵读时，语气要恳切，情感要浓郁。

臣密言：臣以险衅，夙遭闵凶。生孩六月，慈父见背；行年四岁，舅夺母志。祖母刘愍臣孤弱，躬亲抚养。臣少多疾病，九岁不行，零丁孤苦，至于成立。既无伯叔，终鲜兄弟，门衰祚薄，晚有儿息。外无期功强近之亲，内无应门五尺之僮，茕茕孑立，形影相吊。而刘夙婴疾病，常在床蓐，臣侍汤药，未曾废离。

逮奉圣朝，沐浴清化。前太守臣逵察臣孝廉，后刺史臣荣举臣秀才。臣以供养无主，辞不赴命。诏书特下，拜臣郎中，寻蒙国恩，除臣洗马。猥以微贱，当侍东宫，非臣陨首所能上报。臣具以表闻，辞不就职。诏书切峻，责臣逋慢。郡县逼迫，催臣上道；州司临门，急于星火。臣欲奉诏奔驰，则刘病日笃；欲苟顺私情，则告诉不许。臣之进退，实为狼狈。

伏惟圣朝以孝治天下，凡在故老，犹蒙矜育，况臣孤苦，特为尤甚。且臣少仕伪朝，历职郎署，本图宦达，不矜名节。今臣亡国贱俘，至微至陋，过蒙拔擢，宠命优渥，岂敢盘桓，有所希冀。但以刘日薄西山，气息奄奄，人命危浅，朝不虑夕。臣无祖母，无以至今日；祖母无臣，无以终余年。母孙二人，更相为命，是以区区不能废远。

臣密今年四十有四，祖母今年九十有六，是臣尽节于陛下之日长，报养刘之日短也。乌鸟私情，愿乞终养。臣之辛苦，非独蜀之人士及二州牧伯所见明知，皇天后土，实所共鉴。愿陛下矜悯愚诚，听臣微志，庶刘侥幸，保卒余年。臣生当陨首，死当结草。臣不胜犬马怖惧之情，谨拜表以闻。

兰亭集序

[晋] 王羲之

【文本导读】东晋永和九年（353）三月初三日，时任会稽内史的王羲之与当时名士孙绰、谢安等四十一人在会稽郡山阴的兰亭集会，饮酒赋诗，各抒怀抱。事后这些即兴诗赋辑成一集，为《兰亭集》，王羲之作序一篇，记述流觞曲水一事，以及抒写由此而引发的内心感慨，这篇序文就是传诵千古的《兰亭集序》。文章描写了兰亭周围的山水之美，记叙了集会的盛况和乐趣，抒发了好景不长、生死无常的感慨。文章立意深远，语言朴素自然、洒脱流畅。诵读时，语气要波澜起伏，语调要抑扬顿挫。

永和九年，岁在癸丑，暮春之初，会于会稽山阴之兰亭，修禊事也。群贤毕至，少长咸集。此地有崇山峻岭，茂林修竹，又有清流激湍，映带左右，引以为流觞曲水，列坐其次。虽无丝竹管弦之盛，一觞一咏，亦足以畅叙幽情。

是日也，天朗气清，惠风和畅。仰观宇宙之大，俯察品类之盛，所以游目骋怀，足以极视听之娱，信可乐也。

夫人之相与，俯仰一世。或取诸怀抱，悟言一室之内；或因寄所托，放浪形骸之外。虽趣舍万殊，静躁不同，当其欣于所遇，暂得于己，快然自足，不知老之将至；及其所之既倦，情随事迁，感慨系之矣。向之所欣，俯仰之间，已为陈迹，犹不能不以之兴怀，况修短随化，终期于尽！古人云："死生亦大矣。"岂不痛哉！

每览昔人兴感之由，若合一契，未尝不临文嗟悼，不能喻之于怀。固知一死生为虚诞，齐彭殇为妄作。后之视今，亦犹今之视昔，悲夫！故列叙时人，录其所述，虽世殊事异，所以兴怀，其致一也。后之览者，亦将有感于斯文。

归去来兮辞

[晋] 陶渊明

【文本导读】《归去来兮辞》写于作者辞去彭泽县令归田之初，是作者告别仕途、彻底走向田园的宣言书。作品抒写了作者归家时的愉悦心情和隐居生活的乐趣，反衬了他对污浊官场的厌恶。文章把叙事、抒情与写景有机融合，感情真挚自然，语言清新质朴，音节谐美，有如天籁，呈现出一种天然真色之美。诵读时，注意把握作者终于回归田园的愉悦心情及文章的节奏。本文四句一节，每节表达一个完整的意思，读后可作稍长点的停顿，这样读下来，层次十分清晰；此外，文章节奏整齐，音韵铿锵，多以六字句为主，应按三拍读。

归去来兮，田园将芜胡不归？既自以心为形役，奚惆怅而独悲？悟已往之不谏，知来者之可追。实迷途其未远，觉今是而昨非。舟遥遥以轻飏，风飘飘而吹衣。问征夫以前路，恨晨光之熹微。

乃瞻衡宇，载欣载奔。僮仆欢迎，稚子候门。三径就荒，松菊犹存。携幼入室，有酒盈樽。引壶觞以自酌，眄庭柯以怡颜。倚南窗以寄傲，审容膝之易安。园日涉以成趣，门虽设而常关。策扶老以流憩，时矫首而遐观。云无心以出岫，鸟倦飞而知还。景翳翳以将入，抚孤松而盘桓。

归去来兮，请息交以绝游。世与我而相违，复驾言兮焉求？悦亲戚之情话，乐琴书以消忧。农人告余以春及，将有事于西畴。或命巾车，或棹孤舟。既窈窕以寻壑，亦崎岖而经丘。木欣欣以向荣，泉涓涓而始流。善万物之得时，感吾生之行休。

已矣乎！寓形宇内复几时？曷不委心任去留？胡为乎遑遑欲何之？富贵非吾愿，帝乡不可期。怀良辰以孤往，或植杖而耘耔。登东皋以舒啸，临清流而赋诗。聊乘化以归尽，乐夫天命复奚疑！

五柳先生传

[晋] 陶渊明

【文本导读】《五柳先生传》是作者托言为五柳先生写的传记,实为自传。文章可分为两部分:第一部分是正文,第二部分是赞语。文章从思想性格、爱好、生活状况等方面塑造了一位独立于世俗之外的隐士形象,赞美了他安贫乐道的精神,表达了作者不慕荣利、安贫乐道、清高不羁、不与世俗同流合污的高尚道德品质与节操。文章立意新奇,多采用白描手法,塑造了生动的艺术形象,语言自然简洁。诵读时,注意以颂扬的语气,表达作者对五柳先生的赞美之情。

先生不知何许人也,亦不详其姓字,宅边有五柳树,因以为号焉。闲静少言,不慕荣利。好读书,不求甚解;每有会意,便欣然忘食。性嗜酒,家贫,不能常得。亲旧知其如此,或置酒而招之;造饮辄尽,期在必醉。既醉而退,曾不吝情去留。环堵萧然,不蔽风日;短褐穿结,箪瓢屡空,晏如也。常著文章自娱,颇示己志。忘怀得失,以此自终。

赞曰:黔娄之妻有言:"不戚戚于贫贱,不汲汲于富贵。"其言兹若人之俦乎?衔觞赋诗,以乐其志,无怀氏之民欤?葛天氏之民欤?

桃花源记

[晋] 陶渊明

【文本导读】选自《陶渊明集》。文章借用小说笔法,以武陵渔人行踪为线索,把理想境界和现实联系起来,通过对桃花源平等自由、安宁和乐生活的描绘,寄托了作者的美好情趣与政治理想。文章叙事曲折,中心突出,有详有略;写景明丽如画;语言生动、简练、隽永。诵读时,注意把握作者对桃花源这个美好的世外仙境的向往之情。

晋太元中,武陵人捕鱼为业。缘溪行,忘路之远近。忽逢桃花林,夹岸数百步,中无杂树,芳草鲜美,落英缤纷。渔人甚异之,复前行,欲穷其林。

林尽水源,便得一山,山有小口,仿佛若有光。便舍船,从口入。初极狭,才通人。复行数十步,豁然开朗。土地平旷,屋舍俨然,有良田、美池、桑竹之属。阡陌交通,鸡犬相闻。其中往来种作,男女衣着,悉如外人。黄发垂髫,并怡然自乐。

见渔人,乃大惊,问所从来。具答之。便要还家,设酒杀鸡作食。村中闻有此人,咸来问讯。自云先世避秦时乱,率妻子邑人来此绝境,不复出焉,遂与外人间隔。问今是何世，乃不知有汉，无论魏晋。此人一一为具言所闻，皆叹惋。余人各复延至其家，皆出酒食。停数日，辞去。此中人语云："不足为外人道也。"

既出，得其船，便扶向路，处处志之。及郡下，诣太守，说如此。太守即遣人随其往，寻向所志，遂迷，不复得路。

南阳刘子骥，高尚士也，闻之，欣然规往。未果，寻病终。后遂无问津者。

答谢中书书

[南北朝] 陶弘景

【文本导读】《答谢中书书》是作者写给朋友谢中书的一封书信。文章以感慨发端，言有高雅情怀的人方可品味出山川之美，反映了作者娱情山水的思想。作者正是将谢中书当作能够谈山论水的朋友，同时也期望能与古往今来的林泉高士相比肩。全文结构巧妙，语言精练，一字一句，均是文章的重要组成部分，少一字会断章离义，多一字便画蛇添足。短短六十八字，写尽江南山水之美，文辞清丽，堪称六朝山水小品名作。诵读时，注意文章骈散兼行的特点，要将散文的疏宕流畅之美与骈文的整饬之美体现出来。

山川之美，古来共谈。高峰入云，清流见底。两岸石壁，五色交辉。青林翠竹，四时俱备。晓雾将歇，猿鸟乱鸣；夕日欲颓，沉鳞竞跃。实是欲界之仙都。自康乐以来，未复有能与其奇者。

与陈伯之书

[南北朝] 丘　迟

【文本导读】梁武帝天监四年（505），临川王萧宏领兵北伐，陈伯之（时为北魏平南将军）带兵相抗，当时丘迟任萧宏的记室，萧宏便命其以个人名义写信劝降陈伯之。在信中，作者首先肯定陈伯之以前弃齐归梁是有见识的，又指责他后来背梁投魏的卑劣行径，然后说明梁朝不咎既往的宽大政策，从正面劝说他归梁。继而从他的前途考虑分析当前"我强敌弱"的形势，陈述利害，指出他目前处境的危险，向对方晓以大义。最后动之以乡关之情、故国之恩，奉劝他只有归梁才是最好的出路。文章内容充实，感情真挚。信中既责之以义、威之以力，又晓之以理、动之以情，写得委曲婉转、情理兼备，多管齐下，具有强烈的感染力和很强的说服力。因此，"伯之得书，乃于寿阳拥兵八千归降"。诵读时，注意文章偶体双行的四六句式，注意句式的参差变化，把握文章和谐的节律感及音乐美。

迟顿首陈将军足下：无恙，幸甚，幸甚！将军勇冠三军，才为世出，弃燕雀之小志，慕鸿鹄以高翔！昔因机变化，遭遇明主，立功立事，开国称孤。朱轮华毂，拥旄万里，何其壮也！如何一旦为奔亡之虏，闻鸣镝而股战，对穹庐以屈膝，又何劣邪！

寻君去就之际，非有他故，直以不能内审诸己，外受流言，沉迷猖蹶，以至于此。圣朝赦罪责功，弃瑕录用，推赤心于天下，安反侧于万物。将军之所知，不假仆一二谈也。朱鲔涉血于友于，张绣剚刃于爱子，汉主不以为疑，魏君待之若旧。况将军无昔人之罪，而勋重于当世！夫迷途知返，往哲是与，不远而复，先典攸高。主上屈法申恩，吞舟是漏；将军松柏不剪，亲戚安居，高台未倾，爱妾尚在；悠悠尔心，亦何可言！今功臣名将，雁行有序，佩紫怀黄，赞帷幄之谋，乘轺建节，奉疆场之任，并刑马作誓，传之子孙。将军独靦颜借命，驱驰毡裘之长，宁不哀哉！

夫以慕容超之强，身送东市；姚泓之盛，面缚西都。故知霜露所均，不育异类；姬汉旧邦，无取杂种。北虏僭盗中原，多历年所，恶积祸盈，理至燋烂。况伪孽昏狡，自相夷戮，部落携离，酋豪猜贰。方当系颈蛮邸，悬首藁街，而将军鱼游于沸鼎之中，燕巢于飞幕之上，不亦惑乎？

暮春三月，江南草长，杂花生树，群莺乱飞。见故国之旗鼓，感平生于畴日，抚弦登陴，岂不怆悢！所以廉公之思赵将，吴子之泣西河，人之情也，将军独无情哉？想早励良规，自求多福。

当今皇帝盛明，天下安乐。白环西献，楛矢东来；夜郎滇池，解辫请职；朝鲜昌海，蹶角受化。唯北狄野心，掘强沙塞之间，欲延岁月之命耳！中军临川殿下，明德茂亲，揔兹戎重，吊民洛汭，伐罪秦中，若遂不改，方思仆言。聊布往怀，君其详之。丘迟顿首。

与朱元思书

[南北朝] 吴 均

【文本导读】《与朱元思书》是作者写给好友朱元思的书信中的一个片段，被视为骈文中写景的精品。文章叙述了作者乘船自富阳至桐庐途中所见，描绘了富春江两岸的山川之美，抒发了作者对世俗官场的厌恶，含蓄地流露出作者爱慕美好自然、避世退隐的高洁志趣。文章词采隽永，音节和谐，情景兼美，能给人以美的享受。诵读时，要充分利用骈散结合的特点及诗化的语言特色，把文章的韵律美表现出来。

风烟俱净，天山共色。从流飘荡，任意东西。自富阳至桐庐一百许里，奇山异水，天下独绝。

水皆缥碧，千丈见底。游鱼细石，直视无碍。急湍甚箭，猛浪若奔。

夹岸高山，皆生寒树，负势竞上，互相轩邈，争高直指，千百成峰。泉水激石，泠泠作响；好鸟相鸣，嘤嘤成韵。蝉则千转不穷，猿则百叫无绝。鸢飞戾天者，望峰息心；经纶世务者，窥谷忘反。横柯上蔽，在昼犹昏；疏条交映，有时见日。

三峡（节选）

〔南北朝〕郦道元

【文本导读】 选自《水经注·江水》。这是一篇山水散文。作者用不到两百字的篇幅，描写出长江三峡错落有致的自然风貌，突出了三峡各具特色的四季风光，展现了长江万里图中一幅挺拔俊秀的水墨山水画。文章布局巧妙，先写山，后写水，思路清晰；描写则动静相生，情景交融；语言简洁精练，生动传神。诵读基调为轻快愉悦。

自三峡七百里中，两岸连山，略无阙处。重岩叠嶂，隐天蔽日，自非亭午夜分，不见曦月。

至于夏水襄陵，沿溯阻绝。或王命急宣，有时朝发白帝，暮到江陵，其间千二百里，虽乘奔御风，不以疾也。

春冬之时，则素湍绿潭，回清倒影，绝𪩘多生怪柏，悬泉瀑布，飞漱其间，清荣峻茂，良多趣味。

每至晴初霜旦，林寒涧肃，常有高猿长啸，属引凄异，空谷传响，哀转久绝。故渔者歌曰："巴东三峡巫峡长，猿鸣三声泪沾裳。"

哀江南赋序

〔南北朝〕庾　信

【文本导读】 这篇赋以作者的身世为线索，叙述了梁朝由盛而衰的历史，抒发了作者对自己个人身世的哀叹及眷恋故国的哀思。全赋内容丰富而深厚，具有史诗的规模和气魄，故有"赋史"之称。全赋分为小序和正文两大部分。序文概括了全赋大意，着重说明了创作的背景和缘起。其主旨是念王室、悲身世，充满了伤悼之情，情志哀婉，凄楚动人。行文典雅，笔力雄健，用典贴切，对仗工整。诵读基调为低沉哀伤。

粤以戊辰之年，建亥之月，大盗移国，金陵瓦解。余乃窜身荒谷，公私涂炭。华阳奔命，有去无归。中兴道销，穷于甲戌。三日哭于都亭，三年囚于别馆。天道周星，物极不反。傅燮之但悲身世，无处求生；袁安之每念王室，自然流涕。

昔桓君山之志事，杜元凯之平生，并有著书，咸能自序。潘岳之文采，始述家风；陆机之辞赋，先陈世德。信年始二毛，即逢丧乱，藐是流离，至于暮齿。燕歌远别，悲不自胜；楚老相逢，泣将何及！畏南山之雨，忽践秦庭；让东海之滨，遂餐周粟。下亭漂泊，高桥羁旅。楚歌非取乐之方，鲁酒无忘忧之用。追为此赋，聊以记言，不无危苦之辞，惟以悲哀为主。

日暮涂远，人间何世！将军一去，大树飘零。壮士不还，寒风萧瑟。荆璧睨柱，受连城而见欺；载书横阶，捧珠盘而不定。钟仪君子，入就南冠之囚；季孙行人，留守西河之馆。申包胥之顿地，碎之以首；蔡威公之泪尽，加之以血。钓台移柳，非玉关之可望；华亭鹤唳，岂河桥之可闻！

孙策以天下为三分，众才一旅；项籍用江东之子弟，人惟八千。遂乃分裂山河，宰割天下。岂有百万义师，一朝卷甲，芟夷斩伐，如草木焉？江淮无涯岸之阻，亭壁无藩篱之固。头会箕敛者，合从缔交；锄耰棘矜者，因利乘便。将非江表王气，终于三百年乎！是知并吞六合，不免轵道之灾；混一车书，无救平阳之祸。呜呼！山岳崩颓，既履危亡之运；春秋迭代，必有去故之悲。天意人事，可以凄怆伤心者矣！况复舟楫路穷，星汉非乘槎可上；风飙道阻，蓬莱无可到之期。穷者欲达其言，劳者须歌其事。陆士衡闻而抚掌，是所甘心；张平子见而陋之，固其宜矣。

登大雷岸与妹书

［南北朝］鲍　照

【文本导读】 这是一篇书信。作者由建康（今江苏省南京市）赴江州（今江西省九江市）就职，途经大雷岸，即景抒情，写下本文。文章描绘了作者登大雷岸远眺四方所见的优美景物，同时也抒发了自己离家远客的羁旅愁思及对妹妹的思念之情。文章写景如绘，情感与景物交融，充满了抒情气息。诵读时，要充满亲情味，把兄妹之情体现出来。

吾自发寒雨，全行日少，加秋潦浩汗，山溪猥至，渡泒无边，险径游历，栈石星饭，结荷水宿，旅客贫辛，波路壮阔，始以今日食时，仅及大雷。途登千里，日逾十晨，严霜惨节，悲风断肌，去亲为客，如何如何！

向因涉顿，凭观川陆；迢神清渚，流睇方曛；东顾五洲之隔，西眺九派之分；窥地门之绝景，望天际之孤云。长图大念，隐心者久矣。

南则积山万状，负气争高，含霞饮景，参差代雄，凌跨长陇，前后相属，带天有匝，横地无穷；东则砥原远隰，亡端靡际，寒蓬夕卷，古树云平，旋风四起，思鸟群归，静听无闻，极视不见。北则陂池潜演，湖脉通连，苎蒿攸积，菰芦所繁，栖波之鸟，水化之虫，智吞愚，强捕小，号噪惊聒，纷乎其中；西则回江永指，长波天合，滔滔何穷，漫漫安竭？创古迄今，舳舻相接。思尽波涛，悲满潭壑。烟归八表，终为野尘。而是注集，长写不测，修灵浩荡，知其何故哉？

西南望庐山，又特惊异。基压江潮，峰与辰汉相接。上常积云霞，雕锦缛。若华夕曜，岩泽气通，传明散彩，赫似绛天。左右青霭，表里紫霄。从岭而上，气尽金光，半山以下，纯为黛色。信可以神居帝郊，镇控湘汉者也。

若潠洞所积，溪壑所射，鼓怒之所豗击，涌澓之所宕涤，则上穷荻浦，下至狋洲；南薄燕坻，北极雷淀，削长埤短，可数百里。其中腾波触天，高浪灌日，吞吐百川，写泄万壑。轻烟不流，华鼎振涾。弱草朱靡，洪涟陇蹙。散涣长惊，电透箭疾。穹溘崩聚，坻飞岭复。回沫冠山，奔涛空谷。磴石为之摧碎，碕岸为之䶄落。仰视大火，俯听波声、愁魄胁息，心惊慓矣！

至于繁化殊育，诡质怪章，则有江鹅、海鸭、鱼鲛、水虎之类，豚首、象鼻、芒须、针尾之族，石蟹、土蚌、燕箕、雀蛤之俦，折甲、曲牙、逆鳞、返舌之属。掩沙涨，被草渚，浴雨排风，吹涝弄翮。

夕景欲沈，晓雾将合，孤鹤寒啸，游鸿远吟，樵苏一叹，舟子再泣。诚足悲忧，不可说也。

风吹雷飙，夜戒前路。下弦内外，望达所届。

寒暑难适，汝专自慎，夙夜戒护，勿我为念。恐欲知之，聊书所睹。临涂草蹙，辞意不周。

别　赋

［南北朝］江　淹

【文本导读】 这是一篇抒情小赋。文章以浓郁的抒情笔调，以情绪渲染、环境烘托、心理刻画等艺术方法，择取富贵之别、侠客之别、从军之别、绝国之别、夫妻之别、方外之别、情侣之别等摹写七种离愁别绪，曲折地映射出齐梁时代社会动乱的侧影。全赋用骈偶的句式，绘声绘色，语言清丽，声情婉谐，千百年来脍炙人口。诵读基调为惋惜慨叹，节奏感要强，语速应偏缓。

黯然销魂者，唯别而已矣！况秦吴兮绝国，复燕宋兮千里。或春苔兮始生，乍秋风兮暂起。是以行子肠断，百感凄恻。风萧萧而异响，云漫漫而奇色。舟凝滞于水滨，车逶迟于山侧。棹容与而讵前，马寒鸣而不息。掩金觞而谁御，横玉柱而沾轼。居人愁卧，怳若有亡。日下壁而沉彩，月上轩而飞光。见红兰之受露，望青楸之离霜。巡曾楹而空掩，抚锦幕而虚凉。知离梦之踯躅，意别魂之飞扬。

故别虽一绪，事乃万族。至若龙马银鞍，朱轩绣轴，帐饮东都，送客金谷。琴羽张兮箫鼓陈，燕赵歌兮伤美人，珠与玉兮艳暮秋，罗与绮兮娇上春。惊驷马之仰秣，耸渊鱼之赤鳞。造分手而衔涕,感寂寞而伤神。

乃有剑客惭恩,少年报士,韩国赵厕,吴宫燕市。割慈忍爱,离邦去里,沥泣共诀,抆血相视。驱征马而不顾,见行尘之时起。方衔感于一剑,非买价于泉里。金石震而色变,骨肉悲而心死。

或乃边郡未和,负羽从军。辽水无极,雁山参云。闺中风暖,陌上草薰。日出天而曜景,露下地而腾文。镜朱尘之照烂,袭青气之烟煴,攀桃李兮不忍别,送爱子兮沾罗裙。

至如一赴绝国,讵相见期?视乔木兮故里,决北梁兮永辞,左右兮魄动,亲宾兮泪滋。可班荆兮憎恨,惟樽酒兮叙悲。值秋雁兮飞日,当白露兮下时,怨复怨兮远山曲,去复去兮长河湄。

又若君居淄右,妾家河阳,同琼珮之晨照,共金炉之夕香。君结绶兮千里,惜瑶草之徒芳。惭幽闺之琴瑟,晦高台之流黄。春宫闶此青苔色,秋帐含兹明月光,夏簟清兮昼不暮,冬釭凝兮夜何长!织锦曲兮泣已尽,回文诗兮影独伤。

倘有华阴上士,服食还仙。术既妙而犹学,道已寂而未传。守丹灶而不顾,炼金鼎而方坚。驾鹤上汉,骖鸾腾天。暂游万里,少别千年。惟世间兮重别,谢主人兮依然。

下有芍药之诗,佳人之歌,桑中卫女,上宫陈娥。春草碧色,春水渌波,送君南浦,伤如之何!至乃秋露如珠,秋月如圭,明月白露,光阴往来,与子之别,思心徘徊。

是以别方不定,别理千名,有别必怨,有怨必盈。使人意夺神骇,心折骨惊,虽渊、云之墨妙,严、乐之笔精,金闺之诸彦,兰台之群英,赋有凌云之称,辩有雕龙之声,谁能摹暂离之状,写永诀之情者乎?

恨　赋

[南北朝] 江　淹

【文本导读】此赋通过对秦始皇、赵王迁、李陵、王昭君、冯衍、嵇康六个历史人物各自不同遗恨的描写,概括了人世间的各种遗憾,抒发了作者的怨愤之情。《恨赋》让人颇有郁闷难纾之感,它是江淹消极思想的产物,也是当时动乱时代人生无常的反映。全赋语言精美,音律和谐,意境哀恨缠绵,令人扼腕长叹。全文朗朗上口,诵读时,语气要充满怨恨之情。

试望平原,蔓草萦骨,拱木敛魂。人生到此,天道宁论?于是仆本恨人,心惊不已。直念古者,伏恨而死。

至如秦帝按剑,诸侯西驰。削平天下,同文共规,华山为城,紫渊为池。雄图既溢,武力未毕。方架鼋鼍以为梁,巡海右以送日。一旦魂断,宫车晚出。

若乃赵王既虏,迁于房陵。薄暮心动,昧旦神兴。别艳姬与美女,丧金舆及玉乘。

置酒欲饮，悲来填膺。千秋万岁，为怨难胜。

至如李君降北，名辱身冤。拔剑击柱，吊影惭魂。情往上郡，心留雁门。裂帛系书，誓还汉恩。朝露溘至，握手何言？

若夫明妃去时，仰天太息。紫台稍远，关山无极。摇风忽起，白日西匿。陇雁少飞，代云寡色。望君王兮何期？终芜绝兮异域。

至乃敬通见抵，罢归田里。闭关却扫，塞门不仕。左对孺人，顾弄稚子。脱略公卿，跌宕文史。赍志没地，长怀无已。

及夫中散下狱，神气激扬。浊醪夕引，素琴晨张。秋日萧索，浮云无光。郁青霞之奇意，入修夜之不旸。

或有孤臣危涕，孽子坠心。迁客海上，流戍陇阴，此人但闻悲风汨起，血下沾衿。亦复含酸茹叹，销落湮沉。

若乃骑叠迹，车屯轨，黄尘匝地，歌吹四起。无不烟断火绝，闭骨泉里。

已矣哉！春草暮兮秋风惊，秋风罢兮春草生。绮罗毕兮池馆尽，琴瑟灭兮丘垄平。自古皆有死，莫不饮恨而吞声。

乐羊子妻

[南北朝] 范　晔

【文本导读】 选自《后汉书·列女传》。这是一篇人物传记，文章通过两个简短的故事，颂扬了乐羊子妻高尚的品德与过人的才识。乐羊子妻的两段话，不管是过去、现在，还是将来，抑或是对不同民族、不同文化的人来说，都有着深远的意义。她告诫人们：做人必须要有高尚的品德，做事必须要有坚忍不拔的精神。诵读时，要有喜悦情绪，语气充满赞赏。

河南乐羊子之妻者，不知何氏之女也。

羊子尝行路，得遗金一饼，还以与妻。妻曰："妾闻志士不饮盗泉之水，廉者不受嗟来之食，况拾遗求利，以污其行乎！"羊子大惭，乃捐金于野，而远寻师学。

一年来归，妻跪问其故，羊子曰："久行怀思，无它异也。"妻乃引刀趋机而言曰："此织生自蚕茧，成于机杼。一丝而累，以至于寸，累寸不已，遂成丈匹。今若断斯织也，则捐失成功，稽废时日。夫子积学，当'日知其所亡'，以就懿德；若中道而归，何异断斯织乎？"羊子感其言，复还终业，遂七年不返。

尝有它舍鸡谬入园中，姑盗杀而食之，妻对鸡不餐而泣。姑怪问其故。妻曰："自伤居贫，使食有它肉。"姑竟弃之。后盗欲有犯妻者，乃先劫其姑。妻闻，操刀而出。盗人曰："释汝刀从我者可全，不从我者，则杀汝姑。"妻仰天而叹，举刀刎颈而死。盗亦不杀其姑。太守闻之，即捕杀贼盗，而赐妻缣帛，以礼葬之，号曰"贞义"。

谏太宗十思疏

[唐] 魏 徵

【文本导读】这是魏徵于贞观十一年（637）写给唐太宗的奏章，意在劝谏太宗居安思危，戒奢以俭。全文以论述为主，以"思"字作为贯穿行文的线索，从正反两方面进行论述，提出为君必须"居安思危，戒奢以俭"的结论。文章脉络分明、条理清晰，文中多用比喻，生动形象地阐明道理；并采用排比、对仗，句式工整，气理充畅。诵读时，语气要恳切，态度要真诚，劝诫味要浓厚。

臣闻：求木之长者，必固其根本；欲流之远者，必浚其泉源；思国之安者，必积其德义。源不深而望流之远，根不固而求木之长，德不厚而思国之理，臣虽下愚，知其不可，而况于明哲乎？人君当神器之重，居域中之大，将崇极天之峻，永保无疆之休。不念居安思危，戒奢以俭，德不处其厚，情不胜其欲，斯亦伐根以求木茂，塞源而欲流长也。

凡百元首，承天景命，莫不殷忧而道著，功成而德衰，有善始者实繁，能克终者盖寡。岂其取之易而守之难乎？昔取之而有余，今守之而不足，何也？夫在殷忧，必竭诚以待下，既得志则纵情以傲物；竭诚则胡越为一体，傲物则骨肉为行路。虽董之以严刑，振之以威怒，终苟免而不怀仁，貌恭而不心服。怨不在大，可畏惟人；载舟覆舟，所宜深慎。

奔车朽索，其可忽乎？君人者，诚能见可欲，则思知足以自戒；将有作，则思知止以安人；念高危，则思谦冲以自牧；惧满溢，则思江海下百川；乐盘游，则思三驱以为度；忧懈怠，则思慎始而敬终；虑壅蔽，则思虚心以纳下；想谗邪，则思正身以黜恶；恩所加，则思无因喜以谬赏；罚所及，则思无因怒而滥刑。总此十思，宏兹九德，简能而任之，择善而从之，则智者尽其谋，勇者竭其力，仁者播其惠，信者效其忠；文武争驰，君臣无事，可以尽豫游之乐，可以养松乔之寿，鸣琴垂拱，不言而化。何必劳神苦思，代下司职，役聪明之耳目，亏无为之大道哉？

滕王阁序

[唐] 王 勃

【文本导读】《滕王阁序》全称《秋日登洪府滕王阁饯别序》，是用骈体形式创作的一篇赠序。文章由洪州的地势形胜、人杰地灵写到宴会，写滕王阁的壮丽，紧扣秋日，

景色鲜明；再从宴会之盛引发人生感慨；接着写作者的遭际及去向，并表白要自励志节；最后交代作序辞别之意。作者感怀时事，抒发怀才不遇、报国无门的愤懑心情。文章既起伏跌宕，又自然流转，句式以四、六句为多，错落有致，节奏分明。除少数虚词以外，通篇对偶，又几乎通篇用典，自然而典雅。诵读时，要意气风发，自信中带有抑郁情绪。

　　南昌故郡，洪都新府。星分翼轸，地接衡庐。襟三江而带五湖，控蛮荆而引瓯越。物华天宝，龙光射牛斗之墟；人杰地灵，徐孺下陈蕃之榻。雄州雾列，俊采星驰。台隍枕夷夏之交，宾主尽东南之美。都督阎公之雅望，棨戟遥临；宇文新州之懿范，襜帷暂驻。十旬休假，胜友如云；千里逢迎，高朋满座。腾蛟起凤，孟学士之词宗；紫电青霜，王将军之武库。家君作宰，路出名区；童子何知，躬逢胜饯。

　　时维九月，序属三秋。潦水尽而寒潭清，烟光凝而暮山紫。俨骖𬴂于上路，访风景于崇阿；临帝子之长洲，得仙人之旧馆。层峦耸翠，上出重霄；飞阁流丹，下临无地。鹤汀凫渚，穷岛屿之萦回；桂殿兰宫，列冈峦之体势。披绣闼，俯雕甍，山原旷其盈视，川泽纡其骇瞩。闾阎扑地，钟鸣鼎食之家；舸舰迷津，青雀黄龙之舳。云销雨霁，彩彻区明。落霞与孤鹜齐飞，秋水共长天一色。渔舟唱晚，响穷彭蠡之滨；雁阵惊寒，声断衡阳之浦。

　　遥襟甫畅，逸兴遄飞。爽籁发而清风生，纤歌凝而白云遏。睢园绿竹，气凌彭泽之樽；邺水朱华，光照临川之笔。四美具，二难并。穷睇眄于中天，极娱游于暇日。天高地迥，觉宇宙之无穷；兴尽悲来，识盈虚之有数。望长安于日下，目吴会于云间。地势极而南溟深，天柱高而北辰远。关山难越，谁悲失路之人？萍水相逢，尽是他乡之客。怀帝阍而不见，奉宣室以何年！

　　嗟乎！时运不齐，命途多舛。冯唐易老，李广难封。屈贾谊于长沙，非无圣主；窜梁鸿于海曲，岂乏明时？所赖君子见机，达人知命。老当益壮，宁移白首之心？穷且益坚，不坠青云之志。酌贪泉而觉爽，处涸辙以犹欢。北海虽赊，扶摇可接；东隅已逝，桑榆非晚。孟尝高洁，空余报国之情；阮籍猖狂，岂效穷途之哭？

　　勃，三尺微命，一介书生。无路请缨，等终军之弱冠；有怀投笔，慕宗悫之长风。舍簪笏于百龄，奉晨昏于万里。非谢家之宝树，接孟氏之芳邻。他日趋庭，叨陪鲤对；今兹捧袂，喜托龙门。杨意不逢，抚凌云而自惜；钟期既遇，奏流水以何惭？

　　呜呼！胜地不常，盛筵难再；兰亭已矣，梓泽丘墟。临别赠言，幸承恩于伟饯；登高作赋，是所望于群公。敢竭鄙怀，恭疏短引；一言均赋，四韵俱成。请洒潘江，各倾陆海云尔。

山中与裴秀才迪书

[唐] 王 维

【文本导读】 这是一篇描写山水景物的书信体散文。文章写山中见闻，追忆辋川山水之美与作者身处山水之乐，表现了士大夫的闲情逸致，以及作者参禅后远离尘世纷扰的澄明心境。文章写景如画，情趣盎然，与作者的山水田园诗有异曲同工之妙。诵读时，要娓娓诉说，如同与人对话。

近腊月下，景气和畅，故山殊可过。足下方温经，猥不敢相烦，辄便往山中，憩感配寺，与山僧饭讫而去。

北涉玄灞，清月映郭。夜登华子冈，辋水沦涟，与月上下。寒山远火，明灭林外。深巷寒犬，吠声如豹。村墟夜舂，复与疏钟相间。此时独坐，僮仆静默，多思曩昔，携手赋诗，步仄径，临清流也。

当待春中，草木蔓发，春山可望，轻鲦出水，白鸥矫翼，露湿青皋，麦陇朝雊，斯之不远，倘能从我游乎？非子天机清妙者，岂能以此不急之务相邀？然是中有深趣矣！无忽。因驮黄檗人往，不一。

山中人王维白。

陋室铭

[唐] 刘禹锡

【文本导读】 这是一篇托物言志的骈体铭文。作者借赞美陋室抒写了自己洁身自好、不慕名利、不与世俗同流合污的生活态度，表达了作者高洁傲岸的情操及安贫乐道的情趣。文章层次清晰，先以山水起兴，点出"斯是陋室，惟吾德馨"的主旨，接着从室外景之美、室内人之贤、室中事之雅等方面着笔，渲染"陋室不陋"的高雅境界，并引古代名士之居、圣人之言强化文意，以反问作结，余韵悠长。文章不足百字，篇幅虽短，然格局甚大。文章想象广阔，蕴涵深厚，充满了情韵和哲理，文字精练而又清丽。诵读时，注意把握文章整齐而又富于变化的句式、音调的和谐及音节的铿锵有力。

山不在高，有仙则名。水不在深，有龙则灵。斯是陋室，惟吾德馨。苔痕上阶绿，草色入帘青。谈笑有鸿儒，往来无白丁。可以调素琴，阅金经。无丝竹之乱耳，无案牍之劳形。南阳诸葛庐，西蜀子云亭。孔子云：何陋之有？

右溪记

[唐] 元 结

【文本导读】 这是一篇山水小品文。文章记叙了作者对道州（今湖南省道县）城西一条风景秀丽的小溪加以整修的前后经过，着重描写了右溪优美的自然风光，突出了水之清、石之怪、环境之清幽。又因右溪"无人赏爱"而怅然叹恨，借此寄托自己怀才不遇的深沉感慨。文笔隽永淡雅，行文流畅简洁，前半部分集中写景，后半部分侧重议论抒情，景为情设，情因景生，情景交融。诵读时，节奏要轻快，充满喜悦情绪而又略显感叹。

  道州城西百余步，有小溪。南流数十步，合营溪。水抵两岸，悉皆怪石，欹嵌盘曲，不可名状。清流触石，洄悬激注；佳木异竹，垂阴相荫。

  此溪若在山野之上，则宜逸民退士之所游处；在人间，则可为都邑之胜境，静者之林亭。而置州以来，无人赏爱；徘徊溪上，为之怅然。乃疏凿芜秽，俾为亭宇；植松与桂，兼之香草，以裨形胜。为溪在州右，遂命之曰右溪。刻铭石上，彰示来者。

与元微之书

[唐] 白居易

【文本导读】 这封书信体散文写于元和十二年（817），白居易四十七岁时。是年，白居易在江州司马任上已经度过了三个年头，也是他进士及第后从政的第十八年。三年来，孤独居住在偏远的贬谪之地，作者内心满腔怨愤，情感不可遏制，因而满怀着深情写下了这封沉郁悲痛、感人至深的书信。诵读时，要娓娓诉说，但语调应略显低沉。

  四月十日夜，乐天白：

  微之！微之！不见足下面已三年矣，不得足下书欲二年矣。人生几何，离阔如此？况以胶漆之心，置于胡越之身，进不得相合，退不能相忘，牵挛乖隔，各欲白首。微之！微之！如何如何？天实为之，谓之奈何！

  仆初到浔阳时，有熊孺登来，得足下前年病甚时一札，上报疾状，次叙病心，终论平生交分。且云："危惙之际，不暇及他，唯收数帙文章，封题其上，曰：'他日送达白二十二郎，便请以代书。'"悲哉！微之于我也，其若是乎？又睹所寄闻仆左降诗云："残灯无焰影幢幢，此夕闻君谪九江。垂死病中惊坐起，暗风吹雨入寒窗。"此句他人尚不可闻，况仆心哉？至今每吟，犹恻恻耳。

且置是事，略叙近怀。仆自到九江，已涉三载。形骸且健，方寸甚安。下至家人，幸皆无恙。长兄去夏自徐州至，又有诸院孤小弟妹六七人提挈同来。顷所牵念者，今悉置在目前，得同寒暖饥饱，此一泰也。江州风候稍凉，地少瘴疠。乃至蛇、虺、蚊、蚋，虽有，甚稀。湓鱼颇肥，江酒极美。其余食物，多类北地。仆门内之口虽不少，司马之俸虽不多，量入俭用，亦可自给。身衣口食，且免求人，此二泰也。仆去年秋始游庐山，到东西二林间香炉峰下，见云水泉石，胜绝第一，爱不能舍，因置草堂，前有乔松十数株，修竹千余竿。青萝为墙援，白石为桥道，流水周于舍下，飞泉落于檐间，红榴白莲，罗生池砌。大抵若是，不能殚记。每一独往，动弥旬日。平生所好者，尽在其中。不唯忘归，可以终老，此三泰也。计足下久不得仆书，必加忧望，今故录三泰以先奉报，其余事况，条写如后云云。

　　微之！微之！作此书夜，正在草堂中山窗下。信手把笔，随意乱书，封题之时，不觉欲曙。举头但见山僧一两人，或坐或睡；又闻山猿谷鸟，哀鸣啾啾。平生故人，去我万里，瞥然尘念，此际暂生。余习所牵，便成三韵云："忆昔封书与君夜，金銮殿后欲明天。今夜封书在何处？庐山庵里晓灯前。笼鸟槛猿俱未死，人间相见是何年？"微之！微之！此夕我心，君知之乎？乐天顿首。

师　说

[唐] 韩　愈

【文本导读】 这是一篇论说文。文章阐述了从师求学的道理，讽刺了耻于从师的社会风气，起到了转变风气的作用。文中列举正反两面的事例层层对比，反复论证，论述了从师学习的必要性及择师的原则，批判了当时士大夫"耻学于师"的不良风气，表现出作者非凡的勇气和不顾世俗、独抒己见的精神。全文论点鲜明，结构严谨，说理透彻，气势磅礴，有极强的感染力和说服力。诵读时，语调要高昂，语气要带有明显的劝诫意味。

　　古之学者必有师。师者，所以传道受业解惑也。人非生而知之者，孰能无惑？惑而不从师，其为惑也，终不解矣。生乎吾前，其闻道也固先乎吾，吾从而师之；生乎吾后，其闻道也亦先乎吾，吾从而师之。吾师道也，夫庸知其年之先后生于吾乎？是故无贵无贱，无长无少，道之所存，师之所存也。

　　嗟乎！师道之不传也久矣！欲人之无惑也难矣！古之圣人，其出人也远矣，犹且从师而问焉；今之众人，其下圣人也亦远矣，而耻学于师。是故圣益圣，愚益愚。圣人之所以为圣，愚人之所以为愚，其皆出于此乎？爱其子，择师而教之；于其身也，则耻师焉，惑矣。彼童子之师，授之书而习其句读者，非吾所谓传其道解其惑者也。句读之不知，惑之不解，或师焉，或不焉，小学而大遗，吾未见其明也。巫医乐师百工之人，不耻相师。士大夫之族，曰师曰弟子云者，则群聚而笑之。问之，则曰："彼与彼年相若也，道相似也。位卑则足羞，官盛则近谀。"呜呼！师道之不复，可知矣。巫医乐师百工之人，君子不齿，今其智乃反不能及，其可怪也欤！

圣人无常师。孔子师郯子、苌弘、师襄、老聃。郯子之徒，其贤不及孔子。孔子曰：三人行，则必有我师。是故弟子不必不如师，师不必贤于弟子，闻道有先后，术业有专攻，如是而已。

李氏子蟠，年十七，好古文，六艺经传皆通习之，不拘于时，学于余。余嘉其能行古道，作《师说》以贻之。

祭十二郎文

[唐] 韩 愈

【文本导读】这是作者为侄子所写的一篇祭文。韩愈三岁丧父，靠兄嫂抚养成人，与侄子自幼相随，感情深厚，但成年后，聚少离多，突闻侄子去世的噩耗，韩愈极为悲痛。作者善于融抒情于叙事之中，在朴实的叙述中表达对兄嫂和侄儿的深切怀念与痛惜，感人肺腑，催人泪下，成为祭文中的"千年绝调"。诵读基调为沉郁悲凉。

年、月、日，季父愈闻汝丧之七日，乃能衔哀致诚，使建中远具时羞之奠，告汝十二郎之灵：

呜呼！吾少孤，及长，不省所怙，惟兄嫂是依。中年，兄殁南方，吾与汝俱幼，从嫂归葬河阳。既又与汝就食江南，零丁孤苦，未尝一日相离也。吾上有三兄，皆不幸早世。承先人后者，在孙惟汝，在子惟吾。两世一身，形单影只。嫂尝抚汝指吾而言曰："韩氏两世，惟此而已！"汝时尤小，当不复记忆。吾时虽能记忆，亦未知其言之悲也。

吾年十九，始来京城。其后四年，而归视汝。又四年，吾往河阳省坟墓，遇汝从嫂丧来葬。又二年，吾佐董丞相于汴州，汝来省吾。止一岁，请归取其孥。明年，丞相薨。吾去汴州，汝不果来。是年，吾佐戎徐州，使取汝者始行，吾又罢去，汝又不果来。吾念汝从于东，东亦客也，不可以久；图久远者，莫如西归，将成家而致汝。呜呼！孰谓汝遽去吾而殁乎！吾与汝俱少年，以为虽暂相别，终当久相与处。故舍汝而旅食京师，以求斗斛之禄。诚知其如此，虽万乘之公相，吾不以一日辍汝而就也。

去年，孟东野往。吾书与汝曰："吾年未四十，而视茫茫，而发苍苍，而齿牙动摇。念诸父与诸兄，皆康强而早世。如吾之衰者，其能久存乎？吾不可去，汝不肯来，恐旦暮死，而汝抱无涯之戚也！"孰谓少者殁而长者存，强者夭而病者全乎！

呜呼！其信然邪？其梦邪？其传之非其真邪？信也，吾兄之盛德而夭其嗣乎？汝之纯明而不克蒙其泽乎？少者、强者而夭殁，长者、衰者而存全乎？未可以为信也。梦也，传之非其真也，东野之书，耿兰之报，何为而在吾侧也？呜呼！其信然矣！吾兄之盛德而夭其嗣矣！汝之纯明宜业其家者，不克蒙其泽矣！所谓天者诚难测，而神者诚难明矣！所谓理者不可推，而寿者不可知矣！

虽然，吾自今年来，苍苍者或化而为白矣，动摇者或脱而落矣。毛血日益衰，志气日益微，几何不从汝而死也？死而有知，其几何离？其无知，悲不几时，而不悲者无穷期矣。

汝之子始十岁，吾之子始五岁。少而强者不可保，如此孩提者，又可冀其成立邪？呜呼哀哉！呜呼哀哉！

汝去年书云："比得软脚病，往往而剧。"吾曰："是疾也，江南之人，常常有之。"未始以为忧也。呜呼！其竟以此而殒其生乎？抑别有疾而至斯极乎？

汝之书，六月十七日也。东野云：汝殁以六月二日；耿兰之报无月日。盖东野之使者，不知问家人以月日；如耿兰之报，不知当言月日。东野与吾书，乃问使者，使者妄称以应之乎。其然乎？其不然乎？

今吾使建中祭汝，吊汝之孤与汝之乳母。彼有食，可守以待终丧，则待终丧而取以来；如不能守以终丧，则遂取以来。其余奴婢，并令守汝丧。吾力能改葬，终葬汝于先人之兆，然后惟其所愿。

呜呼！汝病吾不知时，汝殁吾不知日，生不能相养于共居，殁不得抚汝以尽哀，敛不凭其棺，窆不临其穴。吾行负神明，而使汝夭；不孝不慈，而不能与汝相养以生，相守以死。一在天之涯，一在地之角，生而影不与吾形相依，死而魂不与吾梦相接。吾实为之，其又何尤！彼苍者天，曷其有极！自今已往，吾其无意于人世矣！当求数顷之田于伊颍之上，以待余年，教吾子与汝子，幸其成；长吾女与汝女，待其嫁，如此而已。

呜呼，言有穷而情不可终，汝其知也邪？其不知也邪？呜呼哀哉！尚飨！

马 说

[唐] 韩 愈

【文本导读】出自韩愈的"杂说"。"杂说"内含四篇，分别为《龙说》《医说》《崔山君传》《马说》。文章用托物寓意的方式，把伯乐比喻为知人善任的贤君，把千里马比喻为未被发现而重用的贤才，以千里马不遇伯乐，比喻贤才难遇明主。文章分析了封建社会中人才被埋没的原因，对统治者不识人才及摧残人才的社会现象进行了猛烈的抨击，表达了作者怀才不遇之情，以及对统治者埋没、摧残人才的愤懑与控诉。诵读时，要渗透愤懑之情。

世有伯乐，然后有千里马。千里马常有，而伯乐不常有。故虽有名马，祇辱于奴隶人之手，骈死于槽枥之间，不以千里称也。

马之千里者，一食或尽粟一石。食马者，不知其能千里而食也。是马也，虽有千里之能，食不饱，力不足，才美不外见，且欲与常马等不可得，安求其能千里也？

策之不以其道，食之不能尽其材，鸣之而不能通其意，执策而临之，曰："天下无马？"呜呼！其真无马邪？其真不知马也。

小石潭记

[唐] 柳宗元

【文本导读】柳宗元的山水游记在我国文学史上具有独特的地位，其中，最有名的是他被贬谪到永州以后写的"永州八记"，本文是其中的第四篇，全名为《至小丘西小石潭记》。文章形似写景，实则写心。作者以游踪为序，采用移步换景的手法，描绘出小石潭优美的景色，含蓄地抒发了作者被贬后无法排遣的凄苦忧伤的感情。诵读基调为轻快。

从小丘西行百二十步，隔篁竹，闻水声，如鸣珮环，心乐之。伐竹取道，下见小潭，水尤清冽。全石以为底，近岸，卷石底以出，为坻，为屿，为嵁，为岩。青树翠蔓，蒙络摇缀，参差披拂。

潭中鱼可百许头，皆若空游无所依，日光下澈，影布石上。佁然不动，俶尔远逝，往来翕忽，似与游者相乐。

潭西南而望，斗折蛇行，明灭可见。其岸势犬牙差互，不可知其源。

坐潭上，四面竹树环合，寂寥无人，凄神寒骨，悄怆幽邃。以其境过清，不可久居，乃记之而去。

同游者：吴武陵，龚古，余弟宗玄。隶而从者，崔氏二小生：曰恕己，曰奉壹。

黔之驴

[唐] 柳宗元

【文本导读】《黔之驴》是作者创作的寓言故事"三戒"中的一篇，为贬居永州时所作。这篇寓言形象生动，寓意深刻，具有鲜明的现实性。文章旨在讽刺那些外强中干、无能而又肆意逞志的人，影射了当时统治阶级中官高位显、仗势欺人而外强中干、无才无德的某些上层人物。诵读时，要带有明显的辛辣讽刺意味。

黔无驴，有好事者船载以入。至则无可用，放之山下。虎见之，庞然大物也，以为神，蔽林间窥之。稍出近之，慭慭然，莫相知。

他日，驴一鸣，虎大骇，远遁，以为且噬己也，甚恐。然往来视之，觉无异能者。益习其声，又近出前后，终不敢搏。稍近益狎，荡倚冲冒。驴不胜怒，蹄之。虎因喜，计之曰："技止此耳！"因跳踉大㘎，断其喉，尽其肉，乃去。

噫！形之庞也类有德，声之宏也类有能。向不出其技，虎虽猛，疑畏，卒不敢取。今若是焉，悲夫！

宋清传

［唐］柳宗元

【文本导读】 这是一篇传记文。文章先叙后议，先记述长安市井药商宋清的事迹，通过其卖药一事，突出宋清能急人之难，不趋炎附势、唯利是图的优良品质；然后由此引申开来，将朝廷、官府、学校、乡里之人的"炎而附，寒而弃"与之对照，引发作者对炎凉世态的抨击。作者借此隐幽地抒发自己在政治上失意而长期受冷遇、遭漠视的郁闷之气。文章借小人物的故事，寄寓深刻的道理。全文脉络分明，思路清晰，文字简洁，内蕴深刻。诵读时，注意体现作者对宋清的颂扬及自己谪官以来饱尝人情冷暖而无穷感慨的心绪。

宋清，长安西部药市人也，居善药。有自山泽来者，必归宋清氏，清优主之。长安医工得清药辅其方，辄易雠，咸誉清。疾病疕疡者，亦皆乐就清求药，冀速已。清皆乐然响应，虽不持钱者，皆与善药，积券如山，未尝诣取直。或不识遥与券，清不为辞。岁终，度不能报，辄焚券，终不复言。市人以其异，皆笑之曰："清，蚩妄人也。"或曰："清其有道者欤？"清闻之曰："清逐利以活妻子耳，非有道也。然谓我蚩妄者也亦谬。"

清居药四十年，所焚券者百数十人，或至大官，或连数州，受俸博，其馈遗清者，相属于户。虽不能立报，而以赊死者千百，不害清之为富也。清之取利远，远故大，岂若小市人哉？一不得直，则怫然怒，再则骂而仇耳。彼之为利，不亦翦翦乎？吾见蚩之有在也。清诚以是得大利，又不为妄，执其道不废，卒以富。求者益众，其应益广。或斥弃沉废，亲与交，视之落然者，清不以怠，遇其人，必与善药如故。一旦复柄用，益厚报清。其远取利，皆类此。

吾观今之交乎人者，炎而附，寒而弃，鲜有能类清之为者。世之言，徒曰"市道交"。呜呼！清，市人也，今之交有能望报如清之远者乎？幸而庶几，则天下之穷困废辱得不死亡者众矣。"市道交"岂可少耶？或曰："清，非市道人也。"柳先生曰："清居市不为市之道，然而居朝廷、居官府、居庠塾乡党以士大夫自名者，反争为之不已，悲夫！然则清非独异于市人也。"

阿房宫赋

[唐] 杜 牧

【文本导读】《阿房宫赋》写于唐敬宗宝历元年（825），当时朝廷大兴土木，修建宫殿。杜牧借古讽今，切谏时弊。文章通过对阿房宫兴建及毁灭过程的描写，形象地总结了秦朝统治者骄奢亡国的历史教训，由此向唐朝统治者发出警告，表现了作者忧国忧民的情怀。全赋熔叙事、议论、抒情于一炉，运用比喻、想象、夸张等手法，骈散相间，错落有致。文章语言精练，富丽而不浮华，工整而不堆砌，风格豪放，气势雄健。诵读时，要快慢相间，把豪迈气势体现出来。

六王毕，四海一，蜀山兀，阿房出，覆压三百余里，隔离天日。骊山北构而西折，直走咸阳。二川溶溶，流入宫墙。五步一楼，十步一阁；廊腰缦回，檐牙高啄；各抱地势，钩心斗角。盘盘焉，囷囷焉，蜂房水涡，矗不知其几千万落。长桥卧波，未云何龙？复道行空，不霁何虹？高低冥迷，不知东西。歌台暖响，春光融融；舞殿冷袖，风雨凄凄。一日之内，一宫之间，而气候不齐。

妃嫔媵嫱，王子皇孙，辞楼下殿，辇来于秦；朝歌夜弦，为秦宫人。明星荧荧，开妆镜也；绿云扰扰，梳晓鬟也；渭流涨腻，弃脂水也；烟斜雾横，焚椒兰也。雷霆乍惊，宫车过也；辘辘远听，杳不知其所之也。一肌一容，尽态极妍，缦立远视，而望幸焉。有不见者，三十六年。

燕、赵之收藏，韩、魏之经营，齐、楚之精英，几世几年，摽掠其人，倚叠如山。一旦不能有，输来其间。鼎铛玉石，金块珠砾，弃掷逦迤，秦人视之，亦不甚惜。嗟乎！一人之心，千万人之心也。秦爱纷奢，人亦念其家。奈何取之尽锱铢，用之如泥沙？使负栋之柱，多于南亩之农夫；架梁之椽，多于机上之工女；钉头磷磷，多于在庾之粟粒；瓦缝参差，多于周身之帛缕；直栏横槛，多于九土之城郭；管弦呕哑，多于市人之言语。使天下之人，不敢言而敢怒；独夫之心，日益骄固。戍卒叫，函谷举，楚人一炬，可怜焦土！

灭六国者，六国也，非秦也。族秦者，秦也，非天下也。嗟乎！使六国各爱其人，则足以拒秦；使秦复爱六国之人，则递三世可至万世而为君，谁得而族灭也？秦人不暇自哀，而后人哀之；后人哀之而不鉴之，亦使后人而复哀后人也。

黄冈竹楼记

[宋] 王禹偁

【文本导读】作者通过描写竹楼的特点及寓居竹楼所领略到的独特风光与雅趣，含蓄地表现了自己遭贬后落寞怅惘、无奈茫然而又不甘沉沦、刚正不阿的复杂情绪。文章构思巧妙，结构严谨，文字清丽，寄慨深远。诵读时，要有愤懑不平之情。

　　黄冈之地多竹，大者如椽。竹工破之，刳去其节，用代陶瓦。比屋皆然，以其价廉而工省也。

　　子城西北隅，雉堞圮毁，蓁莽荒秽，因作小楼二间，与月波楼通。远吞山光，平挹江濑，幽阒辽夐，不可具状。夏宜急雨，有瀑布声；冬宜密雪，有碎玉声。宜鼓琴，琴调虚畅；宜咏诗，诗韵清绝；宜围棋，子声丁丁然；宜投壶，矢声铮铮然：皆竹楼之所助也。

　　公退之暇，被鹤氅衣，戴华阳巾，手执《周易》一卷，焚香默坐，消遣世虑。江山之外，第见风帆沙鸟，烟云竹树而已。待其酒力醒，茶烟歇，送夕阳，迎素月，亦谪居之胜概也。彼齐云、落星，高则高矣；井干、丽谯，华则华矣；止于贮妓女，藏歌舞，非骚人之事，吾所不取。

　　吾闻竹工云："竹之为瓦，仅十稔；若重覆之，得二十稔。"噫！吾以至道乙未岁，自翰林出滁上，丙申，移广陵；丁酉又入西掖；戊戌岁除日，有齐安之命；己亥闰三月到郡。四年之间，奔走不暇；未知明年又在何处，岂惧竹楼之易朽乎？幸后之人与我同志，嗣而葺之，庶斯楼之不朽也！

　　咸平二年八月十五日记。

醉翁亭记

[宋] 欧阳修

【文本导读】这是一篇千古传诵的游记。文章写于宋仁宗庆历五年（1045），当时欧阳修被贬滁州，借山水之乐来排遣谪居生活的苦闷。文章以一个"乐"字贯穿全篇，描写了滁州一带自然景物的幽深秀美、滁州百姓和平宁静的生活状态及作者与民游赏宴饮的乐趣。文章句式整齐而有变化，全文多次运用"……者……也"的句式，并连用21个"也"字及25个"而"字，有效增强了文章的韵律，读来朗朗上口、娓娓动听。诵读时，注意把握作者"醉翁之意不在酒，在乎山水之间也"的情感及文章的抑扬顿挫之美。

环滁皆山也。其西南诸峰，林壑尤美，望之蔚然而深秀者，琅琊也。山行六七里，渐闻水声潺潺，而泻出于两峰之间者，酿泉也。峰回路转，有亭翼然临于泉上者，醉翁亭也。作亭者谁？山之僧曰智仙也。名之者谁？太守自谓也。太守与客来饮于此，饮少辄醉，而年又最高，故自号曰醉翁也。醉翁之意不在酒，在乎山水之间也。山水之乐，得之心而寓之酒也。

若夫日出而林霏开，云归而岩穴暝，晦明变化者，山间之朝暮也。野芳发而幽香，佳木秀而繁阴，风霜高洁，水落而石出者，山间之四时也。朝而往，暮而归，四时之景不同，而乐亦无穷也。

至于负者歌于途，行者休于树，前者呼，后者应，伛偻提携，往来而不绝者，滁人游也。临溪而渔，溪深而鱼肥，酿泉为酒，泉香而酒洌，山肴野蔌，杂然而前陈者，太守宴也。宴酣之乐，非丝非竹，射者中，弈者胜，觥筹交错，起坐而喧哗者，众宾欢也。苍颜白发，颓然乎其间者，太守醉也。

已而夕阳在山，人影散乱，太守归而宾客从也。树林阴翳，鸣声上下，游人去而禽鸟乐也。然而禽鸟知山林之乐，而不知人之乐；人知从太守游而乐，而不知太守之乐其乐也。醉能同其乐，醒能述以文者，太守也。太守谓谁？庐陵欧阳修也。

五代史·伶官传序

[宋] 欧阳修

【文本导读】 这是一篇史论。文章开门见山，通过叙述五代时期的后唐由盛而衰的过程，推论出"忧劳可以兴国，逸豫可以亡身"的结论，说明国家的"盛衰之理"不由天命而取决于"人事"，借以告诫当朝统治者应以史为鉴，居安思危，力戒奢欲，免蹈覆辙。文章紧扣"盛衰"二字，融叙事、议论、抒情为一体，语调顿挫多姿，成为历来传诵的佳作，清代沈德潜《唐宋八大家文读本》称誉此文"抑扬顿挫，得《史记》神髓，《五代史》中第一篇文字"。诵读基调为深沉浓烈。

呜呼！盛衰之理，虽曰天命，岂非人事哉！原庄宗之所以得天下，与其所以失之者，可以知之矣。

世言晋王之将终也，以三矢赐庄宗而告之曰："梁，吾仇也；燕王，吾所立；契丹与吾约为兄弟；而皆背晋以归梁。此三者，吾遗恨也。与尔三矢，尔其无忘乃父之志！"庄宗受而藏之于庙。其后用兵，则遣从事以一少牢告庙，请其矢，盛以锦囊，负而前驱，及凯旋而纳之。

方其系燕父子以组，函梁君臣之首，入于太庙，还矢先王，而告以成功，其意气之盛，可谓壮哉！及仇雠已灭，天下已定，一夫夜呼，乱者四应，仓皇东出，未及见贼而士卒离散，君臣相顾，不知所归。至于誓天断发，泣下沾襟，何其衰也！岂得之难而失之易欤？抑本其成败之迹，而皆自于人欤？《书》曰："满招损，谦得益。"忧劳可以兴国，逸豫可以亡身，自然之理也。

故方其盛也，举天下之豪杰，莫能与之争；及其衰也，数十伶人困之，而身死国灭，为天下笑。夫祸患常积于忽微，而智勇多困于所溺，岂独伶人也哉！

秋 声 赋

[宋] 欧阳修

【文本导读】 文章写于宋仁宗嘉祐四年（1059）秋，作者时年五十三岁，有感于人生短暂、宦海沉浮，心情苦闷，乃以"悲秋"为主题，抒发"百忧感其心，万事劳其形"的人生感叹。全文立意新颖，章法多变，熔记事、写景、抒情、议论为一炉，铺陈渲染，骈散结合，讲究词采，是宋代文赋的典范之作。诵读时，要注意把握"悲秋"主题，理解作者的苦闷心情，语气略显悲凉。

欧阳子方夜读书，闻有声自西南来者，悚然而听之，曰："异哉！"初淅沥以萧飒，忽奔腾而砰湃，如波涛夜惊，风雨骤至。其触于物也，鏦鏦铮铮，金铁皆鸣；又如赴敌之兵，衔枚疾走，不闻号令，但闻人马之行声。予谓童子："此何声也？汝出视之。"童子曰："星月皎洁，明河在天，四无人声，声在树间。"

余曰："噫嘻悲哉！此秋声也，胡为而来哉？盖夫秋之为状也：其色惨淡，烟霏云敛；其容清明，天高日晶；其气栗冽，砭人肌骨；其意萧条，山川寂寥。故其为声也，凄凄切切，呼号愤发。丰草绿缛而争茂，佳木葱茏而可悦；草拂之而色变，木遭之而叶脱。其所以摧败零落者，乃其一气之余烈。夫秋，刑官也，于时为阴；又兵象也，于行用金。是谓天地之义气，常以肃杀而为心。天之于物，春生秋实，故其在乐也，商声主西方之音，夷则为七月之律。商，伤也，物既老而悲伤；夷，戮也，物过盛而当杀。"

"嗟乎！草木无情，有时飘零。人为动物，惟物之灵；百忧感其心，万事劳其形；有动于中，必摇其精。而况思其力之所不及，忧其智之所不能；宜其渥然丹者为槁木，黟然黑者为星星。奈何以非金石之质，欲与草木而争荣？念谁为之戕贼，亦何恨乎秋声！"

童子莫对，垂头而睡。但闻四壁虫声唧唧，如助余之叹息。

岳阳楼记

[宋] 范仲淹

【文本导读】 文章通过描写岳阳楼的景色,以及阴雨与晴朗时带给人的不同感受,表达了作者"不以物喜,不以己悲"的博大胸怀及"先天下之忧而忧,后天下之乐而乐"的忧国忧民的情怀,并以此勉励友人,警策自己。文章融记叙、写景、抒情、议论为一体,骈散交替,文质兼美,音节和谐,具有很强的艺术感染力。诵读时,要声情并茂,语气亢奋,语调高昂。

庆历四年春,滕子京谪守巴陵郡。越明年,政通人和,百废具兴,乃重修岳阳楼,增其旧制,刻唐贤今人诗赋于其上,属予作文以记之。

予观夫巴陵胜状,在洞庭一湖。衔远山,吞长江,浩浩汤汤,横无际涯,朝晖夕阴,气象万千,此则岳阳楼之大观也,前人之述备矣。然则北通巫峡,南极潇湘,迁客骚人,多会于此,览物之情,得无异乎?

若夫淫雨霏霏,连月不开,阴风怒号,浊浪排空,日星隐曜,山岳潜形,商旅不行,樯倾楫摧,薄暮冥冥,虎啸猿啼。登斯楼也,则有去国怀乡,忧谗畏讥,满目萧然,感极而悲者矣。

至若春和景明,波澜不惊,上下天光,一碧万顷,沙鸥翔集,锦鳞游泳,岸芷汀兰,郁郁青青。而或长烟一空,皓月千里,浮光跃金,静影沉璧,渔歌互答,此乐何极!登斯楼也,则有心旷神怡,宠辱偕忘,把酒临风,其喜洋洋者矣。

嗟夫!予尝求古仁人之心,或异二者之为,何哉?不以物喜,不以己悲,居庙堂之高则忧其民,处江湖之远则忧其君。是进亦忧,退亦忧。然则何时而乐耶?其必曰"先天下之忧而忧,后天下之乐而乐"乎!噫!微斯人,吾谁与归?时六年九月十五日。

游褒禅山记

[宋] 王安石

【文本导读】 这是作者在辞职归家途中游览褒禅山后,以追忆形式写下的一篇游记。文章以记游为辅,以议论为主,夹叙夹议,因事见理,其中阐述的诸多思想,不仅在当时难能可贵,在当今社会也具有极其深刻的现实意义。"世之奇伟、瑰怪、非常之观,常在于险远"也成为世人常用的名言。诵读时,中速,语调不要过于高昂。

褒禅山亦谓之华山。唐浮图慧褒始舍于其址,而卒葬之;以故其后名之曰"褒禅"。今所谓慧空禅院者，褒之庐冢也。距其院东五里，所谓华山洞者，以其乃华山之阳名之也。距洞百余步，有碑仆道，其文漫灭，独其为文犹可识，曰"花山"。今言"华"如"华实"之"华"者，盖音谬也。

其下平旷，有泉侧出，而记游者甚众，所谓前洞也。由山以上五六里，有穴窈然，入之甚寒，问其深，则其好游者不能穷也，谓之后洞。余与四人拥火以入，入之愈深，其进愈难，而其见愈奇。有怠而欲出者，曰："不出，火且尽。"遂与之俱出。盖余所至，比好游者尚不能十一，然视其左右，来而记之者已少。盖其又深，则其至又加少矣。方是时，余之力尚足以入，火尚足以明也。既其出，则或咎其欲出者，而余亦悔其随之而不得极夫游之乐也。

于是余有叹焉。古人之观于天地、山川、草木、虫鱼、鸟兽，往往有得，以其求思之深而无不在也。夫夷以近，则游者众；险以远，则至者少。而世之奇伟、瑰怪、非常之观，常在于险远，而人之所罕至焉，故非有志者不能至也。有志矣，不随以止也，然力不足者，亦不能至也。有志与力，而又不随以怠，至于幽暗昏惑而无物以相之，亦不能至也。然力足以至焉，于人为可讥，而在己为有悔；尽吾志也而不能至者，可以无悔矣，其孰能讥之乎？此余之所得也。

余于仆碑，又以悲夫古书之不存，后世之谬其传而莫能名者，何可胜道也哉！此所以学者不可以不深思而慎取之也。

四人者：庐陵萧君圭君玉，长乐王回深父，余弟安国平父、安上纯父。至和元年七月某日，临川王某记。

读孟尝君传

［宋］王安石

【文本导读】 这是一篇驳论文。文章是作者读《史记·孟尝君列传》之后发出的感想，旨在破"孟尝君能得士"的世俗之见，表达自己对人才的看法。作者在文中别出新见，采取以子之矛攻子之盾的论证方法，通过对"士"的标准的鉴别，驳斥"孟尝君能得士"的传统观点。文章议论脱俗，用词简练，转折跌宕，气势充沛。诵读时，要有辩论语气，语调可激昂。

世皆称孟尝君能得士，士以故归之，而卒赖其力以脱于虎豹之秦。嗟乎！孟尝君特鸡鸣狗盗之雄耳，岂足以言得士？不然，擅齐之强，得一士焉，宜可以南面而制秦，尚何取鸡鸣狗盗之力哉？夫鸡鸣狗盗之出其门，此士之所以不至也。

中编 古文

伤 仲 永

[宋] 王安石

【文本导读】文章通过记叙方仲永才华泯灭的事例，流露出作者对方仲永最终"泯然众人"的惋惜之情，抨击了当时人们不重视人才培养的时弊，以此强调后天的学习与教育对人才成长的重要性，表现了王安石朴素的唯物主义思想。文章说理严谨，言简意深。诵读时，平静的语气语调中，要略带痛惜之情。

金溪民方仲永，世隶耕。仲永生五年，未尝识书具，忽啼求之。父异焉，借旁近与之，即书诗四句，并自为其名。其诗以养父母、收族为意，传一乡秀才观之。自是指物作诗立就，其文理皆有可观者。邑人奇之，稍稍宾客其父，或以钱币乞之。父利其然也，日扳仲永环谒于邑人，不使学。

余闻之也久。明道中，从先人还家，于舅家见之，十二三矣。令作诗，不能称前时之闻。又七年，还自扬州，复到舅家问焉，曰"泯然众人矣。"

王子曰：仲永之通悟，受之天也。其受之天也，贤于材人远矣。卒之为众人，则其受于人者不至也。彼其受之天也，如此其贤也，不受之人，且为众人；今夫不受之天，固众人，又不受之人，得为众人而已耶？

爱 莲 说

[宋] 周敦颐

【文本导读】周敦颐为人正直清廉，襟怀淡泊，平生酷爱莲花。文章用托物言志的手法，以莲喻人，通过对莲花形象与品质的描写，赞美莲花坚贞的品格，颂扬君子"出淤泥而不染"的美德，表达了作者不与世俗同流合污的高尚品格及对追名逐利世态的鄙弃和厌恶。文章清雅脱俗，朗朗上口，为古文中优秀的精品短篇。诵读基调为喜悦轻快。

水陆草木之花，可爱者甚蕃。晋陶渊明独爱菊。自李唐来，世人甚爱牡丹。予独爱莲之出淤泥而不染，濯清涟而不妖，中通外直，不蔓不枝，香远益清，亭亭净植，可远观而不可亵玩焉。

予谓菊，花之隐逸者也；牡丹，花之富贵者也；莲，花之君子者也。噫！菊之爱，陶后鲜有闻。莲之爱，同予者何人？牡丹之爱，宜乎众矣！

墨 池 记

[宋] 曾 巩

【文本导读】文章先由墨池的传说推出王羲之书法是由苦练造就的结论，然后引申到修身为学要靠后天勤奋深造的普遍道理。全文以小见大、语简意深，是一篇议论风生而又文情并茂的优秀散文。诵读时，注意把握文章多用设问句和感叹句的特点及由此形成的一唱三叹的情韵。

临川之城东，有地隐然而高，以临于溪，曰新城。新城之上，有池洼然而方以长，曰王羲之之墨池者。荀伯子《临川记》云也。羲之尝慕张芝，临池学书，池水尽黑，此为其故迹，岂信然邪？

方羲之之不可强以仕，而尝极东方，出沧海，以娱其意于山水之间。岂其徜徉肆恣，而又尝自休于此邪？羲之之书晚乃善，则其所能，盖亦以精力自致者，非天成也。然后世未有能及者，岂其学不如彼邪？则学固岂可以少哉！况欲深造道德者邪？

墨池之上，今为州学舍。教授王君盛恐其不章也，书"晋王右军墨池"之六字于楹间以揭之，又告于巩曰："愿有记。"推王君之心，岂爱人之善，虽一能不以废，而因以及乎其迹邪？其亦欲推其事，以勉其学者邪？夫人之有一能，而使后人尚之如此，况仁人庄士之遗风余思，被于来世者何如哉！

庆历八年九月十二日，曾巩记。

六 国 论

[宋] 苏 洵

【文本导读】文章提出并论证了六国灭亡"弊在赂秦"的精辟论点，借古讽今，抨击了宋王朝对契丹和西夏的屈辱政策，告诫北宋统治者要吸取六国灭亡的教训，以免重蹈覆辙。文章论点鲜明，论证严密，语言生动，气势充沛。诵读时，气势要雄健。

六国破灭，非兵不利，战不善，弊在赂秦。赂秦而力亏，破灭之道也。或曰：六国互丧，率赂秦耶？曰：不赂者以赂者丧，盖失强援，不能独完。故曰：弊在赂秦也。

秦以攻取之外，小则获邑，大则得城。较秦之所得，与战胜而得者，其实百倍；诸侯之所亡，与战败而亡者，其实亦百倍。则秦之所大欲，诸侯之所大患，固不在战矣。思厥先祖父，暴霜露，斩荆棘，以有尺寸之地。子孙视之不甚惜，举以予人，如弃草芥。今日割五城，明日割十城，然后得一夕安寝。起视四境，而秦兵又至矣。然则诸侯之地有限，暴秦之欲无厌，奉之弥繁，侵之愈急。故不战而强弱胜负已判矣。至于颠覆，理固宜然。古人云："以地事秦，犹抱薪救火，薪不尽，火不灭。"此言得之。

齐人未尝赂秦，终继五国迁灭，何哉？与嬴而不助五国也。五国既丧，齐亦不免矣。燕赵之君，始有远略，能守其土，义不赂秦。是故燕虽小国而后亡，斯用兵之效也。至丹以荆卿为计，始速祸焉。赵尝五战于秦，二败而三胜。后秦击赵者再，李牧连却之。洎牧以谗诛，邯郸为郡，惜其用武而不终也。且燕赵处秦革灭殆尽之际，可谓智力孤危，战败而亡，诚不得已。向使三国各爱其地，齐人勿附于秦，刺客不行，良将犹在，则胜负之数，存亡之理，当与秦相较，或未易量。

呜呼！以赂秦之地封天下之谋臣，以事秦之心礼天下之奇才，并力西向，则吾恐秦人食之不得下咽也。悲夫！有如此之势，而为秦人积威之所劫，日削月割，以趋于亡。为国者无使为积威之所劫哉！

夫六国与秦皆诸侯，其势弱于秦，而犹有可以不赂而胜之之势。苟以天下之大，下而从六国破亡之故事，是又在六国下矣。

赤 壁 赋

[宋] 苏 轼

【文本导读】此文作于宋神宗元丰五年（1082）作者贬谪黄州（今湖北省黄冈市）时。文章记叙了作者秋夜与朋友泛舟赤壁的所见、所闻、所感，通过主客问答的形式，生动形象地揭示了作者对人生的思考，抒写了内心的愤懑，表现了超然独立、不计得失、乐观旷达的胸怀。文章构思精巧，结构严谨，语言优美，声韵和谐，具有巨大的艺术感染力。诵读时，要处理好对话语言，把握住作者的感情发展，语调要略显高昂。

壬戌之秋，七月既望，苏子与客泛舟游于赤壁之下。清风徐来，水波不兴。举酒属客，诵明月之诗，歌窈窕之章。少焉，月出于东山之上，徘徊于斗牛之间。白露横江，水光接天。纵一苇之所如，凌万顷之茫然。浩浩乎如冯虚御风，而不知其所止；飘飘乎如遗世独立，羽化而登仙。

于是饮酒乐甚，扣舷而歌之。歌曰："桂棹兮兰桨，击空明兮溯流光。渺渺兮予怀，望美人兮天一方。"客有吹洞箫者，倚歌而和之。其声呜呜然，如怨如慕，如泣如诉，余音袅袅，不绝如缕。舞幽壑之潜蛟，泣孤舟之嫠妇。

苏子愀然，正襟危坐，而问客曰："何为其然也？"客曰："月明星稀，乌鹊南飞，此非曹孟德之诗乎？西望夏口，东望武昌，山川相缪，郁乎苍苍，此非孟德之困于周郎者乎？方其破荆州，下江陵，顺流而东也，舳舻千里，旌旗蔽空，酾酒临江，横槊赋诗，固一世之雄也，而今安在哉？况吾与子渔樵于江渚之上，侣鱼虾而友麋鹿，驾一叶之扁舟，举匏樽以相属。寄蜉蝣于天地，渺沧海之一粟。哀吾生之须臾，羡长江之无穷。挟飞仙以遨游，抱明月而长终。知不可乎骤得，托遗响于悲风。"

苏子曰："客亦知夫水与月乎？逝者如斯，而未尝往也；盈虚者如彼，而卒莫消长也。盖将自其变者而观之，则天地曾不能以一瞬；自其不变者而观之，则物与我皆无尽也，而又何羡乎！且夫天地之间，物各有主，苟非吾之所有，虽一毫而莫取。惟江上之清风，与山间之明月，耳得之而为声，目遇之而成色，取之无禁，用之不竭，是造物者之无尽藏也，而吾与子之所共适。"

客喜而笑，洗盏更酌。肴核既尽，杯盘狼籍。相与枕藉乎舟中，不知东方之既白。

石钟山记

[宋] 苏 轼

【文本导读】 这是一篇游记。文章议论与叙述相结合，通过夜游石钟山的实地考察，对郦道元及李渤关于石钟山得名的说法进行了分析与批评，说明了要认识事物的真相不能主观臆断，必须"目见耳闻"的道理。文章表现了作者注重实际调查研究的科学精神，富有浓厚的教育意义。文章行文曲折，结构独特，修饰巧妙，语言灵活。诵读时，要处理好叙议结合的语言特点，语气轻松并带有肯定意味。

《水经》云："彭蠡之口有石钟山焉。"郦元以为下临深潭，微风鼓浪，水石相搏，声如洪钟。是说也，人常疑之。今以钟磬置水中，虽大风浪不能鸣也，而况石乎！至唐李渤始访其遗踪，得双石于潭上，扣而聆之，南声函胡，北音清越，桴止响腾，余韵徐歇。自以为得之矣。然是说也，余尤疑之。石之铿然有声者，所在皆是也，而此独以钟名，何哉？

元丰七年六月丁丑，余自齐安舟行适临汝，而长子迈将赴饶之德兴尉，送之至湖口，因得观所谓石钟者。寺僧使小童持斧，于乱石间择其一二扣之，硿硿焉。余固笑而不信也。至莫夜月明，独与迈乘小舟至绝壁下。大石侧立千尺，如猛兽奇鬼，森然欲搏人；而山上栖鹘，闻人声亦惊起，磔磔云霄间；又有若老人咳且笑于山谷中者，或曰："此鹳鹤也。"余方心动欲还，而大声发于水上，噌吰如钟鼓不绝。舟人大恐。徐而察之，则山下皆石穴罅，不知其浅深，微波入焉，涵澹澎湃而为此也。舟回至两山间，将入港口，有大石当中流，可坐百人，空中而多窍，与风水相吞吐，有窾坎镗鞳之声，与向之噌吰者相应，如乐作焉。因笑谓迈曰："汝识之乎？噌吰者，周景王之无射也；窾坎镗鞳者，魏庄子之歌钟也。古之人不余欺也！"

事不目见耳闻，而臆断其有无，可乎？郦元之所见闻，殆与余同，而言之不详；士大夫终不肯以小舟夜泊绝壁之下，故莫能知；而渔工水师虽知而不能言，此世所以不传也。而陋者乃以斧斤考击而求之，自以为得其实。余是以记之，盖叹郦元之简，而笑李渤之陋也。

答谢民师推官书

[宋] 苏 轼

【文本导读】这是一篇书信体文论。书信的开头与结尾主要叙述了与谢民师的友情及对来信中有关问题的答复。书信中间一段，则是文章的主要部分，通过评论谢民师的文章，表达了作者的文学创作观，即文章要如"行云流水"，"常行于所当行，常止于所不可不止，文理自然，姿态横生"。文章挥洒自如，笔势流动，正是作者文学创作观的体现。诵读时，要娓娓诉说，语速稍慢，语气坚定。

近奉违，亟辱问讯，具审起居佳胜，感慰深矣。某受性刚简，学迂材下，坐废累年，不敢复齿缙绅。自还海北，见平生亲旧，惘然如隔世人，况与左右无一日之雅，而敢求交乎？数赐见临，倾盖如故，幸甚过望，不可言也。

所示书教及诗赋杂文，观之熟矣。大略如行云流水，初无定质，但常行于所当行，常止于所不可不止，文理自然，姿态横生。孔子曰："言之不文，行而不远。"又曰："辞达而已矣。"夫言止于达意，即疑若不文，是大不然。求物之妙，如系风捕景，能使是物了然于心者，盖千万人而不一遇也。而况能使了然于口与手者乎？是之谓辞达。辞至于能达，则文不可胜用矣。扬雄好为艰深之辞，以文浅易之说，若正言之，则人人知之矣。此正所谓雕虫篆刻者，其《太玄》《法言》，皆是类也。而独悔于赋，何哉？终身雕篆，而独变其音节，便谓之经，可乎？屈原作《离骚经》，盖风雅之再变者，虽与日月争光可也。可以其似赋而谓之雕虫乎？使贾谊见孔子，升堂有余矣，而乃以赋鄙之，至与司马相如同科，雄之陋如此比者甚众，可与知者道，难与俗人言也；因论文偶及之耳。欧阳文忠公言文章如精金美玉，市有定价，非人所能以口舌定贵贱也。纷纷多言，岂能有益于左右，愧悚不已！

所须惠力法雨堂两字，轼本不善作大字，强作终不佳；又舟中局迫难写，未能如教。然轼方过临江，当往游焉。或僧有所欲记录，当为作数句留院中，慰左右念亲之意。今日至峡山寺，少留即去。愈远，惟万万以时自爱。

黄州快哉亭记

[宋] 苏 辙

【文本导读】文章写于作者贬官期间，由写景叙事入手，再转入议论。通过记述"快哉亭"取名的原因，借题发挥，抒发了作者不计个人得失的旷达情怀，也隐含了其对张梦得豁达不羁个性的赞赏及对兄长苏轼的慰勉之情。文章条理清晰，结构严谨，风格雄放而雅致，笔势纡徐而畅达。诵读时，要自勉自励，心胸豁达。

　　江出西陵，始得平地，其流奔放肆大。南合沅、湘，北合汉、沔，其势益张。至于赤壁之下，波流浸灌，与海相若。清河张君梦得，谪居齐安，即其庐之西南为亭，以览观江流之胜，而余兄子瞻名之曰"快哉"。

　　盖亭之所见，南北百里，东西一舍。涛澜汹涌，风云开阖。昼则舟楫出没于其前，夜则鱼龙悲啸于其下。变化倏忽，动心骇目，不可久视。今乃得玩之几席之上，举目而足。西望武昌诸山，冈陵起伏，草木行列，烟消日出。渔夫樵父之舍，皆可指数。此其所以为"快哉"者也。至于长洲之滨，故城之墟，曹孟德、孙仲谋之所睥睨，周瑜、陆逊之所骋骛。其流风遗迹，亦足以称快世俗。

　　昔楚襄王从宋玉、景差于兰台之宫，有风飒然至者，王披襟当之，曰："快哉，此风！寡人所与庶人共者耶？"宋玉曰："此独大王之雄风耳，庶人安得共之！"玉之言，盖有讽焉。夫风无雌雄之异，而人有遇不遇之变；楚王之所以为乐，与庶人之所以为忧，此则人之变也，而风何与焉？士生于世，使其中不自得，将何往而非病？使其中坦然，不以物伤性，将何适而非快？

　　今张君不以谪为患，窃会计之余功，而自放山水之间，此其中宜有以过人者。将蓬户瓮牖，无所不快；而况乎濯长江之清流，揖西山之白云，穷耳目之胜以自适也哉！不然，连山绝壑，长林古木，振之以清风，照之以明月，此皆骚人思士之所以悲伤憔悴而不能胜者，乌睹其为快也哉！

　　元丰六年十一月朔日，赵郡苏辙记。

金石录后序（节选）

[宋] 李清照

　　【文本导读】是一篇带有自传性的回忆性散文。文章介绍了作者与丈夫赵明诚收集、整理金石文物的经过及《金石录》的内容和成书过程，并回忆了婚后三十四年间的忧患得失。文章细密翔实，婉转曲折，语言简洁流畅，感情真挚深婉。《金石录后序》是研究李清照生平史实的第一手资料，是李清照家庭背景、个人生活及她所处时代的真实反映。诵读基调为悲切惋惜。

　　右金石录三十卷者何？赵侯德夫所著书也。取上自三代，下迄五季，钟、鼎、甗、鬲、盘、彝、尊、敦之款识，丰碑大碣，显人晦士之事迹，凡见于金石刻者二千卷，皆是正伪谬，去取褒贬，上足以合圣人之道，下足以订史氏之失者，皆载之，可谓多矣。呜呼，自王涯、元载之祸，书画与胡椒无异；长舆、元凯之病，钱癖与传癖何殊。名虽不同，其惑一也。

余建中辛巳，始归赵氏。时先君作礼部员外郎，丞相时作吏部侍郎。侯年二十一，在太学作学生。赵、李族寒，素贫俭。每朔望谒告出，质衣取半千钱，步入相国寺，市碑文果实归，相对展玩咀嚼，自谓葛天氏之民也。后二年，出仕宦，便有饭蔬衣练，穷遐方绝域，尽天下古文奇字之志。日就月将，渐益堆积。丞相居政府，亲旧或在馆阁，多有亡诗、逸史、鲁壁、汲冢所未见之书，遂尽力传写，浸觉有味，不能自已。后或见古今名人书画，一代奇器，亦复脱衣市易。尝记崇宁间，有人持徐熙《牡丹图》，求钱二十万。当时虽贵家子弟，求二十万钱，岂易得邪？留信宿，计无所出而还之。夫妇相向惋怅者数日。

后屏居乡里十年，仰取俯拾，衣食有余。连守两郡，竭其俸入，以事铅椠。每获一书，即同共勘校、整集签题。得书画彝鼎，亦摩玩舒卷，指摘疵病，夜尽一烛为率。故能纸札精致，字画完整，冠诸收书家。余性偶强记，每饭罢，坐归来堂烹茶，指堆积书史，言某事在某书某卷第几叶第几行，以中否角胜负，为饮茶先后。中即举杯大笑，至茶倾覆怀中，反不得饮而起。甘心老是乡矣。故虽处忧患困穷，而志不屈。收书既成，归来堂起书库，大橱簿甲乙，置书册。如要讲读，即请钥上簿，关出卷帙。或少损污，必惩责揩完涂改，不复向时之坦夷也。是欲求适意而反取憀栗。余性不耐，始谋食去重肉，衣去重采，首无明珠翡翠之饰，室无涂金、刺绣之具。遇书史百家字不刓阙、本不讹谬者，辄市之，储作副本。自来家传《周易》《左氏传》，故两家者流，文字最备。于是几案罗列，枕席枕藉，意会心谋，目往神授，乐在声色狗马之上。

…………

今日忽阅此书，如见故人。因忆侯在东莱静治堂，装卷初就，芸签缥带，束十卷作一帙。每日晚吏散，辄校勘二卷，跋题一卷。此二千卷，有题跋者五百二卷耳。今手泽如新，而墓木已拱，悲夫！

昔萧绎江陵陷没，不惜国亡而毁裂书画；杨广江都倾覆，不悲身死而复取图书。岂人性之所著，死生不能忘之欤？或者天意以余菲薄，不足以享此尤物邪？抑亦死者有知，犹斤斤爱惜，不肯留在人间邪？何得之艰而失之易也？

呜呼，余自少陆机作赋之二年，至过蘧瑗知非之两岁，三十四年之间，忧患得失，何其多矣！然有有必有无，有聚必有散，乃理之常。人亡弓，人得之，又胡足道！所以区区记其终始者，亦欲为后世好古博雅者之戒云。

绍兴二年、玄黓岁，壮月朔甲寅，易安室题。

入蜀记（一则）

[宋] 陆 游

【文本导读】《入蜀记》是南宋陆游入蜀途中用日记体写成的游记专集，是我国第一部长篇游记。这部专集共六卷，写山川、记风俗、作考证、抒感慨，夹叙夹议，评古论今，卓见迭出，寄慨遥深；文笔潇洒自由，不拘一格。这里所选一则为十月二十三日经巫峡，谒妙用真人祠后所记。诵读时，要处理好叙议语言。

二十三日。

过巫山凝真观，谒妙用真人祠。真人，即世所谓巫山神女也。祠正对巫山，峰峦上入霄汉，山脚直插江中，议者谓太华、衡、庐，皆无此奇。然十二峰者，不可悉见，所见八九峰，惟神女峰最为纤丽奇峭，宜为仙真所托。祝史云："每八月十五夜月明时，有丝竹之音，往来峰顶，山猿皆鸣，达旦方渐止。"庙后山半有石坛，平旷。传云："夏禹见神女，授符书于此。"坛上观十二峰，宛如屏障。是日，天宇晴霁，四顾无纤翳；惟神女峰上有白云数片，如鸾鹤翔舞徘徊，久之不散，亦可异也。祠旧有乌数百，送迎客舟。

指南录后序

[宋] 文天祥

【文本导读】 此文是作者诗集《指南录》的一篇序文。文章叙述了作者出使元军、被驱北行、中途逃脱、辗转回到永嘉的艰险遭遇，表现了作者坚定不移的战斗意志、忠贞不屈的民族气节及生死不渝的爱国精神。文章详略得宜，运笔峻峭而又变化多姿。诵读时，语气要略显悲愤，情绪可稍显激愤。

德祐二年二月十九日，予除右丞相兼枢密使，都督诸路军马。时北兵已迫修门外，战、守、迁皆不及施。缙绅、大夫、士萃于左丞相府，莫知计所出。会使辙交驰，北邀当国者相见，众谓予一行为可以纾祸。国事至此，予不得爱身，意北亦尚可以口舌动也。初，奉使往来，无留北者，予更欲一觇北，归而求救国之策。于是辞相印不拜，翌日，以资政殿学士行。

初至北营，抗辞慷慨，上下颇惊动，北亦未敢遽轻吾国。不幸吕师孟构恶于前，贾余庆献谄于后，予羁縻不得还，国事遂不可收拾。予自度不得脱，则直前诟虏帅失信，数吕师孟叔侄为逆，但欲求死，不复顾利害。北虽貌敬，实则愤怒，二贵酋名曰"馆伴"，夜则以兵围所寓舍，而予不得归矣。未几，贾余庆等以祈请使诣北。北驱予并往，而不在使者之目。予分当引决，然而隐忍以行。昔人云："将以有为也。"

至京口，得间奔真州，即具以北虚实告东西二阃，约以连兵大举。中兴机会，庶几在此。留二日，维扬帅下逐客之令。不得已，变姓名，诡踪迹，草行露宿，日与北骑相出没于长淮间。穷饿无聊，追购又急，天高地迥，号呼靡及。已而得舟，避渚洲，出北海，然后渡扬子江，入苏州洋，展转四明、天台，以至于永嘉。

呜呼！予之及于死者，不知其几矣！诋大酋，当死；骂逆贼，当死；与贵酋处二十日，争曲直，屡当死；去京口，挟匕首以备不测，几自到死；经北舰十余里，为巡船所物色，几从鱼腹死；真州逐之城门外，几彷徨死；如扬州，过瓜洲扬子桥，竟使遇哨，无不死；扬州城下，进退不由，殆例送死；坐桂公塘土围中，骑数千过其门，几落贼手死；贾家庄几为巡徼所陵迫死；夜趋高邮，迷失道，几陷死；质明，避哨竹林中，逻者数十骑，几无所逃死；至高邮，制府檄下，几以捕系死；行城子河，出入乱尸中，舟与哨相后先，几邂逅死；至海陵，如高沙，常恐无辜死；道海安、如皋，凡三百里，北与寇往来其间，无日而非可死；至通州，几以不纳死；以小舟涉鲸波出，无可奈何，而死固付之度外矣。呜呼！死生昼夜事也。死而死矣，而境界危恶，层见错出，非人世所堪。痛定思痛，痛何如哉！

予在患难中，间以诗记所遭，今存其本不忍废。道中手自抄录。使北营，留北关外，为一卷；发北关外，历吴门、毗陵，渡瓜洲，复还京口，为一卷；脱京口，趋真州、扬州、高邮、泰州、通州，为一卷；自海道至永嘉，来三山，为一卷。将藏之于家，使来者读之，悲予志焉。

呜呼！予之生也幸，而幸生也何为？所求乎为臣，主辱臣死有余僇；所求乎为子，以父母之遗体行殆，而死有余责。将请罪于君，君不许；请罪于母，母不许；请罪于先人之墓，生无以救国难，死犹为厉鬼以击贼，义也。赖天之灵，宗庙之福，修我戈矛，从王于师，以为前驱，雪九庙之耻，复高祖之业，所谓誓不与贼俱生，所谓鞠躬尽力，死而后已，亦义也。嗟夫！若予者，将无往而不得死所矣。向也使予委骨于草莽，予虽浩然无所愧怍，然微以自文于君亲，君亲其谓予何！诚不自意，返吾衣冠，重见日月，使旦夕得正丘首，复何憾哉！复何憾哉！

是年夏五，改元景炎，庐陵文天祥自序其诗，名曰《指南录》。

大龙湫记

[元] 李孝光

【文本导读】这是一篇游记。文章将不同季节两次游赏大龙湫的所见、所闻糅合于一文，雨季的大龙湫"雄奇喧腾"，而旱季的大龙湫则"明丽幽静"，表现了大龙湫的壮观及变幻莫测之美。文章文笔俊爽潇洒，平叙中见突兀，平淡里着色彩，情趣盎然。诵读基调为平稳与亢奋相间。

大德七年秋八月，予尝从老先生来观大龙湫，苦雨积日夜。是日大风起西北，始见日出。湫水方大。入谷，未到五里余，闻大声转出谷中，从者心掉。望见西北立石，作人俯势，又如大楹。行过二百步，乃见更作两股相倚立。更进百数步，又如树大屏风。而其颠谽谺，犹蟹两螯，时一动摇，行者兀兀不可入。转缘南山趾，稍北，回视如树圭。又折而入东崦，则仰见大水从天上堕地，不挂著四壁，或盘桓久不下，忽迸落如震霆。东岩趾有诺讵那庵，相去五六步，山风横射，水飞著人。走入庵避，余沫进入屋，犹如暴雨至。水下捣大潭，轰然万人鼓也。人相持语，但见口张，不闻作声，则相顾大笑。先生曰："壮哉！吾行天下，未见如此瀑布也。"是后，予一岁或一至。至，常以九月；十月则皆水缩，不能如向所见。

今年冬又大旱。客入，到庵外石矼上，渐闻有水声。乃缘石矼下，出乱石间，始见瀑布垂，勃勃如苍烟。乍小乍大，鸣渐壮急。水落潭上洼石，石被激射，反红如丹砂。石间无秋毫土气，产木宜瘠，反碧滑如翠羽凫毛。潭中有斑鱼廿余头，闻转石声，洋洋远去，闲暇回缓，如避世士然。家僮方置大瓶石旁，仰接瀑水。水忽舞向人，又益壮一倍，不可复得瓶。乃解衣脱帽著石上，相持扼擎，欲争取之，因大呼笑。西南石壁上，黄猿数十，闻声皆自惊扰，挽崖端偃木牵连下，窥人而啼。纵观久之，行出瑞鹿院前——今为瑞鹿寺，日已入。苍林积叶，前行，人迷不得路，独见明月宛宛如故人。

老先生谓南山公也。

录鬼簿序

[元] 钟嗣成

【文本导读】 这是作者著作《录鬼簿》的一篇序文。《录鬼簿》是我国第一部为曲家立传的书籍。序文借鬼写人，于嬉笑怒骂中热情讴歌了地位卑微而才能出众的元代剧作家，以及对理学家的蔑视，表达了作者独特的生死观和审美观，体现了作者桀骜不驯的个性和反传统的精神。文章立意鲜明，思路清晰，笔调冷峭，幽默泼辣。诵读时，注意把握文章起伏跌宕和气势充畅的特点。

贤愚寿夭、死生祸福之理，固兼乎气数而言，圣贤未尝不论也。盖阴阳之屈伸，即人鬼之生死。人而知夫生死之道，顺受其正，又岂有岩墙、桎梏之厄哉？虽然，人之生斯世也，但知以已死者为鬼，而不知未死者亦鬼也，酒罂饭囊，或醉或梦，块然泥土者，则其人虽生，与已死之鬼何异？此曹固未暇论也。其或稍知义理，口发善言，而于学问之道，甘为自弃，临终之后，漠然无闻，则又不若块然之鬼为愈也。

予尝见未死之鬼吊已死之鬼，未一之思也，特一间耳。独不知天地开辟，亘古迄今，自有不死之鬼在，何则？圣贤之君臣，忠孝之士子，小善大功，著在方册者，日月炳焕，山川流峙，及乎千万劫无穷已，是则虽鬼而不鬼者也。余因暇日，缅怀古人，门第卑微，职位不振，高才博识，俱有可录，岁月弥久，湮没无闻，遂传其本末，吊以乐章；复以前乎此者，叙其姓名，述其所作。冀乎初学之士，刻意词章，使冰寒于水，青胜于蓝，则亦幸矣。名之曰《录鬼簿》。

嗟乎！余亦鬼也。使已死未死之鬼，作不死之鬼，得以传远，余又何幸焉！若夫高尚之士、性理之学，以为得罪于圣门者，吾党且哾蛤蜊，别与知味者道。

至顺元年，龙集庚午月建甲申二十二日辛未，古汴钟嗣成自序。

送东阳马生序

[明] 宋 濂

【文本导读】 这是一篇赠序,是宋濂写给他的同乡晚生马君则的。作者通过回顾自己早年艰辛求学的经历,生动地描述了自己借书求师之难、饥寒奔走之苦,并与当时太学生优越的条件加以对比,勉励青年学子要珍惜良好的读书环境,勤奋学习,专心治学。全文结构严谨,详略有致,情辞婉转,用对比说理,在叙事中穿插细节描绘,读来生动感人。诵读时,要热情有度,充满殷切期望。

余幼时即嗜学。家贫,无从致书以观,每假借于藏书之家,手自笔录,计日以还。天大寒,砚冰坚,手指不可屈伸,弗之怠。录毕,走送之,不敢稍逾约。以是人多以书假余,余因得遍观群书。既加冠,益慕圣贤之道。又患无硕师、名人与游,尝趋百里外,从乡之先达执经叩问。先达德隆望尊,门人弟子填其室,未尝稍降辞色。余立侍左右,援疑质理,俯身倾耳以请;或遇其叱咄,色愈恭,礼愈至,不敢出一言以复;俟其欣悦,则又请焉。故余虽愚,卒获有所闻。

当余之从师也,负箧曳屣行深山巨谷中。穷冬烈风,大雪深数尺,足肤皲裂而不知。至舍,四支僵劲不能动,媵人持汤沃灌,以衾拥覆,久而乃和。寓逆旅,主人日再食,无鲜肥滋味之享。同舍生皆被绮绣,戴朱缨宝饰之帽,腰白玉之环,左佩刀,右备容臭,烨然若神人;余则缊袍敝衣处其间,略无慕艳意,以中有足乐者,不知口体之奉不若人也。盖余之勤且艰若此。今虽耄老,未有所成,犹幸预君子之列,而承天子之宠光,缀公卿之后,日侍坐备顾问,四海亦谬称其氏名,况才之过于余者乎?

今诸生学于太学,县官日有廪稍之供,父母岁有裘葛之遗,无冻馁之患矣;坐大厦之下而诵诗书,无奔走之劳矣;有司业、博士为之师,未有问而不告、求而不得者也;凡所宜有之书,皆集于此,不必若余之手录,假诸人而后见也。其业有不精、德有不成者,非天质之卑,则心不若余之专耳,岂他人之过哉?

东阳马生君则,在太学已二年,流辈甚称其贤。余朝京师,生以乡人子谒余,撰长书以为贽,辞甚畅达。与之论辩,言和而色夷。自谓少时用心于学甚劳,是可谓善学者矣。其将归见其亲也,余故道为学之难以告之。谓余勉乡人以学者,余之志也;诋我夸际遇之盛而骄乡人者,岂知余者哉!

卖柑者言

[明] 刘 基

【文本导读】这是一篇寓言体讽刺散文。文章由买柑橘这一小事引发议论，借卖柑者之口，以贴切、形象的比喻，抨击了那些"金玉其外，败絮其中"的文臣武将，揭露了当时社会现实的黑暗，抒发了作者愤世嫉俗的情感。文章语言犀利，讽刺深刻。诵读时，注意把握文章辛辣的讽刺意味。

杭有卖果者，善藏柑，涉寒暑不溃。出之烨然，玉质而金色。置于市，贾十倍，人争鬻之。予贸得其一，剖之，如有烟扑口鼻，视其中，则干若败絮。予怪而问之曰："若所市于人者，将以实笾豆，奉祭祀，供宾客乎？将炫外以惑愚瞽也？甚矣哉，为欺也！"

卖者笑曰："吾业是有年矣，吾赖是以食吾躯。吾售之，人取之，未闻有言，而独不足子所乎？世之为欺者不寡矣，而独我也乎？吾子未之思也。今夫佩虎符、坐皋比者，洸洸乎干城之具也，果能授孙、吴之略耶？峨大冠、拖长绅者，昂昂乎庙堂之器也，果能建伊、皋之业耶？盗起而不知御，民困而不知救，吏奸而不知禁，法斁而不知理，坐縻廪粟而不知耻。观其坐高堂，骑大马，醉醇醴而饫肥鲜者，孰不巍巍乎可畏，赫赫乎可象也？又何往而不金玉其外，败絮其中也哉？今子是之不察，而以察吾柑！"

予默默无以应。退而思其言，类东方生滑稽之流。岂其愤世嫉邪者耶？而托于柑以讽耶？

项脊轩志

[明] 归有光

【文本导读】文章以"百年老屋"项脊轩的前后变化为线索，写出了一系列家庭琐事，表达了作者对家道衰落的惋惜心情，以及对祖母、母亲、妻子的深切怀念，也表现了作者青年时代刻苦读书、怡然自得的乐趣。归有光的散文，最突出的特点是以平淡自然的笔调记叙日常生活小事，运用追叙、回忆、触景生情、见物思人等方式，从琐碎事件的叙述中抒写出真切的感情，从平淡情景的描绘中表现出悠远的意趣。诵读基调为凄婉思念。

项脊轩，旧南阁子也。室仅方丈，可容一人居。百年老屋，尘泥渗漉，雨泽下注；每移案，顾视无可置者。又北向，不能得日，日过午已昏。余稍为修葺，使不上漏。前

辟四窗，垣墙周庭，以当南日，日影反照，室始洞然。又杂植兰桂竹木于庭，旧时栏楯，亦遂增胜。借书满架，偃仰啸歌，冥然兀坐，万籁有声；而庭阶寂寂，小鸟时来啄食，人至不去。三五之夜，明月半墙，桂影斑驳，风移影动，珊珊可爱。

然余居于此，多可喜，亦多可悲。先是，庭中通南北为一。迨诸父异爨，内外多置小门墙，往往而是。东犬西吠，客逾庖而宴，鸡栖于厅。庭中始为篱，已为墙，凡再变矣。家有老妪，尝居于此。妪，先大母婢也，乳二世，先妣抚之甚厚。室西连于中闺，先妣尝一至。妪每谓余曰："某所，而母立于兹。"妪又曰："汝姊在吾怀，呱呱而泣；娘以指叩门扉曰：'儿寒乎？欲食乎？'吾从板外相为应答。"语未毕，余泣，妪亦泣。余自束发读书轩中，一日，大母过余曰："吾儿，久不见若影，何竟日默默在此，大类女郎也？"比去，以手阖门，自语曰："吾家读书久不效，儿之成，则可待乎！"顷之，持一象笏至，曰："此吾祖太常公宣德间执此以朝，他日汝当用之！"瞻顾遗迹，如在昨日，令人长号不自禁。

轩东故尝为厨，人往，从轩前过。余扃牖而居，久之，能以足音辨人。轩凡四遭火，得不焚，殆有神护者。

项脊生曰："蜀清守丹穴，利甲天下，其后秦皇帝筑女怀清台；刘玄德与曹操争天下，诸葛孔明起陇中。方二人之昧昧于一隅也，世何足以知之，余区区处败屋中，方扬眉瞬目，谓有奇景。人知之者，其谓与坎井之蛙何异？"

余既为此志，后五年，吾妻来归。时至轩中，从余问古事，或凭几学书。吾妻归宁，述诸小妹语曰："闻姊家有阁子，且何谓阁子也？"其后六年，吾妻死，室坏不修。其后二年，余久卧病无聊，乃使人复葺南阁子，其制稍异于前。然自后余多在外，不常居。

庭有枇杷树，吾妻死之年所手植也，今已亭亭如盖矣。

核 舟 记

［明］魏学洢

【文本导读】 文章细致地描写了一件微雕工艺品——核舟，其形象逼真，构思精巧，体现了我国古代雕刻艺术的卓越成就，表达了作者对核舟的喜爱和对王叔远高超技术的赞美，以及对我国古代劳动人民的勤劳和智慧的高度赞扬。作者文笔细腻，语言生动、平实、洗练。诵读基调为轻快活泼。

明有奇巧人曰王叔远，能以径寸之木，为宫室、器皿、人物，以至鸟兽、木石，罔不因势象形，各具情态。尝贻余核舟一，盖大苏泛赤壁云。

舟首尾长约八分有奇，高可二黍许。中轩敞者为舱，箬篷覆之。旁开小窗，左右各四，共八扇。启窗而观，雕栏相望焉。闭之，则右刻"山高月小，水落石出"，左刻

"清风徐来,水波不兴",石青糁之。

　　船头坐三人,中峨冠而多髯者为东坡,佛印居右,鲁直居左。苏、黄共阅一手卷。东坡右手执卷端,左手抚鲁直背。鲁直左手执卷末,右手指卷,如有所语。东坡现右足,鲁直现左足,各微侧,其两膝相比者,各隐卷底衣褶中。佛印绝类弥勒,袒胸露乳,矫首昂视,神情与苏、黄不属。卧右膝,诎右臂支船,而竖其左膝,左臂挂念珠倚之——珠可历历数也。

　　舟尾横卧一楫。楫左右舟子各一人。居右者椎髻仰面,左手倚一衡木,右手攀右趾,若啸呼状。居左者右手执蒲葵扇,左手抚炉,炉上有壶,其人视端容寂,若听茶声然。

　　其船背稍夷,则题名其上,文曰"天启壬戌秋日,虞山王毅叔远甫刻",细若蚊足,钩画了了,其色墨。又用篆章一,文曰"初平山人",其色丹。

　　通计一舟,为人五;为窗八;为箬篷,为楫,为炉,为壶,为手卷,为念珠各一;对联、题名并篆文,为字共三十有四。而计其长曾不盈寸。盖简桃核修狭者为之。嘻,技亦灵怪矣哉!

柳敬亭说书

[明] 张　岱

　　【文本导读】 这是一篇小品文。文章主要记叙了明代艺术家柳敬亭说书之事,通过对柳敬亭说书人物动作及声情语态的逼真描写,生动传神地表现了他高超的说书艺术,使读者如闻其声,如见其人。文章记人记事传神感人,语言活泼生动,绘声绘色。诵读时,要充满赞赏意味,可略带夸张语气。

　　南京柳麻子,黧黑,满面疤瘤,悠悠忽忽,土木形骸,善说书。一日说书一回,定价一两。十日前先送书帕下定,常不得空。南京一时有两行情人:王月生、柳麻子是也。

　　余听其说景阳冈武松打虎,白文与本传大异。其描写刻画,微入毫发,然又找截干净,并不唠叨呶夬。声如巨钟。说至筋节处,叱咤叫喊,汹汹崩屋。武松到店沽酒,店内无人,蓦地一吼,店中空缸空甓皆瓮瓮有声。闲中著色,细微至此。

　　主人必屏息静坐,倾耳听之,彼方掉舌。稍见下人咕哗耳语,听者欠伸有倦色,辄不言,故不得强。每至丙夜,拭桌剪灯,素瓷静递,款款言之。其疾徐轻重,吞吐抑扬,入情入理,入筋入骨,摘世上说书之耳,而使之谛听,不怕其不齰舌死也。

　　柳麻子貌奇丑,然其口角波俏,眼目流利,衣服恬静,直与王月生同其婉娈,故其行情正等。

西湖七月半

[明] 张　岱

【文本导读】 文章描写了当时杭州人七月半游西湖的盛况。全篇运用对比手法，把达官贵人、名娃闺秀、名妓闲僧、慵懒之徒四类人与作者的好友佳人观景赏月的行为进行对比，贬前者褒后者。作者表面写人，又时时不离写月，完美而含蓄地体现了作者颂高雅、抑浅俗的主旨。文章行文错综，富于变化，转接呼应均极自然。诵读基调为含蓄而高雅。

西湖七月半，一无可看，止可看看七月半之人。看七月半之人，以五类看之。其一，楼船箫鼓，峨冠盛筵，灯火优傒，声光相乱，名为看月而实不见月者，看之。其一，亦船亦楼，名娃闺秀，携及童娈，笑啼杂之，环坐露台，左右盼望，身在月下而实不看月者，看之。其一，亦船亦声歌，名妓闲僧，浅斟低唱，弱管轻丝，竹肉相发，亦在月下，亦看月而欲人看其看月者，看之。其一，不舟不车，不衫不帻，酒醉饭饱，呼群三五，跻入人丛，昭庆、断桥，嚣呼嘈杂，装假醉，唱无腔曲，月亦看，看月者亦看，不看月者亦看，而实无一看者，看之。其一，小船轻幌，净几暖炉，茶铛旋煮，素瓷静递，好友佳人，邀月同坐，或匿影树下，或逃嚣里湖，看月而人不见其看月之态，亦不作意看月者，看之。

杭人游湖，巳出酉归，避月如仇。是夕好名，逐队争出，多犒门军酒钱。轿夫擎燎，列俟岸上。一入舟，速舟子急放断桥，赶入胜会。以故二鼓以前，人声鼓吹，如沸如撼，如魇如呓，如聋如哑。大船小船，一齐凑岸，一无所见，止见篙击篙，舟触舟，肩摩肩，面看面而已。少刻兴尽，官府席散，皂隶喝道去。轿夫叫，船上人怖以关门，灯笼火把如列星，一一簇拥而去。岸上人亦逐队赶门，渐稀渐薄，顷刻散尽矣。

吾辈始舣舟近岸，断桥石磴始凉，席其上，呼客纵饮。此时月如镜新磨，山复整妆，湖复靧面，向之浅斟低唱者出，匿影树下者亦出。吾辈往通声气，拉与同坐。韵友来，名妓至，杯箸安，竹肉发。月色苍凉，东方将白，客方散去。吾辈纵舟，酣睡于十里荷花之中，香气拍人，清梦甚惬。

虎丘记

[明] 袁宏道

【文本导读】 作者任吴县令时曾六次游览虎丘，两年后辞官时，又故地重游并写下了《虎丘记》。文章以作者的感受为踪，写山水少，写游况多，主要记述了苏州人中秋夜游虎丘的情景。诵读时，要极其轻松愉悦，以体现寄情山水之情。

虎丘去城可七八里，其山无高岩邃壑，独以近城，故箫鼓楼船，无日无之。凡月之夜，花之晨，雪之夕，游人往来，纷错如织，而中秋为尤胜。

每至是日，倾城阖户，连臂而至。衣冠士女，下迨蔀屋，莫不靓妆丽服，重茵累席，置酒交衢间。从千人石上至山门，栉比如鳞，檀板丘积，樽罍云泻，远而望之，如雁落平沙，霞铺江上，雷辊电霍，无得而状。

布席之初，唱者千百，声若聚蚊，不可辨识。分曹部署，竞以歌喉相斗，雅俗既陈，妍媸自别。未几而摇首顿足者，得数十人而已；已而明月浮空，石光如练，一切瓦釜，寂然停声，属而和者，才三四辈；一箫，一寸管，一人缓板而歌，竹肉相发，清声亮彻，听者魂销。比至夜深，月影横斜，荇藻凌乱，则箫板亦不复用；一夫登场，四座屏息，音若细发，响彻云际，每度一字，几尽一刻，飞鸟为之徘徊，壮士听而下泪矣。

剑泉深不可测，飞岩如削。千顷云得天池诸山作案，峦壑竞秀，最可觞客。但过午则日光射人，不堪久坐耳。文昌阁亦佳，晚树尤可观。而北为平远堂旧址，空旷无际，仅虞山一点在望，堂废已久，余与江进之谋所以复之，欲祠韦苏州、白乐天诸公于其中，而病寻作；余既乞归，恐进之之兴亦阑矣。山川兴废，信有时哉！

吏吴两载，登虎丘者六。最后与江进之、方子公同登，迟月生公石上。歌者闻令来，皆避匿去。余因谓进之曰："甚矣，乌纱之横，皂隶之俗哉！他日去官，有不听曲此石上者，如月！"今余幸得解官称吴客矣。虎丘之月，不知尚识余言否耶？

报刘一丈书

[明] 宗 臣

【文本导读】 这是一篇书信体散文。作者痛斥时弊，通过对当时官场中干谒者与权贵者"上下相孚"的丑态的漫画式描写，揭露了官场的黑暗，并表明了自己不同流合污的高尚情操。文章切中时弊，思想深刻，文笔犀利生动，语言简洁流畅。诵读时，注意体现作者对当时社会黑暗的讽刺与鞭挞，以及不屑巴结权贵的正直态度和可贵品质。

数千里外，得长者时赐一书，以慰长想，即亦甚幸矣；何至更辱馈遗，则不才益将何以报焉？书中情意甚殷，即长者之不忘老父，知老父之念长者深也。至以"上下相孚，才德称位"语不才，则不才有深感焉。

夫才德不称，固自知之矣；至于不孚之病，则尤不才为甚。且今之所谓孚者，何哉？日夕策马，候权者之门。门者故不入，则甘言媚词，作妇人状，袖金以私之。即门者持刺入，而主人又不即出见；立厩中仆马之间，恶气袭衣袖，即饥寒毒热不可忍，不去也。抵暮，则前所受赠金者出，报客曰："相公倦，谢客矣！客请明日来！"即明日，又不敢不来。夜披衣坐，闻鸡鸣，即起盥栉，走马抵门。门者怒曰："为谁？"则曰："昨日之客来。"则又怒曰："何客之勤也？岂有相公此时出见客乎？"客心耻之，强忍而与言曰："亡奈何矣，姑容我入！"门者又得所赠金，则起而入之；又立向所立厩中。幸主者出，南面召见，则惊走匍匐阶下。主者曰："进！"则再拜，故迟不起；起则上所上寿金。主者故不受，则固请。主者故固不受，则又固请，然后命吏纳之。则又再拜，又故迟不起；起则五六揖，始出。出，揖门者曰："官人幸顾我，他日来，幸无阻我也！"门者答揖。大喜奔出，马上遇所交识，即扬鞭语曰："适自相公家来，相公厚我，厚我！"且虚言状。即所交识，亦心畏相公厚之矣。相公又稍稍语人曰："某也贤！某也贤！"闻者亦心计交赞之。

此世所谓上下相孚也，长者谓仆能之乎？前所谓权门者，自岁时伏腊，一刺之外，即经年不往也。间道经其门，则亦掩耳闭目，跃马疾走过之，若有所追逐者，斯则仆之褊衷，以此长不见悦于长吏，仆则愈益不顾也。每大言曰："人生有命，吾惟有命，吾惟守分而已。"长者闻之，得无厌其为迂乎？

乡园多故，不能不动客子之愁。至于长者之抱才而困，则又令我怆然有感。天之与先生者甚厚，亡论长者不欲轻弃之，即天意亦不欲长者之轻弃之也，幸宁心哉！

浣花溪记

[明] 钟 惺

【文本导读】文章结构紧凑，线索清晰，作者以浣花溪为主线，把所见、所感贯穿其中，先描写浣花溪所途经的自然风光与名胜古迹，之后大发感想，赞赏杜甫在穷愁中犹能择胜境而居的安详胸怀。文章融记叙、写景、抒情、议论于一体，多用比喻，寓意深远，体现了作者抒写性灵、幽深孤峭的文风。诵读基调为清秀简洁。

出成都南门，左为万里桥。西折纤秀长曲，所见如连环、如玦、如带、如规、如钩，色如鉴、如琅玕、如绿沉瓜，窈然深碧、潆回城下者，皆浣花溪委也。然必至草堂，而后浣花有专名，则以少陵浣花居在焉耳。

行三四里为青羊宫，溪时远时近。竹柏苍然、隔岸阴森者，尽溪，平望如荠。水木清华，神肤洞达。自宫以西，流汇而桥者三，相距各不半里。舁夫云通灌县，或所云"江从灌口来"是也。

人家住溪左，则溪蔽不时见；稍断则复见溪。如是者数处，缚柴编竹，颇有次第。桥尽，一亭树道左，署曰"缘江路"。过此则武侯祠。祠前跨溪为板桥一，覆以水槛，乃睹"浣花溪"题榜。过桥，一小洲横斜插水间如梭，溪周之，非桥不通。置亭其上，题曰"百花潭水"。由此亭还，度桥过梵安寺，始为杜工部祠。像颇清古，不必求肖，想当尔尔。石刻像一，附以本传，何仁仲别驾署华阳时所为也。碑皆不堪读。

钟子曰：杜老二居，浣花清远，东屯险奥，各不相袭。严公不死，浣溪可老，患难之于朋友大矣哉！然天遣此翁增夔门一段奇耳。穷愁奔走，犹能择胜，胸中暇整，可以应世，如孔子微服主司城贞子时也。

时万历辛亥十月十七日。出城欲雨，顷之霁。使客游者，多由监司郡邑招饮，冠盖稠浊，磬折喧溢。迫暮趣归。是日清晨，偶然独往。楚人钟惺记。

五人墓碑记

[明] 张 溥

【文本导读】 这是一篇碑文。文章记述了明末东林党人和苏州市民不畏强暴，与恶势力魏忠贤之流英勇斗争的事迹，热情歌颂了五位烈士"激昂大义，蹈死不顾"的英雄气概，进而揭示了"明死生之大，匹夫之有重于社稷"的主题思想。文章夹叙夹议，融叙事、议论、抒情于一体，借事发挥，褒贬分明，激昂尽致，感慨淋漓。诵读基调为慷慨激昂。

五人者，盖当蓼洲周公之被逮，激于义而死焉者也。至于今，郡之贤士大夫请于当道，即除魏阉废祠之址以葬之，且立石于其墓之门，以旌其所为。呜呼，亦盛矣哉！

夫五人之死，去今之墓而葬焉，其为时止十有一月耳。夫十有一月之中，凡富贵之子，慷慨得志之徒，其疾病而死，死而湮没不足道者，亦已众矣；况草野之无闻者欤？独五人之皦皦，何也？

予犹记周公之被逮，在丙寅三月之望。吾社之行为士先者，为之声义，敛赀财以送其行，哭声震动天地。缇骑按剑而前，问："谁为哀者？"众不能堪，抶而仆之。是时以大中丞抚吴者为魏之私人毛一鹭，公之逮所由使也。吴之民方痛心焉，于是乘其厉声以呵，则噪而相逐。中丞匿于溷藩以免。既而以吴民之乱请于朝，按诛五人，曰颜佩韦、杨念如、马杰、沈扬、周文元，即今之傫然在墓者也。

然五人之当刑也，意气扬扬，呼中丞之名而詈之，谈笑以死。断头置城上，颜色不少变。有贤士大夫发五十金，买五人之头而函之，卒与尸合。故今之墓中全乎为五人也。

嗟乎！大阉之乱，缙绅而能不易其志者，四海之大，有几人欤？而五人生于编伍之间，素不闻诗书之训，激昂大义，蹈死不顾，亦曷故哉？且矫诏纷出，钩党之捕遍于天下，卒以吾郡之发愤一击，不敢复有株治；大阉亦逡巡畏义，非常之谋难于猝发。待圣人之出而投缳道路，不可谓非五人之力也。

由是观之，则今之高爵显位，一旦抵罪，或脱身以逃，不能容于远近，而又有剪发杜门，佯狂不知所之者，其辱人贱行，视五人之死，轻重固何如哉？是以蓼洲周公忠义暴于朝廷，赠谥褒美，显荣于身后；而五人亦得以加其土封，列其姓名于大堤之上，凡四方之士无不有过而拜且泣者，斯固百世之遇也。不然，令五人者保其首领，以老于户牖之下，则尽其天年，人皆得以隶使之，安能屈豪杰之流，扼腕墓道，发其志士之悲哉？故余与同社诸君子，哀斯墓之徒有其石也，而为之记，亦以明死生之大，匹夫之有重于社稷也。

贤士大夫者，冏卿因之吴公，太史文起文公、孟长姚公也。

狱中上母书

[明] 夏完淳

【文本导读】 夏完淳十四岁即随老师陈子龙、父亲夏允彝参加抗清活动，其父殉国后，又佐吴易在太湖起义。永历元年（1647）七月被捕，械送南京，九月就义，年仅十七岁。夏完淳在南京狱中自知必死，视死如归，但"以身殉父"，却不能"以身报母"，留下诸多遗憾，于是写下了《狱中上母书》——给嫡母盛氏的诀别信。文章先申诉与母诀别的原因，然后从三个方面写下遗言，感谢母亲的养育之恩，嘱咐安排家人的生活及自己的身后事，最后抒发了与母诀别的慷慨之情。全文层次分明，条理清晰，悲壮苍凉，一唱三叹，雄强恣肆，感人至深。诵读时，注意把握作者与母亲诀别的悲痛心情及视死如归的崇高精神。

不孝完淳，今日死矣！以身殉父，不得以身报母矣！

痛自严君见背，两易春秋，冤酷日深，艰辛历尽。本图复见天日，以报大仇，恤死荣生，告成黄土。奈天不佑我，钟虐先朝，一旅才兴，便成齑粉。去年之举，淳已自分必死，谁知不死，死于今日也。斤斤延此二年之命，菽水之养无一日焉。致慈君托迹于空门，生母寄生于别姓，一门漂泊，生不得相依，死不得相问。淳今日又溘然先从九京，不孝之罪，上通于天！

呜呼！双慈在堂，下有妹女，门祚衰薄，终鲜兄弟。淳一死不足惜，哀哀八口，何以为生？虽然，已矣！淳之身，父之所遗；淳之身，君之所用。为父为君，死亦何负于双慈！但慈君推干就湿，教礼习诗，十五年如一日。嫡母慈惠，千古所难。大恩未酬，令人痛绝。——慈君托之义融女兄，生母托之昭南女弟。

淳死之后，新妇遗腹得雄，便以为家门之幸。如其不然，万勿置后！会稽大望，至今而零极矣！节义文章，如我父子者几人哉？立一不肖后，如西铭先生，为人所诟笑，何如不立之为愈耶！

呜呼！大造茫茫，总归无后。有一日中兴再造，则庙食千秋，岂止麦饭豚蹄，不为馁鬼而已哉！若有妄言立后者，淳且与先文忠在冥冥诛殛顽嚚，决不肯舍！

兵戈天地，淳死后，乱且未有定期。双慈善保玉体，无以淳为念。二十年后，淳且与先文忠为北塞之举矣！勿悲勿悲！相托之言，慎勿相负！

武功甥将来大器，家事尽以委之。寒食、盂兰，一杯清酒，一盏寒灯，不至作若敖之鬼，则吾愿毕矣！新妇结缡二年，贤孝素著，武功甥好为我善待之，亦武功渭阳情也。语无伦次，将死言善。痛哉！痛哉！

人生孰无死？贵得死所耳！父得为忠臣，子得为孝子。含笑归太虚，了我分内事。大道本无生，视身若敝屣。但为气所激，缘悟天人理。恶梦十七年，报仇于来世。神游天地间，可以无愧矣！

大铁椎传

[清] 魏 禧

【文本导读】 这是一篇传记散文。作者以细腻生动的手法，形象地刻画了一位武艺高超、行为诡异、颇具传奇色彩的豪侠"大铁椎"。只可惜这样一位英雄人物，却无用武之地，文章隐晦地透露出作者对明朝亡国君臣的不满，抒发了作者深沉的亡国之痛。诵读时，应注意把遗民文人的复杂心境体现出来。

庚戌十一月，予自广陵归，与陈子灿同舟。子灿年二十八，好武事，予授以左氏兵谋兵法，因问："数游南北，逢异人乎？"子灿为述大铁椎，作《大铁椎传》。

大铁椎，不知何许人，北平陈子灿省兄河南，与遇宋将军家。宋，怀庆青华镇人，工技击，七省好事者皆来学，人以其雄健，呼宋将军云。宋弟子高信之，亦怀庆人，多力善射，长子灿七岁，少同学，故尝与过宋将军。

时座上有健啖客，貌甚寝，右胁夹大铁椎，重四五十斤，饮食拱揖不暂去。柄铁折迭环复，如锁上练，引之长丈许。与人罕言语，语类楚声。扣其乡及姓字，皆不答。

既同寝，夜半，客曰："吾去矣！"言讫不见。子灿见窗户皆闭，惊问信之。信之曰："客初至，不冠不袜，以蓝手巾裹头，足缠白布，大铁椎外，一物无所持，而腰多白金。吾与将军俱不敢问也。"子灿寐而醒，客则鼾睡炕上矣。

一日，辞宋将军曰："吾始闻汝名，以为豪，然皆不足用。吾去矣！"将军强留之，乃曰："吾数击杀响马贼，夺其物，故仇我。久居，祸且及汝。今夜半，方期我决斗某所。"宋将军欣然曰："吾骑马挟矢以助战。"客曰："止！贼能且众，吾欲护汝，则不快吾意。"宋将军故自负,且欲观客所为,力请客。客不得已,与偕行。将至斗处,送将军登空堡上,曰:"但观之,慎弗声,令贼知也。"

时鸡鸣月落,星光照旷野,百步见人。客驰下,吹觱篥数声。顷之,贼二十余骑四面集,步行负弓矢从者百许人。一贼提刀突奔客,客人呼挥椎,贼应声落马,马首裂。众贼环而进,客奋椎左右击,人马仆地,杀三十许人。宋将军屏息观之,股栗欲堕。忽闻客大呼曰:"吾去矣。"尘滚滚东向驰去。后遂不复至。

魏禧论曰:子房得力士,椎秦皇帝博浪沙中,大铁椎其人欤?天生异人,必有所用之。予读陈同甫《中兴遗传》,豪俊、侠烈、魁奇之士,泯泯然不见功名于世者又何多也?岂天之生才不必为人用欤?抑用之自有时欤?子灿遇大铁椎为壬寅岁,视其貌当年三十,然则大铁椎今四十耳。子灿又尝见其写市物帖子,甚工楷书也。

登泰山记

[清] 姚　鼐

【文本导读】 文章围绕作者的游踪,记述了作者与友人冬日登泰山观日出的经过,生动地描写了泰山雄奇瑰丽的景色,抒发了作者对祖国河山的热爱与赞颂之情。诵读基调为积极、乐观、豪迈。

泰山之阳,汶水西流;其阴,济水东流。阳谷皆入汶,阴谷皆入济。当其南北分者,古长城也。最高日观峰,在长城南十五里。

余以乾隆三十九年十二月,自京师乘风雪,历齐河、长清,穿泰山西北谷,越长城之限,至于泰安。是月丁未,与知府朱孝纯子颖由南麓登。四十五里,道皆砌石为磴,其级七千有余。

泰山正南面有三谷。中谷绕泰安城下,郦道元所谓环水也。余始循以入,道少半,越中岭,复循西谷,遂至其巅。古时登山,循东谷入,道有天门。东谷者,古谓之天门溪水,余所不至也。今所经中岭及山巅崖限当道者,世皆谓之天门云。道中迷雾冰滑,磴几不可登。及既上,苍山负雪,明烛天南;望晚日照城郭,汶水、徂徕如画,而半山居雾若带然。

戊申晦,五鼓,与子颖坐日观亭,待日出。大风扬积雪击面。亭东自足下皆云漫。稍见云中白若樗蒲数十粒者,山也。极天云一线异色,须臾成五彩。日上,正赤如丹,下有红光,动摇承之。或曰:此东海也。回视日观以西峰,或得日,或否,绛皓驳色,而皆若偻。

亭西有岱祠,又有碧霞元君祠;皇帝行宫在碧霞元君祠东。是日,观道中石刻,自唐显庆以来,其远古刻尽漫失。僻不当道者,皆不及往。

山多石,少土;石苍黑色,多平方少圆。少杂树多松,生石罅,皆平顶。冰雪,无瀑水，无鸟兽音迹。至日观数里内无树，而雪与人膝齐。

桐城姚鼐记。

哀盐船文

[清] 汪 中

【文本导读】 这是一篇骈文。作者以饱蘸深情的笔墨，用准确、精练、生动的文字，描绘了乾隆三十五年（1770）在江苏仪征县发生的一场火灾惨状。文章摆脱了骈文形式主义的倾向，结构上紧扣"哀"字，细节描写生动逼真，表达了作者深沉浓郁的悲哀与同情，真切感人。诵读基调为哀痛与同情兼备。

乾隆三十五年十二月乙卯，仪征盐船火，坏船百有三十，焚及溺死者千有四百。是时盐纲皆直达，东自泰州，西极于汉阳，转运半天下焉。惟仪征绾其口，列樯蔽空，束江而立，望之隐若城郭。一夕并命，郁为枯腊，烈烈厄运，可不悲邪？

于时玄冥告成，万物休息，穷阴涸凝，寒威凛慄，黑眚拔来，阳光西匿。群饱方嬉，歌呼宴食，死气交缠，视面惟墨。夜漏始下，惊飙勃发，万窍怒号，地脉荡决，大声发于空廓，而水波山立。

于斯时也，有火作焉。摩木自生，星星如血。炎火一灼，百舫尽赤。青烟睒睒，缥若沃雪。蒸云气以为霞，炙阴崖而焦爇。始连楫以下碇，乃焚如以俱没。跳踯火中，明见毛发。痛曾田田，狂呼气竭。转侧张皇，生涂未绝。倏阳焰之腾高，鼓腥风而一映。泊埃雾之重开，遂声销而形灭。齐千命于一瞬，指人世以长诀。发冤气之焄蒿，合游氛而障日。行当午而迷方，扬沙砾之嫖疾。衣缯败絮，墨査炭屑，浮江而下，至于海不绝。

亦有没者善游，操舟若神，死丧之威，从井有仁，旋入雷渊，并为波臣。又或择音无门，投身急濑，知蹈水之必濡，犹入险而思济，挟惊浪以雷奔，势若陇而终坠；逃灼烂之须臾，乃同归乎死地。积哀怨于灵台，乘精爽而为厉。出寒流以浃辰，目睊睊而犹视。知天属之来抚，憖流血以盈眦；诉强死之悲心，口不言而以意。

若其焚剥支离，漫漶莫别，圜者如圈，破者如玦。积埃填窍，搰指失节。嗟狸首之残形，聚谁何而同穴。收燃灰之一抔，辨焚余之白骨。呼呜，哀哉！

且夫众生乘化，是云天常，妻孥环之，绝气寝床，以死卫上，用登明堂，离而不惩，祀为国殇。兹也无名，又非其命，天乎何辜，罹此冤横！游魂不归，居人心绝。麦饭壶浆，临江呜咽。日堕天昏，凄凄鬼语。守哭迍邅，心期冥遇。惟血嗣之相依，尚腾哀而属路。或举族之沉波，终狐祥而无主。悲夫！丛冢有坎，泰厉有祀，强饮强食，冯其气类。尚群游之乐，而无为妖祟！人逢其凶也邪？天降其酷也邪？夫何为而至于此极哉！

左忠毅公逸事

[清] 方　苞

【文本导读】文章通过记述左光斗的几件逸事，赞美其识才、选才、惜才的崇高品格，塑造了左光斗以国家利益为重、刚毅正直、大义凛然的英雄形象。文章记事不杂，用笔精细，感人至深。诵读时，情感要真挚，情绪要饱满，以体现钦佩之情。

先君子尝言，乡先辈左忠毅公视学京畿，一日，风雪严寒，从数骑出，微行入古寺。庑下一生伏案卧，文方成草。公阅毕，即解貂覆生，为掩户。叩之寺僧，则史公可法也。及试，吏呼名至史公，公瞿然注视，呈卷，即面署第一。召入，使拜夫人，曰："吾诸儿碌碌，他日继吾志者，惟此生耳。"

及左公下厂狱，史朝夕狱门外。逆阉防伺甚严，虽家仆不得近。久之，闻左公被炮烙，旦夕且死；持五十金，涕泣谋于禁卒，卒感焉。一日，使史更敝衣草屦，背筐，手长镵，为除不洁者，引入。微指左公处，则席地倚墙而坐，面额焦烂不可辨，左膝以下，筋骨尽脱矣。史前跪，抱公膝而呜咽。公辨其声而目不可开，乃奋臂以指拨眦，目光如炬，怒曰："庸奴，此何地也？而汝前来！国家之事，糜烂至此。老夫已矣，汝复轻身而昧大义，天下事谁可支拄者？不速去，无俟奸人构陷，吾今即扑杀汝！"因摸地上刑械，作投击势。史噤不敢发声，趋而出。后常流涕述其事以语人，曰："吾师肺肝，皆铁石所铸造也！"

崇祯末，流贼张献忠出没蕲、黄、潜、桐间。史公以凤庐道奉檄守御。每有警，辄数月不就寝，使将士更休，而自坐幄幕外。择健卒十人，令二人蹲踞而背倚之，漏鼓移，则番代。每寒夜起立，振衣裳，甲上冰霜迸落，铿然有声。或劝以少休，公曰："吾上恐负朝廷，下恐愧吾师也。"

史公治兵，往来桐城，必躬造左公第，候太公、太母起居，拜夫人于堂上。

余宗老涂山，左公甥也，与先君子善，谓狱中语，乃亲得之于史公云。

为　学

[清] 彭端淑

【文本导读】清乾嘉时期，学者们不务声名，潜心问学，治学严谨朴实，形成一代学风。于是，作者便为他的子侄们写下了这篇文章。文章着重论述做学问的道理，指出人的才资天赋并非是决定学业能否有成就的条件，只有通过主观努力，才能有所成就。

诵读时，要用劝诫语气，以把握长辈对晚辈语重心长的劝勉之情。

天下事有难易乎？为之，则难者亦易矣；不为，则易者亦难矣。人之为学有难易乎？学之，则难者亦易矣；不学，则易者亦难矣。

吾资之昏，不逮人也；吾材之庸，不逮人也。旦旦而学之，久而不怠焉，迄乎成，而亦不知其昏与庸也。吾资之聪，倍人也。吾材之敏，倍人也。屏弃而不用，其与昏与庸无以异也。圣人之道，卒于鲁也传之。然则昏庸聪敏之用，岂有常哉？

蜀之鄙有二僧，其一贫，其一富。贫者语于富者曰："吾欲之南海，何如？"富者曰："子何恃而往？"曰："吾一瓶一钵足矣。"富者曰："吾数年来欲买舟而下，犹未能也。子何恃而往？"越明年，贫者自南海还，以告富者。富者有惭色。

西蜀之去南海，不知几千里也，僧富者不能至而贫者至焉。人之立志，顾不如蜀鄙之僧哉？是故聪与敏，可恃而不可恃也；自恃其聪与敏而不学者，自败者也。昏与庸，可限而不可限也；不自限其昏与庸而力学不倦者，自力者也。

黄生借书说

[清] 袁 枚

【文本导读】 文章开篇即提出"书非借不能读也"的观点，接着广引事实加以佐证，之后由借书推及借物，把"书非借不能读"的道理普遍化，最后转而叙说自身的经历，总结个人读书的经验教训。文章阐明借书与读书的关系，勉励后学要专心攻读。文章如话家常，循循善诱，令人信服并富有启发性。诵读时，尽量使用长辈谆谆告诫的语调。

黄生允修借书。随园主人授以书，而告之曰：

书非借不能读也。子不闻藏书者乎？七略、四库，天子之书，然天子读书者有几？汗牛塞屋，富贵家之书，然富贵人读书者有几？其他祖父积，子孙弃者无论焉。非独书为然，天下物皆然。非夫人之物而强假焉，必虑人逼取，而惴惴焉摩玩之不已，曰："今日存，明日去，吾不得而见之矣。"若业为吾所有，必高束焉，庋藏焉，曰"姑俟异日观"云尔。

余幼好书，家贫难致。有张氏藏书甚富。往借，不与，归而形诸梦。其切如是。故有所览辄省记。通籍后，俸去书来，落落大满，素蟫灰丝时蒙卷轴。然后叹借者之用心专，而少时之岁月为可惜也

今黄生贫类予，其借书亦类予；惟予之公书与张氏之吝书若不相类。然则予固不幸而遇张乎？生固幸而遇予乎？知幸与不幸，则其读书也必专，而其归书也必速。

为一说，使与书俱。

祭妹文

[清] 袁 枚

【文本导读】 文章从兄妹之间的亲密关系着眼,选取自己所见、所闻、所梦之事,描述了妹妹短暂而不幸的一生,表现了兄妹之间真挚的情感。文章记述的虽是家庭琐事,但"如影历历",真切可信,感人至深。文章既有对妹妹的哀悼与思念,也有对妹妹的怜悯与同情,亦有作者未尽职责的悔恨之情。诵读基调为哀怜悲情。

乾隆丁亥冬,葬三妹素文于上元之羊山,而奠以文曰:

呜呼!汝生于浙,而葬于斯,离吾乡七百里矣;当时虽觭梦幻想,宁知此为归骨所耶?

汝以一念之贞,遇人仳离,致孤危托落,虽命之所存,天实为之;然而累汝至此者,未尝非予之过也。予幼从先生授经,汝差肩而坐,爱听古人节义事;一旦长成,遽躬蹈之。呜呼!使汝不识《诗》《书》,或未必艰贞若是。

余捉蟋蟀,汝奋臂出其间;岁寒虫僵,同临其穴。今予殓汝葬汝,而当日之情形,憬然赴目。予九岁,憩书斋,汝梳双髻,披单缣来,温《缁衣》一章。适先生奓户入,闻两童子音琅琅然,不觉莞尔,连呼"则则"。此七月望日事也。汝在九原,当分明记之。予弱冠粤行,汝掎裳悲恸。逾三年,予披宫锦还家,汝从东厢扶案出,一家瞠视而笑,不记语从何起,大概说长安登科、函使报信迟早云尔。凡此琐琐,虽为陈迹,然我一日未死,则一日不能忘。旧事填膺,思之凄梗,如影历历,逼取便逝。悔当时不将嫛婗情状,罗缕记存。然而汝已不在人间,则虽年光倒流,儿时可再,而亦无与为证印者矣。

汝之义绝高氏而归也,堂上阿奶,仗汝扶持;家中文墨,眣汝办治。尝谓女流中最少明经义、谙雅故者。汝嫂非不婉嫕,而于此微缺然。故自汝归后,虽为汝悲,实为予喜。予又长汝四岁,或人间长者先亡,可将身后托汝;而不谓汝之先予以去也!

前年予病,汝终宵刺探,减一分则喜,增一分则忧。后虽小差,犹尚殗殜,无所娱遣;汝来床前,为说稗官野史可喜可愕之事,聊资一欢。呜呼!今而后,吾将再病,教从何处呼汝耶?

汝之疾也,予信医言无害,远吊扬州。汝又虑戚吾心,阻人走报。及至绵惙已极,阿奶问:"望兄归否?"强应曰:"诺。"已,予先一日梦汝来诀,心知不祥,飞舟渡江,果予以未时还家,而汝以辰时气绝;四支犹温,一目未瞑,盖犹忍死待予也。呜呼痛哉!早知诀汝,则予岂肯远游?即游,亦尚有几许心中言要汝知闻、共汝筹画也。而今已矣!除吾死外,当无见期。吾又不知何日死,可以见汝;而死后之有知无知,与得见不得见,又卒难明也。然则抱此无涯之憾,天乎人乎!而竟已乎!

汝之诗,吾已付梓;汝之女,吾已代嫁;汝之生平,吾已作传;惟汝之窀穸,尚未谋耳。先茔在杭，江广河深，势难归葬，故请母命而宁汝于斯，便祭扫也。其旁葬汝女阿印，其下两冢：一为阿爷侍者朱氏，一为阿兄侍者陶氏。羊山旷渺，南望原隰，西望栖霞，风雨晨昏，羁魂有伴，当不孤寂。所怜者，吾自戊寅年读汝哭侄诗后，至今无男。两女牙牙，生汝死后，才周晬耳。予虽亲在未敢言老，而齿危发秃，暗里自知，知在人间，尚复几日？阿品远官河南，亦无子女，九族无可继者。汝死我葬，我死谁埋？汝倘有灵，可能告我？

呜呼！生前既不可想，身后又不可知；哭汝既不闻汝言，奠汝又不见汝食。纸灰飞扬，朔风野大，阿兄归矣，犹屡屡回头望汝也。呜呼哀哉！呜呼哀哉！

病梅馆记

[清] 龚自珍

【文本导读】 文章以梅喻人，托梅议政，透过植梅、养梅、品梅、疗梅一系列生活琐事，由小见大，形象地揭露和抨击了封建统治阶级束缚人们思想及压抑摧残人才的丑恶罪行，吐露了作者追求个性解放，"不拘一格降人才"的强烈心声。诵读基调为愤懑。

江宁之龙蟠，苏州之邓尉，杭州之西溪，皆产梅。或曰：梅以曲为美，直则无姿；以欹为美，正则无景；以疏为美，密则无态。固也。此文人画士，心知其意，未可明诏大号，以绳天下之梅也；又不可以使天下之民斫直、删密、锄正，以夭梅、病梅为业以求钱也。梅之欹、之疏、之曲，又非蠢蠢求钱之民，能以其智力为也。有以文人画士孤癖之隐，明告鬻梅者，斫其正，养其旁条，删其密，夭其稚枝；锄其直，遏其生气，以求重价，而江浙之梅皆病。文人画士之祸之烈至此哉！

予购三百盆，皆病者，无一完者。既泣之三日，乃誓疗之，纵之、顺之，毁其盆，悉埋于地，解其棕缚；以五年为期，必复之、全之。予本非文人画士，甘受诟厉，辟病梅之馆以贮之。

呜呼！安得使予多暇日，又多闲田，以广贮江宁、杭州、苏州之病梅，穷予生之光阴以疗梅也哉！

与 妻 书

[清] 林觉民

【文本导读】《与妻书》是作者写给妻子陈意映的一封绝笔信,深情地表达了对妻子的挚爱,既有儿女情长,也有国家大义。作者把夫妻恩爱、家庭幸福与人民命运、国家前途联系在一起。文章缠绵悱恻,又充满浩然正气。诵读时,要充满眷恋之情,语气可高昂。

意映卿卿如晤:吾今以此书与汝永别矣!吾作此书时,尚是世中一人;汝看此书时,吾已成为阴间一鬼。吾作此书,泪珠和笔墨齐下,不能竟书而欲搁笔,又恐汝不察吾衷,谓吾忍舍汝而死,谓吾不知汝之不欲吾死也,故遂忍悲为汝言之。

吾至爱汝,即此爱汝一念,使吾勇于就死也。吾自遇汝以来,常愿天下有情人都成眷属;然遍地腥云,满街狼犬,称心快意,几家能彀?司马青衫,吾不能学太上之忘情也。语云:仁者"老吾老以及人之老;幼吾幼以及人之幼"。吾充吾爱汝之心,助天下人爱其所爱,所以敢先汝而死,不顾汝也。汝体吾此心,于啼泣之余,亦以天下人为念,当亦乐牺牲吾身与汝身之福利,为天下人谋永福也。汝其勿悲!

汝忆否?四五年前某夕,吾尝语曰:"与使吾先死也,无宁汝先我而死。"汝初闻言而怒,后经吾婉解,虽不谓吾言为是,而亦无词相答。吾之意盖谓以汝之弱,必不能禁失吾之悲,吾先死,留苦与汝,吾心不忍,故宁请汝先死,吾担悲也。嗟夫!谁知吾卒先汝而死乎?

吾真真不能忘汝也!回忆后街之屋,入门穿廊,过前后厅,又三四折,有小厅,厅旁一室,为吾与汝双栖之所。初婚三四个月,适冬之望日前后,窗外疏梅筛月影,依稀掩映;吾与汝并肩携手,低低切切,何事不语?何情不诉?及今思之,空余泪痕。又回忆六七年前,吾之逃家复归也,汝泣告我:"望今后有远行,必以告妾,妾愿随君行。"吾亦既许汝矣。前十余日回家,即欲乘便以此行之事语汝,及与汝相对,又不能启口,且以汝之有身也,更恐不胜悲,故惟日日呼酒买醉。嗟夫!当时余心之悲,盖不能以寸管形容之。

吾诚愿与汝相守以死,第以今日事势观之,天灾可以死,盗贼可以死,瓜分之日可以死,奸官污吏虐民可以死,吾辈处今日之中国,国中无地无时不可以死。到那时使吾眼睁睁看汝死,或使汝眼睁睁看吾死,吾能之乎?抑汝能之乎?即可不死,而离散不相见,徒使两地眼成穿而骨化石,试问古来几曾见破镜能重圆?则较死为苦也,将奈之何?今日吾与汝幸双健。天下人之不当死而死与不愿离而离者,不可数计。钟情如我辈者,能忍之乎?此吾所以敢率性就死不顾汝也。吾今死无余憾,国事成不成自有同志者在。依新已五岁,转眼成人,汝其善抚之,使之肖我。汝腹中之物,吾疑其女也,女必像汝,吾心甚慰。或又是男,则亦教其以父志为志,则吾死后尚有二意洞在也。甚幸,

甚幸！吾家后日当甚贫，贫无所苦，清静过日而已。

吾今与汝无言矣。吾居九泉之下遥闻汝哭声，当哭相和也。吾平日不信有鬼，今则又望其真有。今是人又言心电感应有道，吾亦望其言是实，则吾之死，吾灵尚依依旁汝也，汝不必以无侣悲。

吾平生未尝以吾所志语汝，是吾不是处；然语之，又恐汝日日为吾担忧。吾牺牲百死而不辞，而使汝担忧，的的非吾所忍。吾爱汝至，所以为汝谋者惟恐未尽。汝幸而偶我，又何不幸而生今日之中国！吾幸而得汝，又何不幸而生今日之中国！卒不忍独善其身。嗟夫！巾短情长，所未尽者，尚有万千，汝可以模拟得之。吾今不能见汝矣！汝不能舍吾，其时时于梦中得我乎？一恸。辛亥三月廿六夜四鼓，意洞手书。

家中诸母皆通文，有不解处，望请其指教，当尽吾意为幸。

少年中国说（节选）

[清末民初] 梁启超

【文本导读】文章写于戊戌变法失败后的1900年，当时正处于清朝末年，政治腐败，死气沉沉，帝国主义因此嘲笑中国为"老大帝国"。作者站在资产阶级改良派的立场上，对当时腐朽的官僚提出批评，极力歌颂少年的蓬勃朝气，热切希望出现"少年中国"。诵读时，要充分体现作者希望祖国繁荣富强的强烈愿望和积极进取的精神。

少年智则国智，少年富则国富，少年强则国强，少年独立则国独立，少年自由则国自由，少年进步则国进步，少年胜于欧洲则国胜于欧洲，少年雄于地球则国雄于地球。

红日初升，其道大光；河出伏流，一泻汪洋；潜龙腾渊，鳞爪飞扬；乳虎啸谷，百兽震惶；鹰隼试翼，风尘翕张；奇花初胎，矞矞皇皇；干将发硎，有作其芒；天戴其苍，地履其黄；纵有千古，横有八荒；前途似海，来日方长。美哉我少年中国，与天不老！壮哉我中国少年，与国无疆！

下编 蒙学

"蒙者，蒙也，物之稚也。"古人称幼童为"童蒙"。从夏商始，我国便重视幼儿的启蒙教育，蒙学相传相袭，内容丰富完备。"蒙以养正"，蒙学经典大多出经入史，集百家之精华，对儿童增长知识、培育品德、规范行为起到了极大的推动作用。诵读蒙学经典，掌握其精髓，去除其糟粕，是青少年的必修课业，更是师范生修身养性、传承中华美德的必经之路。

三字经

[宋] 王应麟

【文本导读】《三字经》的原作者为王应麟,明清两代学者陆续对它予以补充。全文概括了"天人性命之微,地理山水之奇,历代帝王之统绪,诸子百家著作之原由",是一部学习古代文化的入门书,堪称"蒙学之冠",被称为"袖里通鉴纲目",所谓"熟读《三字经》,可知千古事"。《三字经》简明扼要,先易后难,循序渐进,易诵易记,用榜样说故事;在格式上,三字一句,短小精悍、朗朗上口。因其文通俗顺口且易记,故和《百家姓》《千字文》并称为中国传统蒙学三大读物,合称"三百千"。诵读时,每句的中心字要用重音,起强调作用;头脑中可呈现训诫情境,语气要带有较为浓郁的规劝意味。

人之初,性本善。性相近,习相远。
苟不教,性乃迁。教之道,贵以专。
昔孟母,择邻处。子不学,断机杼。
窦燕山,有义方,教五子,名俱扬。
养不教,父之过;教不严,师之惰。
子不学,非所宜,幼不学,老何为?
玉不琢,不成器;人不学,不知义。
为人子,方少时,亲师友,习礼仪。
香九龄,能温席;孝于亲,所当执。
融四岁,能让梨;弟于长,宜先知。
首孝悌,次见闻。知某数,识某文。
一而十,十而百,百而千,千而万。
三才者:天地人。三光者:日月星。
三纲者:君臣义。父子亲,夫妇顺。
曰春夏,曰秋冬,此四时,运不穷。
曰南北,曰西东,此四方,应乎中。
曰水火,木金土,此五行,本乎数。
曰仁义,礼智信,此五常,不容紊。
稻粱菽,麦黍稷,此六谷,人所食。
马牛羊,鸡犬豕,此六畜,人所饲。
曰喜怒,曰哀惧,爱恶欲,七情具。
匏土革,木石金,丝与竹,乃八音。
高曾祖,父而身,身而子,子而孙。

自子孙，至玄曾，乃九族，人之伦。
父子恩，夫妇从，兄则友，弟则恭，
长幼序，友与朋，君则敬，臣则忠，
此十义，人所同。
凡训蒙，须讲究，详训诂，明句读。
为学者，必有初。小学终，至四书。
论语者，二十篇，群弟子，记善言。
孟子者，七篇止，讲道德，说仁义。
作中庸，子思笔，中不偏，庸不易。
作大学，乃曾子，自修齐，至平治。
孝经通，四书熟，如六经，始可读。
诗书易，礼春秋，号六经，当讲求。
有连山，有归藏，有周易，三易详。
有典谟，有训诰，有誓命，书之奥。
我周公，作周礼，著六官，存治体。
大小戴，注礼记，述圣言，礼乐备。
曰国风，曰雅颂，号四诗，当讽咏。
诗既亡，春秋作，寓褒贬，别善恶。
三传者，有公羊，有左氏，有穀梁。
经既明，方读子，撮其要，记其事。
五子者，有荀扬，文中子，及老庄。
经子通，读诸史，考世系，知终始。
自羲农，至黄帝，号三皇，居上世。
唐有虞，号二帝，相揖逊，称盛世。
夏有禹，商有汤，周文武，称三王。
夏传子，家天下，四百载，迁夏社。
汤伐夏，国号商，六百载，至纣亡。
周武王，始诛纣，八百载，最长久。
周辙东，王纲坠，逞干戈，尚游说。
始春秋，终战国，五霸强，七雄出。
嬴秦氏，始兼并，传二世，楚汉争。
高祖兴，汉业建，至孝平，王莽篡。
光武兴，为东汉，四百年，终于献。
魏蜀吴，争汉鼎，号三国，迄两晋。
宋齐继，梁陈承，为南朝，都金陵。
北元魏，分东西，宇文周，与高齐。
迨至隋，一土宇，不再传，失统绪。
唐高祖，起义师，除隋乱，创国基。

二十传，三百载，梁灭之，国乃改。
梁唐晋，及汉周，称五代，皆有由。
炎宋兴，受周禅，十八传，南北混。
辽与金，帝号纷，迨灭辽，宋犹存。
至元兴，金绪歇。有宋世，一同灭。
莅中国，兼戎狄，九十载，国祚废。
明太祖，久亲师，传建文，方四祀。
迁北京，永乐嗣，迨崇祯，煤山逝。
清太祖，膺景命，靖四方，克大定。
廿二史，全在兹。载治乱，知兴衰。
读史书，考实录。通古今，若亲目。
口而诵，心而惟。朝于斯，夕于斯。
昔仲尼，师项橐，古圣贤，尚勤学。
赵中令，读鲁论，彼既仕，学且勤。
披蒲编，削竹简，彼无书，且知勉。
头悬梁，锥刺股，彼不教，自勤苦。
如囊萤，如映雪，家虽贫，学不辍。
如负薪，如挂角，身虽劳，犹苦卓。
苏老泉，二十七，始发愤，读书籍，
彼既老，犹悔迟，尔小生，宜早思。
若梁灏，八十二，对大廷，魁多士，
彼既成，众称异，尔小生，宜立志。
莹八岁，能咏诗；泌七岁，能赋棋。
彼颖悟，人称奇；尔幼学，当效之。
蔡文姬，能辨琴；谢道韫，能咏吟。
彼女子，且聪敏；尔男子，当自警。
唐刘晏，方七岁，举神童，作正字，
彼虽幼，身已仕，尔幼学，勉而致。
有为者，亦若是。
犬守夜，鸡司晨，苟不学，曷为人。
蚕吐丝，蜂酿蜜，人不学，不如物。
幼而学，壮而行，上致君，下泽民。
扬名声，显父母，光于前，裕于后。
人遗子，金满籯，我教子，唯一经。
勤有功，戏无益，戒之哉，宜勉力。

百 家 姓

[宋] 佚 名

【文本导读】《百家姓》是一部汇聚中华姓氏的备受欢迎的蒙学识字教材,约北宋初年问世,作者无据可考。原收集姓氏411个,后增补到504个,其中,单姓444个,复姓60个,共568个字。它采用四言体例,以姓组句,姓氏之间没有关联,文理不通,但句式整齐,押韵合辙,寓教于乐,易学易记。《百家姓》颇具实用性,熟读它、背诵它,对于家庭寻根、家谱续编、社会交往、识认汉字等都有益处。它与《三字经》《千字文》并称"三百千",是中国古代幼儿的启蒙读物。明代理学家吕坤曾说过:"初入社学,八岁以下者,先读《三字经》以习见闻,读《百家姓》以便日用,读《千字文》以明义理。"诵读时,要做到字正腔圆,情绪饱满,每个字的发音均要完整。

赵钱孙李,周吴郑王。冯陈褚卫,蒋沈韩杨。
朱秦尤许,何吕施张。孔曹严华,金魏陶姜。
戚谢邹喻,柏水窦章。云苏潘葛,奚范彭郎。
鲁韦昌马,苗凤花方。俞任袁柳,酆鲍史唐。
费廉岑薛,雷贺倪汤。滕殷罗毕,郝邬安常。
乐于时傅,皮卞齐康。伍余元卜,顾孟平黄。
和穆萧尹,姚邵湛汪。祁毛禹狄,米贝明臧。
计伏成戴,谈宋茅庞。熊纪舒屈,项祝董梁。
杜阮蓝闵,席季麻强。贾路娄危,江童颜郭。
梅盛林刁,钟徐邱骆。高夏蔡田,樊胡凌霍。
虞万支柯,昝管卢莫。经房裘缪,干解应宗。
丁宣贲邓,郁单杭洪。包诸左石,崔吉钮龚。
程嵇邢滑,裴陆荣翁。荀羊於惠,甄麴家封。
芮羿储靳,汲邴糜松。井段富巫,乌焦巴弓。
牧隗山谷,车侯宓蓬。全郗班仰,秋仲伊宫。
宁仇栾暴,甘钭厉戎。祖武符刘,景詹束龙。
叶幸司韶,郜黎蓟薄。印宿白怀,蒲邰从鄂。
索咸籍赖,卓蔺屠蒙。池乔阴郁,胥能苍双。
闻莘党翟,谭贡劳逄。姬申扶堵,冉宰郦雍。
郤璩桑桂,濮牛寿通。边扈燕冀,郏浦尚农。
温别庄晏,柴瞿阎充。慕连茹习,宦艾鱼容。
向古易慎,戈廖庾终。暨居衡步,都耿满弘。
匡国文寇,广禄阙东。欧殳沃利,蔚越夔隆。

师巩厍聂，晁勾敖融。冷訾辛阚，那简饶空。
曾毋沙乜，养鞠须丰。巢关蒯相，查后荆红。
游竺权逯，盖益桓公。万俟司马，上官欧阳。
夏侯诸葛，闻人东方。赫连皇甫，尉迟公羊。
澹台公冶，宗政濮阳。淳于单于，太叔申屠。
公孙仲孙，轩辕令狐。钟离宇文，长孙慕容。
鲜于闾丘，司徒司空。亓官司寇，仉督子车。
颛孙端木，巫马公西。漆雕乐正，壤驷公良。
拓跋夹谷，宰父榖梁。晋楚闫法，汝鄢涂钦。
段干百里，东郭南门。呼延归海，羊舌微生。
岳帅缑亢，况郈有琴。梁丘左丘，东门西门。
商牟佘佴，伯赏南宫。墨哈谯笪，年爱阳佟。
第五言福，百家姓终。

千字文

［南北朝］周兴嗣

【文本导读】《千字文》是南北朝时期周兴嗣的著作，与《三字经》《百家姓》相配合，成为我国古代蒙学中的固定教材，合称"三百千"。自隋唐以来，《千字文》成为识字教育的启蒙读物，被誉为"天下第一字书"。它行文流畅、气势贯通、条理分明、辞藻华丽，内容涉及自然、社会、历史、教育、伦理等方面。所选千字，大多是常用字，生僻字较少，便于识读。诵读时，可采用念读的方式进行，但要做到声音洪亮、字正腔圆。

一

天地玄黄，宇宙洪荒。日月盈昃，辰宿列张。
寒来暑往，秋收冬藏。闰余成岁，律吕调阳。
云腾致雨，露结为霜。金生丽水，玉出昆冈。
剑号巨阙，珠称夜光。果珍李柰，菜重芥姜。
海咸河淡，鳞潜羽翔。龙师火帝，鸟官人皇。
始制文字，乃服衣裳。推位让国，有虞陶唐。
吊民伐罪，周发殷汤。坐朝问道，垂拱平章。
爱育黎首，臣伏戎羌。遐迩一体，率宾归王。
鸣凤在竹，白驹食场。化被草木，赖及万方。

二

盖此身发，四大五常。恭惟鞠养，岂敢毁伤。
女慕贞洁，男效才良。知过必改，得能莫忘。
罔谈彼短，靡恃己长。信使可覆，器欲难量。
墨悲丝染，诗赞羔羊。景行维贤，克念作圣。
德建名立，形端表正。空谷传声，虚堂习听。
祸因恶积，福缘善庆。尺璧非宝，寸阴是竞。
资父事君，曰严与敬。孝当竭力，忠则尽命。
临深履薄，夙兴温凊。似兰斯馨，如松之盛。
川流不息，渊澄取映。容止若思，言辞安定。
笃初诚美，慎终宜令。荣业所基，籍甚无竟。
学优登仕，摄职从政。存以甘棠，去而益咏。
乐殊贵贱，礼别尊卑。上和下睦，夫唱妇随。
外受傅训，入奉母仪。诸姑伯叔，犹子比儿。
孔怀兄弟，同气连枝。交友投分，切磨箴规。
仁慈隐恻，造次弗离。节义廉退，颠沛匪亏。
性静情逸，心动神疲。守真志满，逐物意移。
坚持雅操，好爵自縻。

三

都邑华夏，东西二京。背邙面洛，浮渭据泾。
宫殿盘郁，楼观飞惊。图写禽兽，画彩仙灵。
丙舍傍启，甲帐对楹。肆筵设席，鼓瑟吹笙。
升阶纳陛，弁转疑星。右通广内，左达承明。
既集坟典，亦聚群英。杜稿钟隶，漆书壁经。
府罗将相，路侠槐卿。户封八县，家给千兵。
高冠陪辇，驱毂振缨。世禄侈富，车驾肥轻。
策功茂实，勒碑刻铭。磻溪伊尹，佐时阿衡。
奄宅曲阜，微旦孰营。桓公匡合，济弱扶倾。
绮回汉惠，说感武丁。俊乂密勿，多士寔宁。
晋楚更霸，赵魏困横。假途灭虢，践土会盟。
何遵约法，韩弊烦刑。起翦颇牧，用军最精。
宣威沙漠，驰誉丹青。九州禹迹，百郡秦并。
岳宗泰岱，禅主云亭。雁门紫塞，鸡田赤城。
昆池碣石，钜野洞庭。旷远绵邈，岩岫杳冥。
治本于农，务兹稼穑。俶载南亩，我艺黍稷。
税熟贡新，劝赏黜陟。

四

孟轲敦素，史鱼秉直。庶几中庸，劳谦谨敕。
聆音察理，鉴貌辨色。贻厥嘉猷，勉其祗植。
省躬讥诫，宠增抗极。殆辱近耻，林皋幸即。
两疏见机，解组谁逼。索居闲处，沉默寂寥。
求古寻论，散虑逍遥。欣奏累遣，戚谢欢招。
渠荷的历，园莽抽条。枇杷晚翠，梧桐蚤凋。
陈根委翳，落叶飘摇。游鹍独运，凌摩绛霄。
耽读玩市，寓目囊箱。易輶攸畏，属耳垣墙。
具膳餐饭，适口充肠。饱饫烹宰，饥厌糟糠。
亲戚故旧，老少异粮。妾御绩纺，侍巾帷房。
纨扇圆絜，银烛炜煌。昼眠夕寐，蓝笋象床。
弦歌酒宴，接杯举觞。矫手顿足，悦豫且康。
嫡后嗣续，祭祀烝尝。稽颡再拜，悚惧恐惶。
笺牒简要，顾答审详。骸垢想浴，执热愿凉。
驴骡犊特，骇跃超骧。诛斩贼盗，捕获叛亡。
布射僚丸，嵇琴阮啸。恬笔伦纸，钧巧任钓。
释纷利俗，并皆佳妙。毛施淑姿，工颦妍笑。
年矢每催，曦晖朗曜。璇玑悬斡，晦魄环照。
指薪修祜，永绥吉劭。矩步引领，俯仰廊庙。
束带矜庄，徘徊瞻眺。孤陋寡闻，愚蒙等诮。
谓语助者，焉哉乎也。

弟 子 规

[清] 李毓秀

【文本导读】《弟子规》原名《训蒙文》，作者为清朝康熙年间秀才李毓秀，后经贾存仁修订并更名为《弟子规》。全文共360句、1080字，是《三字经》的一种变体。它是依据孔子对弟子的教诲而编写的学童生活规范，内容采用《论语》"学而篇"第六条"弟子入则孝，出则悌，谨而信，泛爱众，而亲仁。行有余力，则以学文"的文义，分七个部分，即孝、悌、谨、信、爱众、亲仁、学文等，核心思想为孝悌仁爱，是古代教育孩童敦伦尽分、防邪存诚，养成忠厚家风的最佳蒙学读物，与《三字经》《百家姓》《千字文》有同等影响。全文以三字一句、两句一韵编撰而成。诵读时，可采用念读方式，整体基调为轻快调。

总叙

弟子规，圣人训：首孝悌，次谨信。
泛爱众，而亲仁。有余力，则学文。

入则孝

父母呼，应勿缓。父母命，行勿懒。
父母教，须敬听。父母责，须顺承。
冬则温，夏则凊。晨则省，昏则定。
出必告，返必面。居有常，业无变。
事虽小，勿擅为。苟擅为，子道亏。
物虽小，勿私藏。苟私藏，亲心伤。
亲所好，力为具。亲所恶，谨为去。
身有伤，贻亲忧。德有伤，贻亲羞。
亲爱我，孝何难。亲憎我，孝方贤。
亲有过，谏使更。怡吾色，柔吾声。
谏不入，悦复谏。号泣随，挞无怨。
亲有疾，药先尝。昼夜侍，不离床。
丧三年，常悲咽。居处变，酒肉绝。
丧尽礼，祭尽诚。事死者，如事生。

出则悌

兄道友，弟道恭。兄弟睦，孝在中。
财物轻，怨何生。言语忍，忿自泯。
或饮食，或坐走。长者先，幼者后。
长呼人，即代叫。人不在，己先到。
称尊长，勿呼名。对尊长，勿见能。
路遇长，疾趋揖。长无言，退恭立。
骑下马，乘下车。过犹待，百步余。
长者立，幼勿坐。长者坐，命乃坐。
尊长前，声要低。低不闻，却非宜。
进必趋，退必迟。问起对，视勿移。
事诸父，如事父。事诸兄，如事兄。

谨

朝起早，夜眠迟。老易至，惜此时。
晨必盥，兼漱口。便溺回，辄净手。
冠必正，纽必结。袜与履，俱紧切。
置冠服，有定位。勿乱顿，致污秽。
衣贵洁，不贵华。上循分，下称家。
对饮食，勿拣择。食适可，勿过则。
年方少，勿饮酒。饮酒醉，最为丑。

步从容，立端正。揖深圆，拜恭敬。
勿践阈，勿跛倚。勿箕踞，勿摇髀。
缓揭帘，勿有声。宽转弯，勿触棱。
执虚器，如执盈。入虚室，如有人。
事勿忙，忙多错。勿畏难，勿轻略。
斗闹场，绝勿近。邪僻事，绝无问。
将入门，问孰存。将上堂，声必扬。
人问谁，对以名。吾与我，不分明。
用人物，须明求。倘不问，即为偷。
借人物，及时还。人借物，有勿悭。

信

凡出言，信为先。诈与妄，奚可焉。
话说多，不如少。惟其是，勿佞巧。
奸巧语，秽污词。市井气，切戒之。
见未真，勿轻言。知未的，勿轻传。
事非宜，勿轻诺。苟轻诺，进退错。
凡道字，重且舒。勿急疾，勿模糊。
彼说长，此说短。不关己，莫闲管。
见人善，即思齐。纵去远，以渐跻。
见人恶，即内省。有则改，无加警。
惟德学，惟才艺。不如人，当自励。
若衣服，若饮食。不如人，勿生戚。
闻过怒，闻誉乐。损友来，益友却。
闻誉恐，闻过欣。直谅士，渐相亲。
无心非，名为错。有心非，名为恶。
过能改，归于无。倘掩饰，增一辜。

泛爱众

凡是人，皆须爱。天同覆，地同载。
行高者，名自高。人所重，非貌高。
才大者，望自大。人所服，非言大。
己有能，勿自私。人所能，勿轻訾。
勿谄富，勿骄贫。勿厌故，勿喜新。
人不闲，勿事搅。人不安，勿话扰。
人有短，切莫揭。人有私，切莫说。
道人善，即是善。人知之，愈思勉。
扬人短，既是恶。疾之甚，祸且作。
善相劝，德皆建。过不规，道两亏。
凡取与，贵分晓。与宜多，取宜少。

将加人，先问己。己不欲，即速已。
恩欲报，怨欲忘。报怨短，报恩长。
待婢仆，身贵端。虽贵端，慈而宽。
势服人，心不然。理服人，方无言。

亲仁

同是人，类不齐。流俗众，仁者希。
果仁者，人多畏。言不讳，色不媚。
能亲仁，无限好。德日进，过日少。
不亲仁，无限害。小人进，百事坏。

余力学文

不力行，但学文。长浮华，成何人。
但力行，不学文。任己见，昧理真。
读书法，有三到。心眼口，信皆要。
方读此，勿慕彼。此未终，彼勿起。
宽为限，紧用功。工夫到，滞塞通。
心有疑，随札记。就人问，求确义。
房室清，墙壁净。几案洁，笔砚正。
墨磨偏，心不端。字不敬，心先病。
列典籍，有定处。读看毕，还原处。
虽有急，卷束齐。有缺坏，就补之。
非圣书，屏勿视。蔽聪明，坏心志。
勿自暴，勿自弃。圣与贤，可驯致。

童蒙须知

[宋] 朱 熹

【文本导读】《童蒙须知》是古代有名的启蒙读物，作者为宋代朱熹。全书从经传史集中采集关于礼仪、事亲、读书等方面的格言训诫，将繁难的儒学思想分解为简明的诗句，指出童蒙教育的主要内容包括"始于衣服冠履，次及言语步趋，次及洒扫涓洁，次及读书写文字，及有杂细事宜"。此外，对儿童的生活起居、学习、道德行为、礼节等均做了详细规定。学习该文，我们不仅能了解古人培养幼童的严格标准，也可对自身的行为规范起到约束作用。学习时，择其精要思想，结合新时代教育现实，探索符合当代学生实际的道德规范及行为准则，是新时代赋予师范生的神圣使命。诵读时，要字正腔圆，中气满满，略带劝诫语气。

下编 蒙学

原序

夫童蒙之学,始于衣服冠履,次及言语步趋,次及洒扫涓洁,次及读书写文字,及有杂细事宜,皆所当知。今逐目条列,名曰《童蒙须知》。若其修身、治心、事亲、接物、与夫穷理尽性之要,自有圣贤典训,昭然可考。当次第晓达,兹不复详著云。

宏谋按

前二篇,为学者定其纲宗,端所祈向。而蒙学从入之门,则必自易知而易从者始。故诸子既尝编次小学,尤择其切于日用,便于耳提面命者,著为《童蒙须知》,使其由是而循循焉。凡一物一则,一事一宜,虽至织至悉,皆以闲其放心,养其德性,为异日进修上达之阶,即此而在矣。吾愿为父兄者,毋视为易知而教之不严;为子弟者,更毋忽以不足知而听之藐藐也。

衣服冠履第一

大抵为人,先要身体端整。自冠巾、衣服、鞋袜,皆须收拾爱护,常令洁净整齐。我先人常训子弟云:"男子有三紧。谓头紧、腰紧、脚紧。"头,谓头巾。未冠者,总髻。腰,谓以条或带,束腰。脚,谓鞋袜。此三者,要紧束,不可宽慢。宽慢,则身体放肆,不端严,为人所轻贱矣。

凡著衣服,必先提整衿领,结两衽、纽带,不可令有阙落。饮食照管,勿令污坏;行路看顾,勿令泥渍。

凡脱衣服,必齐整折叠箱箧中,勿散乱顿放,则不为尘埃杂秽所污。仍易于寻取,不致散失。著衣既久,则不免垢腻。须要勤勤洗浣。破绽,则补缀之。尽补缀无害,只要完洁。

凡盥面,必以巾帨遮护衣领,卷束两袖,勿令有所湿。凡就劳役,必去上笼衣服,只著短便,爱护,勿使损污。凡日中所著衣服,夜卧必更,则不藏蚤虱,不即敝坏。苟能如此,则不但威仪可法,又可不费衣服。晏子一狐裘三十年,虽意在以俭化俗,亦其爱惜有道也。此最饬身之要,毋忽。

语言步趋第二

凡为人子弟,须是常低声下气,语言详缓,不可高言喧哄,浮言戏笑。父兄长上有所教督,但当低首听受,不可妄大议论。长上检责,或有过误,不可便自分解,姑且隐默。久,却徐徐细意条陈,云:"此事恐是如此,向者当是偶尔遗忘。"或曰:"当是偶尔思省未至。"若尔,则无伤忤,事理自明。至于朋友分上,亦当如此。

凡闻人所为不善,下至婢仆违过,宜且包藏,不应便尔声言。当相告语,使其知改。

凡行步趋跄,须是端正,不可疾走跳踯。若父母长上有所唤召,却当疾走而前,不可舒缓。

洒扫涓洁第三

凡为人子弟,当洒扫居处之地,拂拭几案,当令洁净。文字笔砚,凡百器用,皆当严肃整齐,顿放有常处。取用既毕,复置元所。父兄长上坐起处,文字纸札之属,或有散乱,当加意整齐,不可辄自取用。凡借人文字,皆置簿抄录主名,及时取还。窗壁、几案、文字间,不可书字。前辈云:"坏笔污墨,瘝子弟职。书几书砚,自黥其面。"

此为最不雅洁，切宜深戒。

读书写文字第四

　　凡读书，须整顿几案，令洁净端正。将书册整齐顿放。正身体，对书册，详缓看字，仔细分明。读之须要读得字字响亮，不可误一字，不可少一字，不可多一字，不可倒一字，不可牵强暗记。只是要多诵遍数，自然上口，久远不忘。古人云："读书千遍，其义自见。"谓熟读，则不待解说，自晓其义也。余尝谓读书有三到，谓心到、眼到、口到。心不在此，则眼不看仔细。心眼既不专一，却只漫浪诵读，决不能记。记，亦不能久也。三到之法，心到最急。心既到矣，眼口岂不到乎？

　　凡书册，须要爱护，不可损污皱折。济阳江禄，书读未完，虽有急速，必待掩束整齐，然后起。此最为可法。

　　凡写文字，须高执墨锭，端正研磨，勿使墨汁污手。高执笔，双钩端楷书字，不得令手揩著毫。

　　凡写字，未问写得工拙如何，且要一笔一画，严正分明，不可潦草。

　　凡写文字，须要仔细看本，不可差讹。

杂细事宜第五

　　凡子弟，须要早起晏眠。

　　凡喧闹争斗之处，不可近。无益之事，不可为。

　　凡饮食，有则食之，无则不可思索。但粥饭充饥，不可阙。

　　凡向火，勿迫近火旁。不惟举止不佳，且防焚爇衣服。

　　凡相揖，必折腰。

　　凡对父母长上朋友，必称名。

　　凡称呼长上，不可以字，必云某丈。如弟行者，则云某姓某丈。

　　凡出外，及归，必于长上前作揖。虽暂出，亦然。

　　凡饮食于长上之前，必轻嚼缓咽，不可闻饮食之声。

　　凡饮食之物，勿争较多少美恶。

　　凡侍长者之侧，必正立拱手。有所问，则必诚实对，言不可妄。

　　凡开门揭帘，须徐徐轻手，不可令震惊声响。

　　凡众坐，必敛身，勿广占坐席。

　　凡侍长上出行，必居路之右。住，必居左。

　　凡饮酒，不可令至醉。

　　凡如厕，必去外衣。下必盥手。

　　凡夜行，必以灯烛，无烛则止。

　　凡待婢仆，必端严，勿得与之嬉笑。执器皿，必端严，惟恐有失。

　　凡危险，不可近。

　　凡道路遇长者，必正立拱手，疾趋而揖。

　　凡夜卧，必用枕，勿以寝衣覆首。

　　凡饮食，举匙必置箸，举箸必置匙。食已，则置匙箸于案。

　　杂细事宜，品目甚多，姑举其略，然大概具矣。

凡此五篇，若能遵守不违，自不失为谨愿之士。必又能读圣贤之书，恢大此心，进德修业，入于大贤君子之域，无不可者。汝曹宜勉之。

朱子家训

［明末清初］ 朱用纯

【文本导读】《朱子家训》，原名《朱柏庐治家格言》，又名《治家格言》，通篇意在劝人勤俭持家、安分守己，其中少量封建糟粕尽可舍之。全文524字，文字通俗易懂，辞藻朴实无华，内容简明扼要，对仗工整，朗朗上口。这部家训自问世以来，便被世人争相传抄，成为清代家喻户晓的"治家之经"，清至民国年间一度成为童蒙必读课本之一。诵读时，宜高声缓读，切勿急促发音。

黎明即起，洒扫庭除，要内外整洁；
既昏便息，关锁门户，必亲自检点。
一粥一饭，当思来处不易；
半丝半缕，恒念物力维艰。
宜未雨而绸缪，毋临渴而掘井。
自奉必须俭约，宴客切勿流连。
器具质而洁，瓦缶胜金玉；
饮食约而精，园蔬愈珍馐。
勿营华屋，勿谋良田。
三姑六婆，实淫盗之媒；
婢美妾娇，非闺房之福。
童仆勿用俊美，妻妾切忌艳妆。
祖宗虽远，祭祀不可不诚；
子孙虽愚，经书不可不读。
居身务期质朴，教子要有义方。
勿贪意外之财，勿饮过量之酒。
与肩挑贸易，毋占便宜；
见贫苦亲邻，须加温恤。
刻薄成家，理无久享；
伦常乖舛，立见消亡。
兄弟叔侄，须分多润寡；
长幼内外，宜法肃辞严。
听妇言，乖骨肉，岂是丈夫？

重资财，薄父母，不成人子。
嫁女择佳婿，毋索重聘；
娶媳求淑女，勿计厚奁。
见富贵而生谄容者，最可耻；
遇贫穷而作骄态者，贱莫甚。
居家戒争讼，讼则终凶；
处世戒多言，言多必失。
勿恃势力而凌逼孤寡，毋贪口腹而恣杀生禽。
乖僻自是，悔误必多；
颓惰自甘，家道难成。
狎昵恶少，久必受其累；
屈志老成，急则可相依。
轻听发言，安知非人之谮诉？当忍耐三思；
因事相争，焉知非我之不是？须平心再想。
施惠勿念，受恩莫忘。
凡事当留余地，得意不宜再往。
人有喜庆，不可生妒忌心；
人有祸患，不可生喜幸心。
善欲人见，不是真善；
恶恐人知，便是大恶。
见色而起淫心，报在妻女；
匿怨而用暗箭，祸延子孙。
家门和顺，虽饔飧不继，亦有余欢；
国课早完，即囊橐无余，自得至乐。
读书志在圣贤，非徒科第；
为官心存君国，岂计身家？
守分安命，顺时听天；
为人若此，庶乎近焉。

增广贤文

[明] 佚 名

【文本导读】《增广贤文》，又称《昔时贤文》《增广便读昔时贤文》，民间简称《贤文》，是明代时期编写的儿童启蒙读本，作者无从考证。其内容涉及礼仪道德、典章制度、风物典故、天文地理等，中心讲的是人生哲学、处世之道，是儒家思想的体现，也不乏道德说教成分。《增广贤文》以押韵的谚语和文献佳句连缀而成，勾连紧密，天衣无缝，读起来抑扬顿挫，朗朗上口。它突破了此前蒙学读物一种句式贯穿始终的基本格式，使行文更接近口语，不少句子经常被人们挂在嘴边。说者言简意赅，文采斐然；听者耳熟能详，欣然会意。诵读时，要注意节奏的变化，如属于对偶句，上句采用上扬调，下句采用平调；整体语调可舒缓，不应急促。

昔时贤文，诲汝谆谆。
集韵增广，多见多闻。
观今宜鉴古，无古不成今。
知己知彼，将心比心。
酒逢知己饮，诗向会人吟。
相识满天下，知心能几人？
相逢好似初相识，到老终无怨恨心。
近水知鱼性，近山识鸟音。
易涨易退山溪水，易反易复小人心。
运去金成铁，时来铁似金。
读书须用意，一字值千金。
逢人且说三分话，未可全抛一片心。
有意栽花花不发，无心插柳柳成荫。
画虎画皮难画骨，知人知面不知心。
钱财如粪土，仁义值千金。
流水下滩非有意，白云出岫本无心。
当时若不登高望，谁信东流海洋深？
路遥知马力，日久见人心。
两人一条心，有钱堪买金。
一人一条心，无钱堪买针。
马行无力皆因瘦，人不风流只为贫。
饶人不是痴汉，痴汉不会饶人。
是亲不是亲，非亲却是亲。
美不美，乡中水；亲不亲，故乡人。
相逢不饮空归去，洞口桃花也笑人。
为人不做亏心事，半夜敲门心不惊。
莺花犹怕春光老，岂可教人枉度春？
红粉佳人休使老，风流浪子莫教贫。
在家不会迎宾客，出门方知少主人。
黄金无假，阿魏无真。
客来主不顾，应恐是痴人。
贫居闹市无人问，富在深山有远亲。

谁人背后无人说，哪个人前不说人。
有钱道真语，无钱语不真。
不信但看筵中酒，杯杯先劝有钱人。
闹里有钱，静处安身。
来如风雨，去似微尘。
长江后浪推前浪，世上新人撵旧人。
近水楼台先得月，向阳花木早逢春。
古人不见今时月，今月曾经照古人。
先到为君，后到为臣。
莫道君行早，更有早行人。
莫信直中直，须防仁不仁。
山中有直树，世上无直人。
自恨枝无叶，莫怨太阳偏。
万般都是命，半点不由人。
一年之计在于春，一日之计在于晨。
一家之计在于和，一生之计在于勤。
责人之心责己，恕己之心恕人。
守口如瓶，防意如城。
宁可人负我，切莫我负人。
再三须慎意，第一莫欺心。
虎身犹可近，人毒不堪亲。
来说是非者，便是是非人。
远水难救近火，远亲不如近邻。
有钱有酒多兄弟，急难何曾见一人？
人情似纸张张薄，世事如棋局局新。
山中自有千年树，世上难逢百岁人。
力微休负重，言轻莫劝人。
无钱休入众，遭难莫寻亲。
平生莫做皱眉事，世上应无切齿人。
士乃国之宝，儒为席上珍。
若要断酒法，醒眼看醉人。
求人须求大丈夫，济人须济急时无。
渴时一滴如甘露，醉后添杯不如无。
久住令人贱，频来亲也疏。
酒中不语真君子，财上分明大丈夫。
出家如初，成佛有余。
积金千两，不如明解经书。
养子不教如养驴，养女不教如养猪。

有田不耕仓廪虚，有书不读子孙愚。
仓廪虚兮岁月乏，子孙愚兮礼义疏。
同君一席话，胜读十年书。
人不通古今，马牛如襟裾。
茫茫四海人无数，哪个男儿是丈夫？
白酒酿成缘好客，黄金散尽为收书。
救人一命，胜造七级浮屠。
城门失火，殃及池鱼。
庭前生瑞草，好事不如无。
欲求生富贵，须下死工夫。
百年成之不足，一旦败之有余。
人心似铁，官法如炉。
善化不足，恶化有余。
水至清则无鱼，人至察则无徒。
知者减半，愚者全无。
在家由父，出嫁从夫。
痴人畏妇，贤女敬夫。
是非终日有，不听自然无。
宁可正而不足，不可邪而有余。
宁可信其有，不可信其无。
竹篱茅舍风光好，僧院道房总不如。
命里有时终须有，命里无时莫强求。
道院迎仙客，书堂隐相儒。
庭栽栖凤竹，池养化龙鱼。
结交须胜己，似我不如无。
但看三五日，相见不如初。
人情似水分高下，世事如云任卷舒。
磨刀恨不利，刀利伤人指；
求财恨不多，财多害自己。
知足常足，终身不辱；
知止常止，终身不耻。
有福伤财，无福伤己。
失之毫厘，谬以千里。
若登高必自卑，若涉远必自迩。
三思而行，再思可矣。
使口不如自走，求人不如求己。
小时是兄弟，长大各乡里。
嫉财莫嫉食，怨生莫怨死。

人见白头嗔，我见白头喜。
多少少年亡，不到白头死。
墙有缝，壁有耳。好事不出门，恶事传千里。
贼是小人，智过君子。君子固穷，小人穷斯滥矣。
贫穷自在，富贵多忧。
不以我为德，反以我为仇。
宁可直中取，不可曲中求。
人无远虑，必有近忧。
知我者谓我心忧，不知我者谓我何求。
晴天不肯去，直待雨淋头。
成事莫说，覆水难收。
是非只为多开口，烦恼皆因强出头。
忍得一时之气，免得百日之忧。
近来学得乌龟法，得缩头时且缩头。
惧法朝朝乐，欺心日日忧。
人生一世，草木一秋。
黑发不知勤学早，转眼便是白头翁。
月过十五光明少，人到中年万事休。
儿孙自有儿孙福，莫为儿孙作马牛。
人生不满百，常怀千岁忧。
今朝有酒今朝醉，明日愁来明日忧。
路逢险处须回避，事到头来不自由。
药能医假病，酒不解真愁。
人贫不语，水平不流。
一家养女百家求，一马不行百马忧。
有花方酌酒，无月不登楼。
三杯通大道，一醉解千愁。
深山毕竟藏老虎，大海终须纳细流。
惜花须检点，爱月不梳头。
大抵选他肌骨好，不擦红粉也风流。
受恩深处宜先退，得意浓时便可休。
莫待是非来入耳，从前恩爱反为仇。
留得五湖明月在，不愁无处下金钩。
休别有鱼处，莫恋浅滩头。
去时终须去，再三留不住。
忍一句，息一怒，饶一着，退一步。
三十不豪，四十不富，五十将近寻死路。
生不认魂，死不认尸。

父母恩深终有别，夫妻义重也分离。
人生似鸟同林宿，大难来时各自飞。
人善被人欺，马善被人骑。
人无横财不富，马无夜草不肥。
人恶人怕天不怕，人善人欺天不欺。
善恶到头终有报，只争来早与来迟。
黄河尚有澄清日，岂能人无得运时？
得宠思辱，居安思危。
念念有如临敌日，心心常似过桥时。
英雄行险道，富贵似花枝。
人情莫道春光好，只怕秋来有冷时。
送君千里，终须一别。
但将冷眼观螃蟹，看你横行到几时。
见事莫说，问事不知。
闲事莫管，无事早归。
假缎染就真红色，也被旁人说是绯。
善事可做，恶事莫为。
许人一物，千金不移。
龙生龙子，虎生虎儿。
龙游浅水遭虾戏，虎落平原被犬欺。
一举首登龙虎榜，十年身到凤凰池。
十载寒窗无人问，一举成名天下知。
酒债寻常行处有，人生七十古来稀。
养儿防老，积谷防饥。
当家才知盐米贵，养子方知父母恩。
常将有日思无日，莫把无时当有时。
时来风送滕王阁，运去雷轰荐福碑。
入门休问荣枯事，观看容颜便得知。
官清司吏瘦，神灵庙祝肥。
息却雷霆之怒，罢却虎豹之威。
饶人算之本，输人算之机。
好言难得，恶语易施。
一言既出，驷马难追。
道吾好者是吾贼，道吾恶者是吾师。
路逢险处须当避，不是才人莫献诗。
三人行，必有我师焉。
择其善者而从之，其不善者而改之。
欲昌和顺须为善，要振家声在读书。

少壮不努力，老大徒伤悲。
人有善愿，天必佑之。
莫饮卯时酒，昏昏醉到酉。
莫骂酉时妻，一夜受孤凄。
种麻得麻，种豆得豆。
天网恢恢，疏而不漏。
见官莫向前，做客莫在后。
宁添一斗，莫添一口。
螳螂捕蝉，岂知黄雀在后？
不求金玉重重贵，但愿儿孙个个贤。
一日夫妻，百世姻缘。
百世修来同船渡，千世修来共枕眠。
杀人一万，自损三千。
伤人一语，利如刀割。
枯木逢春犹再发，人无两度再少年。
未晚先投宿，鸡鸣早看天。
将相顶头堪走马，公侯肚内好撑船。
富人思来年，穷人思眼前。
世上若要人情好，赊去物件莫取钱。
死生有命，富贵在天。
击石原有火，不击乃无烟。
人学始知道，不学亦徒然。
莫笑他人老，终须还到老。
和得邻里好，犹如拾片宝。
但能守本分，终身无烦恼。
大家做事寻常，小家做事慌张。
大家礼仪教子弟，小家凶恶训儿郎。
君子爱财，取之有道。
贞妇爱色，纳之以礼。
善有善报，恶有恶报。
不是不报，日子未到。
万恶淫为首，百行孝当先。
人而无信，不知其可也。
一人道虚，千人传实。
凡事要好，须问三老。
若争小可，便失大道。
家中不和邻里欺，邻里不和说是非。
年年防饥，夜夜防盗。

好学者如禾如稻，不好学者如蒿如草。
遇饮酒时须饮酒，得高歌处且高歌。
因风吹火，用力不多。
不因渔父引，怎得见波涛？
无求到处人情好，不饮随他酒价高。
知事少时烦恼少，识人多处是非多。
世间好语书说尽，天下名山僧占多。
入山不怕伤人虎，只怕人情两面刀。
强中更有强中手，恶人须用恶人磨。
会使不在家豪富，风流不在着衣多。
光阴似箭，日月如梭。
天时不如地利，地利不如人和。
黄金未为贵，安乐值钱多。
世上万般皆下品，思量唯有读书高。
为善最乐，作恶难逃。
羊有跪乳之恩，鸦有反哺之义。
孝顺还生孝顺子，忤逆还生忤逆儿。
不信但看檐前水，点点滴在旧窝池。
隐恶扬善，执其两端。
妻贤夫祸少，子孝父心宽。
你急他未急，人闲心不闲。
人生知足何时足，到老偷闲且自闲。
但有绿杨堪系马，处处有路到长安。
既堕釜甑，反顾何益？
已覆之水，收之实难。
见者易，学者难。
莫将容易得，便作等闲看。
用心计较般般错，退后思量事事宽。
道路各别，养家一般。
从俭入奢易，从奢返俭难。
知音说与知音听，不是知音莫与谈。
点石化为金，人心犹未足。
信了赌，卖了屋。
谁人不爱子孙贤，谁人不爱千钟粟。
莫把真心空计较，儿孙自有儿孙福。
天下无不是的父母，世上最难得者兄弟。
与人不和，劝人养鹅。
与人不睦，劝人架屋。

但行好事，莫问前程。
不交僧道，便是好人。
河狭水激，人急计生。
明知山有虎，莫向虎山行。
路不铲不平，事不为不成。
人不劝不善，钟不敲不鸣。
无钱方断酒，临老始看经。
点塔七层，不如暗处一灯。
堂上二老是活佛，何用灵山朝世尊。
万事劝人休瞒昧，举头三尺有神明。
但存方寸地，留与子孙耕。
灭却心头火，剔起佛前灯。
惺惺常不足，蒙蒙作公卿。
众星朗朗，不如孤月独明。
兄弟相害，不如友生。
合理可作，小利莫争。
牡丹花好空入目，枣花虽小结实多。
欺老莫欺小，欺少心不明。
随分耕锄收地利，他时饱暖谢苍天。
得忍且忍，得耐且耐。
不忍不耐，小事成大。
相论逞英豪，家计渐渐消。
贤妇令夫贵，恶妇令夫败。
一人有庆，兆民感赖。
人老心未老，人穷志不穷。
人无千日好，花无百日红。
杀人可恕，情理难容。
乍富不知新受用，乍贫难改旧家风。
座上客常满，杯中酒不空。
屋漏更遭连夜雨，行船又遇打头风。
笋因落箨方成竹，鱼为奔波始化龙。
曾记少年骑竹马，看看又是白头翁。
礼义生于富足，盗贼出于贫穷。
天上众星皆拱北，世间无水不朝东。
君子安贫，达人知命。
良药苦口利于病，忠言逆耳利于行。
顺天者昌，逆天者亡。
人为财死，鸟为食亡。

夫妻相合好，琴瑟与笙簧。
有儿贫不久，无子富不长。
善必寿老，恶必早亡。
爽口食多偏作病，快心事过恐生殃。
富贵定要依本分，贫穷不必再思量。
画水无风空作浪，绣花虽好不闻香。
贪他一斗米，失却半年粮。
争他一脚豚，反失一肘羊。
龙归晚洞云犹湿，麝过春山草木香。
平生只会说人短，何不回头把己量？
见善如不及，见恶如探汤。
人穷志短，马瘦毛长。
自家心里急，他人未知忙。
贫无达士将金赠，病有高人说药方。
触来莫与竞，事过心清凉。
秋至满山多秀色，春来无处不花香。
凡人不可貌相，海水不可斗量。
清清之水为土所防，济济之士为酒所伤。
蒿草之下或有兰香，茅茨之屋或有侯王。
无限朱门生饿殍，几多白屋出公卿。
醉后乾坤大，壶中日月长。
万事皆已定，浮生空自忙。
千里送鹅毛，礼轻情义重。
世事明如镜，前程暗似漆。
架上碗儿轮流转，媳妇自有做婆时。
人生一世，如驹过隙。
良田万顷，日食一升。
大厦千间，夜眠八尺。
千经万典，孝义为先。
一字入公门，九牛拔不出。
八字衙门向南开，有理无钱莫进来。
富从升合起，贫因不算来。
家无读书子，官从何处来？
万事不由人计较，一生都是命安排。
急行慢行，前程只有许多路。
人间私语，天闻若雷。
暗室亏心，神目如电。
一毫之恶，劝人莫作。

一毫之善，与人方便。
欺人是祸，饶人是福。
天眼昭昭，报应甚速。
圣贤言语，神钦鬼服。
人各有心，心各有见。
口说不如身逢，耳闻不如目见。
养兵千日，用兵一时。
国清才子贵，家富小儿娇。
利剑割体伤犹合，恶语伤人恨不消。
公道世间唯白发，贵人头上不曾饶。
有钱堪出众，无衣懒出门。
为官须作相，及第必争先。
苗从地发，树由枝分。
父子亲而家不退，兄弟和而家不分。
官有公法，民有私约。
平时不烧香，急时抱佛脚。
幸生太平无事日，恐防年老不多时。
国乱思良将，家贫思贤妻。
池塘积水须防旱，田土深耕足养家。
根深不怕风摇动，树正何愁月影斜。
学在一人之下，用在万人之上。
一日为师，终身如父。
忘恩负义，禽兽之徒。
劝君莫将油炒菜，留与儿孙夜读书。
书中自有千钟粟，书中自有颜如玉。
莫怨天来莫怨人，五行八字命生成。
莫怨自己穷，穷要穷得干净；
莫羡他人富，富要富得清高。
别人骑马我骑驴，仔细思量我不如，等我回头看，还有挑脚汉。
路上有饥人，家中有剩饭。
积德与儿孙，要广行方便。
作善鬼神钦，作恶遭天谴。
积钱积谷不如积德，买田买地不如买书。
一日春工十日粮，十日春工半年粮。
疏懒人没吃，勤俭粮满仓。
人亲财不亲，财利要分清。
十分伶俐使七分，常留三分与儿孙；
若要十分都使尽，远在儿孙近在身。

君子乐得做君子，小人枉自做小人。

好学者则庶民之子为公卿，不好学者则公卿之子为庶民。

惜钱休教子，护短莫从师。

记得旧文章，便是新举子。

人在家中坐，祸从天上降。

但求心无愧，不怕有后灾。

只有和气去迎人，哪有相打得太平？

忠厚自有忠厚报，豪强一定受官刑。

人到公门正好修，留些阴德在后头。

为人何必争高下，一旦无常万事休。

山高不算高，人心比天高。

白水变酒卖，还嫌猪无糟。

贫寒休要怨，富贵不须骄。

善恶随人作，祸福自己招。

奉劝君子，各宜守己。

只此呈示，万无一失。

声律启蒙

[清] 车万育

【文本导读】《声律启蒙》原名《声律发蒙》，是清代车万育所著的训练儿童应对、掌握声韵格律的启蒙读本。该书按韵分编，包罗天文、地理、花木、鸟兽、人物、器物等。从单字对到双字对，从三字对、五字对、七字对到十一字对，声韵协调，朗朗上口，儿童从中可得到语音、词汇、修辞方面的训练。诵读时，语气可轻快，节奏可稍快。

全文卷上

一东

云对雨，雪对风，晚照对晴空。来鸿对去燕，宿鸟对鸣虫。三尺剑，六钧弓，岭北对江东。人间清暑殿，天上广寒宫。两岸晓烟杨柳绿，一园春雨杏花红。两鬓风霜，途次早行之客；一蓑烟雨，溪边晚钓之翁。

沿对革，异对同，白叟对黄童。江风对海雾，牧子对渔翁。颜巷陋，阮途穷，冀北对辽东。池中濯足水，门外打头风。梁帝讲经同泰寺，汉皇置酒未央宫。尘虑萦心，懒抚七弦绿绮；霜华满鬓，羞看百炼青铜。

贫对富，塞对通，野叟对溪童。鬓皤对眉绿，齿皓对唇红。天浩浩，日融融，佩剑对弯弓。半溪流水绿，千树落花红。野渡燕穿杨柳雨，芳池鱼戏芰荷风。女子眉纤，额下现一弯新月；男儿气壮，胸中吐万丈长虹。

二冬

春对夏，秋对冬，暮鼓对晨钟。观山对玩水，绿竹对苍松。冯妇虎，叶公龙，舞蝶对鸣蛩。衔泥双紫燕，课蜜几黄蜂。春日园中莺恰恰，秋天塞外雁雍雍。秦岭云横，迢递八千远路；巫山雨洗，嵯峨十二危峰。

明对暗，淡对浓，上智对中庸。镜奁对衣笥，野杵对村舂。花灼烁，草蒙茸，九夏对三冬。台高名戏马，斋小号蟠龙。手擘蟹螯从毕卓，身披鹤氅自王恭。五老峰高，秀插云霄如玉笔；三姑石大，响传风雨若金镛。

仁对义，让对恭，禹舜对羲农。雪花对云叶，芍药对芙蓉。陈后主，汉中宗，绣虎对雕龙。柳塘风淡淡，花圃月浓浓。春日正宜朝看蝶，秋风那更夜闻蛩。战士邀功，必借干戈成勇武；逸民适志，须凭诗酒养疏慵。

三江

楼对阁，户对窗，巨海对长江。蓉裳对蕙帐，玉斚对银釭。青布幔，碧油幢，宝剑对金缸。忠心安社稷，利口覆家邦。世祖中兴延马武，桀王失道杀龙逄。秋雨潇潇，漫烂黄花都满径；春风袅袅，扶疏绿竹正盈窗。

旌对旆，盖对幢，故国对他邦。千山对万水，九泽对三江。山岌岌，水淙淙，鼓振对钟撞。清风生酒舍，皓月照书窗。阵上倒戈辛纣战，道旁系剑子婴降。夏日池塘，出没浴波鸥对对；春风帘幕，往来营垒燕双双。

铢对两，只对双，华岳对湘江。朝车对禁鼓，宿火对塞缸。青琐闼，碧纱窗，汉社对周邦。笙箫鸣细细，钟鼓响摐摐。主簿栖鸾名有览，治中展骥姓惟庞。苏武牧羊，雪屡餐于北海；庄周活鲋，水必决于西江。

四支

茶对酒，赋对诗，燕子对莺儿。栽花对种竹，落絮对游丝。四目颉，一足夔，鸲鹆对鹭鸶。半池红菡萏，一架白荼蘼。几阵秋风能应候，一犁春雨甚知时。智伯恩深，国士吞变形之炭；羊公德大，邑人竖堕泪之碑。

行对止，速对迟，舞剑对围棋。花笺对草字，竹简对毛锥。汾水鼎，岘山碑，虎豹对熊羆。花开红锦绣，水漾碧琉璃。去妇因探邻舍枣，出妻为种后园葵。笛韵和谐，仙管恰从云里降；橹声咿轧，渔舟正向雪中移。

戈对甲，鼓对旗，紫燕对黄鹂。梅酸对李苦，青眼对白眉。三弄笛，一围棋，雨打对风吹。海棠春睡早，杨柳昼眠迟。张骏曾为槐树赋，杜陵不作海棠诗。晋士特奇，可比一斑之豹；唐儒博识，堪为五总之龟。

五微

来对往，密对稀，燕舞对莺飞。风清对月朗，露重对烟微。霜菊瘦，雨梅肥，客路对渔矶。晚霞舒锦绣，朝露缀珠玑。夏暑客思欹石枕，秋寒妇念寄边衣。春水才深，青草岸边渔父去；夕阳半落，绿莎原上牧童归。

宽对猛，是对非，服美对乘肥。珊瑚对玳瑁，锦绣对珠玑。桃灼灼，柳依依，绿暗对红稀。窗前莺并语，帘外燕双飞。汉致太平三尺剑，周臻大定一戎衣。吟成赏月之诗，只愁月堕；斟满送春之酒，惟憾春归。

声对色，饱对饥，虎节对龙旗。杨花对桂叶，白简对朱衣。尨也吠，燕于飞，荡荡对巍巍。春暄资日气，秋冷借霜威。出使振威冯奉世，治民异等尹翁归。燕我弟兄，载咏棣棠韡韡；命伊将帅，为歌杨柳依依。

六鱼

无对有，实对虚，作赋对观书。绿窗对朱户，宝马对香车。伯乐马，浩然驴，弋雁对求鱼。分金齐鲍叔，奉璧蔺相如。掷地金声孙绰赋，回文锦字窦滔书。未遇殷宗，胥靡困傅岩之筑；既逢周后，太公舍渭水之渔。

终对始，疾对徐，短褐对华裾。六朝对三国，天禄对石渠。千字策，八行书，有若对相如。花残无戏蝶，藻密有潜鱼。落叶舞风高复下，小荷浮水卷还舒。爱见人长，共服宣尼休假盖；恐彰己吝，谁知阮裕竟焚车。

麟对凤，鳖对鱼，内史对中书。犁锄对耒耜，畎浍对郊墟。犀角带，象牙梳，驷马对安车。青衣能报赦，黄耳解传书。庭畔有人持短剑，门前无客曳长裾。波浪拍船，骇舟人之水宿；峰峦绕舍，乐隐者之山居。

七虞

金对玉，宝对珠，玉兔对金乌。孤舟对短棹，一雁对双凫。横醉眼，捻吟须，李白对杨朱。秋霜多过雁，夜月有啼乌。日暖园林花易赏，雪寒村舍酒难沽。人处岭南，善探巨象口中齿；客居江右，偶夺骊龙颔下珠。

贤对圣，智对愚，傅粉对施朱。名缰对利锁，挈榼对提壶。鸠哺子，燕调雏，石帐对郇厨。烟轻笼岸柳，风急撼庭梧。鸲眼一方端石砚，龙涎三炷博山炉。曲沼鱼多，可使渔人结网；平田兔少，漫劳耕者守株。

秦对赵，越对吴，钓客对耕夫。箕裘对杖履，杞梓对桑榆。天欲晓，日将晡，狡兔对妖狐。读书甘刺股，煮粥惜焚须。韩信武能平四海，左思文足赋三都。嘉遁幽人，适志竹篱茅舍；胜游公子，玩情柳陌花衢。

八齐

岩对岫，涧对溪，远岸对危堤。鹤长对凫短，水雁对山鸡。星拱北，月流西，汉露对汤霓。桃林牛已放，虞坂马长嘶。叔侄去官闻广受，弟兄让国有夷齐。三月春浓，芍药丛中蝴蝶舞；五更天晓，海棠枝上子规啼。

云对雨，水对泥，白璧对玄圭。献瓜对投李，禁鼓对征鼙。徐稚榻，鲁班梯，凤翥对鸾栖。有官清似水，无客醉如泥。截发惟闻陶侃母，断机只有乐羊妻。秋望佳人，目送楼头千里雁；早行远客，梦惊枕上五更鸡。

熊对虎，象对犀，霹雳对虹霓。杜鹃对孔雀，桂岭对梅溪。萧史凤，宋宗鸡，远近对高低。水寒鱼不跃，林茂鸟频栖。杨柳和烟彭泽县，桃花流水武陵溪。公子追欢，闲骤玉骢游绮陌；佳人倦绣，闷欹珊枕掩香闺。

九佳

河对海，汉对淮，赤岸对朱崖。鹭飞对鱼跃，宝钿对金钗。鱼圉圉，鸟喈喈，草履对芒鞋。古贤尝笃厚，时辈喜诙谐。孟训文公谈性善，颜师孔子问心斋。缓抚琴弦，像流莺而并语；斜排筝柱，类过雁之相挨。

丰对俭，等对差，布袄对荆钗。雁行对鱼阵，榆塞对兰崖。挑荠女，采莲娃，菊径对苔阶。诗成六义备，乐奏八音谐。造律吏哀秦法酷，知音人说郑声哇。天欲飞霜，塞上有鸿行已过；云将作雨，庭前多蚁阵先排。

城对市，巷对街，破屋对空阶。桃枝对桂叶，砌蚓对墙蜗。梅可望，橘堪怀，季路对高柴。花藏沽酒市，竹映读书斋。马首不容孤竹扣，车轮终就洛阳埋。朝宰锦衣，贵束乌犀之带；宫人宝髻，宜簪白燕之钗。

十灰

增对损，闭对开，碧草对苍苔。书签对笔架，两曜对三台。周召虎，宋桓魋，阆苑对蓬莱。薰风生殿阁，皓月照楼台。却马汉文思罢献，吞蝗唐太冀移灾。照耀八荒，赫赫丽天秋日；震惊百里，轰轰出地春雷。

沙对水，火对灰，雨雪对风雷。书淫对传癖，水浒对岩隈。歌旧曲，酿新醅，舞馆对歌台。春棠经雨放，秋菊傲霜开。作酒固难忘曲糵，调羹必要用盐梅。月满庾楼，据胡床而可玩；花开唐苑，轰羯鼓以奚催。

休对咎，福对灾，象箸对犀杯。宫花对御柳，峻阁对高台。花蓓蕾，草根荄，剔薛对剜苔。雨前庭蚁闹，霜后阵鸿哀。元亮南窗今日傲，孙弘东阁几时开。平展青茵，野外茸茸软草；高张翠幄，庭前郁郁凉槐。

十一真

邪对正，假对真，獬豸对麒麟。韩卢对苏雁，陆橘对庄椿。韩五鬼，李三人，北魏对西秦。蝉鸣哀暮夏，莺啭怨残春。野烧焰腾红烁烁，溪流波皱碧粼粼。行无踪，居无庐，颂成酒德；动有时，藏有节，论著钱神。

哀对乐，富对贫，好友对嘉宾。弹冠对结绶，白日对青春。金翡翠，玉麒麟，虎爪对龙麟。柳塘生细浪，花径起香尘。闲爱登山穿谢屐，醉思漉酒脱陶巾。雪冷霜严，倚槛松筠同傲岁；日迟风暖，满园花柳各争春。

香对火，炭对薪，日观对天津。禅心对道眼，野妇对宫嫔。仁无敌，德有邻，万石对千钧。滔滔三峡水，冉冉一溪冰。充国功名当画阁，子张言行贵书绅。笃志诗书，思入圣贤绝域；忘情官爵，羞沾名利纤尘。

十二文

家对国，武对文，四辅对三军。九经对三史，菊馥对兰芬。歌北鄙，咏南薰，迩听对遥闻。召公周太保，李广汉将军。闻化蜀民皆草偃，争权晋土已瓜分。巫峡夜深，猿啸苦哀巴地月；衡峰秋早，雁飞高贴楚天云。

欹对正，见对闻，偃武对修文。羊车对鹤驾，朝旭对晚曛。花有艳，竹成文，马燧对羊欣。山中梁宰相，树下汉将军。施帐解围嘉道韫，当垆沽酒叹文君。好景有期，北岭几枝梅似雪；丰年先兆，西郊千顷稼如云。

尧对舜，夏对殷，蔡惠对刘贲。山明对水秀，五典对三坟。唐李杜，晋机云，事父对忠君。雨晴鸠唤妇，霜冷雁呼群。酒量洪深周仆射，诗才俊逸鲍参军。鸟翼长随，凤兮洵众离长；狐威不假，虎也真百兽尊。

十三元

　　幽对显，寂对喧，柳岸对桃源。莺朋对燕友，早暮对寒暄。鱼跃沼，鹤乘轩，醉胆对吟魂。轻尘生范甑，积雪拥袁门。缕缕轻烟芳草渡，丝丝微雨杏花村。诣阙王通，献太平十二策；出关老子，著道德五千言。

　　儿对女，子对孙，药圃对花村。高楼对邃阁，赤豹对玄猿。妃子骑，夫人轩，旷野对平原。匏巴能鼓瑟，伯氏善吹埙。馥馥早梅思驿使，萋萋芳草怨王孙。秋夕月明，苏子黄岗游赤壁；春朝花发，石家金谷启芳园。

　　歌对舞，德对恩，犬马对鸡豚。龙池对凤沼，雨骤对云屯。刘向阁，李膺门，唳鹤对啼猿。柳摇春白昼，梅弄月黄昏。岁冷松筠皆有节，春喧桃李本无言。噪晚齐蝉，岁岁秋来泣恨；啼宵蜀鸟，年年春去伤魂。

十四寒

　　多对少，易对难，虎踞对龙蟠。龙舟对凤辇，白鹤对青鸾。风淅淅，露漙漙，绣毂对雕鞍。鱼游荷叶沼，鹭立蓼花滩。有酒阮貂奚用解，无鱼冯铗必须弹。丁固梦松，柯叶忽然生腹上；文郎画竹，枝梢倏尔长毫端。

　　寒对暑，湿对干，鲁隐对齐桓。寒毡对暖席，夜饮对晨餐。叔子带，仲由冠，郑鄏对邯郸。嘉禾忧夏旱，衰柳耐秋寒。杨柳绿遮元亮宅，杏花红映仲尼坛。江水流长，环绕似青罗带；海蟾轮满，澄明如白玉盘。

　　横对竖，窄对宽，黑志对弹丸。朱帘对画栋，彩槛对雕栏。春既老，夜将阑，百辟对千官。怀仁称足足，抱义般般。好马君王曾市骨，食猪处士仅思肝。世仰双仙，元礼舟中携郭泰；人称连璧，夏侯车上并潘安。

十五删

　　兴对废，附对攀，露草对霜菅。歌廉对借寇，习孔对希颜。山垒垒，水潺潺，奉璧对探镮。礼由公旦作，诗本仲尼删。驴困客方经灞水，鸡鸣人已出函关。几夜霜飞，已有苍鸿辞北塞；数朝雾暗，岂无玄豹隐南山。

　　犹对尚，侈对悭，雾鬓对烟鬟。莺啼对鹊噪，独鹤对双鹇。黄牛峡，金马山，结草对衔环。昆山惟玉集，合浦有珠还。阮籍旧能为眼白，老莱新爱着衣斑。栖迟避世人，草衣木食；窈窕倾城女，云鬓花颜。

　　姚对宋，柳对颜，赏善对惩奸。愁中对梦里，巧慧对痴顽。孔北海，谢东山，使越对征蛮。淫声闻濮上，离曲听阳关。骁将袍披仁贵白，小儿衣着老莱斑。茅舍无人，难却尘埃生榻上；竹亭有客，尚留风月在窗间。

全文卷下

一先

　　晴对雨，地对天，天地对山川。山川对草木，赤壁对青田。郑鄏鼎，武城弦，木笔对苔钱。金城三月柳，玉井九秋莲。何处春朝风景好，谁家秋夜月华圆。珠缀花梢，千点蔷薇香露；练横树杪，几丝杨柳残烟。

　　前对后，后对先，众丑对孤妍。莺簧对蝶板，虎穴对龙渊。击石磬，观韦编，鼠目对鸢肩。春园花柳地，秋沼芰荷天。白羽频挥闲客坐，乌纱半坠醉翁眠。野店几家，羊角风摇沽酒旆；长川一带，鸭头波泛卖鱼船。

离对坎，震对乾，一日对千年，尧天对舜日，蜀水对秦川。苏武节，郑虔毡，涧壑对林泉。挥戈能退日，持管莫窥天。寒食芳辰花烂熳，中秋佳节月婵娟。梦里荣华，飘忽枕中之客；壶中日月，安闲市上之仙。

二萧

恭对慢，吝对骄，水远对山遥。松轩对竹槛，雪赋对风谣。乘五马，贯双雕，烛灭对香消。明蟾常彻夜，骤雨不终朝。楼阁天凉风飒飒，关河地隔雨潇潇。几点鹭鸶，日暮常飞红蓼岸；一双鸂鶒，春朝频泛绿杨桥。

开对落，暗对昭，赵瑟对虞韶。轺车对驿骑，锦绣对琼瑶。羞攘臂，懒折腰，范甑对颜瓢。寒天鸳帐酒，夜月凤台箫。舞女腰肢杨柳软，佳人颜貌海棠娇。豪客寻春，南陌草青香阵阵；闲人避暑，东堂蕉绿影摇摇。

班对马，董对晁，夏昼对春宵。雷声对电影，麦穗对禾苗。八千路，廿四桥，总角对垂髫。露桃匀嫩脸，风柳舞纤腰。贾谊赋成伤鵩鸟，周公诗就托鸱鸮。幽寺寻僧，逸兴岂知俄尔尽；长亭送客，离魂不觉黯然消。

三肴

风对雅，象对爻，巨蟒对长蛟。天文对地理，蟋蟀对螵蛸。龙生矫，虎咆哮，北学对东胶。筑台须垒土，成屋必诛茅。潘岳不忘秋兴赋，边韶常被昼眠嘲。抚养群黎，已见国家隆治；滋生万物，方知天地泰交。

蛇对虺，蜃对蛟，麟薮对鹊巢。风声对月色，麦穗对桑苞。何妥难，子云嘲，楚甸对商郊。五音惟耳听，万虑在心包。葛被汤征因仇饷，楚遭齐伐责包茅。高矣若天，洵是圣人大道；淡而如水，实为君子神交。

牛对马，犬对猫，旨酒对嘉肴。桃红对柳绿，竹叶对松梢。藜杖叟，布衣樵，北野对东郊。白驹形皎皎，黄鸟语交交。花圃春残无客到，柴门夜永有僧敲。墙畔佳人，飘扬竞把秋千舞；楼前公子，笑语争将蹴鞠抛。

四豪

琴对瑟，剑对刀，地迥对天高。峨冠对博带，紫绶对绯袍。煎异茗，酌香醪，虎兕对猿猱。武夫攻骑射，野妇务蚕缫。秋雨一川淇澳竹，春风两岸武陵桃。螺髻青浓，楼外晚山千仞；鸭头绿腻，溪中春水半篙。

刑对赏，贬对褒，破斧对征袍。梧桐对橘柚，枳棘对蓬蒿。雷焕剑，吕虔刀，橄榄对葡萄。一椽书舍小，百尺酒楼高。李白能诗时秉笔，刘伶爱酒每哺糟。礼别尊卑，拱北众星常灿灿；势分高下，朝东万水自滔滔。

瓜对果，李对桃，犬子对羊羔。春分对夏至，谷水对山涛。双凤翼，九牛毛，主逸对臣劳。水流无限阔，山耸有余高。雨打村童新牧笠，尘生边将旧征袍。俊士居官，荣引鹓鸿之序；忠臣报国，誓殚犬马之劳。

五歌

山对水，海对河，雪竹对烟萝。新欢对旧恨，痛饮对高歌。琴再抚，剑重磨，媚柳对枯荷。荷盘从雨洗，柳线任风搓。饮酒岂知敧醉帽，观棋不觉烂樵柯。山寺清幽，直踞千寻云岭；江楼宏敞，遥临万顷烟波。

繁对简，少对多，里咏对途歌。宦情对旅况，银鹿对铜驼。刺史鸭，将军鹅，玉律对金科。古堤垂弹柳，曲沼长新荷。命驾吕因思叔夜，引车蔺为避廉颇。千尺水帘，今古无人能手卷；一轮月镜，乾坤何匠用功磨。

　　霜对露，浪对波，径菊对池荷。酒阑对歌罢，日暖对风和。梁父咏，楚狂歌，放鹤对观鹅。史才推永叔，刀笔仰萧何。种橘犹嫌千树少，寄梅谁信一枝多。林下风生，黄发村童推牧笠；江头日出，皓眉溪叟晒渔蓑。

六麻

　　松对柏，缕对麻，蚁阵对蜂衙。颒鳞对白鹭，冻雀对昏鸦。白堕酒，碧沉茶，品笛对吹笳。秋凉梧堕叶，春暖杏开花。雨长苔痕侵壁砌，月移梅影上窗纱。飒飒秋风，度城头之筚篥；迟迟晚照，动江上之琵琶。

　　优对劣，凸对凹，翠竹对黄花。松杉对杞梓，菽麦对桑麻。山不断，水无涯，煮酒对烹茶。鱼游池面水，鹭立岸头沙。百亩风翻陶令秫，一畦雨熟邵平瓜。闲捧竹根，饮李白一壶之酒；偶擎桐叶，啜卢仝七碗之茶。

　　吴对楚，蜀对巴，落日对流霞。酒钱对诗债，柏叶对松花。驰驿骑，泛仙槎，碧玉对丹砂。设桥偏送笋，开道竟还瓜。楚国大夫沉汨水，洛阳才子谪长沙。书箧琴囊，乃士流活计；药炉茶鼎，实闲客生涯。

七阳

　　高对下，短对长，柳影对花香。词人对赋客，五帝对三王。深院落，小池塘，晚眺对晨妆。绛霄唐帝殿，绿野晋公堂。寒集谢庄衣上雪，秋添潘岳鬓边霜。人浴兰汤，事不忘于端午；客斟菊酒，兴常记于重阳。

　　尧对舜，禹对汤，晋宋对隋唐。奇花对异卉，夏日对秋霜。八叉手，九回肠，地久对天长。一堤杨柳绿，三径菊花黄。闻鼓塞兵方战斗，听钟宫女正梳妆。春饮方归，纱帽半淹邻舍酒；早朝初退，衮衣微惹御炉香。

　　荀对孟，老对庄，弹柳对垂杨。仙宫对梵宇，小阁对长廊。风月窟，水云乡，蟋蟀对螳螂。暖烟香霭霭，寒烛影煌煌。伍子欲酬渔父剑，韩生尝窃贾公香。三月韶光，常忆花明柳媚；一年好景，难忘橘绿橙黄。

八庚

　　深对浅，重对轻，有影对无声。蜂腰对蝶翅，宿醉对余酲。天北缺，日东生，独卧对同行。寒冰三尺厚，秋月十分明。万卷书容闲客览，一樽酒待故人倾。心侈唐玄，厌看霓裳之曲；意骄陈主，饱闻玉树之赓。

　　虚对实，送对迎，后甲对先庚。鼓琴对舍瑟，搏虎对骑鲸。金匼匝，玉瑽琤，玉宇对金茎。花间双粉蝶，柳内几黄莺。贫里每甘藜藿味，醉中厌听管弦声。肠断秋闺，凉吹已侵重被冷；梦惊晓枕，残蟾犹照半窗明。

　　渔对猎，钓对耕，玉振对金声。雉城对雁塞，柳袅对葵倾。吹玉笛，弄银笙，阮杖对桓筝。墨呼松处士，纸号楮先生。露浥好花潘岳县，风搓细柳亚夫营。抚动琴弦，遽觉座中风雨至；哦成诗句，应知窗外鬼神惊。

九青

　　红对紫，白对青，渔火对禅灯。唐诗对汉史，释典对仙经。龟曳尾，鹤梳翎，月榭对风亭。一轮秋夜月，几点晓天星。晋士只知山简醉，楚人谁识屈原醒。绣倦佳人，慵把鸳鸯文作枕；吮毫画者，思将孔雀写为屏。

行对坐，醉对醒，佩紫对纡青。棋枰对笔架，雨雪对雷霆。狂蛱蝶，小蜻蜓，水岸对沙汀。天台孙绰赋，剑阁孟阳铭。传信子卿千里雁，照书车胤一囊萤。冉冉白云，夜半高遮千里月；澄澄碧水，宵中寒映一天星。

书对史，传对经，鹦鹉对鹡鸰。黄茅对白荻，绿草对青萍。风绕铎，雨淋铃，水阁对山亭。渚莲千朵白，岸柳两行青。汉代宫中生秀柞，尧时阶畔长祥蓂。一枰决胜，棋子分黑白；半幅通灵，画色间丹青。

十蒸

新对旧，降对升，白犬对苍鹰。葛巾对藜杖，涧水对池冰。张兔网，挂鱼罾，燕雀对鹍鹏。炉中煎药火，窗下读书灯。织锦逐梭成舞凤，画屏误笔作飞蝇。宴客刘公，座上满斟三雅爵；迎仙汉帝，宫中高插九光灯。

儒对士，佛对僧，面友对心朋。春残对夏老，夜寝对晨兴。千里马，九霄鹏，霞蔚对云蒸。寒堆阴岭雪，春泮水池冰。亚父愤生撞玉斗，周公誓死作金縢。将军元晖，莫怪人讥为饿虎；侍中卢昶，难逃世号作饥鹰。

规对矩，墨对绳，独步对同登。吟哦对讽咏，访友对寻僧。风绕屋，水襄陵，紫鹄对苍鹰。鸟寒惊夜月，鱼暖上春冰。扬子口中飞白凤，何郎鼻上集青蝇。巨鲤跃池，翻几重之密藻；颠猿饮涧，挂百尺之垂藤。

十一尤

荣对辱，喜对忧，夜宴对春游。燕关对楚水，蜀犬对吴牛。茶敌睡，酒消愁，青眼对白头。马迁修史记，孔子作春秋。适兴子猷常泛棹，思归王粲强登楼。窗下佳人，妆罢重将金插鬓；筵前舞妓，曲终还要锦缠头。

唇对齿，角对头，策马对骑牛。毫尖对笔底，绮阁对雕镂。杨柳岸，荻芦洲，语燕对啼鸠。客乘金络马，人泛木兰舟。绿野耕夫春举耜，碧池渔父晚垂钩。波浪千层，喜见蛟龙得水；云霄万里，惊看雕鹗横秋。

庵对寺，殿对楼，酒艇对渔舟。金龙对彩凤，獝犺对童牛。王郎帽，苏子裘，四季对三秋。峰峦扶地秀，江汉接天流。一湾绿水渔村小，万里青山佛寺幽。龙马呈河，羲皇阐微而画卦；神龟出洛，禹王取法以陈畴。

十二侵

眉对目，口对心，锦瑟对瑶琴。晓耕对寒钓，晚笛对秋砧。松郁郁，竹森森，闵损对曾参。秦王亲击缶，虞帝自挥琴。三献卞和尝泣玉，四知杨震固辞金。寂寂秋朝，庭叶因霜摧嫩色；沉沉春夜，砌花随月转清阴。

前对后，古对今，野兽对山禽。犍牛对牝马，水浅对山深。曾点瑟，戴逵琴，璞玉对浑金。艳红花弄色，浓绿柳敷阴。不雨汤王方剪爪，有风楚子正披襟。书生惜壮岁韶华，寸阴尺璧；游子爱良宵光景，一刻千金。

丝对竹，剑对琴，素志对丹心。千愁对一醉，虎啸对龙吟。子罕玉，不疑金，往古对来今。天寒邹吹律，岁旱傅为霖。渠说子规为帝魄，侬知孔雀是家禽。屈子沉江，处处舟中争系粽；牛郎渡渚，家家台上竞穿针。

十三覃

千对百,两对三,地北对天南。佛堂对仙洞,道院对禅庵。山泼黛,水浮蓝,雪岭对云潭。凤飞方翙翙,虎视已眈眈。窗下书生时讽咏,筵前酒客日耽酣。白草满郊,秋日牧征人之马;绿桑盈亩,春时供农妇之蚕。

将对欲,可对堪,德被对恩覃。权衡对尺度,雪寺对云庵。安邑枣,洞庭柑,不愧对无惭。魏徵能直谏,王衍善清谈。紫梨摘去从山北,丹荔传来自海南。攘鸡非君子所为,但当月一;养狙是山公之智,止用朝三。

中对外,北对南,贝母对宜男。移山对浚井,谏苦对言甘。千取百,二为三,魏尚对周堪。海门翻夕浪,山市拥晴岚。新缔直投公子纻,旧交犹脱馆人骖。文在淹通,已咏冰兮寒过水;永和博雅,可知青者胜于蓝。

十四盐

悲对乐,爱对嫌,玉兔对银蟾。醉侯对诗史,眼底对眉尖。风飐飐,雨绵绵,李苦对瓜甜。画堂施锦帐,酒市舞青帘。横槊赋诗传孟德,引壶酌酒尚陶潜。两曜迭明,日东生而月西出;五行式序,水下润而火上炎。

如对似,减对添,绣幕对朱帘。探珠对献玉,鹭立对鱼潜。玉屑饭,水晶盐,手剑对腰镰。燕巢依邃阁,蛛网挂虚檐。夺槊至三唐敬德,弈棋第一晋王恬。南浦客归,湛湛春波千顷净;西楼人悄,弯弯夜月一钩纤。

逢对遇,仰对瞻,市井对间阎。投簪对结绶,握发对掀髯。张绣幕,卷珠帘,石磏对江淹。宵征方肃肃,夜饮已厌厌。心褊小人长戚戚,礼多君子屡谦谦。美刺殊文,备三百五篇诗咏;吉凶异画,变六十四卦爻占。

十五咸

清对浊,苦对咸,一启对三缄。烟蓑对雨笠,月榜对风帆。莺睍睆,燕呢喃,柳杞对松杉。情深悲素扇,泪痛湿青衫。汉室既能分四姓,周朝何用叛三监。破的而探牛心,豪矜王济;竖竿以挂犊鼻,贫笑阮咸。

能对否,圣对贤,卫瓘对浑瑊。雀罗对鱼网,翠巘对苍岩。红罗帐,白布衫,笔格对书函。蕊香蜂竞采,泥软燕争衔。凶孽誓清闻祖逖,王家能乂有巫咸。溪叟新居,渔舍清幽临水岸;山僧久隐,梵宫寂寞倚云岩。

冠对带,帽对衫,议鲤对言谗。行舟对御马,俗弊对民岩。鼠且硕,兔多毚,史册对书缄。塞城闻奏角,江浦认归帆。河水一源形弥弥,泰山万仞势岩岩。郑为武公,赋缁衣而美德;周因巷伯,歌贝锦以伤谗。

幼学琼林

[明] 程登吉

【文本导读】《幼学琼林》，最早名为《幼学须知》，又名《成语考》《故事寻源》，作者是明末程登吉，或曰明景泰年间的进士丘濬。清代邹圣脉，民国费有容、叶浦荪、蔡东藩等人对其有增补。书中介绍了许多成语的出处、中国古代著名人物、天文地理、典章制度、风俗礼仪、生老病死、婚丧嫁娶、鸟兽花木、朝廷文武、饮食器用、宫室珍宝、文事科第、释道鬼神等，故被称为中国古代的百科全书。该书是由骈体文写成的，句子成双，讲究对偶，容易诵读，便于记忆，是我国古代蒙学中影响最大、编辑最好的儿童读本。民间有"读了增广会说话，读了幼学走天下"的说法。诵读时，要把骈体文抑扬顿挫的语调体现出来，原则上实词要用重音、虚词可用轻声。

卷一

天文

混沌初开，乾坤始奠。气之轻清上浮者为天，气之重浊下凝者为地。日月五星，谓之七政；天地与人，谓之三才。日为众阳之宗，月乃太阴之象。虹名螮蝀，乃天地之淫气；月里蟾蜍，是月魄之精光。风欲起而石燕飞，天将雨而商羊舞。旋风名为羊角，闪电号曰雷鞭。青女乃霜之神，素娥即月之号。雷部至捷之鬼曰律令，雷部推车之女曰阿香。云师系是丰隆，雪神乃是滕六。歘火、谢仙，俱掌雷火；飞廉、箕伯，悉是风神。列缺乃电之神，望舒是月之御。甘霖、甘澍，俱指时雨；玄穹、彼苍，悉称上天。雪花飞六出，先兆丰年；日上已三竿，乃云时晏。蜀犬吠日，比人所见甚稀；吴牛喘月，笑人畏惧过甚。望切者，若云霓之望；恩深者，如雨露之恩。参商二星，其出没不相见；牛女两宿，惟七夕一相逢。后羿妻，奔月宫而为嫦娥；傅说死，其精神托于箕尾。披星戴月，谓早夜之奔驰；沐雨栉风，谓风尘之劳苦。事非有意，譬如云出无心；恩可遍施，乃曰阳春有脚。馈物致敬，曰敢效献曝之忱；托人转移，曰全赖回天之力。感救死之恩，曰再造；诵再生之德，曰二天。势易尽者若冰山，事相悬者如天壤。晨星谓贤人寥落，雷同谓言语相符。心多过虑，何异杞人忧天；事不量力，不殊夸父追日。如夏日之可畏，是谓赵盾；如冬日之可爱，是谓赵衰。齐妇含冤，三年不雨；邹衍下狱，六月飞霜。父仇不共戴天，子道须当爱日。盛世黎民，嬉游于光天化日之下；太平天子，上召夫景星庆云之祥。夏时大禹在位，上天雨金；《春秋》《孝经》既成，赤虹化玉。箕好风，毕好雨，比庶人愿欲不同；风从虎，云从龙，比君臣会合不偶。雨旸时若，系是休征；天地交泰，斯称盛世。

地舆

黄帝画野，始分都邑；夏禹治水，初奠山川。宇宙之江山不改，古今之称谓各殊。

北京原属幽燕，金台是其异号；南京原为建业，金陵又是别名。浙江是武林之区，原为越国；江西是豫章之地，又曰吴皋。福建省属闽中，湖广地名三楚。东鲁、西鲁，即山东、山西之分；东粤、西粤，乃广东、广西之域。河南在华夏之中，故曰中州；陕西即长安之地，原为秦境。四川为西蜀，云南为古滇。贵州省近蛮方，自古名为黔地。东岳泰山，西岳华山，南岳衡山，北岳恒山，中岳嵩山，此为天下之五岳。饶州之鄱阳，岳州之青草，润州之丹阳，鄂州之洞庭，苏州之太湖，此为天下之五湖。金城汤池，谓城池之巩固；砺山带河，乃封建之誓盟。帝都曰京师，故乡曰梓里。蓬莱弱水，惟飞仙可渡；方壶员峤，乃仙子所居。沧海桑田，谓世事之多变；河清海晏，兆天下之升平。水神曰冯夷，又曰阳侯；火神曰祝融，又曰回禄。海神曰海若，海眼曰尾闾。望人包容，曰海涵，谢人恩泽，曰河润。无系累者，曰江湖散人；负豪气者，曰湖海之士。问舍求田，原无大志；掀天揭地，方是奇才。凭空起事，谓之平地风波；独立不移，谓之中流砥柱。黑子弹丸，漫言至小之邑；咽喉右臂，皆言要害之区。独立难持，曰一木焉能支大厦；英雄自恃，曰丸泥亦可封函关。事先败而后成，曰失之东隅，收之桑榆；事将成而终止，曰为山九仞，功亏一篑。以蠡测海，喻人之见小；精卫衔石，比人之徒劳。跋涉谓行路艰难，康庄谓道路平坦。硗地曰不毛之地，美田曰膏腴之田。得物无所用，曰如获石田；为学已大成，曰诞登道岸。淄渑之滋味可辨，泾渭之清浊当分。泌水乐饥，隐居不仕；东山高卧，谢职求安。圣人出则黄河清，太守廉则越石见。美俗曰仁里，恶俗曰互乡。里名胜母，曾子不入；邑号朝歌，墨翟回车。击壤而歌，尧帝黎民之自得；让畔而耕，文王百姓之相推。费长房有缩地之方，秦始皇有鞭石之法。尧有九年之水患，汤有七年之旱灾。商鞅不仁而阡陌开，夏桀无道而伊洛竭。道不拾遗，由在上有善政；海不扬波，知中国有圣人。

岁时

爆竹一声除旧，桃符万户更新。履端，是初一元旦；人日，是初七灵辰。元日献君以椒花颂，为祝遐龄；元日饮人以屠苏酒，可除疠疫。新岁曰王春，去年曰客岁。火树银花合，谓元宵灯火之辉煌；星桥铁锁开，调元夕金吾之不禁。二月朔为中和节，三月三为上巳辰；冬至百六是清明，立春五戊为春社。寒食节是清明前一日，初伏日是夏至第三庚。四月乃是麦秋，端午却为蒲节。六月六日，节名天贶；五月五日，序号天中。端阳竞渡，吊屈原之溺水；重九登高，效桓景之避灾。五戊鸡豚宴社，处处饮治聋之酒；七夕牛女渡河，家家穿乞巧之针。中秋月朗，明皇亲游于月殿；九日风高，孟嘉帽落于龙山。秦人岁终祭神曰腊，故至今以十二月为腊；始皇当年御讳曰政，故至今读正月为征。东方之神曰太皞，乘震而司春，甲乙属木，木则旺于春，其色青，故春帝曰青帝。南方之神曰祝融，居离而司夏，丙丁属火，火则旺于夏，其色赤，故夏帝曰赤帝。西方之神曰蓐收，当兑而司秋，庚辛属金，金则旺于秋，其色白，故秋帝曰白帝。北方之神曰玄冥，乘坎而司冬，壬癸属水，水则旺于冬，其色黑，故冬帝曰黑帝。中央戊己属土，其色黄，故中央帝曰黄帝。夏至一阴生，是以天时渐短；冬至一阳生，是以日暑初长。冬至到而葭灰飞，立秋至而梧叶落。上弦谓月圆其半，系初八、九；下弦谓月缺其半，系廿二、三。月光都尽谓之晦，三十日之名；月光复苏谓之朔，初一日之号；月与日对谓之望，十五日之称。初一是死魄，初二旁死魄，初三哉生明，十六始生魄。翌日、诘朝，言皆明日；穀旦、吉旦，悉是良辰。片晌即谓片时，日曛乃云日暮。畴昔、曩者，俱前日之谓；黎明、昧爽，皆将曙之时。月有三浣：初旬十日为上浣，中旬十日为中浣，下旬十日为下浣；学足三余：夜者日之余，冬者岁之余，雨者晴之余。以术愚人，曰朝三暮四；为学求益，曰日就月将。焚膏继晷，日夜辛勤；俾昼作夜，晨昏颠倒。自愧无成，曰虚延岁月；与人共语，曰少叙寒暄。可憎者，人情冷暖；可厌者，世态炎凉。周末无寒年，因东周之懦弱；秦亡无燠岁，由嬴氏之凶残。泰阶星平曰泰平，时序调和曰玉烛。岁歉曰饥馑之岁，年丰曰大有之年。唐德宗之饥年，醉人为瑞；梁惠王之凶岁，野莩堪怜。丰年玉，荒年谷，言人品之可珍；薪如桂，食如玉，言薪米之腾贵。春祈秋报，农夫之常规；夜寐夙兴，吾人之勤事。韶华不再，吾辈须当惜阴；日月其除，志士正宜待旦。

朝廷

三皇为皇，五帝为帝。以德行仁者王，以力假仁者霸。天子天下之主，诸侯一国之君。官天下，乃以位让贤；家天下，是以位传子。陛下，尊称天子；殿下，尊重宗藩。皇帝即位曰龙飞，人臣觐君曰虎拜。皇帝之言，谓之纶音；皇后之命，乃称懿旨。椒房是皇后所居，枫宸乃人君所莅。天子尊崇，故称元首；臣邻辅翼，故曰股肱。龙之种，麟之角，俱誉宗藩；君之储，国之贰，皆称太子。帝子爰立青宫，帝印乃是玉玺。宗室之派，演于天潢；帝胄之谱，名为玉牒。前星耀彩，共祝太子以千秋；嵩岳效灵，三呼天子以万岁。神器大宝，皆言帝位；妃嫔媵嫱，总是宫娥。姜后脱簪而待罪，世称哲后；马后练服以鸣俭，共仰贤妃。唐放勋德配昊天，遂动华封之三祝；汉太子恩覃少海，乃兴乐府之四歌。

文臣

帝王有出震向离之象，大臣有补天浴日之功。三公上应三台，郎官上应列宿。宰相位居台铉，吏部职掌铨衡。吏部天官大冢宰，户部地官大司徒，礼部春官大宗伯，兵部夏官大司马，刑部秋官大司寇，工部冬官大司空。都宪中丞，都御史之号；内翰学士，翰林院之称。天使，誉称行人；司成，尊称祭酒。称都堂曰大抚台，称巡按曰大柱史。方伯、藩侯，左右布政之号；宪台、廉宪，提刑按察之称。宗师称为大文衡，副使称为大宪副。郡侯、邦伯，知府名尊；郡丞、贰侯，同知誉美。郡宰、别驾，乃称通判；司理、豸史，赞美推官。刺史、州牧，乃知州之两号；豸史、台谏，即知县之尊称。乡宦曰乡绅，农官曰田畯。钧座、台座，皆称仕宦；帐下、麾下，并美武官。秩官既分九品，命妇亦有七阶：一品曰夫人，二品亦夫人，三品曰淑人，四品曰恭人，五品曰宜人，六品曰安人，七品曰孺人。妇人受封曰金花诰，状元报捷曰紫泥封。唐玄宗以金瓯覆宰相之名，宋真宗以美珠箝谏臣之口。金马玉堂，羡翰林之声价；朱幡皂盖，仰郡守之威仪。台辅曰紫阁名公，知府曰黄堂太守。府尹之禄二千石，太守之马五花骢。代天巡狩，赞称巡按；指日高升，预贺官僚。初到任曰下车，告致仕曰解组。藩垣屏翰，方伯犹古诸侯之国；墨绶铜章，令尹即古子男之邦。太监掌阍门之禁令，故曰阉宦；朝臣皆缙笏于绅间，故曰缙绅。萧曹相汉高，曾为刀笔吏；汲黯相汉武，真是社稷臣。召伯布文王之政，尝憩甘棠之下，后人思其遗爱，不忍伐其树；孔明有王佐之才，尝隐草庐之中，先主慕其令名，乃三顾其庐。鱼头参政，鲁宗道秉性骨鲠；伴食宰相，卢怀慎居位无能。王德用，人称黑王相公；赵清献，世号铁面御史。汉刘宽责民，蒲鞭示辱；项仲山洁己，饮马投钱。李善感直言不讳，竞称鸣凤朝阳；汉张纲弹劾无私，直斥豺狼当道。民爱邓侯之政，挽之不留；人言谢令之贪，推之不去。廉范守蜀郡，民歌五袴；张堪守渔阳，麦穗两歧。鲁恭为中牟令，桑下有驯雉之异；郭伋为并州守，儿童有竹马之迎。鲜于子骏，宁非一路福星；司马温公，真是万家生佛。鸾凤不栖枳棘，羡仇香之为主簿；河阳遍种桃花，乃潘岳之为县官。刘昆宰江陵，昔日反风灭火；龚遂守渤海，令民卖刀买牛。此皆德政可歌，是以令名攸著。

武职

韩柳欧苏，固文人之最著；起翦颇牧，乃武将之多奇。范仲淹胸中具数万甲兵，楚项羽江东有八千子弟。孙膑吴起，将略堪夸；穰苴尉缭，兵机莫测。姜太公有《六韬》，黄石公有《三略》。韩信将兵，多多益善；毛遂讥众，碌碌无奇。大将曰干城，武士曰武弁。都督称为大镇国，总兵称为大总戎。都阃即是都司，参戎即是参将。千户有户侯之仰，百户有百宰之称。以车为户曰辕门，显揭战功曰露布。下杀上谓之弑，上伐下谓之征。交锋为对垒，求和曰求成。战胜而回，谓之凯旋；战败而走，谓之奔北。为君泄恨曰敌忾，为国救难曰勤王。胆破心寒，比敌人慑服之状；风声鹤唳，惊士卒败北之魂。汉冯异当论功，独立大树下，不夸己绩；汉文帝尝劳军，亲幸细柳营，按辔徐行。苻坚自夸将广，投鞭可以断流；毛遂自荐才奇，处囊便当脱颖。羞与哙等伍，韩信降作淮阴；无面见江东，项羽羞归故里。韩信受胯下之辱，张良有进履之谦。卫青为牧猪之奴，樊哙为屠狗之辈。求士莫求全，毋以二卵弃干城之将；用人如用木，毋以寸朽弃连抱之材。总之，君子之身，可大可小；丈夫之志，能屈能伸。自古英雄，难以枚举。欲详将略，须读《武经》。

卷二

祖孙父子

何谓五伦？君臣、父子、兄弟、夫妇、朋友；何谓九族？高、曾、祖、考、己身、子、孙、曾、玄。始祖曰鼻祖，远孙曰耳孙。父子创造，曰肯构肯堂；父子俱贤，曰是父是子。祖称王父，父曰严君。父母俱存，谓之椿萱并茂；子孙发达，谓之兰桂腾芳。桥木高而仰，似父之道；梓木低而俯，如子之卑。不痴不聋，不作阿家阿翁；得亲顺亲，方可为人为子。盖父愆，名为干蛊；育义子，乃曰螟蛉。生子当如孙仲谋，曹操羡孙权之语；生子须如李亚子，朱温叹存勖之词。菽水承欢，贫士养亲之乐；义方是训，父亲教子之严。绍箕裘，子承父业；恢先绪，子振家声。具庆下，父母俱存；重庆下，祖父俱在。燕翼贻谋，乃称裕后之祖；克绳祖武，是称象贤之孙。称人有令子，曰麟趾呈祥；称宦有贤郎，曰凤毛济美。弑父自立，隋杨广之天性何存；杀子媚君，齐易牙之人心何在。分甘以娱目，王羲之弄孙自乐；问安惟点额，郭子仪厥孙最多。和丸教子，仲郢母之贤；戏彩娱亲，老莱子之孝。毛义捧檄，为亲之存；伯俞泣杖，因母之老。慈母望子，倚门倚闾；游子思亲，陟岵陟屺。爱无差等，曰兄子如邻子；分有相同，曰吾翁即若翁。长男为主器，令子可克家。子光前曰充闾，子过父曰跨灶。宁馨英畏，皆是羡人之儿；国器掌珠，悉是称人之子。可爱者子孙之多，若螽斯之蛰蛰；堪羡者后人之盛，如瓜瓞之绵绵。

兄弟

天下无不是底父母，世间最难得者兄弟。须贻同气之光，无伤手足之雅。玉昆金友，羡兄弟之俱贤；伯埙仲篪，谓声气之相应。兄弟既翕，谓之花萼相辉；兄弟联芳，谓之棠棣竞秀。患难相顾，似鹡鸰之在原；手足分离，如雁行之折翼。元方季方俱盛德，祖太丘称为难弟难兄；宋郊宋祁俱中元，当时人号为大宋小宋。荀氏兄弟，得八龙之佳誉；河东伯仲，有三凤之美名。东征破斧，周公大义灭亲；遇贼争死，赵孝以身代弟。煮豆燃萁，谓其相害；斗粟尺布，讥其不容。兄弟阋墙，谓兄弟之斗狠；天生羽翼，谓兄弟之相亲。姜家大被以同眠，宋君灼艾而分痛。田氏分财，忽瘁庭前之荆树；夷齐让国，共采首阳之蕨薇。虽曰安宁之日，不如友生；其实凡今之人，莫如兄弟。

夫妇

孤阴则不生，独阳则不长，故天地配以阴阳；男以女为室，女以男为家，故人生偶以夫妇。阴阳和而后雨泽降，夫妇和而后家道成。夫谓妻曰拙荆，又曰内子；妻称夫曰藁砧，又曰良人。贺人娶妻，曰荣偕伉俪；留物与妻，曰归遗细君。受室即是娶妻，纳宠谓人娶妾。正妻谓之嫡，众妾谓之庶。称人妻曰尊夫人，称人妾曰如夫人。结发系是初婚，续弦乃是再娶。妇人重婚曰再醮，男子无偶曰鳏居。如鼓瑟琴，夫妻好合之谓；琴瑟不调，夫妇反目之词。牝鸡司晨，比妇人之主事；河东狮吼，讥男子之畏妻。杀妻求将，吴起何其忍心；蒸梨出妻，曾子善全孝道。张敞为妻画眉，媚态可哂；董氏为夫封发，贞节堪夸。冀郤缺夫妻，相敬如宾；陈仲子夫妇，灌园食力。不弃糟糠，宋弘回光武之语；举案齐眉，梁鸿配孟光之贤。苏蕙织回文，乐昌分破镜，是夫妇之生离；张瞻炊臼梦，庄子鼓盆歌，是夫妇之死别。鲍宣之妻，提瓮出汲，雅得顺从之道；齐御之妻，窥御激夫，可称内助之贤。可怪者买臣之妻，因贫求去，不思覆水难收；可丑者相如之妻，夤夜私奔，但识丝桐有意。要知身修而后家齐，夫义自然妇顺。

叔侄

曰诸父，曰亚父，皆叔父之辈；曰犹子，曰比儿，俱侄儿之称。阿大中郎，道韫雅称叔父；吾家龙文，杨素比美侄儿。乌衣诸郎君，江东称王谢之子弟；吾家千里驹，苻坚羡苻朗为侄儿。竹林叔侄之称，兰玉子侄之誉。存侄弃儿，悲伯道之无后；视叔犹父，羡公绰之居官。卢迈无儿，以侄而主身之后；张范遇贼，以子而代侄之生。

师生

马融设绛帐，前授生徒，后列女乐；孔子居杏坛，贤人七十，弟子三千。称教馆曰设帐，又曰振铎；谦教馆曰糊口，又曰舌耕。师曰西宾，师席曰函丈。学曰家塾，学俸曰束脩。桃李在公门，称人弟子之多；苜蓿长阑干，奉师饮食之薄。冰生于水而寒于水，比学生过于先生；青出于蓝而胜于蓝，谓弟子优于师傅。未得及门，曰宫墙外望；称得秘授，曰衣钵真传。人称杨震为关西夫子，世称贺循为当世儒宗。负笈千里，苏章从师之殷；立雪程门，游杨敬师之至。弟子称师之善教，曰如坐春风之中；学业感师之造成，曰仰沾时雨之化。

朋友宾主

取善辅仁，皆资朋友；往来交际，迭为主宾。尔我同心，曰金兰；朋友相资，曰丽泽。东家曰东主，师傅曰西宾。父所交游，尊为父执；己所共事，谓之同袍。心志相孚为莫逆，老幼相交曰忘年。刎颈交，相如与廉颇；总角好，孙策与周瑜。胶漆相投，陈重之与雷义；鸡黍之约，元伯之与巨卿。与善人交，如入芝兰之室，久而不闻其香；与恶人交，如入鲍鱼之肆，久而不闻其臭。肝胆相照，斯为腹心之友；意气不孚，谓之口头之交。彼此不合，谓之参商；尔我相仇，如同冰炭。民之失德，乾糇以愆；他山之石，可以攻玉。落月屋梁，相思颜色；暮云春树，想望丰仪。王阳在位，贡禹弹冠以待荐；杜伯非罪，左儒宁死不徇君。分首判袂，叙别之辞；拥彗扫门，迎迓之敬。陆凯折梅逢驿使，聊寄江南一枝春；王维折柳赠行人，遂唱阳关三叠曲。频来无忌，乃云入幕之宾；不请自来，谓之不速之客。醴酒不设，楚王戊待士之意怠；投辖于井，汉陈遵留客之心诚。蔡邕倒屣以迎宾，周公握发而待士。陈蕃器重徐稚，下榻相延；孔子道遇程生，倾盖而语。伯牙绝弦失子期，更无知音之辈；管宁割席拒华歆，谓非同志之人。分金多与，鲍叔独知管仲之贫；绨袍垂爱，须贾深怜范叔之窘。要知主宾联以情，须尽东南之美；朋友合以义，当展切偲之诚。

婚姻

良缘由凤缔，佳偶自天成。蹇修与柯人，皆是媒妁之号；冰人与掌判，悉是传言之人。礼须六礼之周，好合二姓之好。女嫁曰于归，男婚曰完娶。婚姻论财，夷虏之道；同姓不婚，周礼则然。女家受聘礼，谓之许缨；新妇谒祖先，谓之庙见。文定纳采，皆为行聘之名；女嫁男婚，谓了子平之愿。聘仪曰雁币，卜妻曰凤占。成婚之日曰星期，传命之人曰月老。下采即是纳币，合卺系是交杯。执巾栉，奉箕帚，皆女家自谦之词；娴姆训，习内则，皆男家称女之说。绿窗是贫女之室，红楼是富女之居。姚夭谓婚姻之及时，摽梅谓婚期之已过。御沟题叶，于祐始得宫娥；绣幕牵丝，元振幸获美女。汉武与景帝论妇，欲将金屋贮娇；韦固与月老论婚，始知赤绳系足。朱陈一村而结好，秦晋两国以联姻。蓝田种玉，雍伯之缘；宝窗选婚，林甫之女。架鹊桥以渡河，牛女相会；射雀屏而中目，唐高得妻。至若礼重亲迎，所以正人伦之始；诗首好逑，所以崇王化之原。

女子

男子禀乾之刚，女子配坤之顺。贤后称女中尧舜，烈女称女中丈夫。曰闺秀，曰淑媛，皆称贤女；曰闺范，曰懿德，并美佳人。妇主中馈，烹治饮食之名；女子归宁，回家省亲之谓。何谓三从？从父、从夫、从子；何谓四德？妇德、妇言、妇功、妇容。周家母仪，太王有周姜，王季有太妊，文王有太姒；三代亡国，夏桀以妹喜，商纣以妲己，周幽以褒姒。兰蕙质，柳絮才，皆女人之美誉；冰雪心，柏舟操，悉孀妇之清声。女貌娇娆，谓之尤物；妇容妖媚，实可倾城。潘妃步朵朵莲花，小蛮腰纤纤杨柳。张丽华发光可鉴，吴绛仙秀色可餐。丽娟气馥如兰，呵气结成香雾；太真泪红于血，滴时更结红冰。孟光力大，石臼可擎；飞燕身轻，掌上可舞。至若缇萦上书而救父，卢氏冒刃而卫姑，此女之孝者；侃母截发以延宾，村媪杀鸡而谢客，此女之贤者；韩玖英恐贼秽而自投于秽，陈仲妻恐陨德而宁陨于崖，此女之烈者；王凝妻被牵，断臂投地；曹令女誓志，引刀割鼻，此女之节者；曹大家续完汉帙，徐惠妃援笔成文，此女之才者；戴女之练裳竹笥，孟光之荆钗裙布，此女之贫者；柳氏秃妃之发，郭氏绝夫之嗣，此女之妒者；贾女偷韩寿之香，齐女致祅庙之毁，此女之淫者；东施效颦而可厌，无盐刻画以难堪，此女之丑者。自古贞淫各异，人生妍丑不齐。是故生菩萨、九子母、鸠盘荼，谓妇态之更变可畏；钱树子、一点红、无廉耻，谓青楼之妓女殊名。此固不列于人群，亦可附之以博笑。

外戚

帝女乃公侯主婚，故有公主之称；帝婿非正驾之车，乃是驸马之职。郡主县君，皆宗女之谓；仪宾国宾，皆宗婿之称。旧好曰通家，好亲曰懿戚。冰清玉润，丈人女婿同荣；泰水泰山，岳母岳父两号。新婿曰娇客，贵婿曰乘龙。赘婚曰馆甥，贤婚曰快婿。凡属东床，俱称半子。女子号门楣，唐贵妃有光于父母；外甥称宅相，晋魏舒期报于母家。共叙旧姻，曰原有瓜葛之亲；自谦劣戚，曰忝在葭莩之末。大乔小乔，皆姨夫之号；连襟连袂，亦姨夫之称。兼葭依玉树，自谦借戚属之光；茑萝施乔松，自幸得依附之所。

老幼寿诞

不凡之子，必异其生；大德之人，必得其寿。称人生日，曰初度之辰；贺人逢旬，曰生申令旦。三朝洗儿，曰汤饼之会；周岁试婴，曰晬盘之期。男生辰曰悬弧令旦，女生辰曰设帨佳辰。贺人生子，曰嵩岳降神；自谦生女，曰缓急非益。生子曰弄璋，生女曰弄瓦。梦熊梦罴，男子之兆；梦虺梦蛇，女子之祥。梦兰叶吉兆，郑燕姞生穆公之奇；英物试啼声，晋温峤闻声知桓公之异。姜嫄生稷，履大人之迹而有娠；简狄生契，吞玄鸟之卵而叶孕。麟吐玉书，天生孔子之瑞；王燕投怀，梦孕张说之奇。弗陵太子，怀胎十四月而始生；老子道君，在孕八十一年而始诞。晚年得子，谓之老蚌生珠；暮岁登科，正是龙头属老。贺男寿曰南极星辉，贺女寿曰中天婺焕。松柏节操，美其寿元之耐久；桑榆晚景，自谦老景之无多。矍铄称人康健，聩眊自谦衰颓。黄发儿齿，有寿之征；龙钟潦倒，年高之状。日月逾迈，徒自伤悲；春秋几何，问人寿算。称少年曰春秋鼎盛，羡高年曰齿德俱尊。行年五十，当知四十九年之非；在世百年，哪有三万六千日之乐。百岁曰上寿，八十曰中寿，六十曰下寿；八十曰耋，九十曰耄，百岁曰期颐。童子十岁就外傅，十三舞勺，成童舞象；老者六十杖于乡，七十杖于国，八十杖于朝。后生固为可畏，而高年尤是当尊。

身体

百体皆血肉之躯，五官有贵贱之别。尧眉分八彩，舜目有重瞳。耳有三漏，大禹之奇形；臂有四肘，成汤之异体。文王龙颜而虎眉，汉高斗胸而隆准。孔圣之顶若芋，文王之胸四乳。周公反握，作兴周之相；重耳骈胁，为霸晋之君。此皆古圣之英姿，不凡之贵品。至若发肤不可毁伤，曾子常以守身为大；待人须当量大，师德贵于唾面自干。逸口中伤，金可铄而骨可销；虐政诛求，敲其肤而吸其髓。受人牵制曰掣肘，不知羞愧曰厚颜。好生议论，曰摇唇鼓舌；共话衷肠，曰促膝谈心。怒发冲冠，蔺相如之英气勃勃；炙手可热，唐崔铉之贵势炎炎。貌虽瘦而天下肥，唐玄宗之自谓；口有蜜而腹有剑，李林甫之为人。赵子龙一身都是胆，周灵王初生便有须。来俊臣注醋于囚鼻，法外行凶；严子陵加足于帝腹，忘其尊贵。久不屈兹膝，郭子仪尊居宰相；不为米折腰，陶渊明不拜吏胥。断送老头皮，杨璞得妻送之诗；新剥鸡头肉，明皇爱贵妃之乳。纤指如春笋，媚眼若秋波。肩曰玉楼，眼名银海；泪曰玉箸，顶曰珠庭。歇担曰息肩，不服曰强项。丁谓与人拂须，何其谄也；彭乐截肠决战，不亦勇乎。剜肉医疮，权济目前之急；伤胸扪足，计安众士之心。汉张良蹑足附耳，东方朔洗髓伐毛。尹继伦，契丹称为黑面大王；博尧俞，宋后称为金玉君子。土木形骸，不自妆饰；铁石心肠，秉性坚刚。叙会晤曰得挹芝眉，叙契阔曰久违颜范。请女客曰奉迓金莲，邀亲友曰敢攀玉趾。侏儒谓人身矮，魁梧称人貌奇。龙章凤姿，廊庙之彦；獐头鼠目，草野之夫。恐惧过甚，曰畏首畏尾；感佩不忘，曰刻骨铭心。貌丑曰不扬，貌美曰冠玉。足跛曰蹒跚，耳聋曰重听。欺欺艾艾，口讷之称；喋喋便便，言多之状。可嘉者小心翼翼，可鄙者大言不惭。腰细曰柳腰，身小曰鸡肋。笑人齿缺，曰狗窦大开；讥人不决，曰鼠首偾事。口中雌黄，言事而多改移；皮里春秋，胸中自有褒贬。唇亡齿寒，谓彼此之失依；足上首下，谓尊卑之颠倒。所为得意，曰吐气扬眉；待人诚心，曰推心置腹。心荒曰灵台乱，醉倒曰玉山颓。睡曰黑甜，卧曰偃息。口尚乳臭，谓世人年少无知；三折其肱，谓医士老成谙练。西子捧心，愈见增妍；丑妇效颦，弄巧反拙。慧眼始知道骨，肉眼不识贤人。婢膝奴颜，谄容可厌；胁肩谄笑，媚态难堪。忠臣披肝，为君之药；妇人长舌，为厉之阶。事遂心曰如愿，事可愧曰汗颜。人多言曰饶舌，物堪食曰可口。泽及枯骨，西伯之深仁；灼艾分痛，宋祖之友爱。唐太宗为臣疗病，亲剪其须；颜杲卿骂贼不辍，贼断其舌。不较横逆，曰置之度外；洞悉房情，曰已入掌中。马良有白眉，独出乎众；阮籍作青眼，厚待乎人。咬牙封雍齿，计安众将之心；含泪斩丁公，法正叛臣之罪。掷果盈车，潘安仁美姿可爱；投石满载，张孟阳丑态堪憎。事之可怪，妇人生须；事所骇闻，男人诞子。求物济用，谓燃眉之急；悔事无成，曰噬脐何及。情不相关，如秦越人之视肥瘠；事当探本，如善医者只论精神。无功食禄，谓之尸位素餐；谫劣无能，谓之行尸走肉。老当益壮，宁知白首之心；穷且益坚，不坠青云之志。一息尚存，此志不容少懈；十手所指，此心安可自欺。

衣服

冠称元服，衣曰身章。曰弁曰冔曰冕，皆冠之号；曰履曰舄曰屣，悉鞋之名。上公命服有九锡，士人初冠有三加。簪缨缙绅，仕宦之称；章甫缝掖，儒者之服。布衣即白丁之谓，青衿乃生员之称。葛屦履霜，消俭啬之过甚；绿衣黄里，讥贵贱之失伦。上服曰衣，下服曰裳；衣前曰襟，衣后曰裾。敝衣曰褴褛，美服曰华裾。褓褓乃小儿之衣，弁髦亦小儿之饰。左衽是夷狄之服，短后是武夫之衣；尊卑失序，如冠履倒置；富贵不归，如锦衣夜行。狐裘三十年，俭称晏子；锦幛四十里，富羡石崇。孟尝君珠履三千客，牛僧孺金钗十二行。千金之裘，非一狐之腋；绮罗之辈，非养蚕之人。贵者重裀叠褥，贫者裋褐不完。卜子夏甚贫，鹑衣百结；公孙弘甚俭，布被十年。南州冠冕，德操称庞统之迈众；三河领袖，崔浩羡裴骏之超群。虞舜制衣裳，所以命有德；昭侯藏敝袴，所以待有功。唐文宗袖经三浣，晋文公衣不重裘。衣履不敝，不肯更为，世称尧帝；衣不经新，何由得故，妇劝桓冲。王氏之眉贴花钿，被韦固之剑所刺；贵妃之乳服诃子，为禄山之爪所伤。姜氏衾和，兄弟每宵同大被；王章未遇，夫妻寒夜卧牛衣。缓带轻裘，羊叔子乃斯文主将；葛巾野服，陶渊明真陆地神仙。服之不衷，身之灾也；缊袍不耻，志独超欤。

卷三

人事

《大学》首重夫明新，小子莫先于应对。其容固宜有度，出言尤贵有章。智欲圆而行欲方，胆欲大而心欲小。阁下、足下，并称人之辞；不佞、鲰生，皆自谦之语。恕罪曰原宥，惶恐曰主臣。大春元、大殿选、大会状，举人之称不一；大秋元、大经元、大三元，士人之誉多殊。大掾史，推美吏员；大柱石，尊称乡宦。贺入学曰云程发轫，贺新冠曰元服加荣。贺人荣归，谓之锦旋；作商得财，谓之稇载。谦送礼曰献芹，不受馈曰反璧。谢人厚礼曰厚贶，自谦礼薄曰菲仪。送行之礼，谓之赆仪；拜见之贽，名曰贽敬。贺寿仪曰祝敬，吊死礼曰奠仪。请人远归曰洗尘，携酒送行曰祖饯。犒仆夫，谓之旌使；演戏文，谓之俳优。谢人寄书，曰辱承华翰；谢人致问，曰多蒙寄声。望人寄信，曰早赐玉音；谢人许物，曰已蒙金诺。具名帖，曰投刺；发书函，曰开缄。思慕久曰极切瞻韩，想望殷曰久怀慕蔺。相识未真，曰半面之识；不期而会，曰邂逅之缘。登龙门，得参名士；瞻山斗，仰望高贤。一日三秋，言思慕之甚切；渴尘万斛，言想望之久殷。睽违教命，乃云鄙吝复萌；来往无凭，则曰萍踪靡定。虞舜慕唐尧，见尧于羹，见尧于墙。门人学孔圣，孔步亦步，孔趋亦趋。曾经会晤，曰向获承颜接辞；谢人指教，曰深蒙耳提面命。求人涵容，曰望包荒；求人吹嘘，曰望汲引。求人荐引，曰幸为先容；求人改文，曰望赐郢斫。借重鼎言，是托人言事；望移玉趾，是浼人亲行。多蒙推毂，谢人引荐之辞；望作领袖，托人倡首之说。言辞不爽，谓之金石语；乡党公论，谓之月旦评。逢人说项斯，表扬善行；名下无虚士，果是贤人。党恶为非，曰朋奸；尽财赌博，曰孤注。徒了事，曰但求塞责。戒明察，曰不可苛求。方命是逆人之言，执拗是执己之性。曰觊觎，曰睥睨，总是私心之窥望；曰侘傺，曰旁午，皆言人事之纷纭。小过必察，谓之吹毛求疵；乘患相攻，谓之落井下石。欲心难厌如溪壑，财物易尽若漏卮。望开茅塞，是求人之教导；多蒙药石，是谢人之箴规。劳规芳躅，皆善行之可慕；格言至言，悉嘉言之可听。无言曰缄默，息怒曰霁威。包拯寡色笑，人比其笑为黄河清；商鞅最凶残，常见论囚而渭水赤。仇深曰切齿，人笑曰解颐。人微笑曰莞尔，掩口笑曰胡卢。大笑曰绝倒，众笑曰哄堂。留位待贤，谓之虚左；官僚共署，谓之同寅。人失信曰爽约，又曰食言；人忘誓曰寒盟，又曰反汗。铭心镂骨，感德难忘；结草衔环，知恩必报。自惹其灾，谓之解衣抱火；幸离其害，真如脱网就渊。两不相入，谓之枘凿；两不相投，谓之冰炭。彼此不合曰龃龉，欲进不前曰趑趄。落落不合之词，区区自谦之语。竣者作事已毕之谓，酾者敛财饮食之名。赞襄其事，谓之玉成；分裂难完，谓之瓦解。事有低昂曰轩轾，力相上下曰颉颃。凭空起事曰作俑，仍踵前弊曰效尤。手口共作曰拮据，不暇修容曰鞅掌。手足并行曰匍匐，俯首而思曰低徊。明珠投暗，大屈才能；入室操戈，自相鱼肉。求教于愚人，是问道于盲；枉道以干主，是衒玉求售。智谋之士，所见略同；仁人之言，其利甚溥。班门弄斧，不知分量；岑楼齐末，不识高卑。势延莫遏，谓之滋蔓难图；包藏祸心，谓之人心叵测。作舍道旁，议论多而难成；一国三公，权柄分而不一。事有奇缘，曰三生有幸；事皆拂意，曰一事无成。酒色是耽，如以双斧代孤树；力量不胜，如以寸胶澄黄河。兼听则明，偏听则暗，此魏徵之对太宗；

众怒难犯，专欲难成，此子产之讽子孔。欲逞所长，谓之心烦技痒；绝无情欲，谓之槁木死灰。座上有江南，语言须谨；往来无白丁，交接皆贤。将近好处，曰渐入佳境；无端倨傲，曰旁若无人。借事宽役曰告假，将钱嘱托曰夤缘。事有大利，曰奇货可居；事宜鉴前，曰覆车当戒。外彼为此，曰左袒；处事两可，曰模棱。敌甚易摧，曰发蒙振落；志在必胜，曰破釜沉舟。曲突徙薪无恩泽，不念豫防之力大；焦头烂额为上客，徒知救急之功宏。贼人曰梁上君子，强梗曰化外顽民。木屑竹头，皆为有用之物；牛溲马渤，可备药石之资。五经扫地，祝钦明自亵斯文；一木撑天，晋王敦未可擅动。题凤题午，讥友讥亲之隐词；破麦破梨，见夫见子之奇梦。毛遂片言九鼎，人重其言；季市一诺千金，人服其信。岳飞背涅精忠报国，杨震惟以清白传家。下强上弱，曰尾大不掉；上权下夺，曰太阿倒持。当今之世，不但君择臣，臣亦择君；受命之主，不独创业难，守成亦不易。生平所为皆可对人言，司马光之自信；运用之妙惟存乎一心，岳武穆之论兵。不修边幅，谓人不饰仪容；不立崖岸，谓人天性和乐。蕞尔么么，言其甚小；卤莽灭裂，言其不精。误处皆缘不学，强作乃成自然。求事速成曰躐等，过于礼貌曰足恭。假忠厚者谓之乡愿，出人群者谓之巨擘。孟浪由于轻浮，精详出于暇豫。为善则流芳百世，为恶则遗臭万年。过多曰稔恶，罪满曰贯盈。尝见冶容诲淫，须知慢藏诲盗。管中窥豹，所见不多；坐井观天，知识不广。无势可乘，英雄无用武之地；有道则见，君子有展采之思。求名利达，曰捷足先得；慰士迟滞，曰大器晚成。不知通变，曰徒读父书；自作聪明，曰徒执己见。浅见曰肤见，俗言曰俚言。识时务者为俊杰，昧先几者非明哲。村夫不识一丁，愚者岂无一得。拔去一丁，谓除一害；又生一秦，是增一仇。戒轻言，曰恐属垣有耳；戒轻敌，曰无谓秦无人。同恶相帮，谓之助桀为虐；贪心无厌，谓之得陇望蜀。当知器满则倾，须知物极必反。喜嬉戏名为好弄，好笑谑谓之诙谐。谗口交加，市中可信有虎；众奸鼓衅，聚蚊可以成雷。萋菲成锦，谓谮人之酿祸；含沙射影，言鬼蜮之害人。针砭所以治病，鸩毒必至杀人。李义府阴柔害物，人谓之笑里藏刀；李林甫奸诡诒人，世谓之口蜜腹剑。代人作事，曰代庖；与人设谋，曰借箸。见事极真，曰明若观火；对敌易胜，曰势若摧枯。汉武内多欲而外施仁义，廉颇先国难而后私仇。卧榻之侧，岂容他人鼾睡，宋太祖之语；一统之世，真是胡越一家，唐太宗之时。至若暴秦以吕易嬴，是嬴亡于庄襄之手；弱晋以牛易马，是马灭于怀愍之时。中宗亲为点筹于韦后，秽播千秋；明皇赐洗儿钱于贵妃，臭遗万代。非类相从，不如鹑鹊；父子同牝，谓之聚麀。以下淫上谓之烝，野合奸伦谓之乱。从来淑慝殊途，惟在后人法戒；欺世清浊异品，全赖吾辈激扬。

饮食

甘脆肥脓，命曰腐肠之药；羹藜含糗，难语太牢之滋。御食曰珍馐，白米曰玉粒。好酒曰青州从事，次酒曰平原督邮。鲁酒、茅柴，皆为薄酒；龙团、雀舌，尽是香茗。待人礼衰，曰醴酒不设；款客甚薄，曰脱粟相留。竹叶青、状元红，俱为美酒；葡萄绿、珍珠红，悉是香醪。五斗解酲，刘伶独溺于酒；两腋生风，卢仝偏嗜乎茶。茶曰酪奴，又曰瑞草；米曰白粲，又曰长腰。太羹玄酒，亦可荐馨；尘饭涂羹，焉能充饿。酒系杜康所造，腐乃淮南所为。僧谓鱼曰水梭花，僧谓鸡曰穿篱菜。临渊羡鱼，不如退而结网；扬汤止沸，不如去火抽薪。羔酒自劳，田家之乐；含哺鼓腹，盛世之风。人贪食曰徒餔餟，食不敬曰嗟来食。多食不厌，谓之饕餮之徒；见食垂涎，谓有欲炙之色。未获同食，曰向隅；谢人赐食，曰饱德。安步可以当车，晚食可以当肉。饮食贫难，曰半菽不饱；厚恩图报，曰每饭不忘。谢扰人曰兵厨之扰，谦待薄曰草具之陈。白饭青刍，待仆马之厚；炊金爨玉，谢款客之隆。家贫待客，但知抹月披风；冬月邀宾，乃曰敲冰煮茗。君侧元臣，若作酒醴之曲糵；朝中冢宰，若作和羹之盐梅。宰肉甚均，陈平见重于父老；戛釜示尽，邱嫂心厌乎汉高。毕卓为吏部而盗酒，逸兴太豪；越王爱士卒而投醪，战气百倍。惩羹吹齑，谓人惩前警后；酒囊饭袋，谓人少学多餐。隐逸之士，漱石枕流；沉湎之夫，藉糟枕曲。昏庸桀纣，胡为酒池肉林；苦学仲淹，惟有断齑画粥。

宫室

洪荒之世，野处穴居；有巢以后，上栋下宇。竹苞松茂，谓制度之得宜；鸟革翚飞，谓创造之尽善。朝廷曰紫宸，禁门曰青琐。宰相职掌丝纶，内居黄阁；百官具陈章疏，敷奏丹墀。木天署，学士所居；紫薇省，中书所莅。金马、玉堂，翰林院宇；柏台、乌府，御史衙门。布政司，称为藩府；按察司，系是臬司。潘岳种桃于满县，人称花县；子贱鸣琴以治邑，故曰琴堂。谭府是仕宦之家，衡门乃隐逸之宅。贺人有喜，曰门阑蔼瑞；谢人过访，曰蓬荜生辉。美奂美轮，礼称屋宇之高华；肯构肯堂，书言父子之同志。土木方兴，曰经始；创造已毕，曰落成。楼高可以摘星，屋小仅堪容膝。寇莱公庭除之外，只可栽花；李文靖厅事之前，仅容旋马。恭贺屋成，曰燕贺；自谦屋小，曰蜗庐。民家名曰闾阎，贵族称为阀阅。朱门乃富豪之第，白屋是布衣之家。客舍曰逆旅，馆驿曰邮亭。书室曰芸窗，朝廷曰魏阙。成均辟雍，皆国学之号；黉宫胶序，乃乡学之称。笑人善忘，曰徙宅忘妻；讥人不谨，曰开门揖盗。何楼所市，皆滥恶之物；垄断独登，讥专利之人。荜门圭窦，系贫士之居；瓮牖绳枢，皆窭人之室。宋寇准真是北门锁钥，檀道济不愧万里长城。

器用

一人之所需，百工斯为备。但用则各适其用，而名则每异其名。管城子、中书君，悉为笔号；石虚中、即墨侯，皆为砚称。墨为松使者，纸号楮先生。纸曰剡藤，又曰玉版；墨曰陈玄，又曰龙脐。共笔砚，同窗之谓；付衣钵，传道之称。笃志业儒，曰磨穿铁砚；弃文就武，曰安用毛锥。剑有干将、镆铘之名，扇有仁风、便面之号。何谓箑，亦扇之名；何谓籁，有声之谓。小舟名舴艋，巨舰曰艨艟。金根是皇后之车，菱花乃妇人之镜。银凿落原是酒器，玉参差乃是箫名。刻舟求剑，固而不通；胶柱鼓瑟，拘而不化。斗筲言其器小，梁栋谓是大材。铅刀无一割之利，强弓有六石之名。杖以鸠名，因鸠喉之不噎；钥同鱼样，取鱼目之常醒。兜鍪系是头盔，叵罗乃为酒器。短剑名匕首，毡毯曰氍毹。琴名绿绮、焦桐，弓号乌号、繁弱。香炉曰宝鸭，烛台曰烛奴。龙涎、鸡舌，悉是香茗；鹢首、鸭头，别为船号。寿光客，是妆台无尘之镜；长明公，是梵堂不灭之灯。桔槔是田家之水车，襏襫是农夫之雨具。乌金，炭之美誉；忘归，矢之别名。夜可击，朝可炊，军中刁斗；云汉热，北风寒，刘褒画图。勉人发愤，曰猛著祖鞭；求人宥罪，曰幸开汤网。拔帜立帜，韩信之计甚奇；楚弓楚得，楚王所见未大。董安于性缓，常佩弦以自急；西门豹性急，常佩韦以自宽。汉孟敏尝堕甑不顾，知其无益；宋太祖谓犯法有剑，正欲立威。王衍清谈，常持麈尾；横渠讲易，每拥皋比。尾生抱桥而死，固执不通；楚妃守符而亡，贞信可录。温峤昔燃犀，照见水族之鬼怪；秦政有方镜，照见世人之邪心。车载斗量之人，不可胜数；南金东箭之品，实是堪奇。传檄可定，极言敌之易破；迎刃而解，甚言事之易为。以铜为鉴，可正衣冠；以古为鉴，可知兴替。

珍宝

山川之精英，每泄为至宝；乾坤之瑞气，恒结为奇珍。故玉足以庇嘉谷，明珠可以御火灾。鱼目岂可混珠，碔砆焉能乱玉。黄金生于丽水，白银出自朱提。曰孔方、曰家兄，俱为钱号；曰青蚨、曰鹅眼，亦是钱名。可贵者明月夜光之珠，可珍者璠玙琬琰之玉。宋人以燕石为玉，什袭缇巾之中；楚王以璞玉为石，两刖卞和之足。惠王之珠，光能照乘；和氏之璧，价重连城。鲛人泣泪成珠，宋人削玉为楮。贤乃国家之宝，儒为席上之珍。王者聘贤，束帛加璧；真儒抱道，怀瑾握瑜。雍伯多缘，种玉于蓝田而得美妇；太公奇遇，钓璜于渭水而遇文王。剖腹藏珠，爱财而不爱命；缠头作锦，助舞而更助娇。孟尝廉洁，克俾合浦还珠；相如忠勇，能使秦廷归璧。玉钗作燕飞，汉宫之异事；金钱成蝶舞，唐库之奇传。广钱固可以通神，营利乃为鬼所笑。以小致大，谓之抛砖引玉；不知所贵，谓之买椟还珠。贤否罹害，如玉石俱焚；贪得无厌，虽锱铢必算。崔烈以钱买官，人皆恶其铜臭；秦嫂不敢视叔，自言畏其多金。熊衮父亡，天乃雨钱助葬；仲儒家窘，天乃雨金济贫。汉杨震畏四知而辞金，唐太宗因惩贪而赐绢。晋鲁褒作钱神论，尝以钱为孔方兄；王夷甫口不言钱，乃谓钱为阿堵物。然而床头金尽，壮士无颜；囊内钱空，阮郎羞涩。但匹夫不可怀璧，人生孰不爱财。

贫富

命之修短有数，人之富贵在天。惟君子安贫，达人知命。贯朽粟陈，称羡财多之谓；紫标黄榜，封记钱库之名。贪爱钱物，谓之钱愚；好置田宅，谓之地癖。守钱虏，讥蓄财而不散；落魄夫，谓失业之无依。贫者地无立锥，富者田连阡陌。室如悬磬，言其甚窘；家无儋石，谓其极贫。无米曰在陈，守死曰待毙。富足曰殷实，命蹇曰数奇。苏洵鲋，乃济人之急；呼庚癸，是乞人之粮。家徒壁立，司马相如之贫；炭廖为炊，秦百里奚之苦。鹄形菜色，皆穷民饥饿之形；炊骨爨骸，谓军中乏粮之惨。饿死留君臣之义，伯夷叔齐；资财敌王公之富，陶朱倚顿。石崇杀妓以侑酒，恃富行凶；何曾一食费万钱，奢侈过甚。二月卖新丝，五月粜新谷，真是剜肉医疮；三年耕而有一年之食，九年耕而有三年之食，庶几遇荒有备。贫士之肠习黎苋，富人之口厌膏粱。石崇以蜡代薪，王恺以饴沃釜。范丹土灶生蛙，破甑生尘；曾子捉襟见肘，纳履决踵，贫不胜言。子路衣敝缊袍，与轻裘立；韦庄数米而炊，称薪而爨，俭有可鄙。总之饱德之士，不愿膏粱；闻誉之施，奚图文绣？

疾病死丧

福寿康宁，固人之所同欲；死亡疾病，亦人所不能无。惟智者能调，达人自玉。问人病曰贵体违和，自谓疾曰偶沾微恙。罹病者，甚为造化小儿所苦；患病者，岂是实沈台骀为灾。病不可疗，曰膏肓；平安无事，曰无恙。采薪之忧，谦言抱病；河鱼之患，系是腹疾。可以勿药，喜其病安；厥疾勿瘳，言其病笃。疟不病君子，病君子正为疟耳；卜所以决疑，既不疑复何卜哉？谢安梦鸡而疾不起，因太岁之在西；楚王吞蛭而疾乃瘁，因厚德之及人。将属纩，将易箦，皆言人之将死；作古人，登鬼箓，皆言人之已亡。亲死则丁忧，居丧则读《礼》。在床谓之尸，在棺谓之柩。报丧书曰讣，慰孝子曰唁。往吊曰匍匐，庐墓曰倚庐。寝苫枕块，哀父母之在土；节哀顺变，劝孝子之惜身。男子死曰寿终正寝，女人死曰寿终内寝。天子死曰崩，诸侯死曰薨，大夫死曰卒，士人死曰不禄，庶人死曰死，童子死曰殇。自谦父死曰孤子，母死曰哀子，父母俱死曰孤哀子；自言父死曰失怙，母死曰失恃，父母俱死曰失怙恃。父死何谓考，考者成也，已成事业也；母死何谓妣，妣者媲也，克媲父美也。百日内曰泣血，百日外曰稽颡。期年曰小祥，两期曰大祥。不缉曰斩衰，缉之曰齐衰。论丧之有轻重：九月为大功，五月为小功。言服之有等伦：三月之服曰缌麻，三年将满曰禫礼。孙承祖服，嫡孙杖期；长子已死，嫡孙承重。死者之器曰明器，待以神明之道；孝子之杖曰哀杖，为扶哀痛之躯。父之节在外，故杖取乎竹；母之节在内，故杖取乎桐。以财物助丧家，谓之赗；以车马助丧家，谓之赙。以衣殓死者之身，谓之禭；以玉实死者之口，谓之琀。送丧曰执绋，出柩曰驾輴。吉地曰牛眠地，筑坟曰马鬣封。墓前石人，原名翁仲；柩前功布，今曰铭旌。挽歌始于田横，墓志创于傅奕。生坟曰寿藏，死墓曰佳城。坟曰夜台，圹曰窀穸。已葬曰瘗玉，致祭曰束刍。春祭曰礿，夏祭曰禘，秋祭曰尝，冬祭曰烝。饮杯棬而抱痛，母之口泽如存；读父书以增伤，父之手泽未泯。子羔悲亲而泣血，子夏哭子而丧明。王裒哀父之死，门人因废《蓼莪》诗；王修哭母之亡，邻里遂停桑柘社。树欲静而风不息，子欲养而亲不在。皋鱼增感，与其椎牛而祭墓，不如鸡豚之逮存，曾子兴思。故为人子者，当思木本水源，须重慎终追远。

卷四

文事

多才之士，才储八斗；博学之德，学富五车。《三坟》《五典》，乃三皇五帝之书；《八索》《九丘》，是八泽九州之志。《书经》载上古唐虞三代之事，故曰《尚书》；《易经》乃姬周文王周公所系，故曰《周易》。二戴曾删《礼记》，故曰《戴礼》；二毛曾注《诗经》，故曰《毛诗》。孔子作《春秋》，因获麟而绝笔，故曰《麟经》。荣于华衮，乃《春秋》一字之褒；严于斧钺，乃《春秋》一字之贬。缥缃黄卷，总谓经书；雁帛鸾笺，通称简札。锦心绣口，李太白之文章；铁画银钩，王羲之之字法。雕虫小技，自谦文学之卑；倚马可待，羡人作文之速。称人近来进德，曰士别三日，当刮目相看；羡人学业精通，曰面壁九年，始有此神悟。五凤楼手，称文字之精奇；七步奇才，羡天才之敏捷。誉才高，曰今之班马；羡诗工，曰压倒元白。汉晁错多智，景帝号为智囊；高仁裕多诗，时人谓之诗窖。骚客即是诗人，誉髦乃称美士。自古诗称李杜，至今字仰钟王。白雪阳春，是难和难赓之韵；青钱万选，乃屡试屡中之文。惊神泣鬼，皆言词赋之雄豪；遏云绕梁，原是歌音之嘹亮。涉猎不精，是多学之弊；咿唔呫毕，皆读书之声。连篇累牍，总说多文；寸楮尺素，通称简札。以物求文，谓之润笔之资；因文得钱，乃曰稽古之力。文章全美，曰文不加点；文章奇异，曰机杼一家。应试无文，谓之曳白；书成绣梓，谓之杀青。袜线之才，自谦才短；记问之学，自愧学肤。裁诗曰推敲，旷学曰作辍。文章浮薄，何殊月露风云；典籍储藏，皆在兰台石室。秦始皇无道，焚书坑儒；唐太宗好文，开科取士。花样不同，乃谓文章之异；潦草塞责，不求辞语之精。邪说曰异端，又曰左道；读书曰肄业，又曰藏修。作文曰染翰操觚，从师曰执经问难。求作文，曰乞挥如椽笔；羡高文，曰才是大方家。竞尚佳章，曰洛阳纸贵；不嫌问难，曰明镜不疲。称人书架曰邺架，称人嗜学曰书淫。白居易生七月，便识之无二字；唐李贺才七岁，作《高轩过》一篇。开卷有益，宋太宗之要语；不学无术，汉霍光之为人。汉刘向校书于天禄，太乙燃藜；赵匡胤代位于后周，陶谷出诏。江淹梦笔生花，文思大进；扬雄梦吐白凤，词赋愈奇。李守素通姓氏之学，敬宗名为人物志；虞世南晰古今之理，太宗号为行秘书。茹古含今，皆言学博；咀英嚼华，总曰文新。文望尊隆，韩退之若泰山北斗；涵养纯粹，程明道如良玉精金。李白才离，咳唾随风生珠玉；孙绰词丽，诗赋掷地作金声。

科第

士人入学曰游泮，又曰采芹；士人登科曰释褐，又曰得隽。宾兴即大比之年，贤书乃试录之号。鹿鸣宴，款文榜之贤；鹰扬宴，待武科之士。文章入式，有朱衣以点头；经术既明，取青紫如拾芥。其家初中，谓之破天荒；士人超拔，谓之出头地。中状元，曰独占鳌头；中解元，曰名魁虎榜。琼林赐宴，宋太宗之伊始；临轩问策，宋神宗之开端。同榜之人，皆是同年；取中之官，谓之座主。应试见遗，谓之龙门点额；进士及第，谓之雁塔题名。贺登科，曰荣膺鹗荐；入贡院，曰鏖战棘闱。金殿唱名曰传胪，乡会放榜曰撤棘。攀仙桂，步青云，皆言荣发；孙山外，红勒帛，总是无名。英雄入吾彀，唐太宗喜得佳士；桃李属春官，刘禹锡贺得门生。薪，采也，槱，积也，美文王作人之诗，故考士谓之薪槱之典；汇，类也，征，进也，是连类同进之象，故进贤谓之汇征之途。赚了英雄，慰人下第；傍人门户，怜士无依。虽然有志者事竟成，仁看荣华之日；成丹者火候到，何惜烹炼之功。

制作

上古结绳记事，仓颉制字代绳。龙马负图，伏羲因画八卦；洛龟呈瑞，大禹因列九畴。历日是神农所为，甲子乃大桡所作。算数作于隶首，律吕造自伶伦。甲胄舟车，系轩辕之创造；权量衡度，亦轩辕之立规。伏羲氏造网罟，教佃渔以赡民用；唐太宗造册籍，编里甲以稅田粮。兴贸易，制耒耜，皆由炎帝；造琴瑟，教嫁娶，乃是伏羲。冠冕衣裳，至黄帝而始备；桑麻蚕绩，自元妃而始兴。神农尝百草，医药有方；后稷播百谷，粒食攸赖。燧人氏钻木取火，烹饪初兴；有巢氏构木为巢，宫室始创。夏禹欲通神祇，因铸镛钟于郊庙；汉明尊崇佛教，始立寺观于中朝。周公作指南车，罗盘是其遗制；钱乐作浑天仪，历家始有所宗。育王得疾，因造无量宝塔；秦政防胡，特筑万里长城。叔孙通制立朝仪，魏曹丕秩序官品。周公独制礼乐，萧何造立律条。尧帝作围棋，以教丹朱；武王作象棋，以象战斗。文章取士，兴于赵宋；应制以诗，起于李唐。梨园子弟，乃唐明皇作始；《资治通鉴》，乃司马光所编。笔乃蒙恬所造，纸乃蔡伦所为。凡今人之利用，皆古圣之前民。

技艺

医士业岐轩之术，称曰国手；地师习青乌之书，号曰堪舆。卢医扁鹊，古之名医；郑虔崔白，古之名画。晋郭璞得《青囊经》，故善卜筮地理；孙思邈得龙宫方，能医虎

口龙鳞。善卜者，是君平、詹尹之流；善相者，即唐举、子卿之亚。推命之人即星士，绘图之士曰丹青。大风鉴，相士之称；大工师，木匠之誉。若王良、若造父，皆善御之人；东方朔、淳于髡，系滑稽之辈。称善卜卦者，曰今之鬼谷；称善记怪者，曰古之董狐。称诹日之人曰太史，称书算之人曰掌文。掷骰者，喝雉呼卢；善射者，穿杨贯虱。樗蒱之戏，乃云双陆；橘中之乐，是说围棋。陈平作傀儡，解汉高白登之围；孔明造木牛，辅刘备运粮之计。公输子削木鸢，飞天至三日而不下；张僧繇画壁龙，点睛则雷电而飞腾。然奇技似无益于人，而百艺则有济于用。

讼狱

世人惟不平则鸣，圣人以无讼为贵。上有恤刑之主，桁杨雨润；下无冤枉之民，肺石风清。虽囹圄便是福堂，而画地亦可为狱。与人构讼，曰鼠牙雀角之争；罪人诉冤，有抢地吁天之惨。狴犴猛犬而能守，故狱门画狴犴之形；棘木外刺而里直，故听讼在棘木之下。乡亭之系有岸，朝廷之系有狱，谁敢作奸犯科；死者不可复生，刑者不可复续，上当原情定罪。囹圄是周狱，羑里是商牢。桎梏之设，乃拘罪人之具；缧绁之中，岂无贤者之冤。两争不放，谓之鹬蚌相持；无辜牵连，谓之池鱼受害。请公入瓮，周兴自作其孽；下车泣罪，夏禹深痛其民。好讼曰健讼，挂告曰株连。为人息讼，谓之释纷；被人栽冤，谓之嫁祸。徒配曰城旦，遣戍是问军。三尺乃朝廷之法，三木是罪人之刑。古之五刑，墨、劓、剕、宫、大辟；今之律例，笞、杖、死罪、徒、流。上古时削木为吏，今日之淳风安在；唐太宗纵囚归狱，古人之诚信可嘉。花落讼庭间，草生囹圄静，歌何易治民之简；吏从冰上立，人在镜中行，颂卢奂折狱之清。可见治乱之药石，刑罚为重；兴平之粱肉，德教为先。

释道鬼神

如来释迦，即是牟尼，原系成佛之祖；老聃李耳，即是道君，乃为道教之宗。鹫岭、祇园，皆属佛国；交梨、火枣，尽是仙丹。沙门称释，始于晋道安；中国有佛，始于汉明帝。篯铿即是彭祖，八百高年；许逊原宰旌阳，一家超举。波罗犹云彼岸，紫府即是仙宫。曰上方，曰梵刹，总是佛场；曰真宇，曰蕊珠，皆称仙境。伊蒲馔可以斋僧，青精饭亦堪供佛。香积厨，僧家所备；仙麟脯，仙子所餐。佛图澄显神通，咒莲生钵；葛仙翁作戏术，吐饭成蜂。达摩一苇渡江，栾巴噀酒灭火。吴猛画江成路，麻姑掷米成珠。飞锡坐禅，僧人之行止；导引胎息，道士之修持。和尚拜礼曰和南，道士拜礼曰稽首。曰圆寂，曰荼毗，皆言和尚之死；曰羽化，曰尸解，悉言道士之亡。女道曰巫，男道曰觋，自古攸分；男僧曰僧，女僧曰尼，从来有别。羽客黄冠，皆称道士；上人比丘，并美僧人。檀越、檀那，僧家称施主；烧丹、炼汞，道士学神仙。和尚自谦，谓之空桑子；道士诵经，谓之步虚声。菩者普也，萨者济也，尊称神祇，故有菩萨之号；水行龙力大，陆行象力大，负荷佛法，故有龙象之称。儒家谓之世，释家谓之劫，道家谓之尘，俱谓俗缘之未脱；儒家曰精一，释家曰三昧，道家曰贞一，总言奥义之无穷。达摩死后，手携只履西归；王乔朝君，舄化双凫下降。辟谷绝粒，仙家能服气炼形；不灭不生，释氏惟明心见性。梁高僧谈经入妙，可使岩石点头，天花坠地；张虚靖炼丹既成，能令龙虎并伏，鸡犬俱升。藏世界于一粟，佛法何其大；贮乾坤于一壶，道法何其玄。妄诞之言，载鬼一车；高明之家，鬼瞰其室。《无鬼论》作于晋之阮瞻；

《搜神记》撰于晋之干宝。颜之渊、卜子商，死为地下修文郎；韩擒虎、寇莱公，死为阴司阎罗王。至若土谷之神曰社稷，干旱之鬼曰旱魃。魑魅魍魉，山川之祟；神荼郁垒，啖鬼之神。仕途偃蹇，鬼神亦为之揶揄；心地光明，吉神自为之呵护。

鸟兽

麟为毛虫之长，虎乃兽中之王。麟凤龟龙，谓之四灵；犬豕与鸡，谓之三物。骐骥骅骝，良马之号；太牢大武，乃牛之称。羊曰柔毛，又曰长髯主簿；豕名刚鬣，又曰乌喙将军。鹅名舒雁，鸭号家凫。鸡有五德，故称之曰德禽；雁性随阳，因名之曰阳鸟。家狸、乌圆，乃猫之誉；韩卢、楚犷，皆犬之名。麒麟驺虞，皆好仁之兽；螟螣蟊贼，皆害苗之虫。无肠公子，螃蟹之名；绿衣使者，鹦鹉之号。狐假虎威，谓借势而为恶；养虎贻患，谓留祸之在身。犹豫多疑，喻人之不决；狼狈相倚，比人之颠连。胜负未分，不知鹿死谁手；基业易主，正如燕入他家。雁到南方，先至为主，后至为宾；雉名陈宝，得雄为王，得雌为霸。刻鹄类鹜，为学初成；画虎类犬，弄巧反拙。美恶不称，谓之狗尾续貂；贪图不足，谓之蛇欲吞象。祸去祸又至，曰前门拒虎，后门进狼；除凶不畏凶，曰不入虎穴，焉得虎子。鄙众趋利，曰群蚁附膻；谦己爱儿，曰老牛舐犊。无中生有，曰画蛇添足；进退两难，曰羝羊触藩。杯中蛇影，自起猜疑；塞翁失马，难分祸福。龙驹凤雏，晋闵鸿夸吴中陆士龙之异；伏龙凤雏，司马徽称孔明庞士元之奇。吕后断戚夫人手足，号曰人彘；胡人腌契丹王尸骸，谓之帝羓。人之狠恶，同于梼杌；人之凶暴，类于穷奇。王猛见桓温，扪虱而谈当世之务；宁戚遇齐桓，扣角而取卿相之荣。楚王轼怒蛙，以昆虫之敢死；丙吉问牛喘，恐阴阳之失时。以十人而制千虎，比言事之难胜；走韩卢而搏蹇兔，喻言敌之易摧。兄弟如鹡鸰之相亲，夫妇如鸾凤之配偶。有势莫能为，曰虽鞭之长，不及马腹；制小不用大，曰割鸡之小，焉用牛刀。鸟食母者曰枭，兽食父者曰獍。苛政猛于虎，壮士气如虹。腰缠十万贯，骑鹤下扬州，谓仙人而兼富贵；盲人骑瞎马，夜半临深池，是险语之逼人闻。黔驴之技，技止此耳；鼯鼠之技，技亦穷乎。强兼并者曰鲸吞，为小贼者曰狗盗。养恶人如养虎，当饱其肉，不饱则噬；养恶人如养鹰，饥之则附，饱之则飏。随珠弹雀，谓得少而失多；投鼠忌器，恐因甲而害乙。事多曰猬集，利小曰蝇头。心惑似狐疑，人喜如雀跃。爱屋及乌，谓因此而惜彼；轻鸡爱鹜，谓舍此而图他。唆恶为非，曰教猱升木；受恩不报，曰得鱼忘筌。倚势害人，真是城狐社鼠，空存无用，何殊陶犬瓦鸡。势弱难敌，谓之螳臂当辙；人生易死，乃曰蜉蝣在世。小难制大，如越鸡难伏鹄卵；贱反轻贵，似鹞鸠反笑大鹏。小人不知君子之心，曰燕雀焉知鸿鹄之志；君子不受小人之侮，曰虎豹岂受犬羊欺。跖犬吠尧，吠非其主；鸠居鹊巢，安享其成。缘木求鱼，极言难得；按图索骥，甚言失真。恶人借势，曰如虎负嵎；穷人无归，曰如鱼失水。九尾狐，讥陈彭年素性谄而又奸；独眼龙，夸李克用一目眇而有勇。指鹿为马，秦赵高之欺主；叱石成羊，黄初平之得仙。卞庄勇能擒两虎，高骈一矢贯双雕。司马懿畏鼠如虎，诸葛亮辅汉如龙。鹪鹩巢林，不过一枝；鼹鼠饮河，不过满腹。人弃甚易，曰孤雏腐鼠；文名共仰，曰起凤腾蛟。为公乎，为私乎，惠帝问虾蟆；欲左左，欲右右，汤德及禽兽。鱼游于釜中，虽生不久；燕巢于幕上，栖身不安。妄自称奇，谓之辽东豕；其见甚小，譬如井底蛙。父恶子贤，谓是犁牛之子；父谦子拙，谓是豚犬之儿。出人群而独异，如鹤立鸡群；非配偶以相从，如雉求牡匹。天上石麟，夸小儿之迈众；人中骐骥，比君子之超凡。怡堂燕雀，不知后灾；瓮里醯鸡，安有广见。马牛襟裾，骂人不识礼义；沐猴而冠，笑人见不恢宏。羊质虎皮，讥其有文无实；守株待兔，言其守拙无能。恶人如虎生翼，势必择人而食；志士如鹰在笼，自是凌霄有志。鲋鱼困涸辙，难待西江水，比人之甚窘；蛟龙得云雨，终非池中物，比人大有为。执牛耳，谓人主盟；附骥尾，望人引带。鸿雁哀鸣，比小民之失所；狡兔三窟，诮贪人之巧营。风马牛势不相及，常山蛇首尾相应。百足之虫，死而不僵，以其扶持者众；千岁之龟，死而留甲，因其卜之者灵。大丈夫宁为鸡口，毋为牛后；士君子岂甘雌伏，定要雄飞。毋局促如辕下驹，毋委靡如牛马走。猩猩能言，不离走兽；鹦鹉能言，不离飞鸟。人惟有礼，庶可免相鼠之刺；若徒能言，夫何异禽兽之心。

花木

植物非一，故有万卉之名；谷物甚多，故有百谷之号。如茨如梁，谓禾稼之蕃；惟夭惟乔，谓草木之茂。莲乃花中君子，海棠花内神仙。国色天香，乃牡丹之富贵；冰肌玉骨，乃梅萼之清奇。兰为王者之香，菊为隐逸之士。竹称君子，松号大夫。萱草可忘忧，屈轶能指佞。箣筜，竹之别号；木樨，桂之别名。明日黄花，过时之物；岁寒松柏，有节之称。樗栎乃无用之散材，梗楠胜大用之良木。玉版，笋之异号；蹲鸱，芋之别名。瓜田李下，事避嫌疑；秋菊春桃，时来尚早。南枝先，北枝后，庾岭之梅；朔而生，望而落，尧阶蓂荚。苾蒭背阴向阳，比僧人之有德；木槿朝开暮落，比荣华之不长。芒刺在背，言恐惧不安；薰莸异气，犹贤否有别。桃李不言，下自成蹊；道旁苦李，为人所弃。老人娶少妇，曰枯杨生稊；国家进多贤，曰拔茅连茹。蒲柳之姿，未秋先槁；姜桂之性，愈老愈辛。王者之兵，势如破竹；七雄之国，地若瓜分。苻坚望阵，疑草木皆是晋兵；索靖知亡，叹铜驼会在荆棘。王祐知子必贵，手植三槐；窦钧五子齐荣，人称五桂。锄麑触槐，不忍贼民之主；越王尝蓼，必欲复吴之仇。修母画荻以教子，谁不称贤；廉颇负荆以请罪，善能悔过。弥子瑕常恃宠，将余桃以啖君；秦商鞅欲行令，使徙木以立信。王戎卖李钻核，不胜鄙吝；成王剪桐封弟，因无戏言。齐景公以二桃杀三士，杨再思谓莲花似六郎。倒啖蔗，渐入佳境；蒸哀梨，大失本真。煮豆燃萁，比兄残弟；砍竹遮笋，弃旧怜新。元素致江陵之柑，吴刚伐月中之桂。捐资济贫，当效尧夫之助麦；以物申敬，聊效野人之献芹。冒雨剪韭，郭林宗款友情殷；踏雪寻梅，孟浩然自娱兴雅。商太戊能修德，祥桑自死；寇莱公有深仁，枯竹复生。王母蟠桃，三千年开花，三千年结子，故人借以祝寿诞；上古大椿，八千岁为春，八千岁为秋，故人托以比严君。去稂莠正以植嘉禾，沃枝叶不如培根本。世路之蓁芜当剔，人心之茅塞须开。